Dankzij Dublin

Peter Sheridan

DANKZIJ DUBLIN

Vertaald door Piet Verhagen

FLAMINGO

ISBN 90 414 0610 7

Oorspronkelijke titel: *44. A Dublin Memoir*
Oorspronkelijke uitgever: Macmillan
Omslagontwerp: Studio Jan de Boer
Omslagillustratie: Robert Clifford
Foto auteur: Peter Zoeller

Flamingo Pockets worden uitgegeven door
Ambo|Anthos *uitgevers*, Amsterdam

Verspreiding voor België:
Verkoopmaatschappij Bosch & Keuning, Antwerpen

I

Dublin, oudejaarsavond 1960

Pension aangeboden. Omgeving van binnenstad. Nabij R.K. kerk. Alle moderne gemakken. Telefoon 41966.

Pa las het ma hardop voor. Ze was trots op hem. Trots op zijn vaardigheid met woorden. Ze keek hem aan terwijl ze zijn kopje bijvulde. Ze had een speciale manier van theeschenken. Ze schonk thee als een plattelandsvrouw.

Hij begon de letters te tellen. Liet zijn pen als een balletdanseres van letter naar letter huppelen, binnensmonds mompelend. Boven elk woord zette hij een getal, als een soort kroontje.

'Wil je er melk bij, pa?'

Hij negeerde haar volkomen en telde verder. Toen hij klaar was, keek hij haar aan op een manier die boekdelen sprak.

'Je bent aan 't tellen, sorry.'

Hij schreef het woord 'totaal', gevolgd door het getal 88.

'Da's bij mekaar 88 types. 88 types krijgen we nooit in twee regels.'

Jimmy Nelson was een type. Hij werkte in de haven. Elke zomervakantie huurde hij een suite in hotel Gresham en zette veertien dagen geen voet buiten de deur. Niet om te eten, te drinken of te pissen. Twee weken lang kwam de wereld naar Jimmy Nelson. Dat maakte hem een type en dus noemde iedereen hem een type.

'Wat is 'n type, pa?'

Hij keek me aan over de rand van zijn bril.

'De ruimte die 'n letter inneemt heet 'n type.'

Net als ma hield ik van zijn vaardigheid met woorden. En ik hield van ma's manier van theeschenken. Ik hield van allebei ongeveer evenveel.

Hij schoof het papier naar me toe en vroeg me woorden weg te strepen zonder de betekenis te verliezen. Ik las de woorden. Van links naar rechts en terug. Ik stopte bij het kortste woord, 'van'. Omgeving van binnenstad. Ik sprak het in gedachten uit en liet het 'van' weg. Ik keek naar pa. Het potlood zat achter zijn oor, waar de meeste mannen hun peuk hadden zitten. Uit zijn oor groeide een plukje haar, en de stoppels op zijn gezicht waren net inktvlekjes op vloeipapier. Ik pakte het potlood en streepte het woord door. Ik draaide het papier naar hem toe. Hij keek ernaar en fronste zijn voorhoofd. Hij pakte het potlood uit mijn vingers en trok een streep door het woord 'aangeboden'.

> Pension. Omgeving binnenstad. Nabij R.K. kerk. Alle moderne gemakken. Telefoon 41966.

Ik keek hem aan en glimlachte. Hij legde zijn grote vuist op mijn hoofd en wreef hard in mijn haar.

'Jij ben 'n echt typetje. Wat ben je?'

'Weet ik niet.'

''n Echt typetje. Wat ben je?'

''n Echt typetje.'

Nog niet zo lang geleden zou ik zijn hand weggeslagen hebben. Toen ik nog krullen had. Lange blonde pijpenkrullen tot op mijn schouders. Op de ochtend van mijn eerste communie stond ik voor de spiegel en bekeek mezelf, beginnend bij de bruine schoenen. De kniekousen met de gele streep. De spikkeltjesbroek en het bijpassende jasje. Het witte overhemd en de groen-witte schoolstropdas. Alles bekroond met een Shirley

Temple-hoofd. Ik haatte mijn haar, haatte het meer dan de gevangenis. Het meest haatte ik de ouwe wijven die het kwijlend bewonderden. Afschuwelijk.

Pa duwde zo hard dat ik bijna van mijn stoel schoof. Ik had een volwassen kapsel, net als hij. Als ik met mijn vinger over mijn achterhoofd streek, voelde ik speldenprikken. Vallende dominostenen. Als ik mijn kuif natmaakte, bleef hij een uur lang overeind staan en met brylcreem de hele dag. Ik mocht geen brylcreem in mijn haar doen omdat je daar vlekken van op je boordje kreeg, dus het was altijd water, behalve na het knippen bij kapper Mickey Wellington. Die gaf je hoofd altijd met beide handen een beurt met zijn groene toverlotion. Pa weigerde 'vreemde lichamen' in de buurt van zijn schedel toe te laten. Jimmy Nelson gebruikte zoveel vet (zoals pa het noemde) dat zijn haar een massieve plaat was waar nog geen orkaan beweging in kreeg. Net als de plastic 'nikkerpruiken' die Mickey Wellington in zijn kapperszaak verkocht.

Pa duwde mijn hoofd helemaal tussen mijn knieën door tegen de stoel. Ik probeerde los te komen, maar dat lukte niet. Ik schoof op de grond, maar zijn hand volgde me als een hijskraan en ik begon met allebei mijn vuisten te zwaaien.

'Kom op, sla me dan!'

Ik haalde woest uit.

'Je zal harder moeten stompen.'

Ma stond klaar met de theepot.

'Is je kopje leeg, pa?'

Ik slaagde erin overeind te krabbelen. Ik wilde hem een klap geven, maar ik sloeg finaal mis. Ik kon hem nooit raken als hij me zo op armlengte hield. Wacht maar, dacht ik, op een goeie dag zijn mijn armen lang genoeg en dan zal je zien.

Mijn armen leken van lood. Ik concentreerde al mijn kracht in mijn voorhoofd. Ik duwde tegen zijn hand. Uit alle macht. Hij liet me los en ik viel tegen zijn buik. Hij sloeg zijn armen om me heen en klemde me vast.

'Je ben 'n kleine terriër.'

Ik keek naar hem op. Zijn gezicht leek vertekend.

'Is je kopje leeg, pa?'

Ik zag zijn harige neus. Zijn neusgaten leken net konijnenholen in de duinen bij Dollymount.

'Je hebt nog 'n bodempje in je kopje, wil je dat nog?'

Pa liet een prachtig knetterende scheet. Hij floot van voldoening. Ma wenkte me bij zich.

'Kom es hier, zoon.'

Ze pakte zijn kopje van de tafel.

'Er zit nog 'n bodempje in, moeder.'

Ze gaf het terug. Zijn kopje opruimen als er nog een bodempje thee in zat was een misdaad waarop twee dagen zwijgen stond. Hij nam het laatste slokje met kolossale voldoening.

'Ik ga achter de garage, zoon. Kom op.'

Hij pakte zijn krant, het potlood en de advertentie van de tafel. Hij maakte zijn riem los en liep naar de achterdeur.

'Achter de garage' was pa's toilet. Je ging erheen door de gewone garage waar hij zijn gereedschap en zijn koektrommels bewaarde. Zijn oude fietsonderdelen – wielen, frames, binnenbanden, veren, zadels, trappers, stangen, mandjes, bagagedragers, allerhande spaken, voorlichten, achterlichten, dynamo's, roestverf, witte pomp, zwarte pomp – al die onderdelen hingen aan ijzerdraadjes aan haken aan de muur, zodat het net leek of ze leefden.

Tegenover de fietsonderdelen, op de ereplaats, hingen pa's ladders, die een hele muur in beslag namen. Dat waren zijn andere kinderen, zijn tweeling. 's Winters kregen ze hun eigen deken tegen de gevreesde vorst en ijsvorming, waardoor ze barsten zouden kunnen krijgen.

De garage werd in beslag genomen door twee auto's – één plek was afgehuurd door kapelaan Ivers van de St.-Laurence O'Toole-parochie, de andere door Eamonn Dooley, de eigenaar van kruidenierszaak de Emerald Dairy op de hoek.

Je ging de garage binnen door een klein deurtje op de achterplaats. In de tegenoverliggende hoek, achter de geparkeerde auto's en de wandversieringen en de koektrommels, stonden de resten van een optrekje dat aan een kluizenaarscel deed denken. Het zat vol gaten. De gaten hielden het overeind. Het had geen deur en geen dak. Tussen twee gaten in de muren lag een oude balk met daarop de stortbak. De balk werd levend opgevreten door houtwormen, die hun privé-zwembad hadden omdat de stortbak van tijd tot tijd overliep. Pa had een bordje aan de muur gehangen: 'Na gebruik hendel omhoogzetten, a.u.b.' Het woord 'na' was rood onderstreept. Pa was de enige die ooit op deze closetpot zat, maar hij was er vast van overtuigd dat hij af en toe gebruikt werd door indringers die hun handen niet thuis konden houden.

Iets lager hing de papierhouder, ontworpen en vervaardigd door pa: een kleerhanger die hij zodanig ingemetseld had dat er een lange pin uit de muur stak. Aan die pin hingen, in alfabetische volgorde, netjes uit oude telefoonboeken geknipte vierkantjes. Op dit moment veegde hij zijn reet af met de R. Pa noemde het een binnentoilet, maar in de hoek stond een damesparaplu voor als het regende. Het was geen binnentoilet en geen buitentoilet, het was gewoon pa's toilet.

Toen ik de garage binnenkwam, kon ik hem meteen als een legpuzzel door de gaten zien zitten. De lucht was om te snijden, maar ik vond het lekker. De hele garage stonk. Het was verbluffend dat iemand van zijn lengte, één meter achtenzestigeneenhalf, zei hij zelf, maar volgens mij was hij maar een meter vijfenzestig (hij loog altijd over dat soort zaken), zo veel stank kon verspreiden. Op een goeie dag zou die kunst op mij overgaan.

Ik schoof langs de glanzende zwarte Volkswagen (van kapelaan Ivers) naar de patrijspoorten. De legpuzzel veranderde als een caleidoscoop. Ik bleef staan, deed een stapje terug, hij veranderde weer. Voorbij de Triumph Herald (van Eamonn

Dooley) en ik kon zijn krant zien, opengeslagen bij de paardensport. Hij liet zijn potlood langs de deelnemers in de race van 12.30 in Sedgefield glijden.

'Klootzak.'

Hij schreef GZW naast nummer 6, Garryowen. Dat was steno voor Geen Zak Waard. Dat kon slaan op het paard, de jockey of de trainer. Of op een combinatie van alledrie. Waar het op aankwam was een systeem om winnaars te vinden. Zonder systeem was je nergens. Een zwerver in de woestijn. Verdoold, alleen en verlaten. Je had regels en je had vlegels. Enkele regels van pa: gok altijd op de outsider in een race met drie favorieten; gok nooit in een race met minder dan zes paarden; vertrouw op je eigen oordeel en luister nooit naar advies; weiger nooit een tip van een dronkaard; zet nooit meer in dan je kunt verliezen; bedel, leen en steel wat je kunt als je een goed systeem hebt; gok nooit op je gevoel; volg altijd je instinct; wijk nooit ofte nimmer van je systeem af. Dat was een hoofdregel, rood onderstreept. Ik wist dat ik hem niet mocht storen als hij de paarden bestudeerde. Dat was ook een hoofdregel. Je leven liep gevaar als je hem een winnaar kostte. Ik vond het niet erg om stil te zijn. Ik vond het heerlijk hem te bespioneren.

De meeste mensen waren zo preuts als wat. Pa niet. Pa schaamde zich nergens voor. Ook niet aan zee. Terwijl andere mensen zich onder een handdoek in allerlei bochten wrongen, droogde hij zijn harige zaakje open en bloot af. Hij vertelde me dat de Fianna, de oude Ierse krijgers, naakt door Ierland renden, heuvels op en wouden door, en dat er nooit een twijgje onder hun voeten brak.

Hij pakte een vierkantje papier en snoot er zijn neus in. De families Reilly in James Street, Rialto, Kilbarrack en Raheny stierven een snotterige dood. Hij mikte het papier tussen zijn benen in de pot, maar het belandde op zijn dij.

'Stomme varkenspiemel.'

Hij rukte een nieuw vierkantje van de haak en ruimde de

Reilly's op. Nu was het de beurt van de Reynolds. Hij scheurde ongeveer de helft van de families in Dublin af en stond op om zijn kont af te vegen. Hij draaide zich om en controleerde zijn uitwerpselen (hij was een groot voorstander van uitwerpselen controleren) en toen hij opkeek zag hij me staan. Hij vertrok geen spier.

'Ik wil dat je de advertentie naar de *Irish Press* aan Burgh Quay brengt.'

Hij legde het papier in het gat voor mijn gezicht. Hij trok zijn broek half omhoog en zocht in zijn zakken. Hij haalde er twee halve kronen uit en legde ze in het gat.

'Je zal op de fiets moeten. Ze sluiten vroeg vanwege ouwejaar. Schiet op.'

Ik stak de advertentie en het geld in mijn zak. Ik rende naar binnen en pakte mijn jas. Toen ik weer buitenkwam, stond pa al bij de achterdeur met mijn fiets. Ik gooide mijn been over het zadel en ging zitten. Ik voelde de harde bult van een penny onder de zachte huid van mijn bips. Pa gaf me een zetje.

Ik was dol op boodschappen doen in de stad. Dol op het avontuur. Dol op nieuwe plekjes ontdekken en steeds kortere routes vinden. Dol op de ouwe mannetjes en wijfies. Ik was dol op de standbeelden en de gebouwen en de winkels. Ik hield van Dublin. Ik hield van alles wat Dublin was. Niemand die van mij een kwaad woord over Dublin mocht zeggen, vooral buitenlui niet. Als Dublin een vrouw was, zou ik er meteen mee trouwen.

De weg naar Burgh Quay? Emerald Street door, rechtsaf Sheriff Street in, linksaf Commons Street in, helemaal door tot de North Wall, links over Butt Bridge, rechtsaf Burgh Quay op en je was er. Fluitje van een cent.

In Sheriff Street stopte ik bij Mattie's snoepwinkel, de beste in Dublin. Geluksbabbelaars waren maar de helft van wat ze in het centrum kostten. Hij had vier verschillende soorten drop. Hij had zuurstokken, losse kandij, losse koekjes, sigaretten met een rood puntje alsof ze brandden voor een penny per pakje, losse schuimpjes, zes suikerbonen voor een penny, eeuwigdurende bekkenvullers, ijsballen (anijsballen als je deftig wilde zijn), nougat, spritsen, stroopsoldaatjes en dropveters. De beste snoepjes waren geluksbabbelaars. Zachte, kleverige, roze suiker aan de buitenkant en keihard vanbinnen. Als je geluk had, zat er een munt in en als je iets minder geluk had een bonnetje voor een gratis geluksbabbelaar. Ik keek in Mattie's etalage en zag ze meteen terugkijken. Pek-ogen. Die was ik nog vergeten. Ze zagen er heerlijk uit. Ik vond het lekker zoals ze je hele mond zwart maakten. Maar als puntje bij paaltje kwam waren het gewoon snoepjes. Geluksbabbelaars waren snoep en verrassing in één.

Ik zette mijn fiets weg en sprong de drie treden af naar de winkel. Ik legde de twee halve kronen en de penny op de toonbank en wachtte op Mattie. De bel ging en hij kwam uit het huis achter de winkel.

'Een geluksbabbelaar.'

Ik rende het trapje weer op naar de straat. Ik wees aan welke ik wilde hebben. Ik zei een weesgegroetje en ging weer naar binnen. Mattie gaf me de geluksbabbelaar. Ik wilde mijn geld van de toonbank pakken maar het lag er niet meer. Ik deed mijn mond open om te schreeuwen, maar Mattie haalde de halve kronen achter zijn rug vandaan.

'Pas op waar je je geld neerlegt, jong.'

Ik pakte het geld en kneep. Ik kneep erin tot mijn hand zeer deed. Ik sprong op mijn fiets en ik was in Commons Street voordat ik merkte dat ik de geluksbabbelaar vergeten was. Die zou tot de terugweg moeten wachten.

Het meisje bij de *Irish Press* moest met de Miss World-verkiezingen hebben meegedaan. Ik had nog nooit iemand met zo veel make-up gezien. Ze las de advertentie. Ze leek erg tevreden met de woordkeus, want ze snorde bij zichzelf. Ze las hem hardop voor.

'Waar woon je?'

'Seville Place. Op de hoek van Emerald Street.'

'Da's handig. Seville Place. Zeg es, heb je grote broers?'

'Ja. Shea. Die is groter als ik. Hij is dertien.'

Haar gezicht betrok. Ze begon op een officieel uitziend papier te schrijven. Ze keek op en lachte tegen me.

'Hoe oud ben je?'

'Tien.'

Ze schudde het haar uit haar nek. Ik kon zien waar de make-up ophield. Ze schoof het formulier naar me toe en zei dat ik het moest ondertekenen. Ze praatte als de papegaai in de dierenwinkel van oom George.

'Drie plaatsingen. Te beginnen morgen. 1 januari. Kleine annonce onder "woningen te huur". Da's dan zeven shilling en zes pence. Hier tekenen.'

Ik keek haar vertwijfeld aan.

''t Kost vijf shilling. Mijn pa heeft de types geteld.'

'Welke types?'

'In de advertentie.'

'Of je betaalt zeven shilling en zes pence, of je kan oplazeren.'

'Ik heb maar vijf shilling.'

'Je hebt alleen maar alle moderne gemakken, of is dat ook gelogen? Wat voor toiletvoorzieningen hebben jullie? Ben je doof?'

'We hebben twee wc's.'

'Heb je aan één niet genoeg? Ga thuis geld bijhalen en laat me met rust.'

Ik keek naar het formulier. Ik streepte het woord omgeving door. Dat moest kunnen. Ik wist het niet meer. Ik schoof het naar haar toe. Ze telde de letters. Toen ze klaar was, keek ze me recht in mijn ogen. Ze draaide het formulier om en legde er een pen op. Ze vroeg me het voor te lezen.

'Pension. Binnenstad. Nabij R.K. kerk. Alle moderne gemakken. Telefoon 41966.'

'Onderaan tekenen.'

Ik ondertekende het in mijn beste handschrift. Ik gaf haar de twee halve kronen. Ze glimlachte.

'Twee wc's. Wat 'n geluksvogel. Misschien kom ik 'n keer langs.'

Ik peddelde als een gek naar huis. Wat zou pa zeggen als Miss World opbelde? We hadden nog niet eens een echt bad. Dat wil zeggen, het bad was wel geïnstalleerd maar nog niet aangesloten. Op zaterdagavond sleepte ma nog steeds de ijzeren kuip voor de haard. Met kostgangers zou dat niet kunnen. Met kostgangers was dat uitgesloten. Ik had het telefoonnummer moeten doorstrepen. Het viel niet mee de juiste beslissing te nemen als je pas tien was. Voor het inklaringskantoor remde ik en besloot terug te gaan. Ik zou de advertentie annuleren. Wie weet zou pa zelfs blij zijn met zijn vijf shilling terug. Ik was een idioot. Ik kon Miss World ons telefoonnummer niet meer afnemen. En ze wist dat mijn grote broer Shea heette.

Ik draaide mijn fiets om en ging weer op huis aan. Ik had de pest aan Dublin. De pest aan alles wat met Dublin te maken had. Als Dublin een voetbal was, zou ik hem de Liffey in trappen. Ik had er de pest aan dat ik tien was. Ik keek niet links of rechts. Niet naar de Guinness-boot, niet naar de Liverpoolboot, niet naar de pont naar het eiland Man, niets. Ik kon alleen maar denken aan Miss World die ons opbelde en pa die met een vuurrood gezicht van de telefoon kwam...

'Je hebt me te kakken gezet, zoon, je hebt me te kakken gezet voor 'n joffer!'

Ik liep Mattie's snoepwinkel in.

'Iemand dood thuis?'

'Ja, ik.'

Ik stak de geluksbabbelaar in mijn zak. Hoe kon ik nu op geluk sabbelen? Ik had al mijn geluk voor mijn hele leven verspeeld. Dat wist ik zeker.

* * *

Thuis heerste enorme opwinding. Een grote, in bruin papier verpakte doos stond midden op tafel. Frankie, de baby, hoewel geen echte baby meer, hij was drie, klom op een stoel om erbij te komen.

'Ik mil 'm.'

Mijn zuster Ita, die twaalf was, was niet veel groter dan Frankie. Ze was erg klein voor haar leeftijd, maar één bonk energie. Ze duwde de doos naar de andere kant van de tafel.

'Afblijven, Frankie.'

Frankie klom omlaag, rende naar de andere kant van de tafel en klauterde op een andere stoel. Ita trok zijn stoel weg. Hij zat in niemandsland. Ita trok de andere stoelen ook weg. Nu stonden er geen stoelen meer bij de tafel. Frankie maaide met zijn armen, graaiend naar een doos die mijlen buiten bereik was. Het was een zielig gezicht. We moesten allemaal lachen.

'Ik mil 'm.'

Shea zat in de leunstoel bij de open haard.

'Je milt hem niet, je wílt hem. Je krijgt hem pas als je behoorlijk leert praten.'

'Ik...ik...ik...'

Iedereen keek naar hem. Johnny van acht kroop onder de tafel vandaan waar hij zich verstopt had, alleen wist hij niet meer voor wie. Johnny moedigde Frankie zingend aan, want Johnny zong altijd.

'Je wi...wi...wi...wi...wi... wat?'

'Ik...ik...ik...ik...wíl...'

Het woord was duidelijk verstaanbaar. We werden er allemaal stil van. Toen begonnen we allemaal te juichen.

'Hoera... hoera...'

'Frankie zei wil...'

'Heel duidelijk...'

Johnny stampte op de grond en zong het als een refrein.

'Ik wil ik wil ik wil ik wil ik wil ik wil ik wil ik wil.'

Frankie volgde zijn voorbeeld.

'Ik wil ik wil ik wil ik wil ik wil ik wil ik wil ik wil.'

Ze waren vergeten wat ze wilden. Ze waren soldaten die ten oorlog marcheerden. Frankie viel bijna van de stoel, maar Ita ving hem net op tijd op. Dat was haar gave. Ze kon zien wat er ging gebeuren. Ze was klein omdat ze zo gevoelig was. Net alsof ze niet te veel ruimte in de wereld wilde innemen omdat ze plek voor anderen wilde overlaten. Het lichaam van een kind en de geest van iemand van dubbel haar leeftijd.

Pa baalde dat ze nooit zag welk paard ging winnen. Ma zei dat haar gave niet voor geldelijk gewin bedoeld was. Ita zei dat het haar soms bang maakte, omdat ze mensen zag die dood zouden gaan. De meeste mensen wilden in de toekomst kijken, maar soms keek ik naar Ita en dan zag ik dat ze een visioen had. Dan keek ze bedroefd. Ik kon de tranen achter haar ogen zien. Ze leek ook heel mooi dan. Een pop met een mensenhart.

Ita zette Frankie op de grond en hij rende schreeuwend de bijkeuken in.

'Mammie, mammie, ik mil de doos op de tafel.'

Iedereen barstte in lachen uit. Frankie begon te huilen. Nu lachten we nog harder. Hij kwam de kamer weer in en schreeuwde door zijn tranen.

'Ik mil 'm, ik mil 'm, ik mil 'm.'

Hij liet zich op de grond vallen en begon als een helikopter met zijn voeten te trappelen. Niemand kon bij hem in de buurt komen. Het werd zo erg dat het niet leuk meer was.

'Wat zit er in de doos?' vroeg ik.

Ita keek me aan.

'Dat wil pa niet zeggen.'

'Ik weet het maar ik zeg niks.'

Shea wist dat soort dingen altijd. Ma vertelde hem alles. Hij was ma's lieveling en ze deed geen enkele moeite om dat te verbergen. Shea koos altijd ma's kant als ze ruzie met pa had. Hij was haar kleine beschermer. Ze vertelde hem dingen die ze niet eens tegen pa zei. Ma kwam de bijkeuken uit met een groot bord met besmeerde boterhammen. Boven in de gang ging de telefoon.

'Neem eens op, Seamus.'

Ma gebruikte altijd zijn hele naam.

'Dan pakken ze m'n stoel.'

Niemand deed zomaar afstand van de leunstoel. Vooral niet als het buiten zo koud was als vandaag. Plotseling realiseerde ik me dat het best Miss World kon zijn, over de advertentie. Ik rende naar boven en nam op. Ik hoorde niets. Ik wist dat zij het was.

'Het spijt me, we hebben geen plaats.'

Ik hoorde geen zucht. Niets. Alleen maar iemand die luisterde.

'We zijn vol.'

Ik drukte op knop A. De hoorn kwam tot leven in mijn hand. Een ratelend lachsalvo aan de andere kant. Dat betekende dat het oom Paddy was. Oom Paddy was in alle opzichten normaal behalve dat hij niet kon ophouden met lachen. Of nee, hij kón wel maar hij wilde niet. Als je met hem wilde praten moest je meelachen. Als je niet lachte, was het net of je hem voor de gek hield. Paddy lachte voor het begin van een woord, halverwege een woord en aan het eind van een woord, afhankelijk van de betekenis en de zin.

Ik hield de hoorn een stukje van mijn oor.

'Is...'

Hij grinnikte.

'Is je...'

Hij haalde diep adem.

'Is je vader...'

Hij grinnikte en ademde in.

'Is je vader thuis?'

Hij proestte het uit. Werd hysterisch. Het was een doodgewone zin, maar hij deed alsof het de grappigste opmerking in de geschiedenis was. Ik wist dat hij enkele minuten zou doorlachen. Ik las de instructies naast de telefoon en lachte mee. 1. Hoorn opnemen. 2. Geld inwerpen. 3. Gewenst nummer draaien. 4. Wachten tot er opgenomen wordt. 5. Knop A indrukken. 6. Voor geldteruggave knop B indrukken. Pa had ernaast geschreven 'Volg instructies, s.v.p.'. Aan de andere kant was zijn broer Paddy uitgelachen.

'Hij is geloof ik bij de bookmaker, ome Paddy.'

Ik wist dat het hierna weer lachen geblazen zou zijn. Ik las de instructies nog drie keer. Na een minuut of drie gaf Paddy me een boodschap voor pa.

'Zeg maar dat de antenne geland is.'

Het was allemaal heel geheimzinnig en mondje-dicht.

'De antenne is geland, over en sluiten.'

Ik hing de hoorn op en drukte op knop B. Soms kwam er dan geld uit. Vandaag niet. Ik sprong de vier treden naar de keukendeur af. Toen ik binnenkwam, keek Ita ma aan.

'Dat was ome Paddy, hè?'

Ik zei niets.

'Ik wist 't wel. Ik wist dat hij 't was.'

'Jullie konden hem hier horen lachen.'

Ik keek naar Shea. Die schudde zijn hoofd. Ik keek naar Ita. Ze had die trieste blik.

'Ik wist dat 't Paddy was, net zoals ik weet dat dat 'n televisie is.'

Alle ogen gingen naar de doos.

''n Televisie?'

Niemand durfde haar tegen te spreken. Frankie klom op een stoel om beter te kunnen zien.

'Wat is 'n tebebisie, ma?'

'Da's 'n bioscoop in je eigen huis.'

De antenne is geland. Nu snapte ik het. Ik zei het hardop.

Iedereen draaide zich om en keek naar me. Ik zei het nog een keer, met een glimlach ditmaal.

* * *

'Haal de ladders!'

Dit was pa's liefste kreet. Als hij dat zei, wist je dat hij het dak opging. Daarboven was zijn koninkrijk. Op het dak was pa koning.

'Haal de ladders.'

Zolang ik me kon herinneren klom ik al in zijn kielzog zijn ladders op. Ik kende elk barstje en elk verfspatje. Ik kende elke afzonderlijke sport, welke gerepareerd waren en welke aan reparatie toe waren. Welke aan de vorst ontsnapt waren en welke niet. Ik wist hoeveel respect ze verdienden en met hoeveel respect ze bejegend moesten worden.

'Haal de ladders.'

Haal de ladders betekende dat pa zijn werkkleren aantrok. Vijf dagen per week ging hij in pak en stropdas naar het kaartjeskantoor in het station. Daarnaast werkte hij drie avonden per week op de windhondenrenbaan. Dat was werk voor andere mensen. In zijn eigen rijk deed hij missionariswerk. Pa bewaakte de vestingmuren.

Zijn werkkleren waren afdankertjes van Adam. In het zitvlak van zijn broek zaten twee scheuren, zodat bij elk windje zijn kont naar buiten gluurde. De pijpen waren kapot zodat zijn knieën naar buiten kwamen. Voor en achter getuigden twee kaarsrechte vouwen van ma's strijkkunst. Het enige oorspronkelijke onderdeel van het overhemd was de boord, die al minstens twee keer omgedraaid was. De slip was van een oude pyjama, de rug was de voorkant van een onderhemd, de rechtermouw was blauw en de linker een soort roze (inmiddels zwart geworden), geen enkele knoop was hetzelfde en maar twee ervan konden dicht. De trui had geen ellebogen en geen rug, alleen maar een voorkant die eruitzag als een babyslabbetje. Zijn schoenen waren ooit bruin geweest en nu even kleurloos als de grond. De veters waren witte touwtjes die hij maanden geleden uit de prullenmand gevist had. Hij droeg twee paar sokken voor bescherming tegen vreemde lichamen in de schoen.

Het belangrijkste onderdeel was het hoofddeksel. Dat wist pa uit de geschiedenis en uit persoonlijke ervaring. Zijn kennis begon bij de Grieken en was via de Romeinen, de Noormannen en Cromwell doorgegeven tot de dag van vandaag. Pa wist dat tachtig procent van je lichaamswarmte door je kruin verdween. Je kon jezelf van noord- tot zuidpool in berenhuiden wikkelen, maar zonder hoofddeksel kon je net zo goed in je blootje werken.

Het sneeuwde. Een licht sneeuwbuitje. In heel Dublin maakten de mensen zich op om het nieuwe jaar in te luiden. Kinderen in Seville Place, Emerald Street en Sheriff Street probeerden sneeuwvlokken te vangen. Hoog op een balkon kon je een dronken man duidelijk een lofzang op de zomer horen zingen. Hij bad om warme dagen en koud bier en iets wat hij 'pretzels' noemde.

Om vier uur zei pa dat we om vijf uur naar de BBC zouden zitten kijken. Vijf uur morgenvroeg, zei oom Paddy meteen, en het hele huis viel om. Ik lachte zo hard dat de vleespastei van mijn avondeten omhoogkwam. Ik schrok zo dat ik alles meteen weer inslikte.

Het was halfelf. Het dak leek net de planeet Mars. Pa had zijn looplamp afgesteld en aan de schoorsteen gehangen. Hij wierp gigantische schaduwen over de sneeuw en de rij daken. Als ze de antenne bewogen was het net of een reuzenduizendpoot door het dak ons huis wilde binnendringen. Behalve de looplamp hadden we ook geïmproviseerde lantaarns – kaarsen in afgedankte bonenblikjes. Het hele dak stond ermee vol en nu en dan warmden pa en Paddy er hun verkleumde handen aan. Ze zagen eruit als zombies na een aanval van de verschrikkelijke sneeuwman. De dronken zanger zong nog steeds in de verte.

'Dat-ie doodvalt met z'n days of summer.'

'En dat-ie de pestpleuris krijgt.'

Zeven volle uren zaten ze al op het dak met de antenne te worstelen. Ze waren de verslagenheid zelve. Opnieuw verschoven ze de klampen aan de schoorsteen. Voor de tiende keer. Ze keken elkaar aan en wisten dat dit de laatste worp van de teerling was. Ze zetten zich schrap en grepen de antenne beet. Langzaam, voorzichtig, tilden ze hem naar de klampen. Eén verkeerde beweging, één onverwachte windvlaag en ze vlogen het dak af.

Ik volgde alles vanaf mijn plekje hoog op de ladder. Huizenhoog. Drie verdiepingen. Mij kon niets gebeuren. Ik zag de twee broers de antenne samen optillen. Ze zeiden geen woord. Een woord was een ademtocht en een ademtocht kon hun evenwicht verstoren. Zolang de paal niet vastzat, stond hun leven op het spel. De eerste keer zaten ze er finaal naast. Ze keken elkaar aan en ik meende pa te horen zeggen...

'Ik hou van je, broer...'

Ze deden een nieuwe poging en de antenne schoof op zijn plaats alsof ze een circusnummer ingestudeerd hadden. Ze duwden hem overeind. Loodrecht en verticaal als een schietlood. Zij kwamen eveneens omhoog, alsof ze neven van de antenne waren, alsof ze zijn prestatie huldigden door de hunne te huldigen. Oom Paddy kon weer lachen, pa neuriede mee met de zanger in de verte.

Binnen de kortste keren werd de coaxiale kabel van de antenne langs de achtermuur naar beneden geleid, door het keukenraam naar binnen gebracht en achter in het toestel gestoken. Het hele gezin zat afwachtend in een grote halve kring. Ma zat in de leunstoel bij de open haard met de slapende Frankie in haar armen. Johnny zat zoals altijd onder de tafel, klaarwakker, voor iemand weggekropen. Oom Paddy vroeg pa de tv aan te zetten en hij zei het op zo'n manier dat we meteen plat lagen. Met oom Paddy in de buurt had je geen televisie nodig. We kwamen niet meer bij. Toen werd oom Paddy ineens serieus.

'Kom op nou, geef je vader 'n kans.'

Pa wilde de televisie aanzetten. Zijn hand was nog steeds blauw van de kou. Hij kon de schakelaar niet beetpakken. Hij blies op zijn vingers en probeerde het opnieuw. De klik klonk als een pistoolschot. In het midden van het scherm verscheen een klein puntje. Dit was tovenarij. Het puntje verdween en we slaakten een collectieve zucht van teleurstelling. Meteen daarna lichtte het hele scherm op en we slaakten een zucht van verrukking. Het was sneeuw. Het hele scherm was vol sneeuw. Van boven tot onder en van links naar rechts. Buiten sneeuwde het en nu binnen ook. Frankie werd wakker en wees naar de televisie.

'Kijk de maan.'

Het was net alsof hij in zijn slaap een visioen had gehad. Iets in zijn hersenen had contact gemaakt met iets in de televisie.

'Kijk de maan.'

Ma kalmeerde Frankie en zei tegen pa:

'Je hebt genoeg gedaan voor een avond. Laat toch zitten, pa.'

Pa was zo nijdig dat hij niet eens antwoord gaf. Laat nooit een karwei ten halve liggen, luidde een van zijn hoofdregels. Hij had zojuist zijn leven en dat van zijn broer op het spel gezet en voorlopig dacht hij er niet aan om te deserteren. Hij zou nog liever van het dak vliegen en te pletter vallen dan de mensheid een erfenis van een scherm vol sneeuw na te laten.

Hij liep naar de bijkeuken, maar niet om thee te drinken. We hoorden gefluister. We staarden naar de sneeuw en deden alsof we niet luisterden. Eindelijk kwam pa de keuken weer in, gevolgd door Paddy. Hij trok zijn wollen muts van zijn hoofd en gooide die in mijn schoot.

'Zet op, zoon, je gaat de antenne op.'

* * *

Ik wist dat ik niet omlaag mocht kijken. Alleen maar recht vooruit, precies zoals pa had gezegd. Ik rilde van angst. Ik herinnerde me de Griekse jongen. Die deed niet wat hem gezegd was en vloog te dicht bij de zon. Rampspoed. Pa en Paddy legden ieder een hand onder mijn achterste en tilden me hemelwaarts. Ik graaide met mijn handen en zocht steun voor mijn voeten. Nu zetten ze ieder een hand onder mijn schoenen en gaven me een nieuw zetje richting sterren. Bij elke halve meter die ik zo omhoogschoof, wiegde de antenne zacht onder mijn gewicht. Dat was het ergste, erger dan de sneeuw die mijn neus en mijn mond binnendrong. Ik voelde de visgraatantenne tegen mijn kruin. Ik wilde omlaagkijken om te zien hoe hoog ik zat, maar ik beet op mijn tanden en bleef strak vooruitkijken.

'Nou, zoon, luister goed. Steek heel voorzichtig je hand omhoog, hoor je me?'

Ik had nog nooit zo veel gevoel in zijn stem gehoord. Hoewel ik hoog in de lucht zat, voelde ik me ingezwachteld in zijn woorden. Alsof hij plotseling een heel andere vader was. Een vader die niet maalde om systemen of logica of de oude Grieken, maar zich uitsluitend zorgen maakte om mij, hoe ik het maakte en wat mij zou kunnen overkomen.

'Steek je hand omhoog en draai de antenne richting Engeland.'

Ik zou naar Engeland gevlógen zijn als hij me dat gevraagd had. Ik stak mijn hand omhoog en de antenne begon zelf te bewegen. Zonder te kijken begon ik hem te verdraaien. Toen hield ik op.

'Waar is Engeland, pa?'

'Richting rivier. Draai 'm naar de Liffey en hou vast.'

Ik draaide hem in een rechte lijn tussen Howth en Dun Laoghaire. Pa zond het bericht langs de door hem ingestelde communicatielijn naar beneden.

'Hebben we beeld?'

Johnny, boven op de ladder, schreeuwde naar Ita op de grond.

'Hebben we beeld?'

Ita rende naar Shea, die belast was met het afstellen.

'Hebben we beeld?'

Shea draaide de knop helemaal naar rechts en vervolgens helemaal naar links. Zijn bericht kwam terug naar boven.

'Sneeuw.'

'Sneeuw.'

'Sneeuw.'

'Sneeuw.'

Het licht op het dak veranderde. Uit een ooghoek zag ik Paddy's kalende schedel toen hij pa's looplamp van de haak aan de schoorsteen nam. Hij wees ermee alsof het een gigantische vinger was. Over de rij daken.

'Daar is je probleem. Daar is je probleem, dáár zo. De kerk blokkeert je signaal. De kerk staat precies tussen jou en 'n goed beeld.'

Pa nam de lamp over en bestudeerde de situatie zelf.

'St.-Laurence O'Toole, klootzak. Je had nooit geboren mogen worden, stomme varkenspiemel.'

Paddy pakte de lamp weer terug.

'De kerk blokkeert 't misschien, maar 't moet ergens heen. Als 't uit Engeland komt, weerkaatst 't díe kant uit.'

Paddy draaide de lamp naar het noorden. Pa zag het meteen.

'Daar knalt 't tegen de huizen aan en dan kaatst 't weer terug.'

Paddy draaide de lamp naar het zuiden.

'Daar komt 't weer bij mekaar, maakt 'n huppeldansje en stuitert van precies de andere kant weer naar ons.'

Als uit één mond schreeuwden ze naar mij:

'Doordraaien, zoon, doordraaien.'

Ik draaide de antenne helemaal de andere kant uit. Het bericht werd doorgeseind. Het antwoord kwam terug.

'We hebben beeld!'

'We hebben beeld!'

'We hebben beeld!'

'We hebben beeld!'

Ik zocht in mijn zak naar een sleutel en voelde de geluksbabbelaar. Die was ik totaal vergeten. Ik draaide de moer aan die de visgraatantenne op zijn plaats hield.

Toen 1960 een half uur oud was, zaten we allemaal naar de televisie te kijken. Het voelde heel anders dan 1959. Het geluid was perfect. Een man beschreef de 'traditionele feestelijkheden' op Trafalgar Square. Op het scherm was beslist iets te zien. Schimmen die op menselijke wezens leken. Ik ging er vlakbij staan, maar zag alleen maar puntjes en strepen. Paddy stak zijn hand achter het toestel en toen kwam het – een volmaakt beeld. Dat wil zeggen, bijna. Een heleboel sneeuw, maar een duidelijk beeld. We begonnen allemaal te klappen. Het was een vrouw op een paard. Ze zag er majestueus uit. Koninklijk. Een groot zilveren zwaard in haar hand.

'Alsof we op dat mens zaten te wachten.'

Ma zat op haar stokpaardje. We probeerden haar stil te krijgen.

'Ik laat me in m'n eigen huis niet de mond snoeren. Niet voor dat mens en zo'n vetzak van 'n paard. In dit land is ze geen koningin, televisie of geen televisie.'

Ma liep de kamer uit met de slapende Frankie op haar arm. Pa sloeg zijn ogen ten hemel.

'Joffers!'

Wij bleven aan het scherm gekluisterd. De muziek schalde en de Britse koningin inspecteerde de koninklijke garde. Pa en Paddy stonden achter ons. Hun vader had in het Paasoproer van 1916 gevochten en nu stalen ze beelden uit Londen.

Ik stak de geluksbabbelaar in mijn mond en begon te zuigen. Ik zoog zo hard en zo snel als ik kon. Ik won niets, maar toch voelde dit als een van de gelukkigste dagen van mijn leven. Misschien was het een voorteken. Met ongeduld wachtte ik op de rest van de jaren zestig.

2

De hele week na het plaatsen van de advertentie stond de telefoon niet stil. We werden gebombardeerd met telefoontjes. Nog erger volgens ma dan tijdens het bombardement van de North Strand. Ma's tong kon thee in zoutzuur veranderen, maar aan de telefoon was ze poeslief.

'Wat zegt u? Jazeker, we zijn officieel goedgekeurd. Graag gedaan.'

En zodra ze ophing:

'Typische Corkse klerelijer. 't Scheelde niet veel of hij vroeg of we 'n overdekt zwembad hadden.'

Tegen etenstijd stond er een rij voor de voordeur. Achter elkaar, het trapje af en het hek langs. Ik bekeek ze door het slaapkamerraam boven. Mensen die onderdak zochten. Eenzame mensen. Hopend dat ze uitverkoren zouden worden. Hopend dat ze in een gezin zouden komen. Een man met krulhaar en een kale kruin. En een dikke zwarte bril. De man naast hem droeg een werkmansbroek met omslagen om geld in op te vangen. Hij had bruine schoenen aan die bijna rood waren. De broek en de schoenen pasten niet bij elkaar, maar de schoenen en zijn gezicht wel. Misschien was dit de typische Corkse klerelijer.

Het waren net verdoolde zielen. Buitenlui die voor een Dublins huis in de rij stonden voor onderdak. Elke november kon je verdoolde zielen uit het vagevuur verlossen en in de hemel krijgen door zeven onzevaders, zeven weesgegroeten en zeven Ere zij Gods te bidden. Als je een ziel gered had, moest je de kerk uit en een poosje buiten blijven voordat je weer naar binnen kon om er nog meer te redden. Het fijnste gevoel was tijdens het laatste gebedje, als de hemelpoort openging. Je zag het in je gedachten gebeuren. De verdoolde ziel zag het in het echt, maar die wist niet wie de poort openmaakte. Die dacht dat het God was. Er stonden tien mensen voor onze deur en er zou er maar één binnenkomen. Ik vroeg me af waar de verliezers naartoe zouden gaan. Ik kon ze niet helpen.

* * *

Pa's gezicht zat vol stukjes krant met bloedpuistjes. Hij stond zich in de bijkeuken te scheren. Het mesje was bot en hij had haast. Hij moest niet alleen de kostgangers te woord staan maar ook naar de renbaan in Shelbourne Park. Toen hij uit de bijkeuken kwam, had hij een papieren baard. Een van de stukjes krant was een advertentie voor een elektrisch scheerapparaat. Veilig en schoon en met twee s... Het laatste stukje ontbrak. Waarschijnlijk was het nelheden. Of misschien poelen. Wij vonden het komisch, maar ma was boos.

'Zo kun je niemand te woord staan. Je lijkt Frankenstein wel.'

''t Zijn maar 'n paar sneetjes.'

Hij keek om zich heen om steun. Wij durfden niets te zeggen. Shea brak het ijs.

'Je bent erger dan Frankenstein. Die had een excuus.'

Ma werd erop uitgestuurd om de klanten te ontvangen, terwijl pa zijn gezicht opereerde. Ze ontving ze in de Voorkamer. Die lag recht onder onze slaapkamer en had twee leunstoelen, een divan en een piano. Het was ons op straffe des doods verboden binnen te komen en dus keken we naar sneeuw op de televisie met het geluid af en hoorden we ma van tijd tot tijd door de tussenmuur lachen. Elke keer als ze lachte werd het beeld beter. Ik was de eerste die dit opviel en ik maakte de rest erop attent. We probeerden tegen de televisie te lachen, maar dat hielp niet. Pa dacht dat we hem uitlachten. We vertelden hem over het beeld, maar hij gromde een keer en ging door met zijn gezicht opkalefateren. Je kon zien dat hij bij ma in de paddock wilde zijn om de paarden te inspecteren.

De kostganger zou een investering in onderwijs zijn. Shea zat op de middelbare school en bracht elk trimester een bruine envelop mee die vol geld terug naar school moest. Het geld van de kostganger zou die envelop vullen. Er waren nog andere enveloppen, bijvoorbeeld die van de schoenenclub. Die bracht ik op de eerste dag van elke maand naar een vrouw in Foley Street. Dat betekende nieuwe schoenen met Kerstmis van schoenenzaak Griffith in Talbot Street. Dan was er de kalkoenenclub bij de slager en de kerstpakketclub in de winkel op de hoek. Maar het geld van de kostganger was bestemd voor onze scholing.

Als er windhondenrennen waren, troffen ma en pa elkaar om twintig over tien in de Liverpool Bar. Dat was een vast ritueel. Om vijf over tien ging ma de deur uit en liep naar de North Wall. De kroeg lag recht tegenover de kade waar de boot naar Liverpool vertrok. Als ze binnenkwam, bestelde ze meteen een pint Guinness, opdat pa bij zijn komst niet hoefde te wachten tot het bier opklaarde. Door hem te laten opklaren kreeg de Guinness zijn magische smaak. Maar daarop wachten was een marteling voor een man met een hele dag dorst achter zich.

Om tien over tien kwam ma de voorkamer uit en stuurde me naar de Liverpool. Ik moest tegen hem zeggen dat de gesprekken nog in volle gang waren. Ik zette mijn fiets in de gang tussen de salon en de bar en ging hem zoeken. Het café zat vol dokwerkers en veedrijvers, nog steeds in hun werkplunje.

Er werd volop gezongen. De man die de leiding had, droeg een blauw pak met een zilverkleurig overhemd met open boord, zodat je zijn borsthaar kon zien. Hij droeg een gouden horloge om zijn pols en een gouden ring aan zijn pink, die fonkelden als hij zijn handen meebewoog op de maat van de muziek. Hij zong 'Frankie and Johnny', een van pa's lievelingsliedjes. Maar er was iets vreemds aan. Pa gaf je altijd de hele tragische geschiedenis, maar deze man zong maar de helft. Niet dat hij de woorden niet kende, hij liet ze expres weg.

Frankie and Johnny lovers.
Oh Lordy, did love.
Swore each other and the stars above.
He oh yes, man, done her wrong.

Geen geweersalvo zoals pa altijd deed. Geen moraal over 'mannen hebben geen greintje fatsoen in hun lijf'. Hij begon meteen aan het volgende, 'Roses are Shining in Picardy', maar hij liet de meeste woorden weer weg. Hij had het hele lied in minder dan dertig seconden gehad.

Van pa geen spoor.

Ik zag Andy Griffins moeder. Andy was mijn beste vriend op school. Hij had me een keer verteld dat zijn moeder alcoholiste was. Ik vroeg haar wie de zanger was.

'Da's Christy Power, jong. De man met de gouwe pik.'

Haar vriendin stiet haar aan.

''t Is nog maar 'n jongen, Molly.'

'Des te meer reden om 't te horen. 't Is geen werk, Christy Power met kinderen bij al die meiden. Maar ze vallen natuurlijk voor de stem, daar komt 't door.'

Op dat moment kwam pa binnen. Ik vertelde hem het nieuws. Hij bestelde een pint, dronk hem in twee slokken leeg en kocht zes flesjes Guinness voor thuis.

Toen we thuiskwamen, zaten vier mannen aan onze tafel te eten. Mossie Sullivan was de man met de schoenen die bij zijn gezicht pasten. Hij kwam uit Malla (Mallow) in County Cork en had zijn eigen veewagen. John O'Mahony was de kale kruin, pas uit een klooster in Kildare en nu werkzaam bij Offshore Oil. De gebroeders Dargan, Noel en Liam waren losse arbeiders uit Tipperary en zouden pas komen als de rommelkamer ingericht was.

Ons gezin was in één avond verdubbeld. Dat kwam door ma. Ma kon vreselijk blaffen, maar ze kon niemand wegsturen. Allemaal als gevolg van haar geboorte. Haar moeder was in het kraambed gestorven en daarom had ze zich alleen in de wereld moeten redden. Dat had haar sterk gemaakt. Een doorzetter. De keerzijde van de medaille was dat ze de hele wereld wilde bemoederen. En nu trok de hele wereld bij ons in. Waar moest iedereen slapen?

* * *

Shea en ik lagen in de bovenste helft van het bed en Johnny in de onderste. Als ik ook maar in de buurt van de middellijn kwam, kreeg ik een elleboog. Shea wilde niet aangeraakt worden omdat hij eigenlijk een eenpersoonsbed had moeten hebben, het eenpersoonsbed waarin nu een kostganger lag. Ik kroop zo ver mogelijk van hem vandaan. Ik luisterde naar het geroezemoes beneden en probeerde wakker te blijven. Het lukte niet. De warmte in bed werd me te veel en uiteindelijk gaf ik me over aan de slaap.

Ik werd wakker met het gevoel dat ik vergast werd. De reden was Johnny's voet in mijn gezicht. Zijn kleine teen stak in mijn neus alsof hij probeerde er snot uit te peuteren. Ik duwde zijn voet weg en klom over Shea heen het bed uit. Ik zocht onder het bed naar de po. Ik kon hem niet vinden. Ik zakte door mijn knieën en keek onder het bed. Toen schoot me te binnen dat we geen po meer hadden vanwege de kostgangers. In het schimmige gele licht van de straatlantaarn in Seville Place liep ik naar de deur. Ik hoorde een stem uit het andere bed komen.

'Die ouwe van jou is hartstikke gek, weet je dat.'

Het was John O'Mahony in het eenpersoonsbed naast het onze.

'Dit huis is gezegend. 't Is 'n bijzonder huis. Ga plassen, let maar niet op mij.'

Het was net alsof hij daar had liggen wachten om een zin af te maken. Hij had beide handen achter zijn hoofd en keek me aan door zijn bril. Ik liep de trap af naar de badkamer. Het hele huis was donker en daardoor wist ik dat het middernacht was. Het was doodstil. Ik hoorde het peertje boven mijn hoofd suizen. Iedereen sliep. Iedereen behalve deze man, Mahony.

Ik werd bang. Ineens besefte ik dat ik alleen was. Alleen in de badkamer in het holst van de nacht. Elke gek kon achter me binnenkomen en een mes in mijn rug steken. Mahony bijvoorbeeld. Ik zou hem niet eens zien. Als ik vermoord werd, was het ma's schuld omdat ze de po weggepakt had. Ik rende de trap weer op en mijn kamer in. Ik keek alleen maar naar het bed. Ik dook er met één sprong in en kroop onder de dekens. Ik hijgde. Ik bleef zo stil mogelijk liggen tot ik weer normaal kon ademen. Ik kon niet slapen. Stel je voor dat Mahony een moordenaar was. Waarom zou hij anders in het holst van de nacht wakker liggen? Ik moest mijn ogen openhouden. Als ik insliep zou hij ons alledrie wurgen. Tenzij hij als eerste in slaap viel. Ik besloot hem tien minuten tijd te geven en dan te kijken. Intussen probeerde ik schapen te tellen. Ze hadden allemaal een dikke zwarte bril op. Ik begon aan Wembley te denken. Ik leidde Manchester United het veld op voor de bekerfinale. Ik liep naar de scheidsrechter – Mahony. Ik hield het niet meer uit. Steunend op een elleboog keek ik naar zijn bed. Hij draaide zijn hoofd om en keek me recht in mijn ogen. Ik schrok me te pletter en sputterde 'welterusten'.

'Ik lijd aan slapeloosheid. Ik slaap nooit.'

Ik gleed weer onder de dekens en begon te bidden. Ik bad dat deze maniak dood zou gaan, ter plekke. Ik bad zeven onzevaders, zeven weesgegroeten en zeven Ere zij Gods. Toen ik klaar was, begon ik opnieuw. Ik bad en bad tot ik niet meer wist wat ik zei. Ik voelde mijn oogleden zwaar worden. Ik pakte Johnny's voet en drukte die tegen mijn gezicht. Ik hield hem onder mijn neus en dankte God voor zijn zweetpoot. Ik bad voor Johnny's voet. Ik bad en bad en bad tot ik ma onder aan de trap hoorde roepen dat het tijd was om naar school te gaan en ik besefte dat ik sliep. Ik keek opzij en Mahony was verdwenen. Het bed was opgemaakt, maar hij was nergens te bekennen. Wat een opluchting. Hij had me dus toch niet vermoord.

* * *

Mossie Sullivan zei altijd 'ventje' tegen me. Dan opende hij zijn kolenschoppen van handen, pakte de mijne ertussen en wreef zo hard dat ze net twee gloeiende stukken turf in de open haard waren. Soms deed hij hetzelfde met mijn oren tot ik dacht dat ik ging vliegen.

'Waar is Frenchman's Lane?'

Hij probeerde me altijd te vangen. Hij wist niet dat ik pa's boodschapper was, wat inhield dat ik alle afgelegen plekjes kende. Frenchman's Lane was een makkie.

''t Zijstraatje in Store Street naast schroothandel McGowan.'

Hij vond dat ik veel te veel wist voor zo'n klein ventje en kietelde me bijna dood. Pa kietelde me vaak toen ik klein was, maar nu niet meer. Nu kietelde hij alleen Frankie. Ik zat niet meer bij pa op schoot en sinds ik kon fietsen mocht ik ook niet meer bij hem op de stang. Ik vond het fijn bij Mossie op schoot te zitten en de warmte van zijn lijf in het mijne te voelen trekken. Ik vond het heerlijk om zijn sigaret aan te steken. Als ma niet keek, blies ik zacht tegen de lucifer zodat hij bleef branden. Branden en branden tot helemaal onder aan toe. Dan maakte ik mijn vingers nat en nam hem in mijn andere hand en liet hem branden tot de hele lucifer zwart was, helemaal tot het eind. Branden en branden tot de vlam vanzelf uitging. Het was leuk om je af te vragen waar het vlammetje gebleven was.

Mossie's vingers waren een kruising tussen geel en bruin. Bij de nagels was het geelzwart en op de handpalmen was het geelbruin en het geel daar tussenin vond ik de mooiste kleur ter wereld. Die kleur wilde ik ook op mijn handen als ik groot was. Ik keek hoe hij rookte. Hij nam een trek, liet de rook uit zijn mond wolken en zoog hem dan weer naar binnen alsof hij hem voor de gek gehouden had. Daarna kauwde hij erop. Als hij uitgekauwd was, blies hij hem fluitend door zijn neus weer naar buiten, als een draak. Ik kon uren naar hem kijken. Ik oefende met snoepsigaretten, met lucifers, met rolletjes krantenpapier.

Vóór Mossie had ik de pest aan buitenlui. Alle onderwijzers op onze school kwamen uit Galway, Mayo of Kerry. Het scheen ze altijd tegen te vallen dat ze geen boerenkinderen in de klas hadden. Als je goed leerde, noemden ze je een slimme stadjer en als je stom was een uilskuiken. Waarom bleven ze niet thuis lesgeven? Wat deden ze in Dublin als ze er zo de pest aan hadden?

Mossie was gebouwd als een tank. Bij het lopen stak hij zijn hoofd iets naar voren, alsof hij de lucht opzij duwde om de rest van zijn lijf erdoor te laten. Hij liep zonder zijn voeten op te tillen, zodat ze een sloffend geluid maakten. Hij liep als een echte heikneuter, een heikneuter die je van ons tot de Five Lamps kon zien aankomen. Net een boer die door nat veen ploetert. Ik werd zo dol op zijn manier van lopen dat ik zijn oranje jek en zijn werkbroek en zijn bloemetjesvest niet meer erg vond. Zelfs zijn heikneuterschoenen niet.

Mossie bracht altijd een zak mee naar huis. Die gaf hij aan ma met de boodschap dat het iets voor bij de thee was. Of voor bij het avondeten. Meestal roomsoezen of slagroomtaart. Soms een vlaai of een koninginnenbrood. Hij kwam de achterdeur binnen, hoewel hij de sleutel van de voordeur had, en gaf ma de zak in de bijkeuken.

'Hier is 'n kleinigheidje, Anna.'

Ik was dol op de manier waarop hij Anna zei. Meer dan op de gebakjes. Zoals hij Anna zei met zijn Corkse accent en haar gezicht dat oplichtte alsof ze een meisje was.

'Da's nergens voor nodig, Mossie.'

'Waar is 't ventje? Hier, deel uit.'

Ik mocht altijd de zak snoep uitdelen. In het begin kocht hij snoepjes met papiertjes erom, maar dat leidde steevast tot ruzie over wie het eerst mocht kiezen. Op een avond zei ik tegen hem dat hij beter allemaal dezelfde snoepjes kon kopen, zonder papiertjes, waarop hij antwoordde dat hij beter kon ophouden met snoep kopen als er zoveel ruzie van kwam. Eén afschuwelijke seconde lang zonk het hart me in de schoenen. Daarna kietelde hij me zo hard dat ik lachte tot ik huilde en hij zei dat het hem speet, echt gemeend. Het was de eerste keer in mijn leven dat een volwassene zich zo tegen mij verontschuldigde. Ondanks de pijn in mijn zij en ondanks dat alles zeer deed en ik echt huilde, gaf hij me het gevoel dat ik belangrijk was, iets wat ik nog nooit had meegemaakt.

Als pa jaloers was op Mossie liet hij daar nooit iets van merken. Ma vertroetelde Mossie zo dat pa volgens mij wel jaloers móest zijn. Misschien verborg hij zijn ware gevoelens omdat Mossie over *inside information* beschikte.

Zolang ik me kon herinneren zei pa al dat je als gokker inside information nodig had om winnaars te vinden. In de persoon van Mossie Thomas Sullivan uit Malla in het graafschap Cork was pa's droom werkelijkheid geworden. Mossie's zuster was getrouwd met een bekende en in hoog aanzien staande paardendief uit Dunmeela in het graafschap Waterford. Daardoor had Mossie toegang tot inside information. Wat pa betrof had Mossie ma prinses Margaret kunnen noemen, zolang hij maar degelijke informatie leverde waar pa winnaars aan overhield.

Het enige wat ons te doen stond was wachten tot Mossie over de brug kwam.

* * *

Op de avonden dat hij niet bij de honden was, hielp ik pa de rommelkamer klaarmaken voor de gebroeders Dargan. Het was moeilijk te geloven dat ze broers waren. Noel was een boom van een vent met een kop met zwart haar als een boender. Liam was een meter tweeënzestig en had fijne blonde krullen. Noel zei vrijwel geen woord, Liam ratelde aan één stuk door. Liam had het bijna altijd over zijn broer. Veel van zijn zinnen begonnen...

'Noel, weet je nog die keer dat je...?'

Dan keek Noel op hem neer en knikte. Hij lachte nooit. Liam lachte voor allebei. Noel nam het leven voor zijn rekening. Het waren twee tegenpolen. Als Liam praatte, keek je onwillekeurig naar Noel. Als Liam ophield, begon je automatisch vragen te stellen aan Noel, waar Liam dan weer antwoord op gaf. Heel raar.

Noel was losse arbeider. Hij was soldaat geweest en dat wilde hij opnieuw worden. Liam was stukadoor en was nooit iets anders geweest, maar hij wilde drummer worden in een band. Hij oefende met een mes en vork, ongeacht welke. Hij oefende vóór het eten, tijdens het eten en na het eten. Toen hij drie weken in huis was, had ma nog maar twee ontbijtbordjes.

Zijn pronkstuk was een liedje van Buddy Holly, *Rave On.* Op een avond liep het echt uit de hand. Hij sloeg zijn beide borden aan stukken, viel van zijn stoel, smakte op de tafel en brak Mahony's bord ook. Noel gaf hem uitgebreid van leer. Twee hele zinnen, vlak achter elkaar. Hij verbood Liam nog ooit te oefenen.

Na een week begon hij weer, stiekem. Ik zat in de eetkamer mijn huiswerk te maken en zag het. Noel en Mahony waren er ook. Eerst trommelde hij boven de borden in de lucht. Dat hield hij een minuut vol. Toen tikte hij ze heel zacht aan. Telkens als hij er een raakte, verstijfde hij. Toen hij geen commentaar kreeg, begon hij opnieuw. Geleidelijkaan bereikte hij zijn oude volume. De spanning was om te snijden. Hij begon met *Rave On*. Hield op. Begon opnieuw. Ditmaal gebruikte hij Mahony's bord als cimbaal. Mahony ontplofte.

'Straks breek je de borden en dan vliegen we d'r allemaal uit.'

Noel kwam met zijn volle een meter negentig overeind. Hij keek neer op Mahony, wiens bril trilde op zijn neus.

'Hij dee godverdomme niks als muziek maken, verrekte ellendeling die nog zonde van Kerstmis maakt.'

Noel keek naar zijn broer.

'Spelen!'

Liam begon te spelen. In een gespannen ritme.

'Zingen!'

Liam begon te zingen. Een liedje over de jungle en een leeuw die gaat slapen.

Na een minuut was Liam in volle gang. Ma bracht het eten binnen. Noel zei op scherpe toon tegen zijn broer:

'Zei ik niet dat je op moest houen?'

Liam hield meteen op en maakte zijn excuses. Ma kon er niet om lachen.

'Als er iets kapotgaat, draai jij voor de schade op.'

Ik deed alsof ik sommen maakte. Noel keek strak naar Mahony, terwijl Mahony deed alsof hij at. Je kon de angst ruiken. Liam begon te drummen. Hij keek uitdagend naar Mahony of die iets durfde te zeggen. Hij wendde zich tot mij.

'Heb je 't litteken gezien?'

Ik schudde van nee. Hij draaide zich naar zijn broer.

'Laat 'm je litteken es zien, Noel. Laat zien.'

Noel legde zijn vork neer en maakte zijn riem los. Ritste zijn gulp open en trok zijn overhemd omhoog. Zonder Mahony ook maar één seconde uit het oog te verliezen. Ik boog me nieuwsgierig naar hem toe.

'Hij was in de Congo. Je mag 't gerust aanraken.'

Ik stak mijn hand uit maar probeerde het niet aan te raken. Het was net of iemand een blikopener op zijn been had gebruikt. Noel pakte mijn hand, nog steeds zonder zijn ogen van Mahony af te nemen. Hij wreef met mijn vingers over de hele lengte van het litteken.

'Litteken van tachtig centimeter, complimenten van 'n neger. Noel versierde z'n vrouw en pakte d'r op 'n grafsteen. Ze wou geld. Noel zei dat-ie niet voor seks betaalde.'

'Ik betaal niet voor seks!'

'De lafaard gaf 'm 'n jaap met z'n mes. Noel viet 'm met één hand vast en kneep 'm tot moes. Hij betaalt nog steeds niet voor seks, hè, Noel?'

Noel duwde zijn hemd weer in zijn broek en maakte zijn riem vast. Ma kwam binnen met de theepot en een bord met gesmeerde boterhammen. Toen ze de borden wilde opruimen sprong Mahony overeind.

'Laat mij maar, mevrouw Sheridan.'

Hij kon deze kans niet laten ontglippen. Toen Mahony de kamer uit was, zei Noel tegen mij:

'Zeg maar niets tegen je moeder over die neger.'

Ik schudde mijn hoofd en verdiepte me weer in mijn boeken. Ik had dus toch gelijk, we hadden een moordenaar in huis. Ik bad in stilte dat ma het slaaparrangement niet zou veranderen, dat ze alles zou laten zoals het nu was, nu en in de eeuwen der eeuwen, amen.

* * *

Pa kon zijn voldoening niet verbergen. Hij had een publiek om zijn theorieën op uit te proberen. Zijn systemen. Zijn ideeën. Een bijeenkomst met hem als ceremoniemeester. Zijn eigen school voor het organiseren van wat hij debatten noemde en ma ruzie.

'Jezus Christus had er twaalf, hoeveel heb jij d'r?'

Hij was niet meer te remmen. Hij had die dag een paar winnaars gehad en nu was hij onoverwinnelijk. God de Vader op zijn troon, een flesje Guinness bij wijze van kromstaf, en ma in de bijkeuken om voor een volle keuken thee te zetten. We waren allemaal van de partij, behalve Frankie, die in bed lag. Mossie zat in de leunstoel bij de haard en ik zat op Mossie's schoot. De rest zat in een kring om de tafel met pa aan het hoofd, onder de klok die nooit gelijk liep. Hij bracht het flesje met een zwierig gebaar naar zijn mond. Elleboog overdreven ver uitgestoken, altijd hetzelfde. Hij leek bijna verstild in de tijd, als een standbeeld in een museum. Het flesje aan zijn lippen geplakt, de rivier van geluid in zijn keel en het luie zuigen van zijn mond om de hals toen hij ophield. Dan kwam het leukste, als hij het weer neerzette en een golf schuim omhoogbruiste ten teken dat de vulkaan nog niet gedoofd was.

'Hoeveel heb jij d'r?'

De vraag was aan Mahony gericht. Pa kon uit niets een twistgesprek maken, dus eigenlijk was hij een soort God. Ik hoorde ma zeggen dat hij zich het graf in zou ruziën als ze het toeliet. Pa zei dat hij nooit ruziemaakte, alleen maar debatteerde. Mahony leek een antwoord te hebben maar kon het niet uit zijn mond krijgen. Ik zag hem tersluiks naar Noel Dargan kijken. Ten slotte barstte hij in schaterlachen uit. Een hysterische schaterlach. Shea, Ita, Johnny en ik lachten ook, hoewel we geen idee hadden waarom. Toen werd het weer stil en gingen alle ogen terug naar pa.

'Hoeveel volgelingen heb jij? Heb je d'r zelfs één?'

Er viel een vreemde stilte. Mahony knikte. Hij trok een plechtstatig gezicht.

'Jazeker.'

Hij keek de gezichten rond, een voor een. Hij klonk als een priester. Alsof hij water in wijn veranderde.

'Ik heb één volgeling. Hij volgt me overal waar ik ga.'

Mahony sloeg een kruis. We deden hem allemaal na. Dat was een automatisme. Hij pakte zijn glas Guinness van de tafel en dronk alsof het een kelk was. Iedereen barstte van de nieuwsgierigheid. Mahony liet de stilte voortduren. Liam Dargan hield het niet meer vol.

'Wie dan, Mahony?'

'Het is...'

Hij keek over de rand van zijn bril.

'Het is 'n...'

Hij nam opnieuw een slok. Liam wipte op zijn stoel van nieuwsgierigheid.

'Wie dan, wie volgt je?'

Mahony dronk het glas leeg en keek ons aan.

'Een rechercheur van de oplichtingsdienst.'

De hele kamer barstte in lachen uit, hoofdzakelijk om Liam Dargan. Mahony kreeg het zo te kwaad dat hij naar het achterplaatsje moest om lucht te krijgen. Noel Dargan lachte niet, maar ging eveneens een luchtje scheppen. Mossie hoestte zijn longen uit zijn lijf en spuugde ze in de haard. Shea rende de trap op naar de wc – want ik hoorde hem de B-knop van de telefoon indrukken. Ita ging naar de bijkeuken om ma te helpen. Ik keek naar pa. Hij bracht het flesje naar zijn mond en dronk het helemaal leeg. Hij nam een nieuw flesje uit de bruine papieren zak en trok het open met de voldoening van een tovenaar die een geest uit de fles laat. De nacht was nog jong. Soms voel je dat gewoon.

* * *

Ik weet niet waarom pa en Noel Dargan op de grond terechtkwamen. De ex-militair had gezegd dat hij in de Congo soldaten uit elk graafschap van Ierland had ontmoet behalve uit Dublin. Pa voelde zich gegriefd door deze smet op zijn geboortestad. Ik hoorde zijn stem met elk woord luider worden. Het debat dreigde in ruzie te verkeren. Ze probeerden het geschil bij te leggen met armpje-duwen. De handen gingen naar links en weer naar rechts. Pa sloeg de suikerpot om en Liam Dargan zei dat hij vals speelde. Pa werd bloedrood. Even later gingen de overhemden en onderhemden uit. Het pleit zou voor eens en altijd met Grieks worstelen beslecht worden. Wat viel er te beslechten? Pa zei altijd dat vechten de laatste toevlucht van een patser was en nu worstelde hij met een moordenaar. Ik liep naar de bijkeuken. Ik wilde dat ma er een eind aan maakte. Ik wilde haar laten weten in welk gevaar pa verkeerde, maar zonder haar te vertellen wat ik wist. Hoe kon ik zeggen dat ik het litteken gezien had? Dat ik het aangeraakt had? Of nog erger, hoe het daar gekomen was? Ik hield mijn mond. Ik moest riskeren dat pa vermoord werd, dat was de afschuwelijke waarheid. Ik zou mijn hele verdere leven zijn dood op mijn geweten hebben. Ik ging terug naar de keuken om het resultaat af te wachten.

Ze hadden elkaar in een houdgreep en knepen uit alle macht.

'Over?'

'Nee, jij?'

Zo ging het tijden door. Tijden en tijden. Het waren net dode kwallen op het strand. Twee kwakjes blubber. Ik zag pa's kontspleet boven de band van zijn broek uitkomen. Het was gênant. De paarse moedervlek op zijn schouder was nog gênanter. Het was net of die leefde, of hij groter werd. Van Noel zag je niet veel omdat hij vol haar zat. Soms, als hij de goede kant uit rolde, kon je het bovenste stuk van zijn litteken boven zijn broek zien steken.

'Over?'

'Nee, jij?'

Mossie was officieel aangesteld als scheidsrechter, maar na

een halfuur kreeg hij er genoeg van en ging weer in de leunstoel bij de open haard zitten. Liam was de enige die nog belangstelling voor het gevecht had.

'Kom op, Noel, zet 'm op, denk aan de Congo.'

Mahony zat aan tafel met een tube lijm. Hij probeerde zijn bril aan elkaar te lijmen na het incident op de achterplaats. Het was onbegonnen werk. Hij kon hem niet lijmen zonder hem op te zetten en hij kon hem niet opzetten omdat hij kapot was. Hij vroeg Ita om een rolletje plakband. Shea keek wie er zaterdag voetbalde en Johnny sliep onder de tafel op een deken. Ik stak Mossie's lucifers aan en gooide ze in het vuur. Ma kwam uit de bijkeuken met een pot verse thee.

'Kom je theedrinken, pa?'

'Zie ik daarnaar uit?'

Ze stapte over de lichamen heen en schonk de thee in. We trokken allemaal onze stoel bij de tafel, zodat de worstelaars buiten de kring lagen. Ik wist dat pa zich nooit zou overgeven. Hij zou zich nooit door een omhooggevallen heikneuter uit Tipperary laten verslaan. Mossie stond boven de worstelaars.

'Ik verklaar deze wedstrijd onbeslist.'

Geen van beiden reageerde.

'Anna heeft de thee ingeschonken, heren.'

Hij vernederde hen met goede manieren.

'Als je opstaat heb je allebei gewonnen. Zo niet, dan heb je allebei verloren.'

Ze lagen al een uur op de grond. Mossie stak hun allebei een hand toe. De verleiding was te groot. Moeizaam kwamen ze overeind. Mossie pakte met iedere hand een pols en stak hun handen omhoog.

'En de winnaar, dames en heren, is onbeslist.'

We applaudisseerden. Pa en Noel gaven elkaar een hand.

'Je hebt mazzel dat ik geen twintig jaar jonger ben.'

'Ik hield me in vanwege je leeftijd.'

Plotseling begonnen ze weer, ze duwden elkaar door de hele

kamer. We stoven uit elkaar toen de kopjes en borden op de tafel begonnen te rammelen. Ma kwam uit de bijkeuken, doodkalm maar heel vastbesloten. Ze verhief haar stem niet eens.

'Ik pak m'n hoed en m'n jas.'

Dat was een geliefde uitdrukking van ma, hoewel ze nooit een hoed droeg.

'Niet doen, ma!'

Een koor van stemmen. Johnny onder de tafel werd wakker en begon te huilen. Dat ontnuchterde iedereen. Pa ging aan tafel zitten. Ma hing haar jas weer op en we deden allemaal suiker en melk in onze thee. Er heerste stilte. Niemand hoefde die te vullen en niemand deed dat ook.

* * *

Mahony lag in bed toen het bericht kwam. We hadden de hele vrijdag op het telefoontje zitten wachten. Ma nam op. Ze kwam naar beneden en zei dat het voor Mossie was. Mijn hart begon te bonken. We probeerden allemaal niet te luisteren, maar je moest Mossie's zware accent in de gang wel horen. Nog zwaarder nu hij met zijn eigen volk praatte. Het belletje rinkelde toen hij ophing. In de keuken was de spanning om te snijden. Hij kwam binnen en pa gaf hem een flesje Guinness.

'Tullow Lady loopt morgen in Tramore. Ze zien d'r niet verliezen, ze zien d'r niet verliezen, jongens.'

Ik rende de trap op om Mahony in te lichten. Ik had beloofd hem het nieuws te brengen. Hij lag in zijn gebruikelijke positie in bed en keek me aan vanachter het plakband. Hij had de opwinding beneden gehoord, dus ik hoefde niet veel te zeggen. Ik vond het erg dat hij alleen was. Hij kwam niet vaak beneden als Noel Dargan thuis was, of hij moest dronken zijn. Vanavond was hij nuchter, wat inhield dat hij platzak was, wat inhield dat hij niets had om op het paard te zetten. Ik wist niet wat ik moest zeggen. Ik vroeg hem of hij ging slapen.

'Ik slaap nooit.'

Dat was ik vergeten. Ik had hem nog nooit zien slapen. Niet zolang hij bij ons woonde. Ik vroeg hem wanneer hij voor het laatst geslapen had.

'Veertien jaar geleden.'

Ik probeerde me daar iets bij voor te stellen, maar dat lukte niet.

'Zo ontgaat me niks. Ik zou 't niet anders willen.'

Hierop volgde zijn gebruikelijke grinniklachje. Hij was net een kind. Een volwassen kind. Ik wilde hem niet alleen laten, maar ik moest voortdurend denken aan wat er beneden gebeurde. Hij kon mijn gedachten lezen.

'Ik weet dat je naar beneden wilt, ga maar gerust.'

Ik loog en ging op het bed zitten. Ik keek naar hem en probeerde me hem voor te stellen als een monnik. Dat was makkelijk: Mahony in een bruin habijt terwijl hij midden in de nacht eieren raapte. Een slapeloze monnik. Ik vroeg hem in welke orde hij geweest was. Hij liet me getuigschriften van Blackburn Abbey zien, ondertekend door de abt. Het waren gloedvolle huldeblijken aan zijn karakter.

'Weet je wie de orde gesticht heeft?'

Ik kon geen beroemde monnik bedenken. Uiteindelijk zei ik vader Jacob. Ik zag het grinniklachje onder in zijn buik opkomen. Het barstte uit zijn gezicht.

'Ikzelf. 't Is m'n eigen orde. Ik maakte mezelf monnik en schopte mezelf eruit omdat ik niet op tijd ging slapen.'

Hij sprong het bed uit en was halverwege de trap naar de keuken voordat ik het in de gaten had. Ik weet niet wat hem bezielde. Hij scheen niet meer bang te zijn. Hij sprong de keuken in, verklaarde dat hij niet dood was en bood aan thee te schenken. Iedereen weigerde. Mossie vroeg om stilte en pa zette de juiste versie van 'Frankie and Johnny' in.

* * *

We brachten de hele zaterdagochtend door met het spreiden van de inzetten op Tullow Lady. Bij elke bookmaker een klein bedrag. Grote bedragen zouden alleen maar argwaan wekken. Als ze hier op de renbaan lucht van kregen, zou het paard op een lagere côte komen en was alles voor niets geweest. Iedereen, ook de eigenaar en de trainer, hadden er geld op ingezet om zeker te zijn van een goede dotering.

Ik bracht Mahony naar Pandjeshuis O'Toole in Amiens Street. Hij leverde zijn overjas, zijn beste pak en zijn horloge in. Terwijl de pandjesbaas het horloge door een ooglens bekeek, gooide Mahony een zilveren kruis op de toonbank.

'Een herinnering aan mijn monnikentijd.'

Hij draaide zich naar mij en deed zijn hysterische hinniklachje. De pandjesbaas dacht dat hij gek was. Hij bekeek het kruis niet eens. Hij bood dertig shilling voor Mahony's spullen. Na even sjacheren accepteerde Mahony het bod. We gingen naar een piepklein gokkantoortje in Killarney Street, naast de eierwinkel, en Mahony zette de hele dertig shilling in op Tullow Lady.

Tramore was maar een kleine buitenrenbaan en kwam niet op het zaterdagse sportprogramma op de radio. Daar liet pa zich niet door kisten. Een contactman in Shelbourne Park gaf hem het nummer van de openbare telefoon in het totalisatorkantoor in Tramore. Om één minuut voor drie draaide hij het nummer en kreeg verbinding. De contactman hield de hoorn uit het raam, zodat we het luidsprekercommentaar op de renbaan konden volgen. Mossie was uitgekozen om de telefoon vast te houden en het commentaar aan ons door te geven.

'Ze staan klaar voor de start.'

Iedereen in ons huis stond in de gang of zat op de trap. Niemand sprak een woord.

'Ze zijn weg.'

Mahony zat naast me. Zijn been trilde. Ik schoof weg. Pa

leunde tegen de deurpost. De meeste mensen zaten met hun hoofd in hun handen naar de grond te kijken.

'Het veld blijft bij elkaar. Niemand wil op kop. Gallic War neemt de leiding. Twee lengtes voorsprong. Vier. Het veld valt uiteen. Nog veertienhonderd meter te gaan. Gallic War ligt zes lengtes voor. Flash of Steel ligt tweede, de favoriet My Bonnie Girl derde. Tullow Lady, op de vierde plaats, dringt aan. Nog zeshonderd meter. Het veld loopt in op Gallic War. Nog maar twee lengtes. Eén lengte. My Bonnie Girl heeft Gallic War ingehaald. Tullow Lady zet buitenom de aanval in. Nog tweehonderd meter. My Bonnie Girl en Tullow Lady. De laatste tweehonderd meter. My Bonnie Girl ligt een hoofdlengte voor. Maar daar komt Tullow Lady...'

Gang, trap en overloop begonnen te beven. Het leek wel een tafereel uit de hel. Sommige mensen schreeuwden de naam van het paard, anderen schreeuwden dat ze niets hoorden en weer anderen schreeuwden om het schreeuwen. Mossie's stem klonk bulderend boven al het tumult uit.

'Ze gaan samen op de finish af. Ze liggen nek aan nek. En ze gaan samen over de eindstreep. Een fotofinish.'

Pa schreeuwde om een krant voor de racenummers. Shea had hem in een seconde open. Hij riep:

'Ons paard is nummer tien.'

Mossie schreeuwde om stilte.

'Hier komt de uitslag.'

Het leek wel een eeuwigheid te duren. We wilden alleen maar dat ene nummer horen.

'Eerste plaats, nummer tien.'

Daarna herinner ik me niets meer. De hel brak los. Iedereen omhelsde iedereen. Pa omhelsde Mossie. Ik omhelsde Shea. Shea omhelsde Ita. Ita omhelsde mij. Johnny omhelsde Frankie. Frankie omhelsde pa die nog steeds Mossie omhelsde. De buren omhelsden elkaar. Mahony omhelsde Noel Dargan. Het was uitstekende reclame voor het gokken. Tullow Lady stond op honderd tegen acht, dat wil zeggen twaalfeneenhalf tegen een. We hadden nog nooit zoveel gewonnen. Ik had een shilling ingezet, en dat was ik nog maar. Ik zou 13 shilling en zes pence terugkrijgen. We waren zo goed als miljonairs, allemaal. Mahony pakte me bij mijn schouders.

'Ik zei toch dat dit huis gezegend was, zei ik 't niet?'

Ik keek naar pa. Ik had hem nog nooit zo gelukkig gezien. Ik keek naar Mossie. Mossie was een heikneuter en ik hield van hem. Ik keek naar ma, die alles geregeld had. Ze zou pa in de waan laten dat het zijn werk was, maar zij had het gedaan. Uit haar eigen verdriet en lijden had ze de kostgangers in huis gehaald en daarmee het systeem om de bookmakers eindelijk een keer te slim af te zijn.

3
1961

Het ergste wat me op school kon gebeuren was erop uitgestuurd worden om de 'binkers' op te halen. Binkers waren spijbelaars. Ze hingen rond bij 'de knaal', ons woord voor het kanaal. Aan de overkant van de knaal lag een scheepswrak, achtergelaten door Noormannen die Dublin plunderden en verkrachtten tot de dokwerkers uit Sheriff Street zich ermee bemoeiden en ze de benen namen. De Noormannen vestigden zich op Christ Church Hill op de zuidoever. De oorspronkelijke Dubliners bleven op de noordelijke oever, met de rivier als eeuwige scheidingslijn tussen de twee kanten. Achter het wrak lag de spoorlijn naar Sligo. Hoog daarboven op de metalen brug lag de lijn naar Drogheda, Dundalk en Noord-Ierland. Om in zo'n trein te kunnen reizen moest je eerst een kaartje van mijn vader kopen aan het loket in het station in Amiens Street.

Sommige jongens binkten af en toe en sommigen binkten het hele jaar door. De verstokkelingen, noemde broeder Denehy die. Wij noemden broeder Denehy De Buldog. Hij was het topje van zijn pink kwijt. Afgebeten door een Duitse herder. Volgens Andy Griffin had de Gestapo hem wegens wreedheid ontslagen, maar was hij bij de broeders enthousiast binnengehaald. 's Winters schuilden de verstokte binkers in onbewoonbaar verklaarde huizen waar ze vuurtje konden stoken om warm te blijven. Na Pasen en de wederopstanding van de zon volgde de jaarlijkse pelgrimstocht naar de knaal. De rijen der verstokten groeiden aan. Ze staken de rest aan, net als de rotte appel in de mand. De knaal werd een rimboe onder de blote hemel waarin magere Tarzans elkaar de heerschappij over het wrak betwistten. Als er een trein voorbijkwam, sloegen ze met hun vuisten op hun borst en jankten als waanzinnigen tegen de zon.

Ik werd er door De Buldog op uitgestuurd om de jongens terug naar school te halen. Ik moest gaan zeggen dat de tuchtschool in Artane (erger dan de ergste gevangenis) op ze wachtte als ze weigerden naar school te komen. Ze hadden al één voet tussen de deur, zei hij. Het was het rotste baantje ter wereld sinds Judas Jezus gekust had. De binkers hadden lol en ik kwam zeggen dat ze moesten ophouden. Erger nog, ik nodigde ze uit voor hun eigen terechtstelling en daar nog blij mee te zijn ook.

De Buldog had de pik op mij omdat ik goede cijfers haalde. Hij haatte de binkers omdat ze niet naar school wilden komen. Hij haatte Lloyd George omdat die Michael Collins erin had laten lopen met het vredesverdrag met Engeland. Hij haatte Michael Collins omdat die het verdrag ondertekend had. Hij haatte De Valera voor het ondertekenen van de eed van trouw. Hij haatte Hitler omdat hij de Tweede Wereldoorlog verloren had. Hij haatte Amerika vanwege hun bondgenootschap met Engeland tegen Duitsland. Hij haatte alle buitenlandse sporten, vooral voetbal. Op sommige dingen was hij weer even gek als hij aan andere dingen de tering had. Hij was gek op Gaelic football, de Ierse taal, de Gaelic League, alles waar Gaelic in voorkwam, Connemara, Mayo, de heuvels van Kerry, Sinn Fein, de IRA, en bovenal op 'mietjes'. De mietjes zaten achter in onze klas. In de godsdienstles nam hij de Tien Geboden met ze door en stak onderwijl zijn hand in hun broek. Mietjes deden nooit iets terug; daarom heetten ze mietjes.

Andy Griffin was een van de verstokkelingen. Denehy wist dat hij mijn beste vriend was. Daarom liet hij hem door mij ophalen. Hij genoot van het idee dat hij me kon dwingen mijn vriend te verraden. Ik kon nog zo de beste van de klas in lezen, schrijven en rekenen zijn, hij had voldoende andere manieren om me klein te krijgen. Toen hij me voor de klas riep, stond zijn lessenaar open. Ik kon het licht van zijn spiegeltje over zijn gezicht zien dansen. Hij haalde de kam links en rechts door zijn haar voor een perfect kippenkontje op zijn achterhoofd.

'Weet je waar Andy Griffin is?'

'Nee, broeder.'

Hij pakte een balpen en drukte de achterkant tegen zijn gezicht om een mee-eter uit te knijpen.

'Weet je waar de binkers zijn?'

Hij wist dat ik het wist. Ontkennen zou een zwaktebod zijn.

'Ja, broeder.'

'Morgen komt de Cigire naar school. Als ze er niet zijn, stuurt hij ze linea recta naar de tuchtschool.'

Op weg naar de knaal dacht ik de hele tijd aan Andy. Hij wilde niet naar Artane gestuurd worden. Dat wou niemand. Hij had gewoon de pest aan school. Als hem iets gevraagd werd, verlamde hij van angst. Hij kon alleen maar denken aan wat er zou gebeuren als hij het fout had. Hij kon geen enkel antwoord bedenken. Eén keer deed hij het in zijn broek toen De Buldog hem een vraag stelde. Het was geen moeilijke vraag. Wat was het langst, de straal van een cirkel of de doorsnede? Er viel een afschuwelijke stilte. De Buldog interpreteerde zijn zwijgen als opstandigheid. Ik vond het vreselijk als dat gebeurde.

'En, krijg ik nog antwoord?'

Hij had vijftig procent kans. Ik bad dat hij goed zou gokken.

''n Rechthoek, broeder.'

De klas lachte. De Buldog schuimbekte van woede. Andy was er gloeiend bij. Toen hij opstond om zes klappen in ontvangst te nemen, zag ik de plas op zijn stoel. Ik legde er vloeipapier op en veegde hem weg.

Andy was niet goed op school, maar hij was een meester in

het vinden van geld. Hij leerde me de kneepjes van het vak. Oevers waren goed. Hoe smeriger hoe beter. Geld bleef in de modder steken. Als je er met een stok in roerde, hoorde je het metalen geluid. Daarna kon je het wassen en oppoetsen met brood. Met brood kon je koper weer als nieuw maken. Ook leerde hij me koffers dragen. Je ging onder aan de trap bij het station in Amiens Street staan. Je wachtte tot je een vrouw met te veel bagage zag sjouwen en dan sloeg je toe.

'Koffer dragen, mevrouw?'

Eén keer droegen we bagage naar hotel Gresham en kregen we tien shilling fooi. We kochten ieder dertig pennyrepen, kochten kaartjes voor de pluchen stoelen in de Elec-bioscoop en jouwden de mensen op de houtjes uit.

Ik hoorde het lawaai bij de knaal op tweehonderd meter afstand. Geschreeuw en een plons. Stilte, weer geschreeuw en opnieuw een plons. Ik kon een glimlach niet onderdrukken. Dit klonk zoveel beter dan school. Dit klonk vrij. Je hoorde er geen angst in zoals op de speelplaats, het had zijn eigen stem. Ik dacht aan de gevangenen in de Mountjoy verderop. Volgens De Buldog was dat het eindstation van de verstokkelingen. Eerst Artane, vervolgens Mountjoy. Ik vroeg me af of de gevangenen het geplons konden horen. Deed het ze aan hun schooltijd denken? Schreeuwden ze uit hun celraampjes dat dat gejoel afgelopen moest zijn omdat het te veel pijn deed? Misschien dachten ze dat de verstokkelingen ze uitlachten. Misschien schreeuwden ze bedreigingen die door het lawaai van treinen en auto's en paarden en karren overstemd werden.

Toen ik op de kade kwam, zag ik Scissors Kane op het wrak staan, klaar om te duiken. Toen hij mij zag, verstijfde hij. Ik verstijfde ook. Hard Head Hogan, Mickabird Langan en Mousey Mitchell stonden rillend op de kant. Ik hoefde niets te zeggen, ze wisten wat ik kwam doen.

'Rot op, Shero, we gaan niet mee.'

Scissors Kane sprong al voordat hij uitgesproken was. Een

fractie van een seconde later vlogen vier lichamen door de lucht.

'We gaan niet mee.'

Plons. Ze verdwenen. Ik keek om me heen. Vier schooltassen. Vier stapeltjes kleren. Geen spoor van Andy. De hoofden kwamen snakkend boven water. Ik vroeg waar Andy was.

'In het centrum, geld zoeken.'

Ik vertelde ze over de Cigire. Scissors dook onder en stak zijn kont in de lucht. De anderen volgden zijn voorbeeld, net afgerichte zeehonden. Ik draaide me om. Ik hoorde Scissors achter me schreeuwen:

'Zeg maar tegen die klerelijer van 'n Cigire dat ie m'n reet kan kussen.'

Zijn woorden galmden na in mijn oren toen ik terugliep naar school.

* * *

Ita had een droom over witte rook. Rook die uit de schoorsteen walmde en de hele straat vulde. Ma zei dat het een nieuwe paus betekende. Johnny zei dat het een trein was omdat pa op het station werkte. Ita zei dat het huis zo vol rook hing dat we de weg naar buiten niet konden vinden. Ma zei dat ze nergens bang voor hoefde te zijn. Shea zei dat het symbolisch was – het huis was een doodskist. Ma zei dat ze bedenkingen begon te krijgen over die middelbare school. Pa legde zijn krant weg en zei dat iedereen nachtmerries had, alleen waren de meeste mensen ze als ze 's morgens wakker werden weer vergeten. Het geheim was niet wakker te worden maar door te slapen tot ze vervaagden in het onderbewuste. Ita zei dat ze er niets aan kon doen dat ze wakker werd. Pa zei dat je alles kon leren, als je maar lang genoeg oefende.

''t Menselijk brein is 'n machine met onbegrensde mogelijkheden.'

Pa was tegendraads. Voor alles moest een verklaring zijn en

hij moest die hebben. Ita wilde geen verklaring. Ze wilde vastgehouden worden door volwassen armen, waarin ze zich veilig voelde. Pa was niet beschikbaar omdat hij in een debat verwikkeld was. Ma niet omdat ze sinds de komst van de kostgangers te veel monden te voeden had. Ita was alleen in een huis vol mannen. Ik had medelijden met haar dat ze geen zus had om geheimen mee uit te wisselen. Ze had een zesde zintuig en ze had haar eigen kamer, waar niemand anders sliep. Wat deed ze als ze midden in de nacht wakker werd met niemand in de buurt? Ik besloot met haar te trouwen. Dat bespaarde me de moeite een vriendin te zoeken en bovendien zou ik weten wat ik moest doen als ze een nachtmerrie had.

Shea en pa steggelden over de betekenis van de rook. Symbolen versus logica. Mevrouw Scally, de buurvrouw, verscheen voor het keukenraam. Ma riep haar naar binnen. Ze haalde een stuk gele baksteen uit haar handtas en liet het pa zien. Dat was op haar hoofd gevallen. Op klaarlichte dag. Ze liep nietsvermoedend langs onze gevel en kreeg die baksteen op haar hoofd. Zo'n klap dat ze bijna tegen de grond ging. Godzijdank was ze niet dood. Ze hield de baksteen onder pa's neus. Pa was bleek weggetrokken. Toen hij zijn hand uitstak om de baksteen te pakken, boog mevrouw Scally haar hoofd.

'Voel zelf maar.'

Pa voelde aan de buil op haar hoofd.

'Da's inderdaad 'n kanjer.'

''t Had m'n dood wel kunnen zijn.'

Ma maakte een kompres van ijsklontjes uit de koelkast. Ita pakte een porseleinen kopje en schonk thee. Pa bekeek het stuk gele baksteen van alle kanten. We leefden allemaal mee met het verhaal van de gele baksteen, maar stiekem vroegen we ons af wat de witte rook met mevrouw Scally's hoofd te maken had.

De hele lengte van Emerald Street dacht ik erover na. Schoorstenen, witte rook, gele baksteen, mevrouw Scally's hoofd. Ik sloeg linksaf Sheriff Street in, voorbij de jongensspeelplaats. Een bal vloog over het hek en kaatste voor me op de straat. Een koor van stemmen klonk op.

'Shero!'

Ik punterde de bal de lucht in, zo hoog als een schoorsteen. Hij veranderde in een gele baksteen. Iemand kopte hem en hij veranderde in witte rook. Mijn hoofd stond niet naar voetbal en ik was aanvoerder van het juniorenelftal van Sheriff United. Ik liep naar de flats. Onder aan de trap bleef ik staan. Ik haalde diep adem en rende zo hard als ik kon naar boven. Desondanks drong de stank van pis mijn neusgaten binnen. Een mengeling van pis en groenten. Waarom pisten kinderen in hun eigen trappenhuis? Waarom lieten mensen hun afvalkokers openstaan? Was dat omdat ze niet van hen waren maar van de gemeente? Ik had best in de flats willen wonen, als het er niet zo gestonken had.

Andy's voordeur stond open en ik hoorde stemmen. Boze stemmen. Aankloppen leek me geen goed idee. Ik deed een paar stappen hun gangetje in, maar besloot terug naar de galerij te gaan. Ik wachtte. Ik weet niet waarop. Tot er iets gebeurde. Ik weet het niet. Tot ze uitgepraat waren. Tot Andy buitenkwam. Ik gluurde door het netgordijn. Meneer Griffin leek net dood. Hij lag met zijn hoofd op tafel en zijn armen bungelden langs zijn stoel. Zijn mond hing open. Andy zat tegenover zijn vader, naast zijn zus Catherine. De vijf jongere Griffins zaten rondom de tafel, stil van angst. Andy wees op zijn vader.

'Zie je 'm, da's 'n varken. 'n Dronken varken dat ons eten verzopen heeft.'

Een kluit boter vloog door de lucht, miste Andy en sloeg tegen de muur. Hij bleef plakken. Mevrouw Griffin kwam uit dezelfde richting als de boter en legde met een klap een pakje mariabiscuitjes op tafel. Ze schreeuwde recht in Andy's gezicht:

'Hij is geen varken, hij is je vader.'

Catherine plukte de boter van de muur en legde hem op tafel. Ze pakte een mes, smeerde boter op twee mariabiscuitjes en vouwde ze dicht als een boterham. Kleine botermaden kropen door de gaatjes. Ze gaf ze aan een van de kinderen, die de maden er aflikte. De theepot zwaaide in mevrouw Griffins hand. Ze richtte de tuit op een van de kopjes, maar kon haar arm niet stilhouden. Ze legde de tuit op de rand van een kopje. Ze tilde de theepot op en begon te schenken. Stoom rees omhoog uit het kopje, maar het viel om en een bruine rivier stroomde met grote snelheid naar de rand van de tafel. De kinderen trokken hun stoel precies op tijd weg en de thee klaterde als een waterval op de grond. Mevrouw Griffin probeerde de vloed met haar vrije hand tegen te houden. Andy pakte de theepot uit haar hand en Catherine begon te huilen.

'Kijk toch es wat je doet, mammie!'

Meneer Griffin stiet een enorme snurk uit. Mevrouw Griffin keerde zich tegen haar man.

''t Komt allemaal door dat varken. Ik had de thee over zijn kop moeten gieten. Haal 'n doek, schiet op, haal 'n doek.'

Aankloppen en naar Andy vragen zat er niet meer in. Niet in deze situatie. Ik zou een briefje moeten schrijven en in zijn brievenbus gooien. Uitleggen dat de Cigire op komst was. Misschien was het allemaal vergeefse moeite. Misschien ging hij morgen toch weer geld zoeken.

'Wat doe jij hier?'

Catherine stond op de galerij en pakte een dweil van de lijn. Ik had een betrapt gevoel, alsof ik in haar ondergoed had staan wroeten. Ik deed mijn mond open maar kon niets uitbrengen. Ik staarde naar de onmiskenbare contouren van haar borsten.

'Was je aan 't spioneren?'

Ik kon niet zeggen waarom ik gekomen was. Niet zonder

Andy te verraden. Mijn enige gedachte was dat haar borsten bergen waren die een dal vormden.

'Komt Andy naar buiten?'

Catherine vertrok met haar dweil en Andy kwam naar de deur.

'Ik kan niet mee. M'n ouwe heer is bezopen en m'n ouwe dame ligt niet ver achter.'

Hij deed geen moeite de waarheid te verbloemen. Zo was Andy. Hij was hard en onschuldig tegelijk. Veel meer onschuldig dan hard. Hij zei vaak schokkende dingen, maar je wist dat ze waar waren. Arme mensen namen voedselpakketten van de St.-Vincent-de-Paul-Stichting aan, maar ontkenden het. Andy vertelde me wat de Vincents zeiden als ze bij hem thuis kwamen. En hoeveel er in de bruine envelop zat. Het was een fijn gevoel, het besef dat iemand je nooit iets zou voorliegen. Dat was de grootste reden dat Andy Griffin mijn beste kameraad was. Ik kon hem dingen vragen die ik anders geen levende ziel had kunnen vragen. Hij zou me nooit veroordelen. Ik liet hem een keer een schurftig plekje op mijn penis zien en hij vroeg of ik naar een onbekende wc was geweest – bijvoorbeeld het metalen pishokje bij de brug in Capel Street. Hij dacht dat het de sjanker kon zijn. Als dat zo was zou het erger worden. Ik controleerde mijn penis zeker vijftig keer per dag. Andy begon 'sjankerlijer' tegen me te zeggen. Altijd met een knipoog. Een privé-grapje. De schurft verdween, maar dat zei ik niet, want ik vond het prachtig dat hij sjankerlijer tegen me zei terwijl niemand het snapte. Toen we op school een keer naast elkaar stonden te plassen keek hij me aan.

'Ben je nog steeds 'n sjankerlijer?'

Hij was bezorgd. Ongerust. Hij probeerde geen geintje te maken. Hij was gewoon mijn vriend.

'Nee, niet meer.'

Daarna zei hij nooit meer sjankerlijer tegen me.

Ik vertelde hem wat Denehy gezegd had. Over de Cigire.

Daar scheen hij helemaal niet mee te zitten. Ik weet zeker dat hij aan andere dingen dacht, geld zoeken bijvoorbeeld.

* * *

Pa onderzocht de plaats van het ongeluk. Hij was omringd door nieuwsgierige buren. Mossie en Mahony stonden er ook bij. Pa liep Seville Place op om een beter overzicht te krijgen. Aan het bewijsmateriaal viel niet te tornen. De baksteen kwam uit onze schoorsteen. Vrijwel iedereen was van mening dat hij bij het installeren van de antenne losgeraakt was. Daar geloofde pa niets van. Geen woord. Hij was te vaak met ladders het dak opgeklommen om puin in zijn kielzog achter te laten. Hij was een zorgvuldig opruimer. Dat was een hoofdregel. Reinheid van ziel begint met reinheid van lichaam.

Pa voelde aan zijn water dat er iets sinisterders achter zat. Recht onder de schoorsteen trok hij met een puimsteen twee strepen op het trottoir. Langs elke lijn schreef hij in grote blokletters: NIET BETREDEN. Nadat hij zijn werk van enige afstand had bekeken ging hij terug en schreef er het woord GEVAAR achter. Binnen vijf minuten stonden alle kinderen van Seville Place en Emerald Street tussen de witte strepen te dansen. Voetbal, boksen, judo, worstelen en hinkelen betwistten elkaar de heerschappij over het krijthok. Pa wist dat hij een fout gemaakt had, maar dat kon hij niet toegeven. Dat zou hij nooit toegeven. Net als koning Canute dacht hij dat hij elk tij kon keren. Hij haalde een emmer koud water en gooide die vol walging over de krijtstrepen. Dat was de enige manier waarop hij zijn fout toegaf. Ik voelde de razernij in hem groeien. Ik zag het aan zijn ogen. Ik wist wat eraan zat te komen. Ik probeerde er niet aan te denken, maar dat hielp niet.

'Haal de ladders.'

Het bleek alleen een verkenningstocht te zijn. Hij nam van alle kanten de maat van de schoorsteen en schreef de getallen achter op een gokbriefje. Hij inspecteerde de potten. Gigantische gresbuizen uit het begin van de eeuw. Kunstwerken waren het, zei hij. Hij wees op de onderkant, waar de naam van de fabrikant stond. Blythman en Zoons, Sheffield. Hij streek met zijn vinger over de reliëfletters. Een zachte liefkozing.

'Da's uit de tijd dat ze nog kolonies hadden.'

Hij spande het linnen meetlint om de schoorsteen. Ik hield mijn vinger op de plaats waar het bij elkaar kwam. Pa schreef het getal op. Ik liet het lint los. We herhaalden het proces. Twee keer meten, één keer snijden. Dat was een hoofdregel.

De potten moesten eraf. Pa ontvouwde zijn plan tijdens het avondeten. Iedereen was geschokt. De kostgangers waren geschokt, de kinderen waren geschokt en ma was geschokt. De schok was zodanig dat er onaangeroerde boterhammen op het bord bleven liggen.

'Compactie.'

De inspiratie was gekomen op de wc, toen pa aan zijn oude vriend Archimedes dacht.

'Compactie.'

Ik had het woord nog nooit gehoord. Ik vroeg me af of het iets met 'eureka' te maken had. Dat zei Archimedes altijd als hij iets uitgedokterd had. Pa zei altijd dat hij Ita Eureka had willen noemen, maar ma had erop gestaan haar naar haar zuster Ita te vernoemen. Volgens pa dreigde zich een tragedie van Griekse afmetingen te ontwikkelen.

'Compactie.'

Het kwam door de druk. De zwaartekracht. Het gewicht. Krachten waaraan niet te ontkomen valt. De grote vraag was waarom het uitgerekend nu gebeurde. Waarom sloeg de compactie pas toe op het moment dat mevrouw Scally onder onze gevel door liep? Drukten de potten niet altijd op de schoorsteen? Pa kreeg een spervuur van vragen te verstouwen. Hij zat aan de eettafel en stond alleen. Mossie knipoogde tegen me.

'Ik ben bang dat je 't deze keer mis hebt, Peter.'

Mahony sprong hem meteen bij.

'Je bent in een minderheid van één. Jezus Christus had 'r twaalf, jij hebt 'r niet een.'

Mahony deed niets liever dan ruziën. Dat gold voor pa ook, maar pa had er een hekel aan als iemand zijn uitspraken tegen hem gebruikte. Daar zaten strikte auteursrechten op. Noel Dargan kon compactie niet uitspreken, maar hij koos pa's kant om Mahony tegen te spreken.

'Sorry, je bent 'n minderheid van twee.'

Mahony waagde zich op dunner ijs dan hij kon vermoeden. De eettafel zag niets in de compactietheorie, maar Mahony probeerde zout in de wonde te wrijven. Dat lukte vrij aardig, tot pa zijn troefkaart uitspeelde. De antenne. 'Weerstand creëert een gelijke kracht, alleen in de tegenovergestelde richting.' Dat was een oude wetenschappelijke wet. Pa legde uit dat voormelde compactie niet het gevolg was van de neerwaartse druk van de potten maar van de zijdelingse druk van de antenne in de wind. Voilà. Ik wist niet wat het betekende maar het klonk goed. Noel Dagan lachte van oor tot oor alsof hij zojuist de Nobelprijs voor natuurkunde gewonnen had. Hij hield een vinger onder Mahony's neus.

'Vwa la, lul.'

Iedereen was gechoqueerd door Noel Dargans taalgebruik, en hij excuseerde zich uitgebreid dat hij zich in het bijzijn van de kinderen had laten gaan. Schelden om een debat te winnen stond niet in de regels. Mahony vertrouwde ons toe dat hij op school natuurkunde had gedaan, maar dat deze wet hem volledig onbekend was.

'Het lijkt me meer de wet van Sheridan.'

Ma begon zich te ergeren. Ze zette haar telefoonstem op.

'Als je ruzie zoekt, mag je een ander kosthuis gaan zoeken.'

Mossie offreerde ma een sigaret.

'Goed gezegd, Anna.'

Ma pakte de sigaret en Mahony bood haar een vuurtje aan.

Dat was zijn manier om de vrede te tekenen. Ma accepteerde het en de keuken werd weer kalm. Pa sleepte zijn verhaal over de lange plank erbij. Hij beweerde dat hij, als hij een plank had die lang genoeg was, de hele wereld op kon vijzelen. Moeilijk voor te stellen maar waar. Het was ook moeilijk voor te stellen dat de antenne zo'n verwoestende uitwerking kon hebben, maar je moest wel gek zijn om zoiets te onderschatten. Je had geen idee hoeveel compactie zo'n klein antennetje op ons dak kon veroorzaken. En waarschijnlijk veroorzaakt hád.

In de door ma gevestigde stilte dacht iedereen na over de plank.

'Hoe lang zou die precies moeten zijn?'

'Behoorlijk lang.'

''n Kilometer?'

'Veel meer. Van hier tot Amerika misschien.'

'En behoorlijk dik ook.'

'De dikte doet er niet toe, 't komt op de lengte aan.'

'Zou die niet breken dan?'

'Niet als 't mahoniehout was.'

De discussie ging eindeloos door, net als de plank. Twintig vragen. Honderd vragen. Een miljoen lichtjaren. Moeilijk voor te stellen dingen. Geest boven materie. Wetenschappers in badkuipen. In laboratoria. In gekkenhuizen. Archimedes, Newton, Einstein. De Academie van Wetenschappen van Seville Place. Pa de voorzitter van. In zijn elementair. Gedachtestroom, elektriserende onderwerpen. En steeds de kwestie van de plank. Waar we ook reisden in ons melkwegstelsel, altijd was daar de kwestie van de lange plank.

Ik zette de plank uit mijn hoofd en dacht aan de ladders. Ik was op het dak. Samen met pa. Me afvragend hoe hij die schoorsteenpotten naar beneden ging halen. Me afvragend welke rol ik bij hun ondergang zou spelen.

* * *

Denehy zei geen woord tegen Andy. Normaal gesproken was binken goed voor zes klappen op elke hand. Hij was nerveus vanwege de Cigire. Hij was vriendelijk. Zijn toog was geperst, er zaten geen lelijke krijtvlekken op. Zijn schoenen waren gepoetst. Geen spoor van de plak onder zijn riem. Hij wilde een beschaafde indruk maken.

Ik was trots. Andy was naar school gekomen. Ik wist hoe belangrijk school was. De hele geschiedenis al. Onderwijs maakt vrij. Mensen die alles riskeerden voor kennis. Een goede opleiding. Fundament voor het leven, volgens pa.

Andy had een heleboel overwonnen om naar school te komen. Geen eten in zijn maag. Geen eten in zijn huis. Zijn vader met een kater. Zijn moeder misschien ook. Hij had de stad in kunnen gaan om aan het water naar geld te zoeken. Of om onder aan de stationstrap op een koffer te wachten. Hij was naar school gekomen hoewel zijn vader een fles cider verwachtte. Of een flesje Guinness. Hij was naar school gekomen. Wie weet om zijn vader een hak te zetten. Mijn trots gaf me een schuldig gevoel. Ik had niets om trots op te zijn. Andy was bang maar had zijn angst overwonnen, dat was het belangrijkste. De Buldog kende geen angst, hij veroorzaakte angst. Voor zijn plezier. Hij genoot als jongens voor zijn ogen week werden. Hij slurpte ze op. Van tranen hield hij het meest. Hij dronk tranen zoals een vampier bloed drinkt. Angst was zijn macht. Die stond hem toe ons vol kennis te rammen.

En om de mietjes te betasten.

We oefenden voor de komst van de Cigire. We moesten ons vorstellen dat er op de deur geklopt werd. Denehy deed open. Hij praatte met de denkbeeldige Cigire en leidde hem de klas binnen. We stonden op. Te veel lawaai met de banken. Opnieuw. We gingen weer zitten. Hij zei opnieuw dat we ons moesten voorstellen dat de Cigire aan de deur stond. Er werd geklopt. Denehy draaide zich woedend naar de klas.

'Was jij dat, Griffin?'

'Nee, broeder.'

Andy trok wit weg. Dat kwam door Denehy's toon. Razernij. Een vulkaan die op uitbarsten stond. Hij wilde Andy net te lijf gaan toen er opnieuw geklopt werd. Het was echt. Hij trok zijn toog recht en liep naar de deur. Hij deed open en de Cigire kwam binnen. We gingen geruisloos staan. Niet één scharnier van onze banken kraakte.

'*Dia dhaoibh.*'

'*Dia is Muire duit.*'

We hadden geoefend. De Cigire was onder de indruk.

'*Suigi anois.*'

We gingen weer zitten. Hij keerde ons zijn rug toe en praatte met Denehy. Je kon de stilte in Sheriff Street horen. Ze fluisterden in het Iers. De Cigire was in het zwart, net als de buscontroleur, alleen was hij niet hier om kaartjes te controleren, hij was hier om onze kennis te toetsen. Als we niet voldeden, kon hij ons een klas terugzetten of finaal van school sturen. Buscontroleurs konden je uit de bus zetten als je niet betaald had, maar dat was niet de enige reden waarom ze kaartjes controleerden. Ze controleerden ook of de conducteur niet 'de huur opstreek'. Dat was busjargon voor stelen. Dat had ik van pa gehoord. Hij kende een conducteur die ontslagen was voor het opstrijken van de huur.

Ik vroeg me af of een onderwijzer ontslagen kon worden. Misschien als de leerlingen niets wisten. Een fantastische gedachte. We konden de Cigire foute antwoorden geven. Expres. Vijf keer een is vier. Vijf keer twee is acht. Vijf keer drie is twaalf. Londen is de hoofdstad van Frankrijk en Parijs is de hoofdstad van Buiten-Mongolië. Ik wilde me omdraaien en het de hele klas toefluisteren.

'Alles fout zeggen. Dan vliegt Denehy eruit.'

De Cigire stelde zichzelf voor als pater Brown. Hij wilde ons een paar eenvoudige vragen uit onze catechismus stellen. Waarom kregen we een godsdienstproefwerk? We hadden de hele week geoefend op lezen, schrijven en rekenen. Zelfs Denehy keek verbaasd. Andy keek me kwaad aan. Ik haalde mijn schouders op. Pater Brown stelde een vraag.

'Hoeveel personen in de Heilige drie-eenheid?'

De zin was nog maar half uit zijn mond of Mickey Grey schoot als een hazewindhond in Shelbourne Park omhoog.

'Pater, pater, pater, pater, pater...'

Een ononderbroken woordenstroom met zijn hand als een nazi vooruitgestoken. Mickey Grey zei altijd hetzelfde als hem een vraag gesteld werd.

'Niks zeggen, broeder.'

Als hem naar zijn geboortedatum gevraagd werd.

'Niks zeggen, broeder.'

Daarna wachtte hij tot iemand het voorzei.

'Ik weet 't broeder, niks zeggen.'

We zeiden hem nooit voor, we vonden het veel te leuk om hem te zien lijden.

'Ik heb 't gisteravond nog met m'n broer gerepeteerd, broeder, niks zeggen.'

En als hij het antwoord kreeg:

'Waarom zei u dat nou, broeder, ik wist 't.'

Op de een of andere manier wist hij altijd de dans te ontspringen, telkens weer. Hij kon onderwijzers aan het lachen maken, dat was de reden. Hij was niet bang. Pater Brown wees op hem.

'Niks zeggen, pater.'

'Ik zal niets zeggen, want het is duidelijk dat je het weet.'

De hele klas lachte. Mickey Grey trok zijn beteuterde gezicht en ging op zijn beteuterde manier zitten. Denehy's uitdrukking sloeg binnen ongeveer anderhalve seconde om van woede in vrolijkheid. Pater Brown wees naar Joseph Smith, die met zijn tweede naam Maria heette, zodat hij in Sheriff Street altijd Jozef en Maria werd genoemd. Jozef en Maria Smith schraapte zijn keel en brulde het antwoord.

'Er zijn drie goddelijke personen in de Ene God. De Vader, de Zoon en de Heilige Geest.'

Pater Brown leek tevreden met het antwoord. Hij keek tevreden naar Denehy. Hij vroeg hoeveel jongens in de klas wisten wat tafels waren. Niet om aan te zitten, zei hij snel. Hij herinnerde ons aan de scène waarin Mozes de berg beklom en terugkwam met twee stenen tafels. De tafels bevatten Gods wetten voor ons. Hoeveel wetten stonden op die stenen tafels gebeiteld? Hij keek de hele klas rond. Een aantal vingers schoot omhoog. Die moesten weer naar beneden. Hij wees naar Andy. Andy keek hem wezenloos aan.

'Ik, pater?'

'Ja, jij, pater.'

Een schaduw daalde neer over de klas toen de zon achter een wolk verdween. Het werd kouder. Ik voelde het hoopje doodsangst naast me. Ik zag Denehy recht voor me staan. Ik voelde hem hopen dat Andy het juiste antwoord zou geven.

'Hoeveel geboden kreeg Mozes?'

Hoe kon angst hem zo verlammen? Hij wist het antwoord. Hij had Charlton Heston ze met eigen ogen in de bioscoop in ontvangst zien nemen. We hadden het samen gezien. God sprak tot Mozes en toen kwam de bliksem uit de hemel en etste de steen. Hij hoefde alleen maar aan de stenen tafels te denken. In plaats van inspiratie kreeg hij kaakkramp.

'Hoeveel wetten stonden er op de stenen tafels gebeiteld?'

Denehy ging vlak achter pater Brown staan. Andy keek hem recht in zijn gezicht. Achter de rug van de priester stak hij beide armen omhoog. Hoog in de lucht. Hij vouwde zijn handen open en stak zijn vingers op. Op hetzelfde moment kwam de zon weer achter de wolken vandaan en vielen bundels zonlicht door het raam naar binnen. Denehy leek net de Heilige Geest die op de apostelen neerdaalt om zijn kennis aan de wereld te schenken. Hij commandeerde hem, bedreigde hem, terroriseerde hem, smeekte hem, instrueerde hem, hypnotiseerde hem. In werkelijkheid joeg hij hem alleen maar de doodsangst op het hart, zoals altijd. Dit keer zou hij zijn trekken thuis krijgen.

Andy deed zijn mond open. Hij keek niet naar de priester. Hij had alleen maar oog voor Denehy.

'Negeneneenhalf.'

Pater Brown kon zijn oren niet geloven. Hij staarde naar het gat van Andy's mond.

'Negeneneenhalf geboden? Waar ging die laatste helft naartoe?'

'Weet ik niet, pater.'

'Weet je dat niet?'

Andy haalde zijn schouders op. Denehy bleef staan, verstard in de tijd, zijn handen in de lucht. Pater Brown draaide zich naar hem toe en hij liet zijn armen schielijk zakken. De mannen trokken zich terug in een hoek voor meer Iers overleg. Dat werd al snel Engels. Denehy was betrapt op de huur opstrijken, of hoe het bij hen ook heette. Hij was erbij. Maar hoe erg dat ook was, ik kende geen enkel woord in geen enkele taal om Andy's situatie te omschrijven.

Na het vertrek van de Cigire bleef Denehy met zijn rug naar ons toe bij zijn lessenaar staan. Het was net of hij huilde. Niemand zei iets, niemand pakte een boek. Denehy liep naar de kast en trok die open. Hij pakte de plak en stak die onder zijn riem. Hij liep naar de deur en trok hem open. Vanuit de deuropening wenkte hij Andy. Hij keek hem niet aan, zei niets, wenkte alleen maar. Hij liep naar buiten. Zijn voetstappen klonken als donderslagen in de gang.

Andy kwam uit zijn bank. Hij leek net spastisch. Ik was bang dat hij zou vallen. Het was net alsof zijn benen hem naar de deur droegen maar dat zijn borst en zijn hoofd het raam uit wilden vliegen. Ik had verhalen gehoord van mannen die naar de galg gebracht werden. Die in onmacht vielen en gedragen moesten worden. Mannen die luiers droegen omdat ze zichzelf bescheten van angst. Angst was een geur voor Denehy. Die veranderde hem in een schuimbekkende, groenogige buldog.

We hoorden de voetstappen verdwijnen. De sleutel in het slot van de sportzaal aan het eind van de gang. Waar de schoolshirts bewaard werden. Het groen en wit van O'Toole. Waarom moest hij daarheen? Het geluid van het leer was onmiskenbaar. Ik kromp in elkaar. Een scherp geluid. Een raspend geluid. Ik telde onwillekeurig. Twee. Witte huid die rood werd. Drie. Het leer maakt brand. Een uitslaande brand. Drie. Tranen zouden hem kunnen blussen. Je houdt ze tegen. Anders heeft de brandstichter gewonnen. Vier. Ik ben niet meer trots. Niet op Andy. Niet op mezelf. Niet op onderwijs. Niet op school. Niet op kennis. Vijf. Ik wil de school platbranden. Er een hel van maken. Hem tot as doen vergaan. Zes. Ik wil dat Denehy brandt tot zijn vlees van zijn botten valt. De hele eeuwigheid lang. Geen genade. Die geeft hij niet, dus hij zal er ook geen krijgen. Opnieuw zijn voetstappen. Zwaar ademend kwam hij weer binnen.

'Pak je schriften voor een dictee.'

We zochten in onze tassen. Snel en geruisloos. Andy verscheen in de deuropening. Deed de deur achter zich dicht en liep naar zijn bank. Hij liep als een veteraan in een cowboyfilm. Zijn ogen waren rood en zijn benen krom. Hij schoof zijn bank in maar kon zijn knieën niet buigen. Hij deed verscheidene pogingen om te gaan zitten maar het lukte niet. Denehy keek hem aan, een blik vol haat.

'Wat heb je?'

'Ik kan niet zitten, broeder.'

Denehy bleef hem aanstaren alsof hij gek was.

'Ga in de hoek staan, domoor.'

Andy hompelde als de weerlicht over de streep. Denehy riep om stilte en het dictee begon.

'Ongehoorzaamheid. Verdeel in lettergrepen. On. Ge. Hoor. Zaam. Heid.'

* * *

Andy stond naast mijn bed met zijn broek omlaag. Ik had de zalf die ma tegen rode babybilletjes gebruikte. Sudocrem. Daar zwoer ze bij. Ik nam een klodder op mijn vinger. Het voelde koud aan. Ik keek naar zijn roze kont en vroeg me af waar ik moest beginnen. De afdrukken van de plak zaten overal. Ik koos de ergste plek en deed er wat zalf op. Andy sprong een halve meter in de lucht.

'Pappa... pappa... pappa... pappa... pappa...'

Ik had hem moeten waarschuwen dat de zalf koud was. Ik zei dat hij op zijn vinger moest bijten tot het pijn deed. Dat deed hij en ik smeerde zijn hele achterste in met sudocrem. Zachte, zachte bewegingen van mijn vinger over zijn zere huid. Na een poosje raakte eraan gewend en hoefde hij niet meer op zijn vinger te bijten. Hij liet zijn hoofd ontspannen achterover zakken en deed zijn ogen dicht.

'Da's zalig. Niet ophouen. Gewoon doorgaan.'

Ik bleef smeren tot er een dikke laag zalf op zat. Geen stukje roze meer te zien. Zelfs de zachte babyhaartjes waren onzichtbaar. Het was net de noordpool met een enorme spleet in het midden.

'Zal ik het bij jou ook doen?'

'Ik heb geen pijn.'

'Maakt niks uit, 't is zalig.'

Waarom zou ik sudocrem op mijn kont smeren als die geen pijn deed? Waarom niet als het zo'n zalig gevoel was? Ik zei dat hij zijn broek omhoog moest trekken maar hij kon nog steeds niet krom. Ik trok hem omhoog en liet hem voorzichtig over zijn kont glijden. Hij grimaste. Ik wist dat hij de eerstkomende paar dagen niet zou kunnen zitten.

* * *

Ik stond bij schroothandel McGowan met het briefje in mijn hand. Omringd door bergen metaal. Alle kleuren en vormen.

Overal groene borden met gouden letters. Huishoudelijk apparaten. Lood, ijzer en koper gevraagd. De beste prijzen. Wij betalen meer. Op de paden tussen de hopen metaal lagen roestplassen die nooit opdroogden. Mannen met puistenkoppen werkten in de schroothopen. Mannen met kromme ruggen die nooit meer recht werden. Ze woonden in de ingewanden van de schroothopen. Altijd gekleed op de winter. Lange jassen en handschoenen. Zonder vingers. Wollen mutsen en lekneuzen. Drup, drup, drup. Ze zagen eruit alsof ze voor dit werk gefokt waren. Door een ijzeren vader uit een koperen moeder. Helemaal vanaf het begin. Ze werden geboren in het verleden. Buiten deze muren begaf de stad zich richting morgen. Bij McGowan was het altijd gisteren.

Ik gaf het briefje aan een man die Joxer genoemd werd. Zijn neus lekte erop maar dat merkte hij niet. Hij vouwde het open en begon te lezen. 'Seville Place 44, Dublin 1. 17de dezer. Ter attentie van terreinchef McGowan. Gelieve drager dezes te voorzien van 2 (zegge twee) standaard gres schoorsteenpotten, doorsnee zestig centimeter, met dank. Broederlijke groeten, (de weled.) Peter J. Sheridan.' Joxer struikelde over sommige woorden. Hij riep zijn maten bij zich. Hij gaf me het briefje terug en vroeg me het voor te lezen. Ik keek naar de halve kring lekneuzen. Ik keek naar de vochtplekken op de brief. Ik las het adres. De schrootmannen luisterden met open mond. Ik voelde me net een circusnummer. Ik las het briefje voor tot en met pa's naam, maar liet het 'weled.' weg. Joxer raakte helemaal opgewonden.

'Je heb iets weggelaten, je heb 'n stuk weggelaten.'

Ik las het opnieuw vanaf broederlijke groeten, compleet met 'de weled.' De schrootmannen zeiden het na.

'Weledele... Weledele...'

Een van hen trok het briefje uit mijn hand en bestudeerde het handschrift, eerst van dichtbij, toen van veraf.

'Ik dacht dat Shakespeare dood was.'

'Hij is springlevend en woont in Dublin.'

'Moeje inlijsten, jong, dat wordt nog geld waard.'

Ik stak het briefje in mijn kontzak en liep achter Joxer aan. Ze moesten eens weten. Ik had honderden van dit soort briefjes. Dit was de eerste keer dat ik er een hardop had moeten voorlezen. Het zou de laatste keer zijn ook. Voortaan zou ik alle briefjes van pa weigeren. Shakespeare? Geen levende ziel die hier ooit iets van te horen zou krijgen.

Joxer verdween tussen de tuinbeeldjes, lateibalken en Dorische zuilen. Op zijn bevel bleef ik in een van de roestpoelen staan. Binnen hoorde ik hem dingen opzij trekken, daarna de stem.

'Je heb mazzel, Hamnet.'

Hij kwam buiten met een schoorsteenpot. Hij zette hem naast me neer. Hij verdween weer en keerde terug met een tweede.

'Wanneer kunnen ze bezorgd worden?'

Joxer fronste zijn voorhoofd. Ik wist al wat het antwoord zou zijn.

'We bezorgen niet.'

Bij de poort hing een bord met 'Geen bezorging aan huis'. Dit was pa's 'strategie'. Eerst de potten vinden en dan hopen dat ze medelijden met me kregen.

'Ik woon vlakbij. Seville Place.'

'La die brief es zien, Hamnet.'

Ik stak mijn hand in mijn zak en voelde hem zitten. Waar wilde hij die brief voor? Om me voor de gek te houden? Hamnet? Hij had de naam niet eens goed. Ik zocht in mijn zakken alsof ik hem niet kon vinden.

'La's zien waar je woont.'

Ik vond hem weer. Joxer controleerde hem en zei dat ik mee moest komen. We zigzagden naar een klein depot achter de kantoren. Hij wees op een zwarte kar die tegen een muur stond. De raarste kar die ik ooit gezien had. Wielen die veel te groot leken. Twee lange dissels die net als de handen van een vrouw aan het eind taps toeliepen. Geen zijkanten en een lattenvloer met kieren. Het was net iets uit de Middeleeuwen.

'Weet je wat dat is?'

Ik schudde mijn hoofd. Ik dacht misschien een oude ponykar maar daar leek hij te klein voor.

'Daar verrijen ze de doodskisten van baby's mee. Op 't kerkhof. Je brengt 'm toch wel terug, hè?'

Joxer laadde de schoorsteenpotten op en ik ging op weg naar huis. Bij elke stap vervloekte ik pa. Die zat in zijn comfortabele kantoor op het station. Treinkaartjes naar Belfast, Dundalk en Howth te verkopen. Naar zee. Normale mensen die normale dingen deden. Ik zou een half jaar nachtmerries hebben. Een heel jaar. Niets was zekerder. Ik duwde mijn eigen doodskist op een handkar door het kerkhof van Glasnevin. Mijn voorletters op het naamplaatje.

Ik reed de kar tot ons achterhekje en liep naar binnen op de garagedeuren open te maken. Ik maakte de stormlijnen los, ook een van pa's fantastische uitvindingen (bescherming tegen de onvoorziene tornado) en rolde de deuren over hun rails. Ik kreeg het bijna niet voor elkaar. Ik had het nog nooit alleen gedaan. Ik liep terug naar de handkar en daar zat Frankie met zijn rug tegen een van de potten en een grote grijns op zijn gezicht. Ik zei geen woord. Wel sloeg ik hem van de kar af. Sloeg hem met beide vuisten tot hij huilend naar ma in de bijkeuken rende.

* * *

Ik had juist een perfecte regel schoonschrift geschreven en was bezig hem af te vloeien toen de deur van de klas openging. Er was niemand te zien. Alleen een stem.

'Andrew Griffin in deze klas?'

De stem klonk als gebroken glas. Hij herhaalde de vraag.

'Andrew Griffin in deze klas?'

Andy begon naast me op de bank te schuiven.

'Ja, pa.'

Meneer Griffin kwam de klas binnen. Hij had zijn zondagse pak aan en een deukhoed op, maar met zijn stoppelbaard leek hij net ontsnapt uit het gekkenhuis in Grangegorman. Denehy liep voorzichtig naar hem toe en vroeg hem de klas te verlaten. Meneer Griffin negeerde hem.

'Kom es naar voren, Andy.'

'Astublief, pa... astublief...'

Andy kromp als een rups in elkaar.

'Kom goddomme hier.'

Andy gleed uit de bank terwijl Denehy opnieuw een stapje in de richting van meneer Griffin deed.

'U hebt geen toestemming om in dit lokaal te zijn.'

Meneer Griffin deed alsof Denehy lucht was. Andy stond voor zijn vader.

'Doe je broek omlaag en laat de klas zien wat dat beest je gedaan heeft.'

'Och, pa, astublief...'

'Doe goddomme je broek omlaag!'

Denehy draaide zich om en ging voor de klas staan.

'*Teigi a codhlaidh anois.*'

We legden onze armen op de bank en ons hoofd op onze armen. Een seconde later waren toch alle ogen naar voren gericht. Denehy liep tussen de banken en fluisterde instructies die iedereen negeerde.

Andy stond met zijn rug naar ons toe. Hij maakte zijn broek los en liet hem vallen. Hij tilde zijn overhemd op en stak zijn kont in de lucht. De klas snakte collectief naar adem, hoewel ik vond dat het sterk verbeterd was. De afdrukken van de plak stonden er nog steeds op, maar minder rood. De sudocrem had duidelijk zijn werk gedaan.

'Pak je tas en je boeken.'

Andy trok zijn broek omhoog en ging terug naar zijn bank. Hij maakte hem open en haalde er zijn spullen uit. Hij nam niet de moeite ze in zijn tas te stoppen. Hij pakte alles op en liep naar de deur.

'Dat noemt zich 'n man Gods. Je ben helemaal geen man Gods. Je ben 'n lafaard die kinderen slaat. Maar míjn zoon zal je niet meer slaan, gore lafbek.'

Andy verdween door de deur, gevolgd door zijn vader. Ik wist dat hij nooit me naast me in de klas zou zitten.

Tijdens de godsdienstles maakten we een lijst van de Zeven Doodzonden. Het enige waar ik aan kon denken was zeven dodelijke manieren om Denehy af te maken. Vergif in zijn thee leek me het beste, hoewel een stuk baksteen van het dak van de school me na de ervaring van mevrouw Scally ook wel iets leek. Die had het vitale element van verrassing. Het probleem was natuurlijk het doelwit meteen de eerste keer te raken. Wat jammer dat meneer Griffin hem niet doodgeschoten had. Een spontane misdaad vanwege de staat van de kont van zijn zoon. Hij zou waarschijnlijk vrijgesproken zijn ook. Nu was hij weg en was de kans verkeken. Wat konden leerlingen doen als Denehy de plak aan zijn kant had? Ik besloot van het vergiftigen van zijn thee af te zien omdat ik geen zin had de rest van mijn leven in Mountjoy door te brengen. Ik overwoog eveneens te vertrekken, uit solidariteit met Andy Griffin. Ik zou opstaan en een toespraak geven. Net als Robert Emmet voor de rechter. De onvervreemdbare rechten van schoolkinderen. Daarna zou ik voorgoed de deur uitlopen. Het nadeel was dat ik dan twee keer afgemaakt zou worden. Eerst zou ma me afmaken en daarna zou pa me afmaken. Dat was een erger lot dan dat van Robert Emmet.

Ik zou Denehy een brief schrijven. De pen was immers machtiger dan het zwaard. Dodelijker dan elk vergif. Ik zou in de grote traditie van Ierse brievenschrijvers kunnen treden, van Sint-Patrick via Jonathan Swift en Edmund Burke tot mijn eigen vader, aan wie ze allemaal een punt konden zuigen. Vol opwinding liet ik de Zeven Doodzonden zitten. 'Beste broeder Denehy. Wat heeft u tegen voetbal? Het is maar een spel!' De woorden waren eruit voordat ik erover had nagedacht. Ik las ze verschillende keren over. Ik moest mezelf gelijk geven, het was een uitstekend begin. Recht voor zijn raap. Het zei meteen alles. Hoe vaker ik het las hoe completer het leek. Voetbal omvatte alles wat mij en Denehy scheidde. Voetbal was Sheriff Street – het enige wat we speelden. Voetbal was arbeidersklasse. Voetbal was ballet. Voetbal was vaardigheid. Voetbal was logica. Voetbal was Manchester United. Voetbal was de Busby Babes. Voetbal was de vliegramp in München. Voetbal was verdriet. Voetbal was Spurs dat kampioen en bekerwinnaar werd. Voetbal was vreugde. Voetbal was het verleden en het heden. Voetbal was Jackie Carey en Liam Whelan en Noel Cantwell. Voetbal was Drumcondra en Shelbourne en Shamrock Rovers en St Pats. Voetbal was Tolka Park op zondag met Shea en Johnny en pa. Voetbal was Dundalk en ma die huilde toen ze de beker wonnen. Voetbal was het leven zelf, dus wat had hij tegen voetbal? Wat hoefde ik hier nog aan toe te voegen?

Ik vouwde het papier op en legde het op zijn lessenaar toen hij even niet keek. Ik ging terug naar de Zeven Doodzonden. Hovaardigheid. Ik houwde haar uit een rots. Ik kleurde haar groen. Ik twijfelde aan de kleur. Hovaardigheid zou rood moeten zijn. Ik keek op en zag Denehy mijn brief lezen. Hij las hem verscheidene keren. Hij was onder de indruk. Hij had er geen antwoord op. Hij legde de brief op zijn lessenaar en keek me aan. Een gekromde vinger. Tegen de tijd dat ik bij zijn lessenaar kwam, stond het schuim om zijn mond.

'Wat heeft deze brutaliteit te betekenen?'

Ik zou dapper zijn. Ik moest dapper zijn. Mijn knieën knikten. Ik had het gevoel dat ik tijdens de bekerfinale naar de stip liep om een strafschop te nemen.

'Wat hebt u tegen voetbal?'

Hij pakte de brief op alsof het een stuk dooie vis was. Hield hem even tussen zijn vingers en liet hem weer op de lessenaar vallen.

'Weet je vader hiervan?'

Hoe kon mijn vader iets weten van wat ik nog geen vijf minuten geleden geschreven had?

'Wat zou je vader zeggen als hij hiervan wist?'

'Weet ik niet, broeder.'

Ik wist het wel. Hij zou me afmaken. De onderwijzer had altijd gelijk. Een hoofdregel. Je geeft geen grote mond. Ik was er geweest. Met stomheid geslagen. Tot moes geslagen. Alle voetbalwedstrijden die ik ooit voor Sheriff gespeeld had flitsten door mijn hoofd. Ik dacht aan Macker, onze trainer, die ons vanaf de zijlijn aanmoedigde. De peptalk in de rust. Je moet jezelf uitdrukken. Niet verlegen zijn. In de aanval gaan. We zijn nog niet verslagen. Niet bij de pakken neerzitten. Op sinaasappelen zuigen om op krachten te komen. De algehele aanval in de tweede helft. Heuvelaf, wind mee. Als we een strafschop kregen, moest ik die nemen. Pedro de penalty-koning, dat was ik. De dag dat ik er een miste in de halve bekerfinale tegen Lourdes Celtic. Op ons eigen veldje nog wel. Fairview Park. Ik stond tegenover Denehy met de bal aan mijn voeten. De eer van het elftal stond op het spel. Sheriff United. Mackers eer. Mijn eer. Andy Griffins eer. Deze beker kon niet doorgegeven worden. Ik moest hem naar mijn lippen brengen.

'Ik weet niet wat u tegen voetbal hebt. Het is gewoon 'n spel, net zo goed als Gaelic. Of elk ander spel. Macker heeft voor priester gestudeerd. Hij is onze trainer. Hij was diaken. Dus wat hebt u ertegen?'

Mijn hart bonkte als een grote trom. Ik zag Denehy's lippen bewegen maar ik hoorde niet wat hij zei.

'Wat zei u, broeder?'

Hij spuugde ze in mijn gezicht. Achter elk woord een zware pauze.

'Judas... was... een... apostel!'

Ik had geen weerwoord. Slechts vier woorden en ik lag plat. Denehy toonde geen genade. Hij wees naar de deur.

'Mijn school uit!'

* * *

Ik zat op de nok van het dak en zag pa op de schoorsteen klimmen. Hij bond een enorm Guinness-touw om een van de oude potten. Hij gooide het andere eind naar mij. Het viel ongeveer een halve meter van mijn hand. Ik pakte het zonder overtuiging op. Ik hield het zonder overtuiging vast. Ik was van elke overtuiging verstoken. Ik kon een baan als boodschappenjongen wel vergeten nu ik van school gestuurd was. Hoe kon ik pa vertellen dat ik schande over zijn gezin had afgeroepen? Wat verwachtte ik ook als ik tegen een onderwijzer opstond? Ik was twaalf. Ik zou pas op mijn eenentwintigste rechten krijgen. Kon ik die paar minuten maar terugnemen. Ik had zin om mijn hand af te hakken. Of misschien zou pa hem er afhakken als hij het hoorde. Hij kwam van de schoorsteen en schoof achteruit naar me toe. Hij wikkelde het touw een paar keer om zijn handen en droeg me op hetzelfde te doen. Hij trok het touw strak. Ik volgde zijn bewegingen. Voeten aan weerszijden van de nok voor het evenwicht. Hurkzit. Het was een wedstrijd touwtrekken met de pot. Het belangrijkste was dat er beweging in kwam. Ongeacht hoe weinig. Als hij bewoog, zat het ergste erop. Hem loswrikken uit het beton was van essentieel belang.

Pa telde tot drie en we trokken. Trokken, gromden en trokken. Ik gaf ook een grom. Een lekker gevoel. De eerste keer van mijn leven. We hielden even rust om op adem te komen. Toen gingen we er opnieuw tegenaan, met nog meer trekken en grommen. Ik zag pa trillen van de inspanning. Ik dacht dat ik de pot kon dwingen los te komen. Ik stelde me voor dat het

Denehy was. Laat los, zei ik in gedachten. Hij gaf geen krimp. We vielen opnieuw aan en ditmaal gromden we al voordat we trokken. Ik deed niet meer alsof het Denehy was. Hij bleef moervast zitten. Pa deed zijn overhemd uit. Het plakte aan zijn rug. Hij veegde het zweet ermee van zijn gezicht en bood het mij aan. Ik weigerde. Hij zwaaide met zijn armen als een windmolen. Hij wiegde met zijn heupen. Hij rolde met zijn schouders en blies het snot uit allebei zijn neusgaten. Ik vroeg hem wat hij deed.

'Ik ga die potten zelf aanpakken. Man tegen man.'

Hij klom de schoorsteen op en maakte het touw los. Hij trok het van de pot en stak zijn hoofd in de lus. Hij trok het over zijn schouders tot zijn middel. Hij trok de lus aan tot hij tevreden was.

'Mijn leven ligt in jouw handen, zoon. Hou strak.'

Hij stond tussen de potten en keek naar zijn voeten. Hij legde zijn rechterhand tegen een van de potten. Toen zijn linkerhand.

'Strak, zoon.'

Ik leunde achterover en voelde zijn gewicht in de spanning van het touw. Het was een navelstreng die ons met elkaar verbond. Ik kon het elk moment loslaten en hem van het dak laten vallen. Niemand die het ooit zou weten. Het was een machtig gevoel. Hem laten vallen. Als kind was je zo machteloos. Wanneer zou ik weer zo veel macht hebben?

Net als Samson in de tempel begon hij uit alle macht te duwen. Victor Mature. Een joelende menigte die hem uitlacht omdat hij zijn kracht verloren had. Ergens haalt hij de kracht vandaan en trekt de pilaren omver. Begraaft de menigte onder hun eigen domheid. Gejuich en geschreeuw in de Elec. Victor kraait victorie.

'Ja...ah...ah!'

Pa brult als een leeuw en de pot verschuift twee centimeter. Misschien één.

'We hebben 'm, we hebben 'm.'

Hij drukte een van de potten tegen zijn borst en legde zijn hoofd ertegenaan. Alsof hij er bezit van genomen had. Hij rukte de pot van zijn plaats en bevrijdde hem voor het eerst in honderd jaar uit het beton. Plotseling was het touw in mijn handen een ijzeren stang. Ik voelde mezelf over de nok glijden. Ik keek naar pa, die op het punt stond om met pot en al de lucht in te gaan. Zijn lichaam leunde onder een hoek van 45 graden van de schoorsteen. Mijn enige instinct was blijven trekken, maar ik dreigde tegen de schoorsteen aan te schuiven. Op dat moment liet pa de pot los en lanceerde hem. De gigantische vogel van klei vloog weg. Hij gleed majestueus door de lucht, terwijl pa zijn handen aan zijn mond zette en schreeuwde:

'Onderuit.'

Er is een wet voor de snelheid van een vallend lichaam. Dat is een leugen. Eerst was er de echo van pa's stem.

'Deruit... deruit.'

Daarna het suizen van de pot door de lucht. Pa die zich oprichtte met zijn handen over zijn oren. Mijn lichaam dat tegen de onderkant van de schoorsteen tot stilstand kwam. Pas toen kwam de klap. De hardste klap sinds de Duitse luchtmacht in 1941 tweeduizend kilo bommen op de Five Lamps gooiden. Ik vroeg me af wat ze op die noodlottige avond schreeuwden. Schreeuwden ze onderuit?

De pot explodeerde tot de vier hoeken van de parochie. Het leek wel een regenbui van schoorstenen. Sommige scherven vlogen over ons hoofd. Toen het stof opgetrokken was, voelde mijn hoofd aan alsof het de mazelen had. Ik veegde de scherven uit mijn haar.

Pa kwam van de schoorsteen en knielde naast me neer. Een straaltje bloed liep van zijn oor in zijn nek. Ik zag zijn handen beven. Toen hij zijn mond opendeed, kon ik zijn lippen zien trillen.

'Bid, zoon. Bid dat er niemand onder stond.'

Hij maakte een kruis en boog zijn hoofd. We knielden tegenover elkaar op het dak. Hij had zijn ogen dicht. Ik sloot de mijne ook. In die seconde realiseerde ik me waarom hij de pot vastgehouden had. Hij wist niet wat er beneden gebeurde. Maar als er kinderen gespeeld hadden, moesten we die toch gehoord hebben. Toen herinnerde ik me Joxers kar en plotseling kreeg ik het meer te kwaad dan pa. Ik sloeg een schielijk kruisteken en keek over het dak Emerald Street in. Bij elke voordeur stonden mensen. Aan het begin van de straat stond een groepje uit café Ball Alley, onder wie meneer Griffin. Ik schoof naar de andere kant. In Seville Place gebeurde hetzelfde. Mensen die hun voordeur uitkwamen en zich afvroegen wat er gebeurd was. Overal lag puin, maar ik zag geen lijken. Het was een wonder, een onvervalst wonder. En tegelijkertijd was het een zegen. Voorlopig werd mijn schorsing van school begraven onder het gewicht van de oude schoorsteenpotten.

4
1962

Als een goochelaar sneed de man in het glanzende pak de kartonnen doos open. Ik stond op de achterplaats en keek door het raam, omdat de bijkeuken bomvol was. Niet alleen ma en pa en alle kinderen waren er, maar ook de buren – Scally en Hogan en Baker en Dowdall. Ze hadden een soort kring gevormd en sloegen de man gade. Eerst sneed hij de bovenkant er af en gaf die aan pa, die min of meer fungeerde als zijn assistent. Pa hield het karton vast – het zou hem ongetwijfeld nog eens van pas komen. Hij sneed een zijkant weg. Ik zag niets, hoorde alleen maar het gezwijmel van de buren.

'O, mevrouw Sheridan, wat prachtig.'

'Wat 'n droom.'

'Straks kent u zichzelf niet meer.'

'Moet je zien hoe die blinkt.'

Hij sneed de andere zijkanten weg en vroeg iedereen een stapje achteruit te doen. Hij deed zijn tovertruc. De witte geëmailleerde kist met het blauwe deksel en de blauwe slang. Een wascombinatie. Ma's wascombinatie. Betaald met pa's hondengeld. Zijn avonden in Shelbourne Park. Net zoals onze scholing door de kostgangers betaald werd. Alles op zijn plaats. Boeken en sokken. Was en onderwijs. Kennis en Daz. Niet dat het mij een korrel waspoeder kon schelen. Ik was uit de toekomst geschorst. Ten val gekomen door de zonde van hovaardigheid. De zonde van Lucifer.

Glanspak sprak ons toe uit naam van de wascombinatie. Je kon je er volledig op verlaten, hij was de vriend van de huisvrouw en betrouwbaarder dan een echtgenoot. Glanspak kreeg het bijna te kwaad. Alsof hij er geen afstand van wilde doen. De machine was zijn slaaf en hij wilde hem niet kwijt. Hij vermande zich en maakte de weg vrij voor de laatste rit van de machine naar het aanrecht. Samen met pa reed hij hem op zijn plaats. Glanspak sloot de slangen aan op de kranen en stak de stekker in het stopcontact. Hij draaide de knop om. Aan de voorkant ging een rood lampje branden. Hij draaide de kranen open. Iedereen luisterde ingespannen. Luisterde naar het geluid van water dat ze niet konden zien. Het was net zoiets als het Ierse dansen op de radio. Je kon het klikken van de hakken horen, maar de lijven moest je er zelf bij denken. De spanning was om te snijden toen het water de wascombinatie binnenruiste. Ik had driedubbel mijn bekomst van water. Water, water, overal water. Smerig knaalwater. Vermengd met rattenpis. Sinds mijn schorsing zwom ik er elke dag in. Met de binkers. In het begin geloofden ze niet dat ik van school gestuurd was. Ze dachten dat ik een geheime verklikker was.

'Je bent Denehy's rat, Shero.'

De eerste paar uur bleven ze uit mijn buurt. Alsof ik een ziekte had. Hoe harder ik protesteerde hoe meer afstand ze bewaarden, maar toen ik ze over Andy Griffins kont vertelde, draaiden ze bij. Ze kwamen allemaal het water uit en gingen op zoek naar hem. Ze wilden zijn kont met eigen ogen aanschouwen. Ik zwom de rest van de dag in mijn eentje. Dat verveelde snel. Na een week wilde ik de knaal nooit meer zien. De knaal kwam mijn neus uit.

De wascombinatie pompte water door een witte slang in de gootsteen. Daarbij draaide hij met zo'n vaart dat ik dacht dat hij een gat in de grond zou boren. Glanspak deed zijn best om het kabaal te overschreeuwen. Hij deelde het publiek mee dat het bijna afgelopen was. Nog even en de centrifuge zou ophouden en dan was het gebeurd. Hij was net een profeet die het einde van de wereld voorspelde. We wisten het misschien niet, maar we waren in de laatste cyclus. Binnenkort zouden we voor onze Schepper te drogen hangen. De tijd van slavernij was voorbij. Het was gedaan met sloven. Wasbord, wringer en schrobbers konden allemaal aan God geofferd worden. De redder der mensheid was gekomen. Verkrijgbaar voor contact geld of op de pof. Voordat Glanspak vertrok, noteerde hij twee nieuwe bestellingen. Terwijl hij de bijzonderheden opschreef, liet ma haar mensenredder op volle toeren draaien. Ik was opgetogen dat we iets nieuws hadden, iets dat werkte, iets waar pa niet aan te pas hoefde te komen. Zoals Glanspak verklaarde voordat hij vertrok:

'Alle bewegende delen goed geolied en gelijkmatig belast.'

* * *

Ik besloot door de zure appel heen te bijten en me voor de almachtige Denehy te vernederen. Ik liep onvervaard de klas in en ging regelrecht naar zijn lessenaar. Hij deed alsof hij me niet zag, dus ik stak meteen van wal. Ik bood mijn excuses aan voor de brief. Voor mijn brutaliteit. Ik beloofde dat het niet meer zou gebeuren. Ik vertelde hem dat ik te biecht was geweest (wat gelogen was). Ik kroop. Ik kronkelde. Ik likte z'n reet. Allemaal met volle overgave. Ik voelde me net de wascombinatie. Over mijn toeren. Mijn mond kon mijn hoofd niet bijhouden. Beelden tolden in mijn hoofd en geluiden pompten uit mijn mond. Ik had het gevoel dat ik eruitzag als de machine. Dat ik de machine was. Ik kon mezelf niet uitzetten. Er moest iemand bij komen. Gods hand. Ik bad dat De Buldog zou grauwen. Zou blaffen. Me onder de voet zou lopen. Me een por zou geven. Ik was bijna aan het eind van mijn programma. Ik stroomde leeg, leeg, leeg. Denehy keek me aan. Mijn mond ging dicht. Ik kon de grote trom in mijn borst horen bonken. Hij zei dat ik voortaan Gaelic football voor de school moest spelen. Verplicht. Onze wedstrijden waren op zaterdag, de training op woensdagmiddag na school.

''s Zaterdagsmorgens kan ik niet, broeder.'

'Kan ik niet of wil ik niet?'

Wist hij dat ik 's zaterdags voetbalde? Natuurlijk wist hij dat. Ik was aanvoerder van het juniorenelftal van Sheriff United. Ik voerde mijn elftal aan, uit en thuis. Ik koos de goal na de toss van de scheidsrechter. Kop of munt. Ik nam altijd munt. De kans was fifty-fifty. Vijftig procent. Dat stond vast. Onwrikbaar. Ik was verantwoordelijk voor mijn elftal. Ik was de vertegenwoordiger. Nu werd ik door de almachtige Denehy uit de voetbalhemel gestoten. Ik zou alle techniek moeten vergeten en moeten leren knokken. Geen dribbels, hakjes en omhalen meer in mijn leven. Wel hands maken, shirtje-trekken en schouderduwen. Gaelic football was straatvechten onder het mom van een balspel. Een wedstrijd Gaelic football zonder vechtpartij was saai. De supporters kwamen voor het matten, de spelers speelden voor het matten en de scheidsrechters floten voor het matten. Het was een vereniging voor georganiseerd matten. In ruil voor een plaats achter in de klas dwong De Buldog me daaraan mee te doen. Ik had weinig keus. Als ik het voetbal trouw bleef, zou ik geschorst blijven. Als ik geschorst bleef, zou pa er uiteindelijk achter komen en me afmaken. Ik wilde niet dood.

Mijn enige probleem was Macker. Dat was een aardige man. Een man met een hart. Sheriff Street was zijn nieuwe roeping. Als Sheriff Street er niet geweest was, zou hij priester geworden zijn, maar toen hij de kinderen eenmaal gevonden had, kon hij ze niet meer in de steek laten. In ons had Macker een nieuwe familie gevonden. Andere jongens konden mijn plaats innemen. Ik ging in mijn bank zitten en stelde mezelf gerust dat ik weer in het onderwijsstelsel was opgenomen. Ik had hersens te over en ik zou ze gebruiken. De Buldog zou me nooit meer vergeten, ook al moest ik tijdelijk een van zijn Gaelic voetballers worden.

Macker danste van woede toen ik hem het nieuws vertelde. Hij ketterde op een manier die volkomen nieuw voor me was. Hij noemde Denehy een gesjochte Neanderthaler.

'Ze moesten 'm stenigen met ballen van z'n eigen stront!'

Dat was een uitdrukking waar pa trots op zou zijn geweest. Als een jockey een race verknalde of een paard met vijftien lengtes voorsprong ten val kwam, kon pa Lucifer bezweren. Nou, Macker danste als de baarlijke duivel. Even snel als zijn drift opgekomen was, ebde die weer weg. Hij verontschuldigde zich voor zijn vloeken en sloeg een kruis. Dat deed pa nooit. Nee, pa's driftbuien konden al snel vierentwintig uur duren. Die van Macker duurde nog geen vierentwintig minuten. We gingen naar de speelplaats en speelden vijf tegen vijf, maar mijn hoofd stond er niet naar. In de rust ging ik naar huis en naar bed. Ik viel in slaap en kreeg mijn lievelingsdroom. Manchester United in de bekerfinale. Met mij als aanvoerder. Zoals altijd was ik de ster van het veld. De tweede helft draaide op straatvechten uit en aan het eind lagen alle tweeëntwintig spelers dood in de middencirkel van het Wembley-stadion.

* * *

Sinds Andy Griffin door zijn vader uit de klas was gehaald, was hij niet meer op school geweest. Officieel moest hij naar de lagere school in Rutland Street, maar hij ging nooit. De inspecteur van het ministerie kwam diverse keren aan de bel trekken. Zijn moeder zei dat hij ziek was. Zijn vader zei dat hij bij een oom logeerde. De inspecteur wilde de zieke Andy zien. Meneer Griffin krabbelde terug en vertelde de waarheid. Andy moest voor kinderrechter Kennedy verschijnen. Die middag ging ik naar hem toe om de uitslag te horen. Toen ik dichterbij kwam, zag ik dat het balkon vol mensen stond.

Hoofdzakelijk kinderen. Op straat, vlak onder de trap, stond een zwarte auto. Er zat iemand op de achterbank. Ik zag het wit van zijn boordje. Ik wist dat het een broeder was. De auto leek misplaatst. De broeder op de achterbank nog meer. De raampjes zaten potdicht. Bij het voorbijkomen zag ik zijn adem op het glas. Misschien bad hij voor Edmund Rice. Op school moesten we elke dag bidden voor de heiligverklaring van Edmund Rice. Hij had de orde van de broeders gesticht om de arme kinderen van Waterford een kans op onderwijs te geven. De broeders hadden zich overal verspreid. Ik hoopte dat hij snel heilig verklaard zou worden en dat wij een dag vrij zouden krijgen. Op zijn minst. Misschien zelfs een week. De broeders hadden drie wonderen nodig om de paus te overtuigen. Als Andy Griffin hier heelhuids afkwam, was het eerste binnen.

De kinderen op het balkon jengelden tegen de politieman dat ze zijn handboeien wilden zien. Kleine handjes en vingers fouilleerden hem. Ze weigerden te geloven dat hij ze niet bij zich had. Een van de kinderen was ervan overtuigd dat hij ze onder zijn pet had verstopt. Ze klommen op vensterbanken en stortkokers om te proberen de pet van zijn hoofd te slaan.

Meneer Griffin stond in de gang met een fles in zijn hand. De inspecteur schudde zijn hoofd in ijzige gelatenheid. Meneer Griffin stond erop de situatie bij een glas te bespreken. De inspecteur duwde steeds een papier onder zijn neus.

'Ik heb een bevelschrift om hem weg te halen, meneer Griffin. Er valt niets te bespreken.'

Bevelschriften kende ik alleen maar uit de film. De FBI zwaaide er voortdurend mee. Die bespraken helemaal niets. Die trapten deuren in. Vielen gebouwen binnen. Trokken mensen gillend hun woning uit. Ze hingen niet rond in de gang. Niemand durfde ze een glas aan te bieden. Meneer Griffin stelde me voor aan de inspecteur als Andy's beste vriend.

'Hij woont in Seville Place. Zijn vader is stationschef.'

Ik probeerde uit te leggen dat hij kaartjes verkocht. Tevergeefs. Meneer Griffin liet zich niet tegenspreken.

'Zijn vader weet precies waar de verrassing-expres elke zondag naartoe gaat. Waar of niet, jong?'

'Ja, meneer Griffin.'

De verrassing-expres vertrok elke zondagochtend met onbekende bestemming van het station in Amiens Street. De passagiers kochten een kaartje bij pa, zochten een plaatsje in de stoomtrein en vroegen zich bij elke draai van de wielen af waar de reis zou eindigen. Sommige passagiers waren bevoorrecht. Ze hadden voorkennis. Vanaf donderdag stonden ze aan de achterdeur, allemaal met dezelfde vraag op hun lippen.

'Waar gaat de verrassing-expres deze zondag naartoe, meneer Sheridan?'

Ma zei dat we een bordje op de achterdeur moesten hangen. Shea zei dat we er geld voor moesten vragen, wat we allemaal een veel beter idee vonden.

Meneer Griffin verhief zijn stem. Ter benadrukking van zijn woorden tikte hij de inspecteur op zijn borst.

'D'r zijn verdomd weinig mensen in deze stad die je kunnen vertellen waar de verrassing-expres naartoe gaat. Heb ik gelijk of heb ik gelijk?'

De inspecteur moest lachen om mijn gêne. Ik mompelde een excuus en liep de keuken in. Mevrouw Griffin zat aan tafel boven een glas Guinness te huilen. Catherine las haar de les.

'Hou op met huilen, ma, hij moet gaan.'

Catherine huilde ook. Ze zagen me niet binnenkomen. Normaal gesproken zou mevrouw Griffin een stoel afvegen en me die aanbieden. En ik zou een kop thee krijgen. Of een koekje. Ik weigerde steevast. Zij drong steevast aan. Deze middag deden ze geen enkele moeite, ze hadden andere besognes. Ik sloop de keuken uit en ging naar de slaapkamer van de jongens. Andy zat op het bed. Zijn jongste broer Christy stond aan het raam met een laken in zijn hand.

'Kom op, Andy, ik laat je wel zakken.'

Andy lachte nerveus. De situatie was hopeloos. Hij wuifde de suggestie van zijn broer weg. Christy liet zich niet uit het veld slaan. Hij kwam naar me toe.

'Hou es vast.'

Uit beleefdheid hield ik het laken vast. Christy smeekte zijn broer het te proberen. Andy pakte het andere eind en keek ons aan.

'Wil je dat ik hiermee 't raam uitklim?'

'Ja. Schiet op.'

Andy gaf een ruk aan het laken. Het scheurde meteen. Hij liet het op de grond vallen. Christy's gezicht vertrok van afschuw.

'Wat ga je tegen ma zeggen?'

'Helemaal niks. Ze sturen me weg.'

Er lag een toon in Andy's stem die ik nog nooit eerder gehoord had. Beschuldigend. Giftig. Hij gaf zijn moeder de schuld. Was het haar schuld dat hem dit overkwam? Volgens mij kon hij er beter zijn vader op aankijken. Die had hem destijds van school gehaald. Misschien had zijn moeder hem gedwongen naar Denehy te gaan. Moeders en vaders waren rare wezens. De macht die ze over elkaar uitoefenden. Mannen die hun mannelijkheid moesten bewijzen. Moeders die hun liefde voor hun kinderen moesten bewijzen. Aan wie lag het dat Andy naar Artane moest? Was het een aangeboren fout in hemzelf waaraan hij nooit zou kunnen ontsnappen? Of lag het aan de volwassenen? Mevrouw Griffin? Meneer Griffin? Broeder Denehy? De inspecteur? De politieman? Andy was omsingeld. Dit was de Alamo en ontsnappen was uitgesloten. Ons enige redmiddel was een gescheurd laken. We hadden niet eens een machinegeweer. Een gescheurd laken, de witte vlag van de overgave. Andy had zijn hele leven geprobeerd de broeders te vermijden en nu werd hij aan hun klauwen overgeleverd. Vierentwintig uur per dag zou hij in hun schaduw lopen. Overdag zou hij in hun banken zitten, 's nachts zou hij tussen hun lakens slapen. Hij binkte uit angst, nu zou die angst hem elke seconde van de dag achtervolgen. Misschien zou dat hem genezen. Als hij de angst leerde overwinnen zouden ze hem loslaten. Wie weet zou hier nog iets goeds uit voortkomen.

'Loop je mee naar de auto?'

Andy deed zijn riem af en sloeg hem om de bruine koffer die niet dicht kon. We liepen de gang in. Andy duwde de keukendeur open. Catherine deed wat koekjes en een appel in een bruine zak. Mevrouw Griffin zette haar glas neer.

'Wat hebben we fout gedaan, zoon?'

'Hou op, ma.'

Catherine kwam naar ons toe en duwde Andy de zak in zijn hand. Mevrouw Griffin ging Andy te lijf met een kleerborstel. Hij stak braaf zijn handen uit. Toen ze een kam pakte en zijn haar begon te kammen trok hij zich los en maakte het met beide handen weer in de war. Ik wist precies hoe hij zich voelde.

'Ik wil niet dat je mee naar beneden gaat, ma.'

'Tot ziens, zoon.'

Mevrouw Griffin had dit amper gezegd of ze werd hysterisch. Terwijl Catherine haar probeerde te kalmeren trokken Andy en ik ons terug op het balkon. De kinderen zwermden om ons heen. De politieman was blij dat hij ontzet werd. Andy haalde de bruine zak te voorschijn. Hij pakte de appel eruit en vroeg de kinderen of ze wilden 'grabbelen'. Dat werd meestal met geld gedaan. Na de huwelijksmis gooide de getuige van de bruidegom altijd een handvol munten in de lucht. Grabbelen om een appel was hoogst ongebruikelijk. Andy haalde zijn arm naar achteren en gooide de appel zo ver mogelijk weg. De kinderen schoten er als een zwerm ratten achteraan. Die appel zou tot moes vallen, dacht ik. Dat zei ik tegen Andy. Hij liet me zijn hand zien. Hij had hem helemaal niet weggegooid. Dat was het fijne van Andy, dat hij altijd vol verrassingen zat. Daarom hield ik zo van hem.

De inspecteur stond tussen meneer Griffin en de auto. Meneer Griffin wees naar de broeder op de achterbank.

'Als die m'n zoon met één vinger aanraakt, hou ik u verantwoordelijk. Dan kom ik u halen, zowaar God m'n getuige is.'

Andy verstijfde bij het zien van het witte boordje. Het was net alsof het besef plotseling uit de lucht viel, boven op zijn hoofd. Zijn vingers verslapten en de appel viel op de grond. Ik raapte hem op en poetste hem zo goed mogelijk schoon. Ik stak hem in zijn zak. Hij reageerde niet. De politieman trok het achterportier open en de broeder keek naar buiten. Andy verroerde zich niet. Ik riep naar de politieman.

'Hij gaat voorin.'

Andy keek me aan en glimlachte bijna.

'Ik zal schrijven.'

Hij liep naar de auto en stapte in. Terwijl hij instapte, schreeuwde zijn vader, zo hard dat de broeder het hoorde:

'Laat je niet slaan, zoon.'

De auto trok op en stond meteen weer stil. Overal kropen kinderen op zoek naar de verloren appel. Die zat veilig in Andy's zak, maar Andy was allesbehalve veilig. Voorlopig zat hij veilig voorin, maar hoe lang nog? De broeders hadden een vlijmscherpe neus voor angst. Als hij zijn angst kon bedwingen, maakte hij in Artane misschien een kans.

De auto zette zich opnieuw in beweging. Nu hing hij vol kinderen. Ze klemden zich vast aan de achterbumper, de voorbumper, de deurknoppen, de treeplanken, de spatborden. Ze hingen aan alles wat houvast gaf. Het was een mierenhoop op wielen. De chauffeur remde en stapte uit. De kinderen stoven uiteen. Tegen de tijd dat hij weer achter het stuur zat en wegreed, was het opnieuw een mierenhoop. Zo ging het de hele wijk met de flats uit en Sheriff Street in. Het was net alsof ze Andy vast probeerden te houden. Ze voerden een guerrillaoorlog tegen de auto. Een oorlogstactiek die de Ieren hadden uitgevonden. Art McMurrough om precies te zijn. Die liet het nooit op vechten aankomen. Bestookte de vijand van achteren en vanuit de flank en trok zich weer terug in de bossen. De kinderen van Sheriff Street waren te jong om te weten dat ze de geschiedenis herhaalden. Ik zou ook graag aan de auto gehangen hebben, maar ik durfde niet. Een goede waarnemer, dat was ik. Ik had er schoon genoeg van een brave jongen te zijn. Ik zag Andy weggevoerd worden en ik vervloekte mezelf dat ik hem ooit naar school had gehaald.

* * *

Ma's wascombinatie bleek een grotere ramp dan de Titanic. Hij lekte bij elk gebruik. Als het ene lek gedicht was vond hij weer een ander gaatje. Ik dacht dat het een proefmodel van de fabriek was, dat bedoeld was om lekken te krijgen en dat per abuis aan ons verkocht was. Pa vertimmerde een houten pallet dat hij in de garage had hangen. Het diende als een soort brug om ons voor verdrinking te behoeden als we van de keuken naar de bijkeuken moesten. We leefden permanent in rubberlaarzen. Als het zo doorging zouden we binnenkort aan een vlot toe zijn. Hoewel de lekken al erg genoeg waren, zouden ze nog draaglijk geweest zijn zonder de epileptische aanvallen. Ik wist niet dat machines de vallende ziekte konden hebben. Bij het aanslaan van de centrifuge sloeg de machine op hol. Hij maakte een luchtsprong van een halve meter en begon als een gek te schudden. We vreesden zelfs dat hij bezeten was. Kapelaan Ivers kwam met wijwater, maar ook dat hielp niet. Elk bord in de gootsteen ging aan diggelen en het scheelde weinig of de machine sprong er zelf bij om het karwei af te maken. Pa legde er een betonblok op om hem in bedwang te houden, maar toch moest er altijd iemand in de buurt zijn om te zorgen dat het niet uit de hand liep.

Ma wist één ding zeker. Ze was niet van plan terug te keren naar de handwas in het ijzeren bad. Ze was bereid alle aanvallen van de mensenredder voor lief te nemen – lichamelijk geweld en overstromingen – maar teruggaan naar het stenen tijdperk, nee. Ondanks de moeilijkheden met 't hels machien, zoals pa het noemde, bleef ma even onverzettelijk als generaal Custer. Er hing een fikse ruzie in de lucht. Ma's vastbeslotenheid tegen pa's koppigheid. Ma won de eerste schermutselingen en schopte tegen pa's zere been met haar voorstel Glanspak terug te halen om te zien of we de machine goed gebruikten. Dat kwetste zijn trots en zette vraagtekens bij zijn vermogen instructies op te volgen. Ik wist wat hij dacht. Hij had ons televisiebeelden gegeven. Hij had voor Samson gespeeld op de schoorsteen en die voor zekere instorting behoed. Dat was allemaal vergeten. En het werd nog erger. Ma stelde voor een vakman te laten komen om de heetwatertank te controleren. Ze had net zo goed kunnen zeggen dat de Acropolis scheef gebouwd was. Pa en oom Paddy hadden de watertank aangesloten. Ze hadden een hele zaterdag tot diep in de nacht gewerkt om voor de komst van de eerste kostgangers klaar te zijn. Dit werd pa te gortig. Hij ging terstond in hongerstaking. Vier dagen lang weigerde hij alle maaltijden die ma bereidde. Ontbijt, middageten en avondeten. Ma zette het gewoon voor hem neer. Hij negeerde het bord of schoof het driftig van zich af en ging naar de garage.

Zonder hem was het aan tafel heel anders. Het viel niet mee van je eten te genieten terwijl pa zich in de garage doodhongerde. Zich doodhongerde voor zijn principes. Die vrijdag ging ik naar de garage om te zien of ik van dienst kon zijn. Hij zat op de wc met een zak patat en gebakken vis in zijn hand. Toen hij me zag, probeerde hij ze weg te stoppen, maar het witte papier verried hem. En de geur. Ze kwamen uit Aldo's patatzaak in Sheriff Street. Hij bood me een frietje aan maar ik weigerde. Hij brak een stuk vis af en stak me dat toe. Het was zo'n hulpeloos gebaar. Ik nam het aan om hem een plezier te doen. Hij was dolblij. Ik hielp hem het op te eten.

'Ik zal niks tegen ma zeggen.'

'Nee, zeg maar niks tegen ma.'

Toen pa zijn hongerstaking beëindigde, begon hij met simpele maaltijden. Thee en brood. In stilte tot zich genomen. Normaal zou het dagen duren voordat er weer gepraat werd. Deze keer niet. Pa sloofde zich uit om het weer goed te maken. Hij stelde voor Glanspak terug te halen voor advies. Hij deed alsof hij plotseling tot inkeer gekomen was. Iedereen was geschokt. Niemand wist hoe hij zijn Damascus gevonden had. Ik wel. Ik wist dat hij zich schuldig voelde omdat zijn hongerstaking niet echt was maar gespeeld.

Wat inkomstenbelasting was wist ik niet precies, alleen maar dat pa het moest betalen. Het werd van zijn loon ingehouden en ma vloekte elke vrijdag als pa haar zijn loonstrookje gaf en zij zag wat de ontvanger voor zichzelf gehouden had.

'Klootzakken.'

Er was meer dan één belastingontvanger. Volgens pa joegen ze in roedels. Hun taak in het leven was rond te snuffelen tot ze de werkman vonden en hem dan zoveel mogelijk geld afhandig te maken. De enige manier om ze te slim af te zijn was geld verdienen dat geen sporen naliet. In ons geval via de kostgangers. Pa was bang dat hij op een kwade dag tegen de lamp zou lopen en in de schuldenarengevangenis terecht zou komen, waar zelfs een hongerstaking hem niet zou redden.

Het was ons op straffe des doods verboden in het bijzijn van Glanspak over kostgangers te praten. Hij was een buitenstaander en buitenstaanders waren gevaarlijk. Ierland had de ergste reputatie ter wereld wat verklikkers betreft. Verklikken was een nationaal tijdverdrijf. Pa wilde niet dat zijn naam op de lijst van verklikte mensen werd bijgeschreven.

Glanspak zag er raar uit in pa's rubberlaarzen. Eerst dacht hij dat het huis op een bron gebouwd was. Hij schroefde de achterplaat van de machine en stelde een grondig onderzoek in. Net als een dokter. Hij schroefde alles terug, schoof de slangen op de kranen, zette de machine aan en wachtte tot de kleren gewassen waren. Pa herinnerde hem aan het betonblok. Glanspak reageerde niet eens. Dat was een fatale vergissing. Enkele seconden later kreeg de wascombinatie een attaque en vloog Glanspak aan. Hij vluchtte geschrokken de keuken uit. Iedereen begon te gillen. Pa was de enige die standhield. Hij raapte het betonblok op en legde het waar het thuishoorde. Het schokken en schudden nam meteen af. De eerste ronde was unaniem voor pa en hij glimlachte van oor tot oor.

Aan het begin van de tweede ronde deed Glanspak een driestte uitval. Hij trok de stekker uit het stopcontact. Hij haalde een waterpas te voorschijn, precies zo een als pa in de garage had hangen. Hij legde hem voorzichtig op de wasmachine en schoof hem heen en weer. Hij bestudeerde hem als een dokter een thermometer.

'Geen wonder dat-ie ziek is... ziek, ziek, ziek... ziek als een hond...'

De insinuatie maakte pa nerveus. Glanspak schoof houten wigjes onder de poten van de wascombinatie. Ik zag het belletje in de waterpas bewegen als een kruipende baby. Een klomp vlees die langzaam vooruitschuift en pardoes op zijn buik valt, precies tussen de streepjes. Glanspak verzocht pa het betonblok te verwijderen. Zijn toon stond pa niet aan. Onder zwijgend protest deed hij wat hem gevraagd werd. Glanspak zette de machine aan. Die hikte een keer maar begon toen zacht en beheerst te deinen. De epilepsie was genezen. Het was net een snorrende poes. Tweede ronde voor Glanspak.

De laatste ronde begon behoedzaam. Glanspak liep om de wascombinatie heen en bestudeerde hem van alle kanten. Pa deed hetzelfde in tegenovergestelde richting. Glanspak draaide zich om, bukte zich en keek tussen zijn benen door naar de machine. Pa deed hem na alsof dit dagelijkse kost voor hem was. Glanspak liep naar de gootsteen. Hij boog zich over de kranen en luisterde. Een hele poos. Hij vroeg pa de machine uit te zetten. Wat hoorde Glanspak? Zat er meer dan water in het water? Was de wascombinatie vergiftigd? Braakte hij daarom zijn ingewanden uit? Glanspak kwam langzaam en beheerst overeind. Hij keek naar pa. Hij riep ma naar de gootsteen. Hij pakte de dubbele slang en trok. Met een zuigend geluid schoot het rubber van de kranen. Een dun straaltje water liep in de gootsteen. Glanspak wees ernaar. Dit gaf de doorslag, dat voelde je. Pa keek schaapachtig. Ma stond voor raadsels.

'Mankeert er iets aan 't water?'

'Kijk dan! Kijk dan!'

Ma keek. We keken allemaal. Pa hield zijn hand eronder en liet het tussen zijn vingers door lopen zoals een priester tijdens de mis. Hij wreef zijn vingertoppen over elkaar. Frankie wrong zich tussen mijn benen door en hees zich met zijn ellebogen op het aanrecht. We bleven een eeuwigheid naar dat straaltje kijken.

'U hebt geen druk. Uw probleem is de waterdruk!'

Pa was uitgeteld. Knock-out in de derde ronde. Na een bliksemsnelle, perfect uitgevoerde uppercut van Glanspak. Pa had het gehad. Hij was geveld door een voltreffer. Waterdruk. Het was een knock-out uit het boekje, met een stamboom die teruggging tot de markies van Queensberry. Maar het zou nog erger worden. Glanspak verzocht hem te gaan zitten en nam het hele gevecht nog eens met hem door, ronde voor ronde en klap voor klap. We waren allemaal getuige van pa's kruisiging. Je kon de wonden in zijn gezicht zien. Net zo duidelijk als de stigmata van Padre Pio. Ma bood Glanspak een kop thee aan, wat een vreselijke daad van verraad was en waarvoor ze ongetwijfeld zou boeten. Tot besluit van deze afschuwelijke dag voor pa kwam Mahony ook nog eens vroeg van zijn werk, stormde de keuken binnen en verklaarde ten overstaan van Glanspak dat hij een betalende kostganger was. Bloeddruk. Waterdruk. Pa stond op springen. Pa stond op verdrinken. Pa was doodkalm. Pa dacht vooruit. Toen Glanspak vertrok, vroeg ma aan pa wat hij dacht. Dat was een stomme vraag. Het maakte niet uit wat pa dacht, onze wereld zoals wij die kenden liep ten einde. Glanspak was weer op zijn kantoor en had de ontvanger aan de lijn, pa zag een leven in de gevangenis voor zich en Shea, Ita en ik zouden van school moeten om werk te gaan zoeken. Pa stond op en liep zonder een woord de achterdeur uit. Ik wist dat hij naar zijn wc ging om de situatie te overdenken. Hij wenkte me.

'Kom op, zoon, dit moet tot op de bodem uitgezocht worden.'

* * *

Telkens als er gebeld werd volgde dat vreselijke wachten. Ma stond op om open te doen. Dat waren pa's instructies. Pa hoorde in elk klopje de belastingontvanger. Toen ma terugkwam en zei dat het Catherine Griffin was, begon mijn hart te bonken.

'Ze heeft 'n roomtaart voor je, zegt ze.'

Iedereen aan tafel schoot in de lach. Ik werd vuurrood. Wisten ze dat ik over haar droomde? Vermoedde Shea dat ik haar zocht als ik 's nachts tegen hem aan kroop? Ik dacht graag aan haar, dat was alles. Het zou nooit iets worden. Zij kwam uit de flats. Ze was ouder dan ik. Ze had borsten en ik had maar zes haren op mijn penis en nog geen baard. Zij werkte parttime bij bakkerij Kylemore en had haar eigen uniform. Zodra ze van school kwam, zou ze daar aan de slag kunnen.

'Laat haar maar in de voorkamer.'

Na dat advies van ma veranderde het gelach in gejoel. Het huilen stond me nader dan het lachen, maar ik kon de tranen die probeerden naar buiten te barsten niet laten zien. Ik wilde hun gezichten tot moes slaan. Ik wilde de tafel ondersteboven smijten en hun gebraden rissoles op de vloer gooien. Ik wilde naar Emerald Street rennen, meneer Griffin uit café de Ball

Alley halen en hem vragen zijn dochter en haar roomtaart mee naar huis te nemen. Hij mocht me gerust met een zaag bedreigen. De avond nadat ze Andy opgehaald hadden, stond ik voor de kroeg toen hij dreigde mevrouw Griffin doormidden te zagen. De mannen moesten hem vasthouden en de vrouwen hielden mevrouw Griffin tegen.

'Doormidden zagen, laat 't 'm verdomme maar proberen.'

Ik was minder bang van meneer Griffin dan van zijn dochter aan onze deur met een roomtaart in haar hand. Ik dacht aan de voorkamer en mijn communiefoto met de pijpenkrullen aan de muur. Dat gaf de doorslag, ik ging naar de kroeg. Ik liep naar de achterdeur, maar Ita stond op.

'Kom, stel me eens aan dat meisje voor.'

Ik was behoed voor vernedering. Voor rampspoed. Ita kende Catherine natuurlijk, dus dat stomme gedoe was niet nodig. Ita hield haar aan de praat terwijl ik de voorkamer inglipte, de foto van de spijker pakte en hem achter de leunstoel stopte. Ita en Catherine kletsten maar door. Ik las geen meisjesbladen en had nog nooit van de Vier Mary's gehoord. Ik kon alleen maar luisteren. Het waren net ouwe wijven. Dit waren de twee belangrijkste meisjes in mijn leven en ze negeerden me straal. Andy en ik konden soms wel tien minuten achter elkaar zwijgen. Dan wist ik wat hij dacht, dus praten was onnodig. Ik hield van hem als dat gebeurde. Ik keek naar Ita en Catherine en vroeg me af of zoiets met meisjes mogelijk was.

Ita ging naar de wc (ik geloof dat ze ons expres alleen liet) en Catherine gaf me de doos van Kylemore. Plus een pakketje in bruin pakpapier met een touwtje erom. Het voelde zacht aan. Ze vroeg of ik beide aan Andy kon geven. Ik vroeg me af waarom, aangezien Andy in Artane zat opgesloten.

'Ik zie Andy nooit.'

'Wel waar.'

Ik wilde haar niet tegenspreken. Ze was meer ontwikkeld dan ik. Ze kon me om het minste of geringste laten blozen.

Dat gaf haar macht over mij. Ik kon altijd alleen maar haar slaaf zijn. Hoe kon ik haar hiermee teleurstellen?

'Je gaat morgen toch Gaelic football spelen voor school?'

'Ja.'

'En jullie spelen toch tegen St.-Ciaran?'

'Ja.'

Ze keek me met grote ogen aan. Glimlachte breed. Wachtte op mijn antwoord. Ik had geen antwoord.

'St.-Ciaran is Artane, sufferd.'

* * *

We stapten uit de bus voor de grote hekken aan Malahide Road met de boog van ijzeren letters. Verbeteringsgesticht Artane. De poort was op slot. De poort was altijd op slot. Denehy zette de tas met onze shirts op de grond. Hij belde aan. Als je niet wist dat er een bel zat, zou je hem nooit gezien hebben.

We stonden voor Artane. Twintig Gaelic voetballers van Laurence O'Toole. Sommige mensen kenden onze school. Iedereen kende Artane. Ze kenden Artane omdat ze er uit de buurt wilden blijven. Een opleidingskamp voor de gevangenis. Artane. Mountjoy. St.-Ciaran. Denehy stak een sigaret op. Hij was geagiteerd. Hij rookte vrijwel nooit in ons bijzijn. Vanwege de gelofte van armoede. Waar haalde hij de poen voor sigaretten vandaan als hij zo arm was? Hij rookte Sweet Afton. Dat was ook de naam van de beker. De Sweet Afton Beker. Hetzelfde merk als ma. Op haar peuken zat altijd lipstick. Sweet Afton, een lieflijke rivier volgens het gedicht. Vandaag een rivier van bloed. Een bekergevecht. Laurence O'Toole tegen St.-Ciaran. Beide teams getraind door onbroederlijke broeders. Gaelic football. Een spel voor schoften gespeeld door schoften.

De kleine poort ging open en broeder portier liet ons binnen. Binnen zag ik meteen de witte hekken en het pad naar het grauwe gebouw met de trappen. Het was net of het gebouw leefde. De voordeur was een muil die je kon opslokken. Het lag tussen de weilanden. Het vee hield op met grazen om ons te bekijken, ze moeten geweten hebben dat we bezoekers waren. Onderweg vroeg ik me af of Andy ons vanuit het grauwe gebouw aan zag komen. Ik hield het bruine pakket stevig onder mijn arm geklemd. De taart zat veilig weggeborgen onder mijn korte broek in mijn tas. Ik had ruimte gemaakt door mijn schoenen eruit te halen. Die droeg ik als een stethoscoop om mijn nek.

Het was kilometers lopen van de poort naar het grauwe gebouw. In werkelijkheid was het waarschijnlijk nog geen kilometer, maar het leek wel tien keer zoveel. In de verte was een groepje jongens, allemaal hetzelfde gekleed, bezig het pad schoon te maken. Hun broek en colbert kleurden bij het gebouw. Toen we dichterbij kwamen, hielden ze op en wachtten tot we voorbij waren. Ze keken naar onze schoenen alsof we hun meerderen waren. Ik kende niemand. Zodra we voorbij waren, hurkten ze weer neer en begonnen bladeren op te rapen.

Bij het grauwe gebouw sloeg Denehy linksaf en we volgden hem naar de achterkant. Een pad voerde langs een wit hek naar een tweede grote poort. Erachter lag een sportveld dat helemaal door bomen omringd was. Ik had nog nooit zoiets gezien. Aan alle kanten rechte rijen bomen. In Fairview Park en Phoenix Park en Bushy Park groeiden ook bomen, maar niet zo georganiseerd. Ik denk dat het expres zo gedaan was. Zelfs de natuur sloot je op. Naast het veld lag een paviljoen. Dat had drie kleedkamers maar geen spoor van het thuisteam. En geen spoor van de supporters. Zouden ze allemaal dood zijn? Denehy zette de tas met shirts midden in de kleedkamer op de grond, maakte hem open en zocht naar het keepershirtje. Dat was lichtpaars van kleur. Hij vond het en hield het omhoog.

'In het doel...'

Mikey Grey begon meteen.

'Broeder, broeder, broeder, broeder, broeder, broeder...'

Denehy keek naar hem. Hij zwichtte en gooide het shirtje naar hem toe.

'In het doel, Michael Grey.'

Mikey Grey zei bijna 'niks zeggen, broeder', maar wist zich net op tijd te beheersen. Denehy bleef shirtjes uitdelen. Ik kreeg het groene nummer zes. Spil. Bij het voetballen had ik nummer vier. Ik hoopte dat mijn tegenspeler niet te groot zou zijn. Bij gewoon voetbal speelde lengte niet zo'n rol, maar bij Gaelic football kreeg je geen bal te pakken als je tegenspeler een kop groter was. Onze langste speler, Daddy Kelly, was een meter tweeënzestig. Eigenlijk heette hij Billy maar zelfs Denehy noemde hem Daddy. Ik was twintig centimeter kleiner dan Daddy Kelly, die geen fatsoenlijk schot kon lossen, maar goud waard was voor het team. Dat was Gaelic football.

Denehy gaf ons een donderspeech. Hij herinnerde ons aan onze plicht jegens de school, onze parochie en ons vaderland. Hij herinnerde ons aan Fionn MacCumhaill, Cuchulainn en de dappere krijgers van de Fianna; aan Michael Davitt, Michael Cusack en bisschop Croke; aan Parnell, Casement en Padraigh Pearse; aan de trotse traditie in Gaelic football van Mayo (waar hij vandaan kwam) en de opstand van het westen; aan de trotse traditie van het Gaelic football in Dublin (waar wij vandaan kwamen) en Snitchy Ferguson, Kevin Heffernan en Lar Foley. En bovenal herinnerde hij ons aan onze plicht jegens onszelf. Hoe wilden we in de herinnering van onze kinderen en kleinkinderen voortleven, als lafaards die zich overgaven of als vechters tot de laatste man? Vergis je niet, Artane is uit op je leven. Denk eraan dat de doden niet terugvechten. Als je de bal niet kunt pakken, zorg dan in ieder geval dat je de man te grazen neemt. Gebruik je vuisten, zo vroeg en zo vaak als je kunt. Als we hier met een overwinning vertrekken, krijgen jullie morgen een halve dag vrij. En nou het veld op en knokken om elke bal.

We renden het paviljoen uit op zoek naar slachtoffers. Een

beleefd applausje klonk op. Aan drie kanten van het veld stonden de gevangenen van Artane, allemaal in hetzelfde tenue, allemaal klappend. Ze hadden geruisloos hun plaats ingenomen. Een minuut geleden waren ze nog in het grauwe gebouw, nu stonden ze om het veld naar ons te kijken en te klappen. Zware jongens, misdadigers en onaangepasten. Beleefd klappend. Er klopte iets niet. Het geluid van vrouwenstemmen brak de sfeer.

'Hup O'Toole.'

'Hup de Larriers.'

Uit de verte kwam een groepje vrouwen en kinderen op ons af, zwaaiend met groen-witte vlaggen. Onze supporters. Ik zag de moeder van Mikey Grey en twee van zijn zusters. En Daddy Kelly's moeder, niet te missen met haar een meter negentig. Ze waren gekomen om ons toe te juichen in de eerste ronde van de Sweet Afton Beker.

Het was gedaan met de beleefdheid toen het thuisteam aantrad. Ze kwamen uit een achterdeur van het grauwe gebouw. Een broeder met een kop als een kalkoen en steil grijs borstelhaar rende met de jongens mee en schreeuwde in hun gezicht. Hij had een bal bij zich die hij zo hard tegen de grond gooide dat ik dacht dat hij zou barsten. Ze stormden het veld op en schudden hun vuisten naar ons terwijl hun supporters aan de zijlijn om bloed brulden. De beleefde jongens van Artane leken ontsnapt uit een kerker in de hel.

Ze hadden bijna dezelfde kleuren als wij. Groen shirt en witte broek, met als enig verschil een gele ring op hun borst. Dat betekende opletten voordat je de bal afspeelde. Ik had geen zin om voor Denehy's vuurpeleton te komen. Daddy Kelly trapte de oefenbal naar mij. Terwijl ik opsprong om hem op te vangen hoorde ik iemand achter me schreeuwen.

'Laat los.'

Het was Andy. In zijn uniform. Net als de rest. Behalve dat hij toch anders was. Zijn stem leek zachter dan vroeger. Hij maakte een hoofdbeweging en we zonderden ons enigszins af.

Ik liep naar de zijlijn en deed opwarmingsoefeningen, terwijl Andy met zijn nieuwe stem tegen me praatte. Ik voelde voortdurend ogen in mijn rug.

'Ik heb gehoord dat m'n vader en moeder elkaar bij de Ball Alley bijna vermoord hebben.'

Ik tikte met mijn vingers mijn tenen aan en keek hem tussen mijn benen door aan.

'Ja.'

Ik zag woede in zijn lippen. De manier waarop ze krulden.

'Ik heb iets voor je.'

'Wat?'

'In de kleedkamer. Een taart en een pakket.'

Ik richtte me op en wilde naar het paviljoen lopen.

'Laat maar. Ik haal ze zelf wel.'

De scheidsrechter floot en ik liep het veld weer op. Ik nam mijn positie in en incasseerde al voor het begin van de wedstrijd een por in mijn ribben van mijn tegenspeler. Ik nam me voor hem er helemaal uit te spelen. Ik had me de moeite kunnen besparen. Meteen vanaf de inworp namen we het heft in handen. De ene aanval na de andere. Binnen vijf minuten hadden we vijf keer gescoord. Drie goals en twee punten. Artane nul. De strijd was zo goed als gestreden.

Aan de zijlijn was het nog lang niet afgelopen. De oorlog van de opperhoofden. De Buldog tegen De Kalkoen. Ze holden langs de zijlijn en bestookten ons met schimpscheuten en aanmoedigingen. De Kalkoen won op volume. De Buldog op passie. Na twintig minuten spelen was de stand vijf goals en zes punten tegen één punt. De supporters van Artane vuurden hun team nog steeds aan alsof de overwinning binnen handbereik lag. De scheidsrechter deed zijn best Artane aan te moedigen. Hij gaf ze vrije schoppen cadeau. De Buldog was razend. Hij schreeuwde tegen de scheidsrechter:

'Waarom trek je geen geel shirt aan?'

Daddy Kelly ving de bal na een vrije trap. De scheidsrechter floot en gaf Artane een strafschop. Het was de beroerdste beslissing die ik ooit had meegemaakt, maar ik was blij voor onze tegenstanders. De aanvoerder van Artane nam de strafschop en miste. De scheidsrechter floot voor een goal. De chaos was compleet. De Buldog groef een gat in het veld met zijn schoen. De Kalkoen rende als een kip zonder kop het veld rond en kwaakte:

'Goal... goal... goal...'

Te midden van dit alles blies de scheidsrechter aan één stuk door op zijn fluit en wees naar het paviljoen. Het was rust. Hij had geen doelpunt gegeven. De supporters van Artane vielen stil, maar De Kalkoen bleef rondrennen. We moesten wachten tot hij ophield voordat we het veld af konden. Wat een zielige vertoning.

Denehy ging als een bezetene tekeer in de kleedkamer. Hij foeterde dat we ze bij de keel hadden maar bang waren de genadeslag uit te delen.

'In de tweede helft wil ik ze begraven zien worden. Een meter onder de grond? Ik wil ze twéé meter onder de grond. Ik wil de Sweet Afton Beker. Ik wil dat hij naar O'Toole komt. Daar is hij voor gemaakt.'

We stonden al vijf minuten op het veld voordat Artane verscheen. Ditmaal ontbrak alle veerkracht aan hun stappen. Iedereen hield zijn handen strak onder zijn oksels en sommige jongens huilden. Ze waren tijdens de rust geslagen. Geslagen omdat ze achterstonden. De scheidsrechter maakte zich klaar om de bal in te gooien voor de tweede helft. De spelers van Artane konden niet eens dóen alsof ze hun handen opstaken om hem te vangen. De scheidsrechter kon zichzelf er niet toe brengen de bal in te gooien. De jongens van Artane probeerden de pijn uit hun handen te schudden terwijl De Kalkoen aan de zijlijn stond te briesen. We stonden er allemaal bij als onderdeel van dit woedende circus. Een gefluisterd consigne ging het veld over.

'Niet scoren. Expres missen. Naast schoppen.'

Vijftien minuten lang zag het publiek de ergste missers ooit in het Gaelic football vertoond. Heldhaftige missers. De ene aanvalsgolf na de andere liep dood. We schampten de paal, schoten tegen de lat, probeerden een doelpunt te maken als het punt voor het oprapen lag, we deden alles behalve scoren. Denehy bedreigde diverse spelers met de dood. Ik dacht aan de dag dat hij zijn lafhartige afdrukken op Andy's kont gemaakt had. Hoe ik in opstand was gekomen maar later bakzeil haalde. Hoeveel erger zou ik er niet tegen deze Kalkoen van afgekomen zijn? En Andy had elke dag met hem te maken. Een bruut die zijn team sloeg. Hij was de galeibaas en de jongens waren zijn slaven. Had hij een trom om de maat te slaan terwijl hij zijn klappen uitdeelde?

Een hoge bal zeilde naar onze verdediging. Ik stopte hem met mijn borst en liet hem netjes voor mijn voeten vallen. Mijn tegenspeler viel aan, ik speelde de bal tussen zijn benen door, ging hem voorbij en ving de bal weer op. Een paar meter dribbelen en toen stuurde ik een grasmaaier naar onze nummer negen. Meteen hoorde ik Denehy.

'Hou op met dat nuffige juffervoetbal. Da's een sport voor mietjes. Raap op die bal en trap hem als een Ier.'

Nuffige juffers. De woorden bleven door mijn hoofd spoken. Een sport voor mietjes. Was hij van plan tijdens de godsdienstles zijn hand in mijn broek te steken? Wilde hij dat ik een van zijn lijdzame jongetjes werd? Was dat de prijs voor zijn vergiffenis? Gaelic football spelen en mijn mond houden?

Ik ving een hoge bal. Hoe nuffig was dat? Ik plukte hem zo uit de lucht. Ik zette het op een lopen. Ontweek een tegenstander. En nog een. Een van hen wierp zich op me. Ik gaf hem een correcte schouderduw. Kaatste de bal van mijn voet naar mijn hand. Ik was bezeten. Ik was onhoudbaar. Ik was bruut. Ik was Iers. Ik was Gaelic. Ik was fantastisch. Ik gooide de bal omhoog zonder hem ook maar één seconde uit het oog te verliezen. Ik wachtte tot hij bijna de grond raakte en gaf hem een snoeiharde poeier recht in het net. Ik had gescoord. Goal. *Cúl, cúl agus cúl eile.* Recht in de *cúl. Goal iontacht maith.* Ik had een goal voor Artane gescoord. Mikey Grey zat op zijn kont en keek me lachend aan. Daddy Kelly stond met zijn handen in zijn zij, zichtbaar in de war. Het liet me Siberisch. Ik was opgetogen. Ik leefde. Ik stond in vuur en vlam. De supporters van Artane sprongen als gekken in het rond. Ik zocht naar Andy maar kon hem nergens vinden. Wel zag ik Denehy op me af komen. Mijn eerste opwelling was vluchten. Maar waar kon ik heen? Dit was een gevangenis. Ik draaide me weer om en wachtte. Hij verwachtte duidelijk dat ik terug zou deinzen. Ik gaf geen krimp. Hij wist dat alle ogen op dat veld op ons gericht waren. Ik keek hem aan en voor het eerst in mijn leven interesseerde het me geen lor wat hij deed.

'Van het veld af! Dit is de laatste keer dat jij voor deze school gespeeld hebt.'

Het was het fierste moment van mijn leven. Na driekwart wedstrijd zat mijn carrière in Gaelic football erop. Ik ging naar de kleedkamer om me om te kleden. Binnen stond een meisje met haar rug naar me toe. Ze bukte zich om een sok op te trekken. Ik zei dat de jongenskleedkamer verboden terrein voor haar was. Ze draaide zich half om.

'Zoek je iets?'

'Ja.'

Ze klonk hees. Ze deed haar hoofddoek af en ik zag dat het Andy was. Ik was met stomheid geslagen. Ik keek hem aan.

'Heb je de taart opgegeten?'

Ik weet niet waarom ik dat vroeg.

'Nee.'

'Ben je van plan 'm op te eten?'

'Nee.'

'Da's hartstikke zonde.'

'Ik probeer te ontsnappen. Eet jij 'm maar op.'

Ik keek in mijn tas. Daar was de taart. Ik brak er een stuk af om te zien wat het was. Koninginnenbrood. Dat kregen we vrijdags altijd bij de pudding. Ik kon niet geloven dat ik halverwege een ontsnappingspoging aan koninginnenbrood en pudding stond te denken. Misschien om de werkelijkheid te vergeten. De werkelijkheid als het mislukte. Aan gebak denken was gemakkelijker. Toen ik weer naar Andy keek, zette hij juist zijn pruik op. Die zag er goedkoop uit. Hij deed de hoofddoek weer om. Een volmaakte vermomming.

'Waarom heeft Catherine dat gebak meegegeven?'

'Omdat je me in je zenuwen misschien verraden zou hebben als je wist wat er in dat pakje zat.'

Hoe zou ik dat soort dingen ooit leren als Andy gevangen zat? Ik was blij dat hij ontsnapte. Ik zou ma kunnen voorstellen hem in de kost te nemen. In Artane verspilde hij zijn tijd.

We gingen naar buiten en volgden de laatste minuten van de wedstrijd. O'Toole scoorde niet één keer in de tweede helft, wat bijna iedereen een mysterie vond. Maar we hadden ze dubbel en dwars verslagen. Artane was uitgeschakeld voor de Sweet Afton Beker. Ik had hun enige goal gescoord en ik was vervangen. We bleven in de buurt van Mikey Grey's ma en zijn twee zussen. Daar paste Andy precies bij. Na het laatste fluitsignaal liepen we samen met onze supporters het pad af, werden naar buiten geloodst en stapten in de bus naar de Five Lamps. Het was simpel. Doodsimpel. Tot de conducteur Andy om geld vroeg en weigerde te geloven dat hij geen stuiver op zak had. De conducteur informeerde hoe 'zij' zonder geld naar de wedstrijd gekomen was. Heel zelfbewust gaf hij zijn naam en adres op. Bijna te zelfbewust, dacht ik. De wandeling door Seville Street was een goede gelegenheid om op zijn meisjespas te oefenen. Hij werd een echt joffertje, zoals pa gezegd zou hebben. Bij onze achterdeur riep hij in zijn beste sopraan:

'Waar gaat de verrassing-expres morgen naartoe?'

'Donabate.'

Andy liep Emerald Street in en ik ging naar binnen voor mijn avondeten. Ma had gewassen en dweilde de vloer.

'Wie was dat meisje met die rare stem?'

'Nooit eerder gezien!'

Ik haalde mijn vuile kleren en sokken uit mijn tas en gaf ze aan ma. Haar gezicht betrok. Ze had net de was gedaan. Vreemd genoeg was de leunstoel bij de haard vrij. Ik plofte erin en wachtte op de voetbaluitslagen. Mijn nachtmerrie in de hel zat erop, ik was weer in de voetbalhemel. Ik wachtte op de uitslag van United. De wedstrijd in Old Trafford was nog aan de gang. Terwijl ik wachtte, stelde ik me de reactie bij Andy thuis voor toen hij in de kleren van zijn zuster de keuken in struinde.

5

Andy Griffin oefende als meisje door boodschappen te doen voor zijn tante Kathleen. Hij waagde zich niet buiten Sheriff Street, waar hij veilig was en door iedereen Mary genoemd werd. Andy had de naam niet zelf gekozen. Een oud wijfie was ermee begonnen en iedereen praatte haar na. Het was een bewijs van grote gemeenschapsgeest. Iedereen behandelde Andy als meisje omdat de wereld toekeek. Iedereen zat in het complot.

Hij woonde bij zijn tante Kathleen in de Phil Shanahan-flat aan het eind van Sheriff Street. Op zondag ging hij naar zijn eigen flat. De rest van de week zat hij ondergedoken bij zijn tante. Af en toe maakte hij een uitstapje naar de winkels. Naar bakker McIntyre voor brood en boter, waarbij Catherine eerst op verkenning ging om te zien of de kust vrij was. Daarna werden het McIntyre en groenteboer Christy Dooley. De volgende stap was boodschappen doen zonder verkenner. Spoedig had Andy heel Sheriff Street tot zijn gebied gemaakt. McIntyre, Christy Dooley, Mattie, slagerij Cuddy, café The Ball Alley en de jongens- en meisjesspeelplaatsen. Hij begon zelfs weer geld te zoeken. Na het boodschappen doen bezocht hij steevast het kapelletje van De Kleine Bloem om een kaars aan te steken en te bidden. Het was raar hem in zijn meisjeskleren voor het beeld van Sint-Theresia te zien knielen en geld in het koperen kistje te zien doen, terwijl hij juist zijn halve leven bezig was geweest met manieren bedenken om ergens geld úit te halen.

Ik wist niet goed of ik wel zo blij was met de nieuwe Andy.

De Andy die leerde een meisje te zijn was niet de Andy die ik gekend had. We wisten allebei dat hij niet altijd een meisje zou blijven. Hij zat gevangen in zijn meisjesrol. Het was alsof er een zaadje in hem geplant was. Het was uitgeschoten maar het paste niet bij hem. Zoals een bloem in een gevangeniscel. Als hij weer een jongen werd, zou hij naar Artane moeten, andere tralies, maar verder hetzelfde. En dus deden we alsof er niets aan de hand was.

'Hoe voelt 't om 'n meisje te zijn?'

'Wil je dat echt weten?'

'Ja.'

Andy pakte mijn hand en drukte die tegen zijn borst. Ik voelde de vulling in zijn bh. Papieren zakdoekjes. Heel anders dan echte borsten. Dat kon ook moeilijk anders.

'Jij hebt 'n oogje op m'n zuster, hè?'

Ik trok mijn hand weg. Ik had er meteen spijt van. Dit verried alles.

'Dit hoef je bij haar niet te proberen. Daar is ze veel te heilig voor.'

Mijn gedachten stonden op mijn gezicht geschreven. Ik probeerde niet aan Catherine te denken. Ik dacht aan Sint-Theresia. De Kleine Bloem. Enorm vereerd in Sheriff Street. Alle oude wijfies. Op weg naar de winkels. Op weg naar huis. Munten in het kistje. Sommige oude mannen ook. Dokwerkers, veedrijvers, steenkoolsjouwers. En nu Andy. Op het mahoniehouten bidbankje voor het beeld met de verse bloemen.

'Ha die Mary!'

'Mooie dag, mevrouw Power.'

Het was de vrouw van Christy Power, de man met de gouden pik. Ze waren uit elkaar. Gingen niet meer naar dezelfde kroeg. Hij ging naar de Liverpool, net als ma en pa. Zij naar The Ball Alley, net als Andy's ma en pa. Na de aanval met de zaag mocht meneer Griffin een week niet binnenkomen. Mevrouw Griffin moest een goed woordje voor hem doen voordat hij weer welkom was. Nu Andy vrij was, ging het weer goed tussen hen.

Andy was niet vrij. Hij speelde een rol. De rol van Mary Griffin. Hij kon niet ophouden. Hij raakte ermee vergroeid. Zodra hij de flat van zijn tante Kathleen uitkwam, werd hij haar. Als hij me bij onze achterdeur riep, deed hij dat met Mary Griffins stem. Ik zei dat dat nergens voor nodig was en hij stak zijn borst vooruit en zijn neus in de lucht en liep kwaad weg. Net als een meisje. Ik riep hem maar hij liep door. Wiegend met zijn achterwerk. Het was geen gezicht. Plotseling bleef hij staan, draaide zich om met zijn handen in zijn zij en vroeg waar ik naar keek. Naar niks bijzonders, zei ik, in de lach schietend. Andy zag er het komische niet van in. Hij wilde het niet zien. Hij werd kwaad.

'Wat valt er te lachen?'

'Niks.'

'Je lacht me uit, hè?'

'Ik lach om Mary Griffin.'

Andy rende op me af, greep me bij mijn nek en smeet me op de grond. Ik schramde mijn hand aan het beton maar dat gaf niets. Ik was dolblij dat Andy geen Mary meer was. In mijn opgetogenheid lachte ik recht in zijn gezicht.

'Je lacht om Mary Griffin, hè?'

'Nee...'

Ik lachte zo hard dat ik geen woord uit kon brengen.

'Ik zal je leren Mary Griffin uit te lachen.'

Ik probeerde niet terug te vechten. Ik kon niets doen. Ik wilde hem omhelzen omdat hij Andy weer was. Ik wilde hem kussen. Andy Griffin was mijn beste vriend. Ik hoefde hem met niemand te delen. Hij was van mij. Hij behoorde niet toe aan de wereld. Hij behoorde mij toe. We kwamen uit hetzelfde nest. Ik lachte omdat hij Andy was. Ik lachte omdat hij niet Mary was. Ik lachte tot ik niet meer wist waarom ik lachte. Hij zat op mijn borst en had zijn knieën op mijn armen gezet. Ik was te slap om terug te vechten. Langzaam liet hij een druppel spuug uit zijn mond vallen, mikkend op mijn voorhoofd. Ik draaide mijn hoofd opzij en het spuug viel op mijn slaap. Ik lachte omdat hij op me spuugde. Ik lachte omdat hij me geraakt had. Hij lanceerde een tweede torpedo uit zijn mond, precies in mijn oog. Ik worstelde me op mijn zij om het spuug af te schudden en iemand kneep in mijn dij. Ik dacht dat het Andy was. Toen realiseerde ik me dat het pa's kunstgebit was. Ik had de twee helften in mijn broekzak met een briefje voor de tandtechnicus. De beet gaf me een stoot energie en met één flinke duw gooide ik Andy op de grond.

'Ik moet de stad in. Tot straks.'

'Kan ik mee?'

'Dat kan niet.'

'Waarom niet?'

Ik kon wel honderd redenen bedenken. Allemaal verband houdend met Mary Griffin. Dat wilde ik niet zeggen nu hij Andy weer was.

'Ik ga op de fiets.'

'Kan ik niet op de stang? Ik weeg niks. Dan rij ik jou op de terugweg. Kom op.'

Ik had die uitdrukking op zijn gezicht al tijden niet gezien. Dezelfde uitdrukking als op school toen hij zijn vader smeekte hem niet te dwingen de klas zijn kont te laten zien. Een Andy-uitdrukking. Andy de bedelaar. Soebattende ogen die me smekend aankeken. Mij, de weldoener. Ik vond het fijn voor God te spelen. Zal ik of zal ik niet?

'Ik weet niet.'

'Alsjeblieft... Ik hoef niet eens op de stang. Ik loop wel mee.'

We liepen samen naar het centrum. De eerste keer sinds zijn ontsnapping dat Andy zich buiten Sheriff Street waagde. We letten scherp op eventuele schoolinspecteurs. Broeders. Politieagenten. Zwarte auto's. En geld. Altijd geld als we de stad ingingen. De race om geld te vinden. In Amiens Street, onder de trap van het station, bukte Andy zich, raapte zwijgend een halve shilling op en liet me die zien. Hij schreeuwde niet. Hij perste alleen zijn lippen op elkaar en explodeerde zwijgend vanbinnen.

We staken over en liepen langs de Elec. Vlak bij Store Street en het politiebureau. We versnelden onze pas. Voorbij Railway Street en Phil Shanahans oude café. De flats droegen zijn naam. In de oorlog had hij mensen van de IRA laten onderduiken. We liepen verder. Uit Gardiner Street kwamen twee agenten onze kant uit. Schielijk doken we Mabbott Lane in en liepen verder.

Met gespitste oren luisterden we naar zware voetstappen, maar we werden niet gevolgd. We liepen het straatje uit en snoven de spuitverf op die links en rechts uit de garages kwam. We kwamen uit op Sean McDermott Street en liepen richting O'Connell Street, die we in de verte al zagen liggen. Ik voelde naar het gebit in mijn zak. Ik had het nog steeds. Doormidden gebroken. Ik voelde de brief. Pa op zijn best. Ik kreeg dat gevoel in mijn maag. Geen vlinders. Meer vleermuizen. Hij had gokbriefjes gebruikt. Drie stuks, aan elkaar geniet. Hij jatte ze uit het bookmakerskantoor in Guild Street. Telkens een paar velletjes. Hij bewaarde ze op een plank boven de keukendeur. Ik had ze een keer geteld: meer dan vierhonderd. Waarschijnlijk betaald met verloren inzetten. Hij gebruikte de gokbriefjes voor zijn missives in de hoop dat de mensen medelijden met hem zouden hebben en hem korting zouden geven. Hij was wel gek maar niet stom. Ik haalde het briefje uit mijn zak en keek ernaar. Rechtsboven stond ons adres. Daaronder de datum, gevolgd door het woord 'dezer'. Op de linkerkant had hij geschreven: 'Mijn referentie: bijgesloten gebit.' Ik voelde me alsof iemand een schroevendraaier in mijn borst had gestoken. Ik voelde me als het kind van een vampier met een briefje om het gebit van zijn vader te laten bijvijlen. Ik wist dat ik Zoon van Dracula genoemd zou worden. Ik stond op het punt om in Andy's bijzijn vernederd te worden. Ik verfrommelde het briefje en gooide het in de uitgestoken handen van een standbeeld. Charles Steward Parnell. Ook iemand die vernederd was. Het briefje viel voor zijn voeten op de grond. Andy wilde het oprapen maar ik wist hem mee te trekken naar de winkel. In de verte zag ik de rode letters op de witte achtergrond op de voorgevel van het huis: SHARKEY'S GEBITREPARATIES.

Het was een eng huis. In de gang was het vrijwel stikdonker. Er hing geen lamp, alleen een paar draadjes aan het plafond. In een hoek lagen de resten van een oude kroonluchter. De lichtvlek van het waaiervenster boven de deur viel op de kale vloerplanken. Aan de muur hing een oud bordje. DANSEN VERBODEN BIJ GEMEENTEVERORDENING. De letters waren ooit rood en geel geweest. Nu waren ze even donkerbruin als de muren. Ik probeerde me dansende mensen voor te stellen. Vampiers. Geraamten. Zoons en dochters van Dracula. Tandeloze oudjes dansend tussen de spinnenwebben. Onder de kroonluchter. Onder dirigentie van de beroemde meneer Sharkey. Het mummelende orkest waarvan de leden hun gebit uitdeden om te spelen. Om aan meneer Sharkey te geven. Nu had hij ze boven in zijn laboratorium. Ter reparatie en vernietiging. Tanden die ooit geklapperd hadden, nu poeder. Fijngemalen en verstrooid in de wind. Fluitend de wereld rond. 's Nachts kon je ze aan je raam horen rammelen om binnen te komen. We liepen langzaam vanwege het donker. De trap kraakte en de leuning rammelde. Op de leuning zat om de meter een houten knobbel. Ik wees Andy erop. Hij ging er met zijn hand overheen.

'Waar zijn die voor?'

'Dat kinderen niet van de trapleuning kunnen roetsjen.'

Andy bleef meteen staan. Ik kon zijn brein zien werken. Alsof ik naar een röntgenfoto keek. Ik vond het heerlijk als dat gebeurde.

‘Welke gemene rotzak heeft dat bedacht?’

‘Iemand die de pest aan kinderen had.’

Andy had geen uitnodiging nodig. Hij sprong meteen op de leuning en begon te glijden. Bij de eerste knobbel won hij een oorlogsmedaille. Je kon zijn billen uit elkaar gedrukt zien worden. Bij de tweede remde hij af en hupte eroverheen. Dat bleef hij doen tot hij beneden was. Hij sprong van de leuning en liep de trap weer op, zijn hand voor zijn kruis.

‘Dat was geen gemene rotzak maar ’n slimme rotzak.’

We stonden voor een dubbele deur. Op de ene stond ‘Privé’, op de andere ‘Binnen zonder kloppen’. We deden wat het bordje zei en stonden in een smalle gang. We volgden de pijl op de muur. Het was net de doolhof in een pretpark. De gang was eindeloos. Als je hier verdwaalde, werd je nooit meer gevonden. Er kwam geen eind aan. We kwamen bij een deur. We maakten hem open en stonden weer op de overloop waar we begonnen waren. We bleven een poosje naar de twee deuren staan kijken. Misschien had iemand de bordjes verwisseld. Ik controleerde ‘Binnen zonder kloppen’. Dat zat muurvast. Andy bukte zich en gluurde door het privé-sleutelgat. Plotseling klonk hij bloedserieus.

‘Ik ben weg. Meneer Sharkey is dood. Kijk maar.’

Ik bukte me om te kijken. Boven een bepoederde tafel danste een geraamte aan een draad. Ik hoorde Andy achter me lachen. Een figuur in een witte jas liep voorbij het sleutelgat. Ik kwam met een ruk overeind en wees op de deur.

‘Daar is iemand.’

Andy aarzelde geen seconde. Hij klopte aan. Een harde stem riep.

‘Neem de andere deur en volg de pijlen.’

We gingen opnieuw naar binnen en gaven onze ogen goed de kost, zoals pa zou zeggen. We letten op elke pijl die er hing. Volgden ze in een cirkel. Terug naar de deur waardoor we waren binnengekomen. Links ervan hing een pijl die we de eerste keer over het hoofd gezien hadden. Hij wees omhoog. In de muur zat een klein wit belletje gemetseld. Ik drukte erop en hoorde het bellen. Een luikje in de muur ging open en daar stond eindelijk meneer Sharkey. Het enige wat opviel waren zijn tanden. Net zulke tanden als Bugs Bunny. Meer slagtanden eigenlijk. Bij het praten ging zijn mond niet open, hij tilde alleen zijn tanden van hun plaats.

'Wat kan ik voor jullie doen?'

De stem paste precies bij de tanden. *What's up, Doc*, wilde ik zeggen. Ik beet op mijn lippen. Ik gaf hem de twee helften van pa's gebit. Hij haalde een instrument met een scherpe punt uit zijn zak en tikte op het plastic. Hield het tegen het licht. Paste de twee helften aan elkaar en bekeek ze van een afstandje. Haalde ze weer van elkaar en krabde met de scherpe punt langs de randen. Er kwam iets zwarts af. Hij liet het op zijn hand vallen en stak het onder onze neus.

'Weet je wat dit is?'

We hadden geen flauw idee. Ik had nooit natuurkunde gehad. Er was een formule voor plastic. Shea kende die. Dat soort dingen leerde je op de middelbare school. Dat soort kennis kostte natuurlijk geld.

'Da's Bizonkit.'

Hij had gelijk. Pa had geprobeerd zijn gebit met Bizonkit aan elkaar te lijmen. Hij had er voedselvergiftiging van gekregen. Eerst had hij ma de schuld gegeven en gezegd dat ze hem ranzige boter gegeven had. Hij ging een dag in hongerstaking. Shea was degene die op het idee van de Bizonkit kwam. Ma was apetrots. Ze zei dat het geld voor zijn scholing elke cent waard was. Shea was verguld met de lof en pa was jaloers. Hij was het gezinshoofd, een eer die hij niet graag deelde. Nu alle ogen op hem gericht waren onthulde Shea een wiskundig geheim – hij kon bewijzen dat een en een geen twee was. Pa sprong van zijn stoel. Hij had zijn buik ervan vol. Met opgeheven vuist eiste hij een herroeping. Shea bleef er ijskoud onder.

Hij had de formule. Dat zag ik aan de manier waarop hij geen spier vertrok. Pa kookte. Shea was koel. Ma probeerde de lieve vrede te bewaren.

'Die vlegel probeert me op de kast te jagen.'

Ma stond erop dat er geen geweld gebruikt zou worden.

'Een en een is altijd twee.'

Ma was de beste scheidsrechter die ik kende. Als pa zich opwond was hij net een stier. Shea boog zich naar me toe en fluisterde:

'Hij heeft enkel last van Bizonkit.'

Meneer Sharkey wilde weten waarom pa het gebit niet zelf gebracht had. Ik legde uit dat treinreizigers kaartjes moesten kopen. Hij was niet onder de indruk. Andy haalde er de verrassing-expres bij. Meneer Sharkey vroeg of het gebit los of strak in de mond zat. Ik dacht dat hij mijn mond bedoelde. Hij begon kwaad te worden. Hij begon meer op Jerry Lewis te lijken dan op Bugs Bunny. Hij kapte gaten in het gebit met het puntding. Ik begon hem te knijpen voor de getikte professor.

'Hoe kan ik dit repareren als ik niet weet of 't los of strak zit? Ik heb instructies nodig. Heb je instructies?'

De instructies lagen opgefrommeld voor de voeten van Charles Steward Parnell. In de beste familietraditie waagde ik een gokje.

''t Zit los. Hij zei dat 't los zit.'

Meneer Sharkey kalmeerde zichzelf met een paar snelle ademhalingen. Hij gaf me een tamelijk slome glimlach.

'Kom over twee uur maar terug, jongens.'

We gingen weer naar buiten en ik zag dat we tegenover het Rotunda-ziekenhuis stonden, waar ik geboren was. Ik had het vreemde gevoel dat ik verantwoordelijk was voor mijn eigen geboorte. Ik was voortgekomen uit een idee in mijn eigen hoofd. Soms maakten dat soort gedachten me bang. Vandaag niet. Als ik een paar jaar eerder geboren was zou ik Bugs Bunny bedacht hebben. Dat wist ik gewoon.

Andy stak heel Parnell Square over in zijn getikte-professorwaggel. Het schoot me te binnen dat hier vlakbij een levende kerststal was. Ik vond het souterrain. Andy wilde niet naar binnen. Ik zei dat het gratis was. Hij ging liever naar Walton. Het werd ruzie. Een oud wijfie gaf me ervan langs omdat ik tegen mijn zusje schreeuwde. Ik lachte haar uit. Andy begon op slag te huilen en vertelde het wijfie dat ik zijn halve shilling gestolen had. Ze maakte haar tas open, haalde een shilling uit haar portemonnee en gaf hem die. Daarna stak ze haar tong tegen me uit en liep door. Ik smeekte hem mee naar de levende kerststal te gaan. Ik wilde Trixie de hond zien die drie mensen uit de Liffey gered had. Ze hadden hem opgezet en aan de kerststal toegevoegd. Andy zei dat hij behoorlijk stom moest zijn om als opgezette hond in een levende kerststal terecht te komen. Ik besprong hem en nam hem in een houdgreep. Hij vond het goed dat we erom zouden tossen: de levende kerststal of Walton. De shilling viel op zijn kant en rolde de helling af. Voorbij Sinn Fein en voorbij het Galway Arms hotel. We renden mee om te zien hoe hij terechtkwam. Als je een munt had opgegooid, mocht je hem volgens de regels niet meer aanraken. Hij hupte van het trottoir en kwam tot stilstand. Wankelde een paar keer en viel om. Het was kop. Andy had gewonnen.

We stonden voor de etalage van Walton en keken naar de uitgestalde muziekinstrumenten. We stonden op de onderste stang van het hek met onze voeten tussen de stijlen en ons vasthoudend aan de pinnen. Ik was zo blij dat ik Andy een por in zijn ribben gaf. Niet te hard, gewoon een lekker zacht porretje. Hij porde me zacht terug. Toen hij de toss gewonnen had dacht ik dat hij naar Walden wilde. Dat was een garage verderop in Frederick Street, aan de overkant. Die hadden alleen maar accu's en banden in de etalage. De naam klonk hetzelfde, maar het was een wereld van verschil. Ik was nog nooit zo blij geweest dat ik een toss verloren had.

Bij Walton stond een elektrisch orgel dat bijna de hele etalage in beslag nam. Ervoor stond een met rood satijn bekleed krukje, erachter een breed glimlachende kartonnen man. Hij had een zwarte snor en droeg een bordje – UW EIGENDOM VOOR DE WEGGEEFPRIJS VAN ÉÉN POND PER WEEK. De kartonnen man was verrukt van het aanbod.

Andy schoof langs het hek naar de tweede winkelruit. Ik deed hetzelfde. Die lag vol accordeons. Hele gezinnen. Vader-accordeons en moeder-accordeons. Tweedehandse en nieuwe. Open en dicht. Een accordeonhemel. Een accordeonhel. Ik begon te tellen. Ik was bij zesentwintig toen ik Andy's vuist in mijn zij voelde.

'Ik haat accordeons.'

Andy duwde de winkeldeur open. Een man kwam naar ons toe en vroeg wat we zochten.

'We kijken alleen maar rond.'

'We kijken alleen maar rond.'

We liepen door Aladdins grot. De instrumenten hingen aan muren, bungelden van plafonds, lagen op stoelen, stonden op de grond. Windinstrumenten, snaarinstrumenten, Ierse instrumenten. Overal bordjes. PIANOSTEMMEN OP AANVRAAG. LEER CITER SPELEN. OP AFBETALING VERKRIJGBAAR. MAURICE MULCAHY KOOPT BIJ WALTON. VERPLEEGSTERSBAL, ZATERDAG, NATIONAL BALLROOM. ONS PERSONEEL STAAT ALTIJD KLAAR. KINDEREN UITSLUITEND ONDER BEGELEIDING. Ik wees Andy hierop.

'We zijn geen kinderen, kom op.'

Door de krakende luidsprekers schalde een liedje. Muziek uit het stenen tijdperk, opgenomen in de grot. Toen het afgelopen was riep een mannenstem stralend...

'Denk eraan, luisteraars, als u zin hebt om te zingen, zing dan een Iers lied.'

Ik had hem thuis op de radio gehoord. Tommy nog-wat. Hij draaide alleen maar zangers met R.I.P. achter hun naam. Dode mensen. Dode muziek. Dode cultuur. Razend populair bij de lijken op het kerkhof van Glasnevin. We kwamen bij een trapje van drie treden met onderaan een boog. Boven de boog hing een bordje: 'POPULAIRE INSTRUMENTEN'.

We werden begroet door een drumstel. Grote trom, tomtom, snaartrommel en bekkens. Microfoons, versterkers en luidsprekers. Akoestische gitaren en elektrische gitaren. Vier snaren, zes snaren, twaalf snaren. Gibson, Hohner en Fender. Overal tremolo-armen. Een wah-wahpedaal, net binnen uit Engeland, stond alleen op een plank. Aan de muur Lonnie Donegan, Joe Brown, Cliff Richard and The Shadows. Ik wist dat dit iets bijzonders was. We hadden het land van accordeons en diedelidom verlaten en waren uit het verleden in het heden gestapt.

Andy zat op het verchroomde krukje en pakte een paar trommelstokken. Hij gaf een klap op de snaartrommel. Het geluid weerkaatste door het vertrek. Opnieuw. Harder ditmaal. Hij wachtte tot de echo weggestorven was. Daarna attaqueerde hij het hele ding, beukte op alle trommels en sloeg op alle bekkens. Hij ging totaal door het lint. Hij zag eruit als een wilde vrouw, een wilde vrouw die het lawaai uitgevonden had. Een winkelbediende sprong het trapje af en danste als een geschifte aap voor het drumstel op en neer.

'Hoeveel is 't drumstel?'

Ik dacht dat de man ter plekke dood zou vallen. Andy stond op en stak hem de trommelstokken toe.

'Hoeveel zijn deze?'

Ik hoor de man zeggen 'één shilling', maar het was net alsof de woorden uit de ruimte achter zijn hoofd kwamen. Andy vroeg het nog een keer.

'Een shilling.'

De man wees naar de uitgang. Andy haalde de shilling uit zijn zak en bood hem die aan. Ik zag dat een van Andy's borsten was ingezakt. Het was een vreemd gezicht. Eén gewone borst en één platte. De man van de winkel bleef wijzen. Andy betaalde de stokken en liep de winkel uit. Ik vertelde hem over zijn borst.

'Verrek.'

We renden de hoek om en liepen het café tegenover Barry's Hotel binnen. Recht naar het herentoilet, waar we allebei plasten en Andy de vulling van zijn bh op zijn plaats duwde. Alle mannen keken naar ons toen we er weer uitkwamen. Ik hoorde een van hen zeggen: 'Dat slaat alles.'

Sharkey had het gebit klaar. Hij liet ons zien waar hij de twee helften met stalen pinnetjes aan elkaar had gezet. Vier stuks. Helemaal in het plastic geduwd om te voorkomen dat ze tegen het verhemelte schaafden. Hij nam ons mee naar de werkplaats en liet ons de bankschroef zien waarin hij de twee helften had vastgeklemd. Overal lagen tanden en hij had een dove assistent. Meneer Sharkey praatte over tanden alsof het mensen waren. Na vijf minuten in die werkplaats had ik het idee dat ze een ziel hadden. Ik vroeg hem hoeveel de operatie had gekost.

'Twaalf shilling en zes pence.'

Hij zei het zonder overtuiging. Hij wilde gezelschap, geen geld.

'Ik heb maar tien shilling. Ik moet thuis de rest gaan halen.'

Ik trok het oranje bankbiljet uit mijn zak en stak het hem toe. Ik deed alsof het een wortel was. Een echte wortel met groen loof eraan. Hij keek ernaar en ik zag een tedere blik in zijn ogen. Hij was een eenzame chirurg met alleen valse gebitten om mee te praten. Hij begon er zelf ook een te worden. Uit medeleven. Je kon geen blinkendwit volmaakt gebit zijn in een hospitaal vol zieke.

'Tien shilling is prima.'

Hij verpakte pa's gebit in vetvrij papier en deed het in een bruine zak met zijn naam, adres en telefoonnummer erop. Terwijl we de trap afliepen liet Andy zijn trommelstok langs de leuning ratelen en ik nam de laatste acht treden in één sprong. Buiten liet ik Andy de andere tien shilling zien die ik in mijn zak gehouden had.

'Wat zal pa blij zijn.'

Laat nooit geld zien voordat de prijs is vastgesteld. Dat was een hoofdregel. Die had zich dubbel en dwars betaald. Wat waren zijn andere geldregels? Rammel nooit met zilvergeld in je zak. Doe altijd alsof je niet genoeg hebt. Laat ze nooit denken dat het een koopje is. Probeer altijd een reden te vinden om af te dingen. Laat je niet misleiden door de buitenkant. Domoren en geld laten zich gemakkelijk gescheiden. Leer jong de arme sloeber spelen en hou dat je hele leven vol.

Andy pakte mijn arm en trok me naar zich toe. Hij kon niet geloven dat ik pa ging vertellen over de halve kroon die ik hem had uitgespaard. Hij tikte met de trommelstok tegen mijn voorhoofd en vroeg of ik zaagsel in mijn kop had.

'Jij zult nooit miljonair worden. Hij is van jou en nou geef je hem weer weg.'

Andy had gelijk. Volgens pa's eigen regels was het geld van mij. Ik had het verdiend. Hoe kon ik zo dom zijn? Naar huis rennen en het aan hem geven. Laten zien wat een goede boodschappenjongen ik was. Dat was de rol die pa me opgedrongen had. Ik was naar hem vernoemd, droeg zijn naam, en nu verwachtte hij van mij dat ik het beeld dat hij van me had waarmaakte. Hij organiseerde altijd bokswedstrijden tussen Shea en mij. Als ik de rechterhandschoen kreeg, kreeg Shea de linker. We boksten in de keuken tot een van ons begon te huilen. Het was oneerlijk, want Shea was drie jaar ouder dan ik. We scheelden weinig in lengte, maar Shea sloeg veel harder. Ik was meestal degene die huilde, maar ik probeerde mijn tranen te bedwingen omdat pa het Shea betaald zette als hij me aan het huilen maakte. Ik vertegenwoordigde pa in de bokswedstrijden en Shea ma. Afschuwelijk.

Ik had veel macht over pa's stemmingen. Ik kon hem razend maken maar ik deed mijn best om dat te voorkomen. Ik vond hem niet aardig als hij kwaad was. Ik vond het vreselijk als hij me een Jantje ongeluk noemde als zijn paarden verloren. Ik vond het fijn om naar de bookmaker te gaan als zijn paarden gewonnen hadden en de winst naar huis te brengen. Ik vond het fijn als hij een grote fles limonade uit het café meebracht. En het allerfijnste vond ik het als hij ongevraagd 'Frankie and Johnny' zong. Soms kon ik het allemaal laten gebeuren door het hard genoeg te willen. Soms lukte het door een heel speciale boodschap voor hem te doen. Ik moest er mezelf voor vergeten. De halve kroon zou hem blij maken. Maar Andy had gelijk. Ik had recht op die halve kroon. Ik zou nooit miljonair worden. Heel Talbot Street lang kon ik de gedachte niet uit mijn hoofd zetten. Andy wist alles van geld en had een paar trommelstokken om het te bewijzen. Op elke lantaarnpaal die we tegenkwamen maakte hij een roffel. Ik hoorde wat die zei.

'Mil-jo-nair-nee. Mil-jo-nair-nee.'

Ik had het gevoel dat een gedeelte van me gestorven was. Het miljonairgedeelte. Johnny Forty Coats stond onder de spoorbrug met zijn schoenveters en heilige medailles te leuren. Met zijn halfdichte rode ogen die eruitzagen alsof ze bloedden. Er waren mensen die zeiden dat hij miljonair was. Ik troostte mezelf met de gedachte dat niet alle miljonairs goed terechtkwamen. We liepen langs de muur van het spoorwegemplacement naar Sheriff Street en recht naar het kapelletje van De Kleine Bloem. Ik zei tegen Andy dat hij nog heilig zou worden als hij zo doorging. Hij zei dat hij het niet voor zichzelf deed. Hij had zijn zus Catherine een belofte gedaan. Als hij in haar kleren ontsnapte moest hij elke dag bij Sint-Theresia gaan bidden.

'Ik zei toch dat ze heilig was.'

We gingen naar Christy Dooley de groenteboer en Andy vroeg hem twee sinaasappelkistjes leeg te maken. Christy gooide ze op de stoofappels en gaf Andy de lege kistjes.

'Asjeblief, Mary.'

Andy ging een drumstel maken. Hij zou rubber over de kistjes spannen om een mooi geluid te krijgen. Zijn tante Kathleen had twee ijzeren potten die als bekkens konden dienen. Tot hij geld had om echte te kopen. Of het vond. Geld, geld, geld. Je kon niets zonder geld. Het was de bron van alle kwaad. Andy liep met zijn kistjes naar Phil Shanahan en ik ging naar Mattie met mijn tien-shillingbiljet. Ik wisselde het tegen vier halve kronen. Ik rende naar huis, legde het gebit op tafel met de drie kronen op een stapeltje ernaast en keek ernaar. En terwijl ik keek, kon ik alleen maar aan die halve kroon in mijn zak denken. Andy had me verkeerd beoordeeld. Ik had mijn eerste stap op weg naar het miljonairschap gezet.

Pa maakte er een hele ceremonie van toen hij het gebit uitprobeerde. Gadegeslagen door het hele gezin pakte hij de lamskotelet van zijn bord en zette er zijn tanden in. Hij rukte eraan als een hond. Toen hij er eindelijk een stuk had afgekregen, bleef hij een eeuwigheid kauwen voordat hij het doorslikte. Hij knabbelde erop met zijn voortanden, als een konijn. Met zijn tong stofzuigerde hij zijn mond op zoek naar losse stukjes. Hij deed het gebit uit en controleerde zijn verhemelte om te zien of er eten door de scheur was gekomen. Met een tevreden zuiggeluid stopte hij het weer in zijn mond.

'Zit als gegoten.'

Iedereen begon weer te eten.

'Wie goeie instructies geeft, heeft geen problemen in dit leven.'

Pa sabbelde aan zijn kotelet. Shea, Ita en Johnny sneden hun rissole klein. Ik keek naar mijn bord met een misselijk gevoel in mijn maag. Telkens als ik aan de halve kroon dacht, probeerde mijn maag door mijn mond naar buiten te komen. Ik was dol op rissoles maar kon geen hap door mijn keel krijgen. Ik overwoog hem het geld alsnog te geven maar hoe moest ik het uitleggen? Hoe meer ik probeerde het uit mijn hoofd te zetten hoe meer ik eraan moest denken. Mijn leven als miljonair begon bijzonder beroerd.

Andy oefende dag en nacht op zijn drumstel. Elk liedje op

Radio Luxemburg werd door Andy begeleid op de drums. Hij deed geen boodschappen meer voor zijn tante Kathleen en bleef vierentwintig uur per dag binnen. Hij oefende zo veel dat het rubber op de sinaasappelkistjes doorsleet. Beide buren klaagden steen en been over de herrie. Toen werd het een poosje beter. Andy legde dekens over zijn kistjes. Hij raakte zeer gefrustreerd. Een drummer moet de vibraties voelen. Die trekken van het drumstel naar de trommelstok naar de arm naar de borst naar het hart. Sinds Andy de trommelstokken gekocht had, begon hij vreemd te praten. Hij zei dat je om te kunnen drummen ritme in je hart moest hebben. Hij speelde een hartslag voor me op het sinaasappelkistje. Hij deed het nog een keer. En nog een keer. Ik had er de hele dag naar kunnen luisteren. Het was mijn eerste muziekles. Hij vroeg me wat mijn hart deed als ik de hele lengte van het voetbalveld had afgerend en een doelpunt had gescoord. Dat zei ik. Hij speelde het voor me. Sneller en sneller. Harder en harder. De muren schudden. Harder en harder. Ik kon mijn hart horen. Het bonkte tegen de muren. De buurman bonsde met zijn vuisten. Andy hield op.

'Heb 't hart niet om nog es zo'n kabaal te maken.'

Tante Kathleen ging steeds vaker naar The Ball Alley. De buren hadden niemand om tegen te klagen. Het werd ze te veel en iemand belde de politie. Iets ongehoords in Sheriff Street. Het gekke was dat we muisstil waren toen de politie arriveerde om de klacht te onderzoeken. We waren net in de stad geweest om de laatste penny's van die ellendige halve kroon uit te geven aan twee goudvissen voor de kom naast de radio. We zaten te kijken hoe ze rondzwommen toen er geklopt werd. Ze hadden snel door wie Mary Griffin was. De broeders werden gebeld. Ik werd ondervraagd en weer vrijgelaten. Andy werd naar de slaapkamer gestuurd om Catherine's kleren uit te trekken. Hij sprong uit het bovenraam op de grasstrook beneden en bezeerde zijn enkel. Ik kwam uit Oriel Street en zag hem langs de muur van het spoorwegemplacement lopen. Ik had hem snel ingehaald. Bij Amiens Street stak hij dwars door het verkeer de straat over. Precies op dat moment kwam er een zwarte auto met De Kalkoen erin aanrijden. Hij stopte met gillende banden. Ik rende de straat over met een strompelende Andy in mijn kielzog. We kwamen voorbij de dure ingang van de Elec. Bij de ingang voor het volk schoot Andy naar binnen en kroop onder het kassaluikje door. Ik volgde hem. Toen de plaatsaanwijzer in zijn blauw-met-gouden pak naar onze kaartjes vroeg, zei Andy dat we uit Artane ontsnapt waren. Hij liet ons binnen en scheen zijn lantaarn op een paar vrije plaatsen midden tussen de houten stoelen van het parterre.

Op het doek keken Jack Lemmon en Tony Curtis naar een gangstergevecht. Ik kon me niet concentreren omdat ik voortdurend aan Andy's been moest denken. Was het gebroken of niet? Andy lag zo diep mogelijk weggezakt in zijn stoel. Ik boog me naar hem toe.

'Alles kits?'

Er werd gefloten in de bioscoop. Ik kon hem niet verstaan. Hij schreeuwde dat ik moest gaan zitten. Ik ging weer rechtop zitten. Marilyn Monroe liep heupwiegend over een podium. De film brak. Dat gebeurde vaak in de Elec. De lichten gingen aan. Het fluiten werd nog luider. De Kalkoen en twee politieagenten kwamen binnen en liepen het zijpad af. Elke rij speurden ze af. Het fluiten werd oorverdovend. Op het balkon riep een man:

'Hier, broeder O'Byrne, vangen.'

Ik draaide me om en zag een man van het balkon pissen, recht op De Kalkoen. Andere mannen volgden zijn voorbeeld. Wie niet piste, gooide popcorn, ijscostokjes en verfrommelde sigarettenpakjes. Dikke groene fluimen vlogen om hun oren. Ze hielden afwerend hun handen boven hun hoofd. Ze werden genadeloos bekogeld. Het werd ze te veel. Ze bliezen de aftocht. Een luid gejuich ging op, gevolgd door traag applaus.

Dat ging door tot de lichten gedoofd werden en we Marilyn Monroe in een zwarte nachtjapon in een slaapcabine in een trein zagen liggen. Andy en ik bleven op de grond zitten. Toen de film afgelopen was gingen we ieder een andere kant uit. Ik volgde de mensen door de smalle deur naar Talbot Street, waar vier agenten op een rij alle gezichten bekeken. Hun ogen schoten van links naar rechts en van rechts naar links. In plaats van naar huis te gaan sloeg ik de tegenovergestelde richting in. Ik voelde een hand op mijn schouder.

'Jij bent er gloeiend bij, mannetje.'

Het was de agent die me van tante Kathleen naar huis had gestuurd. Hij zette me naast de ingang en verbood me een vin te verroeren. Ik kon de diarree in mijn maag voelen opkomen. Ik ging de bak in. Ik wist het. Ik had die halve kroon nooit moeten stelen, daar was het allemaal mee begonnen. Ik wilde helemaal geen miljonair worden. Het was allemaal de schuld van Andy Griffin. Het drumstel, de halve kroon, alles. Ik wilde mijn hele leven arm en gelukkig blijven, alleen was mijn leven voorbij. Mij restte alleen nog een bestaan achter de tralies. Iemand helpen ontsnappen was een ernstig misdrijf. Als ik geluk had zou ik samen met Andy naar Artane gaan. Mijn geluk kennende zou ik waarschijnlijk in Mountjoy terechtkomen.

De bioscoop liep leeg en van Andy geen spoor. Ze gingen naar binnen en doorzochten het gebouw. Krabbend aan hun hoofd kwamen ze weer buiten. Serieus overleg met De Kalkoen volgde. Er werd druk met armen gezwaaid en gewezen. Plotseling zat De Kalkoen weer in zijn zwarte Ford, de agenten stapten in drie politiewagens en samen reden ze Talbot Street uit. Ik bleef staan waar ik stond en kneep mijn billen bij elkaar. Er vormde zich een rij voor de volgende voorstelling. Ik had de benen kunnen nemen maar ik deed het niet. Eén stap en God wist wat er zou gebeuren. Langzaam ontspande ik mijn billen. Mijn maag ontspande zich ook. Toen ik ten slotte alles losliet, deed ik het niet in mijn broek. Ik keek uitgebreid om me heen om te zien of er politie in de buurt was. Waren ze me vergeten? Of hoopten ze dat ik ze naar Andy zou leiden? Ze hielden me in het oog maar ik wist niet waar ze zaten. Ik hoorde de stem van Mikey Grey in de rij.

'Heb je 'm gezien, Shero?'

'Ja.'

'Hoe is-ie?'

'Weet ik niet.'

'Weet je dat niet?'

'Ik weet niks. Helemaal niks. Mij hoef je niks te vragen.'

'Jezus, 't was maar 'n vraag.'

Ik keek naar de luifel boven de dure ingang. *Some Like It Hot.* Een toepasselijke titel.

Ik ging naar huis. Ik bleef staan en keek of ik geschaduwd werd. Bij The Ball Alley schoot ik naar binnen en ging naar de wc. Ik wist dat de politie me hier niet zou volgen. Dit was een ruige kroeg. Noel Dargan zat er. Ma was ertegen dat onze kostgangers te dik werden met de buurtbewoners. Pa was altijd bang dat bepaalde dingen uitlekten en de belastingontvanger ter ore kwamen. Noel Dargan bood me een glas limonade aan maar ik weigerde. Ik moest naar huis, onderduiken. Ik moest naar huis en bidden dat de politie geen nachtelijke inval zou doen om me mee te nemen. Andy zat al op de boot, dat wist ik. Ze zouden hem nooit te pakken krijgen. Hij had te veel vrijheid geproefd om haar weer af te staan.

De dag daarop werd hij gepakt op de EHBO-afdeling van het ziekenhuis in Temple Street met zijn voet in het gips. Vluchten was uitgesloten. Zijn tante Kathleen was erbij, dus ze durfden hem niet veel te doen. Maar het was een triest slot van zijn periode als vluchteling.

Bij zijn arrestatie bleek Andy trommelstokken bij zich te hebben. De politie wilde hem aanklagen wegens wapenbezit, maar om een of andere duistere reden, of misschien door de tussenkomst van Sint-Theresia, mocht hij ze houden en werd de aanklacht ingetrokken. Hij zat weer in Artane, waar hij ruimschoots de tijd zou krijgen om naar het kloppen van zijn hart te luisteren.

6

1963

Frankie was baby-af op de dag dat ma Gerard thuisbracht uit het ziekenhuis. We hadden al zes jaar geen baby gehad. Iedereen dromde om het rieten babymandje en trok gezichten tegen de nieuwe bewoner. Ik was dolblij met mijn nieuwe broertje, maar ik vond het gênant hoe hij ontstaan was. Wist pa niet dat ma al genoeg te doen had zonder nieuwe baby's te maken? Ik zette de gedachte uit mijn hoofd en snoof genietend de geur van talkpoeder op. Toen ik ma de baby zag poederen, moest ik denken aan de avond dat de nieuwe antenne op het dak was gezet. Nu had iedereen een antenne. Niet iedereen had een nieuwe baby. Het flesje tegen winderigheid met de baby op het etiket vond ik prachtig. Ik had jaren gedacht dat het mijn foto was. Dezelfde pijpenkrullen. Ik was diep geschokt toen ik ontdekte dat het iemand anders was. Ik nam een flinke slok en was meteen weer terug. Terug in de blauwe wieg met het plaatje van een lam. De smaak van hete melk en je overgeven aan de slaap en op pa's schoot aan tafel. De kleinste genoot het voorrecht bij alle maaltijden bij pa op schoot te mogen zitten. Op zijn broodkorst sabbelen, zijn kopje leegdrinken. Met een vork zijn aardappelen prakken en het merg uit de botten op zijn bord zuigen. Mijn plaats op pa's schoot ging naar Johnny. Johnny maakte plaats voor Frankie. We dachten allemaal dat Frankie voor eeuwig de koning in huis zou zijn, maar zijn dagen waren geteld. Nu was het Gerards beurt om de troon te bestijgen.

Frankie kon niet genoeg van Gerard krijgen. Hij wilde hem

helemaal voor zichzelf hebben. Hij weekte zijn fopspeen in het winderigheidsmiddeltje en stak hem in zijn mond. Hij wilde niemand in zijn buurt laten. Fascinerend. Broederliefde. Ik had er nog nooit zo'n voorbeeld van gezien. Frankie brabbelde babywoordjes tegen hem. Ik kon er niet genoeg van krijgen. Toen kreeg ik door dat Frankie hem zo voor zichzelf opeiste omdat hij hem wilde vermoorden. Hij duwde de fopspeen dieper en dieper in Gerards mond. Zo ver dat hij dreigde te stikken. Ik zag hem spartelen, schoot toe en trok de fopspeen eruit. Ma wist precies wat er gaande was. Ze nam Frankie op schoot en hield hem stevig vast terwijl ze hem vertelde hoe stout hij was geweest. Ma klonk kwaad maar Frankie keek alsof hij in de hemel was. Hoe harder ma foeterde, hoe dieper hij zijn gezicht tussen haar borsten duwde. Het was een soort overwinning voor hem. Twee weken later bij het doopfeest gebeurde het tegenovergestelde. Pa veranderde zijn lievelingslied in 'Frankie and Gerard' en bedacht al zingend een nieuwe tekst.

Frankie en Gerard waren broertjes,
o hemel, wat hielden ze van elkaar...
Frankie ging naar de winkels,
om snoep voor zijn kleine broertje te kopen...

Frankie liet zich op de keukenvloer vallen, trappelde met zijn benen en probeerde iedereen doof te krijsen. Pa was niet in de stemming om hem zijn zin te geven. Hij negeerde hem. Halverwege het liedje zette pa een vol flesje Guinness op zijn hoofd, maakte een dansje om de tafel en zong nog meer verhalen over de broertjes Frankie en Gerard. Zelfs ma's schoot kon hem niet troosten en uiteindelijk werd hij vroeg naar bed gebracht, waar hij nog een halfuur huilde voordat zijn gesnik in gesnurk overging.

Het werd het beste feest dat het huis ooit gekend had. Pa liet ons allemaal de truc van de balancerende fles proberen. Zes volle flesjes vielen op de grond. Hoe meer flesjes eraan diggelen gingen, hoe harder we lachten. Ma probeerde het ook en dat wilde wat zeggen. Oom Paddy deed het bijna, maar hij lachte zo hard dat hij de fles niet op zijn hoofd kon krijgen. Uiteindelijk ging hij languit op de grond liggen met het flesje op zijn voorhoofd en deed alsof hij een tevreden lijk was. We bleven tot vijf uur 's morgens lachen.

De dag daarop stuurde Sharkey pa een kopie van het reçu. Dat had ik in mijn haast om de winkel uit te komen vergeten. Hij maakte de envelop open en vroeg me hoeveel het gebit gekost had. Toen ik twaalf shilling en zes pence zei gaf hij me een oorvijg en stuurde me naar mijn kamer. Ik kroop onder mijn bed en wachtte op zijn voetstappen op de trap. Voor alle zekerheid had ik het licht uitgelaten. Ik verdiende meer dan een oorveeg, dat wist ik. Ik verwachtte dat hij naar boven zou komen met zijn riem om mijn benen en rug te bewerken. Ik had er pas één keer met zijn riem van langs gekregen. Dat was toen ik op de spoorlijn had gespeeld. Dat was streng verboden. Ik kon niet ouder dan drie geweest zijn. Toen had ik het verdiend. Nu had ik het verdiend. Ik had elk beginsel waarvoor hij stond verraden. Hij had me geleerd af te dingen. Een goede prijs te krijgen. Nu had ik hem dat in het gezicht geworpen. Ik verdiende zes klappen. Misschien wel tien. Ik was niet bang mijn gerechte straf in ontvangst te nemen. Ik hoopte alleen dat hij gauw zou komen. Het wachten was het ergste. Misschien zou hij een van de anderen naar boven sturen om me te roepen. Frankie waarschijnlijk. Hij begon hem al te trainen. Kleine boodschappen. Naar de hoek voor scheermesjes. Naar boven om mij te roepen. Als ik beneden kwam zou ik me over een stoel buigen. Mijn broek omlaagtrekken. De anderen zouden toekijken. Of misschien zou het een pak slaag zonder publiek zijn. Mij kon het niet schelen. Wachten op de eerste klap. Dat deed meer pijn dan de klap zelf. Ik telde de gaatjes in de draadmatras. Bij honderd kreeg ik er genoeg van. Ik hoorde zachte voetstappen op de trap. De lichtknop buiten de badkamer werd omgedraaid. Meer voetstappen. De deur ging open.

'Je moet komen.'

Het was Frankie. Hij stak zijn hoofd naar binnen maar bleef zelf buiten staan.

'Pa wil dat je beneden komt.'

Ik zei niets. Bleef roerloos onder het bed liggen. Ik zag zijn voeten de kamer binnenkomen.

'Ik weet heus wel dat je hier bent.'

Ik hoorde dat hij hem kneep. Hij liep naar de klerenkast. De deur stond op een kier. Hij pakte de knop.

'Ik weet heus wel dat je hier zit.'

Hij trok de kast open en sprong meteen achteruit. Belachelijk. Net doen of je niet bang bent terwijl je het in je broek doet is het stomste wat bestaat. Als de riem niet op me wachtte zou ik in lachen uitgebarsten zijn. Frankie keek onder het bed en zag me.

'Ik wist wel dat je hier zat.'

Ik nam niet de moeite de kleine aap antwoord te geven. Voor mij was hij nog steeds een snotneus en een fopspeenridder met moordneigingen. Ik liet me niet foppen door dat lachje. Ik wist dat het de glimlach van de beul was.

Zodra pa vroeg waar het geld gebleven was, wist ik dat me geen pak rammel met zijn broekriem wachtte, maar de Bergrede. Het thema van zijn preek zou de zonde van diefstal zijn. Ik snakte naar een klap met zijn riem, zodat ik naar buiten kon om met mijn vriendjes te gaan spelen. Ik had er geen behoefte aan de geschiedenis van de halve kroon penny voor penny door te nemen. Het was een marteling. Er was een grens aan de schuldgevoelens die je kon oproepen over opgesnoepte snoepjes, opgekauwde kauwgom, opgesabbelde geluksbabbelaars en opgelikte drop. Mijn gezicht begon zeer te doen van het beschaamd kijken.

Hij begon over de wonderbare broodvermenigvuldiging. Een verhaal dat volgens hem slecht begrepen werd. Het wonder was niet dat de broden en vissen vermenigvuldigd werden. Het echte wonder was dat Jezus de menigte leerde brood met elkaar te delen. Als de mensheid haar hulpbronnen, hoe karig ook, met elkaar deelde, zou de hele wereld genoeg hebben. Jezus leerde ons de ware betekenis van naastenliefde. Het delen van onze bezittingen. Het verhaal van de wonderbare broodvermenigvuldiging was het verhaal van het socialisme. Jezus zelf was de eerste socialist. Tot zover het evangelie volgens pa.

Ik kon niet aan het brood en de vissen denken. Alleen maar aan de voetbalwedstrijd op de speelplaats die elke minuut kon beginnen. Macker zou er al zijn met zijn fluit. Als pa niet opschoot, zou ik het begin van de wedstrijd missen. Ik keek zo beteuterd mogelijk. Dacht aan Andy in zijn slaapzaal in Artane. Kreeg bijna tranen in mijn ogen. Ik keek hem aan om er zeker van te zijn dat hij zag hoeveel spijt ik had. Met de rug van mijn hand veegde ik de tranen weg. Hij oreerde nog steeds over het eten in de woestijn. Dat was namelijk een theorie, en als pa een theorie had, kon hij die tot in den treure uitspinnen. Via de wonderbare broodvermenigvuldiging kwam hij op de halve kroon. Ik had pa niet bestolen, ik had het gezin bestolen. Elke penny die ik uitgegeven had, kwam uit hun zak. Ik had eten van de tafel gejat en mijn eigen mond vol suiker gepropt. Ik hoefde niet meer aan Andy te denken. Ik had me nog nooit zo schuldig gevoeld. Ik herinnerde me elk ritje naar Mattie voor geluksbabbelaars die me nu de ongelukkigste babbelaars ter wereld leken. Ik dacht aan de goudvissen in de kom naast de radio. Misschien kon ik naar Andy's tante Kathleen gaan en ze terugeisen. Ze in een kom op onze tafel zetten zodat iedereen ernaar kon kijken. Ze desnoods in sardientjes veranderen en ze net als Jezus in de woestijn uitdelen. Wie weet zou iedereen voldaan zijn en zou de waarheid van pa's theorie bewezen worden.

Toen kwam de donderklap. Pa zou me niet met zijn riem bewerken. Ik kreeg drie dagen kamerarrest. Geen bezoek. Geen vrienden. Geen geschreeuw uit het raam. Ik zou van alle menselijke contact verstoken worden, want ik had tegen de mensheid gezondigd.

Ik zat op mijn bed en vervloekte pa. Vervloekte hem dat hij zo'n lafbek was. Vervloekte hem dat hij me op boodschappen uitstuurde die hij zelf niet kon doen. Vervloekte hem om zijn briefjes die het schriftelijke bewijs waren van zijn lafhartigheid. Ik probeerde me hem voor te stellen in Sharkey's laboratorium. Dat was onmogelijk. Hij stond bol van loze praatjes. Liep over van goede raad die hij zelf nooit opvolgde. Lectori Salutem, ik ben een gore lafaard. Gelieve drager dezes te straffen voor mijn tekortkomingen. Mijn referentie, 1 (schrijve één) laffe klootzak, bezorgd en geïnstalleerd.

Ik keek in de spiegel op de klerenkast. Ik zag geen enkele gelijkenis tussen hem en mij. Ik probeerde in de toekomst te kijken. Ik bleef een eeuwigheid in de spiegel staren. Ik wist zeker dat mijn spiegelbeeld terugkeek. Alsof het zich van me had losgemaakt. Ik durfde mijn blik niet af te wenden, bang dat het er niet meer zou zijn als ik weer keek. Ik ging verliggen en mijn spiegelbeeld bewoog eveneens. Gerustgesteld schoof ik naar het voeteneinde en boog me naar de kast. Mijn neus rustte bijna tegen het glas. Ik keek recht in mijn ogen. In mijn ogen zag ik mezelf in de spiegel kijken. Net een glazen bol. Ik richtte me op en probeerde een gemeen gezicht te trekken. Ik trok mijn lip op en liet hem trillen. Ik wees naar de spiegel. Mijn spiegelbeeld wees terug. Ik wees naar mezelf. De woorden kwamen onder uit mijn buik.

'Ik ben Elvis Presley.'

Ik wees opnieuw op mijn spiegelbeeld.

'Jij bent Elvis Presley niet.'

Ik zei het een heleboel keren achter elkaar. Hoe vaker ik het zei, hoe meer ik veranderde. Ik wist wat me te doen stond. Ik sloop naar de keuken. Frankie zat in de leunstoel bij de haard televisie te kijken. *The Black and White Minstrel Show.* Op onze tv waren zelfs de zwarte dingen wit. Ma stond in de bijkeuken met Gerard tegen haar schouder een fles op te warmen.

'Waar is pa?'

'Naar de honden.'

Ma gaf me de preek dat ik op mijn kamer moest blijven. Ik liep de eerste paar treden van de trap op, glipte de voordeur uit en zette het slot vast. Ik liep naar onze achterdeur in Emerald Street. Trok me op en keek door het bovenlicht. Ma stond nog steeds in de bijkeuken. Ik wachtte tot ze weg was. Ik sloop de garage in en pakte een stuk van de doos van de wascombinatie. Die hing al maanden aan de muur. Ik groef pa's behangschaar op uit een koektrommel op de plank en stak hem in mijn achterzak. Ik liep terug naar de voordeur, duwde die geruisloos dicht en sloop op mijn tenen terug naar de veiligheid van mijn slaapkamer. Ik legde het karton op de grond en tekende er een gitaar op. Met de schaar knipte ik hem zorgvuldig uit, nam hem als een baby in mijn armen en bekeek het effect in de spiegel. Het zag er bespottelijk uit. Ik zag er bespottelijk uit. Hij was veel te klein. Een afgang. Een totale afgang. Ik leek in geen velden of wegen op Elvis Presley. Het leek nergens op.

Ik ging terug naar de garage en stal de rest van het karton. Ik ging met de kartonnen rechthoek voor de spiegel staan en stelde me voor waar de diverse delen van de gitaar moesten komen. Ik gaf ze aan met kruisjes. De hals. De klankkast. Het gat waar het geluid uitkomt. Ik pakte hem vast en controleerde de kruisjes. Twee keer meten, één keer snijden. Een van pa's hoofdregels. Ik vervloekte hem dat ik eraan dacht. Pa wist niets van muziek behalve de tekst van 'Frankie and Johnnie' en wie weet verzon hij die ter plekke, net als die avond op het doopfeest toen hij er Frankie en Gerard van maakte. Ik en mijn gitaar hadden niets met hem uit te staan. Om hem uit mijn hoofd te zetten concentreerde ik me op mijn Elvis-lip.

De tweede gitaar was perfect van vorm en grootte, maar zag er nog steeds uit als een stuk wasmachinedoos. Ik haalde mijn kleurpotloden uit mijn tas en gaf er wat leven aan. Ik ontdekte dat zwart de fouten het beste wegwerkte. Het bedekte woorden als centrifugeren en automaat. Ik besloot de randen goudkleurig te maken. Dat stak mooi af bij het zwart. Ik tekende de snaren met rood maar toen ze onzichtbaar bleken tegen het zwart, maakte ik ze wit. Het enige wat niet klopte was het klankgat, want dat was helemaal geen gat. Het was een gouden cirkel die eruitzag als een gouden cirkel. Ik ging voor de spiegel staan en afgezien van de gouden cirkel was het perfect. Ik deed mijn Elvis-imitatie, trok mijn lip op tot halverwege mijn neus, maar mijn blik werd voortdurend naar dat gat dat geen gat was getrokken. Ik werd kwaad. Ik pakte de schaar, stak die in de gitaar en knipte er een echt gat in. Toen ik hem voor de spiegel hield, zakte de moed me in de schoenen. Samen met het gat had ik ook de snaren weggeknipt. Ze zouden me moeten stenigen met ballen van mijn eigen stront. Ik had het totaal verstierd.

Het was pa's schuld dat het mislukt was. Ik ging op de grond zitten en huilde op mijn verwoeste gitaar. Ik veegde mijn tranen weg en zag alles dubbel. Twee schooltassen, twee potloodkokers, twee klerenkasten, twee gitaren. Dat gaf me een idee. Ik legde de gitaar op het karton en tekende de omtrek. Die knipte ik uit en hield hem achter de gitaar. Nu leek het gat pas een echt gat. Ik lijmde ze aan elkaar met Bizonkit. Dezelfde tube die bij het kunstgebit van de lafaard gefaald had. Op karton werkte het feilloos. Ik trok witte lijnen om de snaren weer aan elkaar te maken. Het was net een echte gitaar, alleen dunner. Ik tekende meer vormen om hem dikker te maken. Ik ging voor de spiegel staan. Het leek net echt. Het voelde net echt. Het enige wat hij niet deed was echte muziek maken, maar denkbeeldige muziek was even goed.

'Ik ben Elvis Presley, jij bent Elvis Presley niet.'

Ik was niet bang van mezelf. Ik was alleen met mijn gitaar. Ik was wie ik wilde zijn. Ik was Elvis.

'Ik ben Presley, Presley, Presley, Elvis, Elvis, Elvis.'

Mijn spiegelbeeld wist wie er de baas was. Wie de ware Elvis was. Dat was ik, ik, ik. De slaapkamerdeur vloog open en Frankie stond op de drempel en wees naar me.

'Jij bent Elvis Presley niet.'

Hij wees op zichzelf.

'Ik ben Elvis Presley.'

Hij sloeg dubbel van het lachen. Ik smeet mijn gitaar op het bed en rende op hem af. Hij nam de acht treden naar de badkamer in één keer. Hij sprong de tien treden af naar de voordeur. Net toen hij de laatste vier treden naar de keuken wilde nemen, pakte ik hem bij zijn nekvel en drukte hem tegen de leuning. Ik bedreigde hem met de dood als hij het waagde iemand te vertellen wat hij gezien had. Hij sputterde tegen. Ik zei dat ik hem pis zou laten drinken zoals ik een keer met Johnny gedaan had. Ik had de pis in een limonadeflesje gedaan en hij had het leeg voordat hij het merkte. Johnny had gehuild en Frankie de baby huilde nu ook. Voor alle zekerheid gaf ik hem een stomp tegen zijn arm en ging weer naar boven om op mijn gitaar te oefenen.

* * *

De donderdagavond daarop zat mijn gevangenisstraf erop en kondigde pa de totale oorlog tegen de waterdruk af. Hij zou alle leidingen die het huis binnenkwamen opgraven tot hij de verstopping gevonden had. Als het werk gedaan was zouden we honderd procent druk hebben en zou het met het lekken van ma's wascombinatie gedaan zijn. De vijandelijkheden zouden aanstaande zaterdag van start gaan.

'Binnen een week hebben we 't pleit beslecht.'

Dat 'we' beloofde weinig goeds voor mij. Hij zou het houweel hanteren, zoals altijd, en ik zou de grond wegscheppen. Beulenwerk met een lange schop. Altijd zorgen dat je op de juiste plaats stond als het houweel op en neer zwaaide. Je ogen beschermen tegen de betonnen granaatscherven. Ik had voor hem geschept toen hij de fundering voor de bijkeukenmuur groef. Ik zag het zweet over zijn naakte rug en buik gutsen. Behalve mijn schepwerk gaf ik hem van tijd tot tijd ook zijn handdoek aan. Net als hijzelf was die tegen twaalf uur een van zweet doordrenkte bal die geen stuiver meer waard was. Maar zoals altijd hield hij vol, tot het bittere eind.

Pa haalde een verkreukeld papiertje uit zijn binnenzak en vouwde het uit op de tafel. Het was net een kaart uit *Schateiland* – symbolen en letters die het mysterie van begraven kostbaarheden onthulden. Eenmaal ontcijferd bleek het een tekening van het mysterie van de verborgen leidingen. De kaart zag eruit alsof iemand hem op het nippertje van de vuurdood had gered. Hij dreigde elk moment uit elkaar te vallen. Pa besloot een kopie op duurzamer materiaal te maken en stuurde me naar de garage om het karton van de wascombinatie te halen.

'Welk karton, pa?'

''t Karton aan de muur van de garage.'

Ik ging naar de garage en keek naar de plek waar het karton gehangen had. Ik dacht dat het er misschien nog hing. Ik keek uitgebreid de garage rond. Drie of vier keer. Ik keek op plaatsen waarvan ik wist dat het er niet kon liggen. Net als wanneer je geld verloren hebt. Je zoekt op de stomste plekken. Je zoekt twintig keer je zakken door. Je zoekt het aan het plafond en onder de schoteltjes. Onder de suikerpot en het tafelkleed. Zo stond ik in de garage. Hoe kon ik zo stom zijn? Hij gooide nooit iets weg. Ik werd woedend op hem dat hij nooit iets weggooide. Ik ging terug naar de keuken.

'Het is er niet.'

'Natuurlijk wel.'

''t Is in mijn slaapkamer.'

'Wat doet 't in jouw slaapkamer?'

'Ik heb er 'n gitaar van gemaakt.'

Ik keek hem recht in zijn gezicht. Hij was minder kwaad dan ik.

'Dat was behoorlijk stom dan.'

'Het was helemaal niet stom.'

Hij kwam overeind. Heel even dacht ik dat hij me een dreun zou geven.

'Nou, ik zeg je dat 't stom was.'

Hij liep naar de plank waar hij zijn gokbriefjes bewaarde en zocht tot hij een enorme kerstkaart vond, een prijs uit de loterij van de Liverpool Bar. Hij had hem nooit naar iemand toegestuurd. Maar hij had hem natuurlijk wel bewaard. Terwijl hij hem openvouwde vroeg hij waarom ik een gitaar gemaakt had.

'Ik ga erop leren spelen. Ik ga les nemen.'

'Veel geluid zal je er niet uitkrijgen, uit 'n kartonnen gitaar.'

Iedereen lachte. Dat liet me Siberisch. Ik had hem getrotseerd. Mijn gevangenisstraf zat erop en ik zou me nooit meer een straf van hem laten welgevallen. Ik zou gitaar leren spelen. Ik had mijn recht op gitaarlessen op tafel gelegd. Hij kon me met geen mogelijkheid meer tegenhouden.

Pa maakte serieus werk van de waterdruk. Hij nam een week ziekteverlof. Tot op dat moment had hij in al zijn twintig dienstjaren maar één dag gemist en dan alleen nog maar omdat hij een röntgenfoto had moeten laten maken voor zijn medische keuring. Ma zei dat hij niet normaal was. Zij vond dat hij meer ziekteverlof moest nemen omdat normale mensen minstens één keer per jaar ziek zijn. Nu zouden ze denken dat hij echt ziek was. Echt heel erg ziek. Kanker of een hartaandoening. Mensen die door de directie als echt ziek werden beschouwd, konden fluiten naar promotie. Ze promoveerden alleen mensen die minstens één keer per jaar ziek werden. Dit geharrewar over pa's promotiekansen duurde al jaren. Het was een debat dat hij nooit zou winnen. Tenzij hij de baas van het hele station werd. Ma haalde het bloed onder zijn nagels vandaan. Volgens haar was het allemaal een kwestie van wie je kende, niet wát je kende. Het was het soort ruzie dat pa op alle fronten kleineerde. Vanochtend had ik het gevoel dat het een voortzetting was van de vorige avond. Misschien wilde hij meer baby's en ma niet. Ik verwachtte dat hij zijn jas en zijn hoed zou pakken en kwaad weg zou lopen. In plaats daarvan beval hij me naar de garage te gaan om zijn gereedschap bij elkaar te zoeken. Ik verwachtte luide stemmen maar ik hoorde niets. Een paar minuten later kwam hij ook.

'Jij en je gitaarlessen.'

Dat was typisch pa. Hij had woorden met ma en dus moest ik het ontgelden. Ma moest iets over mijn gitaarlessen gezegd hebben. Dat was een goed teken.

We maakten de garagedeuren open en duwden de twee auto's de straat op. Ik mocht sturen. We legden de enorme kerstkaart met de nieuwe tekening op de grond. Met een krijtje trok pa strepen op de vloer om aan te geven waar de buizen lagen.

Hij pakte het houweel en begon op de krijtstrepen in te hakken. Ik veegde de betonschilfers bij elkaar, ervoor zorgend dat ik uit de buurt van het houweel bleef. Pa vond het juiste ritme. Hij floot 'Old Man River'. Hij neuriede het. Hij tikte het met zijn voet. Na elke regel van het liedje wachtte hij even en gaf het beton een enorme knal met het metalen houweel. De hele garage trilde. Hij schakelde over op 'Mack the Knife'. Dat hield hij niet lang vol. Binnen de kortste keren was hij weer terug bij 'Old Man River'. Hoe kon het ook anders.

De geul nam snel vorm aan. Ik ging erin staan. Dan kon ik de schep gemakkelijker onder de losse grond steken. Onderwijl lette ik scherp op of ik geld zag. Bij het graven van de bijkeukenfundering had ik een paar munten gevonden. Vandaag zou het moeilijker zijn. Niet het vinden. Na de affaire met de halve kroon zou het moeilijk zijn het op te rapen en in mijn zak te steken. Ik besloot niet naar geld te zoeken. Als ik het zag zou ik het gewoon laten liggen. Niet naar geld zoeken was even moeilijk als wel naar geld zoeken. Dat kwam door pa's humeur. Hij zei geen woord. Hij neuriede alleen maar de trieste melodie van 'Old Man River'.

Hij hakte tot ruim een halve meter diep. Van de buizen geen spoor. Hij ging naar de keuken en kwam terug met de pook. Die drukte hij in de grond. Met een houten hamer dreef hij hem dieper en luisterde of hij het geluid van metaal op metaal hoorde. Hij meende iets te horen. Het was niet helemaal duidelijk. Hij nam het houweel opnieuw ter hand en ging met hernieuwde moed aan de slag. We zaten op bijna een meter. Ik begon te verdwijnen. Er lag zo veel grond dat de garage op Frankrijk tijdens de Eerste Wereldoorlog begon te lijken. Pa weigerde de mogelijkheid toe te geven dat hij op de verkeerde plek aan het graven was. Nog een paar centimeter en we zouden er zijn. Een foute kaart stond gelijk aan geschiedvervalsing. We gingen steeds dieper. Toen liet hij het houweel langzaam zakken. Hij klom de geul uit en schopte er een hoopje grond in. Het gebaar van een verslagen man.

'De gitaar is 'n bastaardinstrument, wist je dat?'

Ik had geen idee waar hij het over had.

'Waarom kun je geen echt instrument nemen, de klarinet bijvoorbeeld?'

Hij kon nooit een klarinet op de radio horen zonder er onze aandacht op te vestigen. Halverwege een liedje zei hij: 'Daar is de klarinet.' Als de Black and White Minstrels op de televisie kwamen, wees hij ons steevast de blazerssectie aan. Daarna concentreerde hij zich op de klarinet. De volbloed van het orkest.

'De gitaar is een echt instrument.'

'Waar zit-ie dan in 't orkest?'

Daar had ik geen antwoord op. Ik kon alleen aan Lonnie Donegan en Joe Brown en Hank Marvin denken. En aan Elvis

Presley natuurlijk. Die speelden niet in een orkest. Die waren hun eigen orkest. Ze hadden bands. Gitaren, drums en zanger.

'De gitaar heeft geen orkest nodig.'

Binnen één seconde sloeg hij om van narrig naar driftig.

'Ik was van plan je klarinetlessen aan te bieden maar nou kun je d'r naar fluiten.'

Hij begon aan de tweede geul, rechts van de krijtlijnen terwijl ik in hoog tempo de eerste dichtgooide. Elke klap van het houweel was een bevestiging van mijn ondankbaarheid. De melodie veranderde in 'Rawhide' en hij hield er zo'n belachelijk tempo in dat ik binnen de kortste keren uitgeput was. Ook dit bleek een droge put te zijn. Hij droeg me op hem vol te gooien terwijl hij links van de krijtstrepen opnieuw begon. Toen die geul een meter twintig diep was, bleef hij met opgeheven houweel staan en begon te huilen. Vader, vader, waarom hebt ge mij verlaten? De tranen werden vloeken. Eerst vervloekte hij God en vervolgens kregen de Ierse regering, het gemeentebestuur van Dublin en de leiders van het Paasoproer ervan langs. Hij vervloekte de aanleggers van de waterleiding. Hij vervloekte de perverse mankepoot met de gebochelde vader die de tekening had gemaakt. Hij kon ze alleen maar elke vorm van syfilis, jicht en waterzucht toewensen. Glanspak kreeg een veeg mee – de slijmbal. De gitaar werd opnieuw onder vuur genomen – de bastaard van een Spaanse zigeuner. Ma werd apart vermeld. De grootste Jonas aller tijden. De verdelgster van schepen. De ondergang van elke man. Zij en haar wascombinatie hadden hem tot een tragisch einde gebracht. Hoe had hij in zulke miserie kunnen geraken, met als enig resultaat van een leven lang zwoegen vier droge putten? Hij marcheerde naar de keuken voor zijn thee. Ma was vol hoop.

'Hoe ging het?'

'Slecht.'

Ze wist dat doorvragen onverstandig was. Ze kende haar oude man van de zee. Eén verkeerd woord kon een hongerstaking tot gevolg hebben. Daar zag ma niets in. Uit zijn hongerstakingen kwam nooit iets goeds voort. Goed eten dat de vuilnisbak inging. Mokkend stilzwijgen dat dagen kon aanhouden. Eén verkeerd woord en het was mis. Jonas. Ik zag het woord als een torpedo op zijn lippen liggen. Eén verkeerd woord van ma en ze was er geweest. Zwijgend beval ik haar haar mond te houden. Ze schonk zijn thee in. Met mijn geest bedwong ik haar.

Steek de lont niet aan. Waag je niet in het niemandsland tussen de loopgraven. Eén verkeerde zwiep van je japon en de hele zaak explodeert. Ze ging naar de bijkeuken om meer thee te zetten. Ze zei geen woord. Het gevaar week. Mijn geest had de overwinning behaald maar leuk was anders.

Na de thee zette ma de Black and White Minstrels voor hem aan. George Chisholm kwam op de buis. Hij maakte grappen met een trombone. Hij had een rode neus en maakte grappige geluiden. Mannen met een rode neus hadden altijd succes bij pa. In het circus lachte hij het hardst om de clowns. George Chisholm blies een lange noot op de trombone en deed alsof hij een scheet gelaten had.

'Fantastisch, niet, wat je met een trombone kan doen.'

Hij lachte hardop. Een lach vol verwondering. De droge putten waren even vergeten. Ma, die Gerard zat te voeden, keek me aan. Ze had niet veel tijd meer voor me sinds ik pa's boodschapper was. Ze schonk me een glimlach die ons dichterbij elkaar bracht dan in tijden gebeurd was. Ze wist wat ik in de garage doormaakte. Ik wist wat ze 's nachts bij pa doormaakte. Ze leek heel kalm met Gerard op schoot. Ze was de baas. Van het huis. Van pa. Van ons. Zij stond aan het roer en bestuurde het schip. Pa lachte nog steeds om de televisie, maar inwendig ziedde hij van woede.

Ma was enthousiaster over de gitaarlessen dan ikzelf.

'Daar gaat-ie!'

Ze balde haar vuisten en marcheerde door de keuken alsof ze

met een trommel op kop van een muziekkapel liep. Dat was typisch ma. Je zou niet willen dat je vrienden haar zagen, maar wat haar betrof kon de hele wereld toekijken, wat het weer niet erg maakte dat iemand haar zag. Iets aan de gitaar raakte haar. Niet de muziek maar de rebellie. Ma hield van verschoppelingen. Buitenstaanders. Rebellen. Ze had de pogroms in Belfast meegemaakt, had katholieken uit brandende huizen verjaagd zien worden. Ze wist wat het betekende om als tweederangsburger behandeld te worden. De wereld bestond uit rijken en arme drommels en ma was op de hand van de arme drommels. Er was maar een vonkje voor nodig om haar hartstocht te doen oplaaien. Haar mars door de keuken was haar manier om me te laten weten dat de gitaar haar goedkeuring had.

* * *

Ik vond de advertentie onder muziekinstrumenten. Gitaarlessen. Beginners welkom. Uitsluitend na zes uur. Ik belde het nummer en kreeg het adres. Het kostte vijf shilling per les, met een aanbetaling van een pond op de eerste avond. Ma wilde me niet op de fiets laten gaan omdat Harold's Cross te ver weg was. Vooral op de terugweg in het donker. Pa was teleurgesteld. Over mij of over ma, dat was niet duidelijk. Hij zei maar één ding. Toen ma het geld uit haar portemonnee haalde en aan mij gaf, keek hij over de rand van het sportkatern en zei:

'Zorg dat ze je 'n kwitantie geven.'

Ik sprong achter op een kar in Seville Place. Die bracht me tot bijna in Dorset Street, waar ik op bus 16 naar Harold's Cross stapte. Ik vroeg de conducteur of hij me in Leinster Avenue kon afzetten. Ik ging op het stoeltje voorin zitten en keek naar de passagiers. Hoeveel van die mensen wisten dat ik een gitarist in spe was? Hoeveel van die mensen wisten dat mijn moeder de gitaar mimeerde alsof ze op een trommel speelde? Hoeveel van die mensen hadden bij mijn pa kaartjes naar het strand gekocht? Ik deed een heleboel van dit soort spelletjes, want het was een hele rit naar Harold's Cross. Ik was blij dat ik niet was gaan fietsen. Het leek wel of we helemaal de bergen inreden. De bus stopte naast een groen veldje in een nieuwe wijk. De conducteur riep van achteren:

'Laatste halte, mensen.'

Ik nam aan dat dit Leinster Avenue was. Ik vroeg het de conducteur bij het uitstappen.

'Je hebt je halte gemist, jong.'

Ik voelde het bloed uit mijn gezicht trekken.

'Ik heb kilometers geleden Leinster Avenue geroepen.'

Ik raakte in paniek.

'Ik heb u niet gehoord, meneer.'

Hij wees naar de achterste bank.

'Hou je maar rustig en ga zitten. We zullen zien wat we kunnen doen.'

Hij stapte uit en liep naar voren om met de chauffeur te praten. Hij sprong op de motorkap en verdraaide de rol aan de voorkant van de bus. SPECIALE DIENST stond erop. Hij stapte weer in en sloeg vier keer op de bel – dat betekende noodgeval, er wordt niet gestopt. Alle lichten in de bus gingen uit. Ik had nog nooit in een donkere bus gezeten. Het was best griezelig. De mensen bij de bushaltes staken hun hand op maar we zoefden ze straal voorbij. Bij Leinster Avenue sloeg de bus rechts de hoofdweg af en reed richting Rathmines. Hij stopte voor een bakstenen huis met een trapje. De conducteur begeleidde me naar de voordeur en klopte aan. Een jonge vrouw met een baby deed open en zei dat we in het souterrain moesten zijn. De conducteur duwde een munt in mijn hand en stapte zijn bus weer in. Ik zwaaide hen na en ging door de deur onder aan het stenen trapje naar binnen.

Er zaten een heleboel mensen. Ik dacht dat ik de enige zou zijn. Ik en de leraar. Het verbaasde me dat er andere mensen zaten. Ze keken op velletjes papier met diagrammen erop en praatten met elkaar. Ik was blij dat ze me negeerden. Ik pakte een stoel bij de deur. Ik nam een paar velletjes en hield ze in mijn hand. Dat gaf een veiliger gevoel. De mensen waren stokoud. Er was niemand onder de twintig. Ik telde ze. Tien mannen en één vrouw. De leraar stormde de kamer binnen en excuseerde zich voor zijn laatkomen. Hij liep meteen naar voren en haalde zijn gitaar uit de koffer. Er zat een dikke leren riem aan. Hij deed de riem over zijn hoofd zonder zijn hoed af te zetten of zijn overjas uit te doen en liet de gitaar hangen. Hij nam de sigaret uit zijn mond en stak die tussen twee snaren boven aan de gitaar. Hij legde zijn muziek klaar op het bureau naast zich. Ik had nog nooit zo'n bleke man gezien. Zijn huid was even grijs als de as van zijn sigaret. Hij was minstens dertig maar zag eruit alsof hij zich nog nooit geschoren had. Uit beide zakken van zijn overjas stak een krant. Hij zocht in een van zijn zakken. Hij vond een pakje Players Please en haalde er een uit. Hij stak hem aan met de peuk in zijn gitaar en verving de ene door de andere. Pas daarna keek hij op, de klas rond.

'Hallo, hallo.'

'Hallo.'

Bij mij stopte hij.

'Wat doe jij hier?'

Ik wilde niet antwoorden; het leek zo'n stomme vraag.

'Ik?'

'Ja, jij, vriend.'

'Ik wil gitaar leren.'

Hij stiet een kort hinniklachje uit. De anderen lachten ook.

'Wie heeft je hiernaartoe gestuurd?'

'M'n ma.'

'Je ma?'

'En m'n pa.'

'En waarom?'

'Om gitaar te leren.'

'Het enige probleem is dat je geen gitaar hebt, vriend.'

Ik keek om me heen en zag nu pas dat iedereen een gitaar op zijn knieën had liggen. Ik zou het liefst de kamer uitgerend zijn. Verdwenen zijn. Opgegaan in rook. Naar huis gehold zijn en het houweel in pa's schedel geramd hebben. Ma levend begraven hebben in de garage. Ik verfrommelde de diagrammen in mijn hand en kneep erin.

'Ik heb 'n gitaar thuis.'

'Waarom heb je die dan niet meegebracht?'

Ik zag mijn spiegelbeeld in de ruit achter hem. Het lachte me uit. Jij bent een stomme idioot, ik ben geen stomme idioot. Ik keek om en zag dat iedereen me aanstaarde.

'De snaren zijn gebroken.'

Iets beters kon ik niet bedenken. Ik kon moeilijk zeggen dat hij van karton was.

'Koop dan nieuwe snaren en breng hem volgende week mee.'

Toen ik opstond om weg te gaan kwam een man naar me toe en gaf me zijn gitaar.

'We kunnen wel samen doen.'

Bij Walton had ik eraan gevoeld, maar dit was mijn eerste ervaring met een echte gitaar. Het verbaasde me dat de hals zo rond was en de klankkast zo groot. Het leek wel alsof ik over een berg moest reiken om met mijn rechterhand bij de snaren te kunnen. Nog moeilijker was het de vingers van mijn linkerhand op de plekken te zetten die door de rondjes op de diagrammen werden aangegeven. Mijn wijsvinger stond op de eerste snaar en mijn middelvinger op de vijfde, drie kilometer verderop. Mijn ringvinger op de zesde snaar zetten was godsonmogelijk. Het akkoord heette G7. Ik weet niet wie het bedacht had, maar gevoel voor humor had hij in ieder geval wel. Na vijfentwintig keer proberen slaagde ik erin mijn vingers op de juiste plekken te zetten. Ik streek met mijn rechterhand over alle zes de snaren en bracht een geluid voort dat beslist muziek was. Na G7 werd ik geacht mijn vingers naar een ander akkoord te verplaatsen, maar mijn hand zat verkrampt om de gitaar. Ik kon geen vinger meer bewegen. Ik vroeg de eigenaar mijn vingers los te maken, wat hij deed.

De afdrukken van de snaren deden echt pijn. Het was net of iemand geprobeerd had mijn vingertoppen af te zagen. Ik hoopte dat ze eraan zouden blijven zitten tot ik thuis was. In O'Connell Street stapte ik uit de bus en rende Talbot Street door. Toen ik door de achterdeur naar binnen rende, stond pa in de bijkeuken zijn nek te wassen. Zijn nek wassen was een obsessie. Hij had in de garage gewerkt maar nog steeds geen leidingen gevonden. Ita gaf Gerard de fles maar Shea en Johnny lagen in bed. De kostgangers waren nergens te bekennen. Ma was naar de Liverpool om zes flesjes Guinness voor pa te halen. Dat wees op een serieuze depressie. Hij kwam de bijkeuken uit met de handdoek om zijn nek en vroeg hoe de gitaarles geweest was. Ik ging met mijn duim over mijn vingertoppen maar zei niets. Eigenlijk wilde ik alleen maar zeggen wat een snertfiguur ik geslagen had door daar zonder gitaar aan te komen, maar hoe kon ik? Ik wist wat hij zou zeggen. Dat krijg je ervan als je je neus optrekt voor de klarinet.

Ik ging naar boven. Johnny sliep als een os. Als je groot werd van slapen, wat ma altijd beweerde, zou hij een reus worden. Ik liet Shea mijn vingers zien. Hij was niet echt onder de indruk. Ik pakte mijn kartonnen gitaar en zette mijn vingers in de vorm van G7. Fluitje van een cent. Het deed geen pijn en in mijn verbeelding klonk het prachtig. Maar nu wilde ik meer dan ooit echt leren spelen. Ik ging naar bed, sloeg mijn armen om mijn gitaar en omklemde hem alsof hij een mens was. Ik dacht aan Andy die in Artane op zijn trommel oefende. Drummen was zoveel gemakkelijker. Ik vroeg me af of Andy met zijn trommelstokken sliep. Onder zijn kussen of in zijn mouwen? Of zouden ze gewoon de hele nacht naast hem liggen en naar hem kijken? Ik vroeg me af of hij aan mij dacht. Ik vertelde hem het hele verhaal van mijn eerste gitaarles. Ik liet niets weg.

Ik vertelde hem alles tot op het moment waarop ik op eigen kracht G7 speelde.

* * *

De hele week groeven we zonder enig succes de garage op. Zevenentwintig gaten en twee ton grond. Ik begon al te denken dat er helemaal geen leidingen lagen, maar op zaterdagmorgen vond pa in zijn eerste gat water. Meters verwijderd van de krijtstrepen die hij op het beton getrokken had. Het was zelfs precies andersom. Pa's strepen liepen een halve meter van de buitenmuur en de leidingen lagen een halve meter van de binnenmuur. Hij was halverwege een litanie verwensingen aan het adres van de maker van de kaart toen ik hem daarop wees. Hij haalde de verfomfaaide kaart uit zijn zak en keek ernaar. Hij draaide hem om en ik zag aan zijn gezicht dat hij zich vergist had. Behalve natuurlijk dat hij zich nooit vergiste.

'Heb je me afgeleid toen ik die kaart bestudeerde?'

Ik keurde zijn vraag geen antwoord waardig.

'Ik geloof dat je 'n Jantje ongeluk begint te worden.'

Ik was altijd zijn mascotte geweest. Op de renbaan. Bij de bookmaker. Ik was Hansje geluk. Iets bijzonders. Ik had de gave met de juiste boodschap thuis te komen. Zeven kilo Jeffares-gipspleister. Vijftien kilo fijn zand met een beetje kalk om erdoorheen te mengen. Vijfentwintig kilo Drogheda-cement. Achter op mijn fiets. Voor op mijn fiets. Op mijn schouder of slepend over de grond. Op alle mogelijke manieren: kruiwagen, handkar (voor doodskisten of anderszins), bolderkar (geleend, gebedeld of gestolen) of benenwagen, mijn missie was dingen thuisbrengen. Ik bezorgde zijn briefjes, legde ze uit, maakte er Engels van, verborg ze, verbrandde ze, smeet ze weg. Ik plaatste zijn weddenschappen, ik incasseerde zijn winst. Ik had hem nooit ongeluk gebracht. Alle anderen wel maar ik nooit. Als ik een Jantje ongeluk was, had ik geen toekomst meer. Afgelopen kerst was ik nog Superman voor hem geweest. Om vijf voor zes het huis uit om Frankies kerstcadeautje, een fort, uit een winkel in Capel Street te halen. Zo hard getrapt dat de wielen van de grond kwamen. Was er in tien minuten en de winkel was dicht.

In elke kroeg in Capel Street gezocht tot ik bij Slattery de eigenaar vond en hem overhaalde zijn winkel weer open te maken. Het fort balancerend tussen mijn knieën en mijn stuur naar huis gebracht. Het fijnste kerstcadeau dat Frankie ooit gekregen had. Was ik toen een Jantje ongeluk? Of was hij dit vergeten? Ik wilde hem eraan herinneren maar ik bedacht me. Hij was kwaad over de klarinet. Ik was kwaad over de gitaar. Op een gegeven moment zou ik hem moeten vertellen dat ik zonder gitaar niet verder kon met mijn lessen.

Pa groef een sleuf van een halve meter breed rond de buizen. Hij ging naar het putje op straat, tilde het metalen dekseltje op, zette de sleutel op de vierkante nippel en sloot het water af. Hij ging weer naar de garage en begon de loden pijpen door te zagen. Hij was pas een halve centimeter gevorderd toen mevrouw Scally en mevrouw Hogan aan de achterdeur kwamen vragen of er iets met het water was. Pa legde uit dat het een uur afgesloten zou zijn. Mevrouw Scally was van streek omdat ze net in bad wilde. Pa zei dat ze in een oogwenk haar rugvel er af kon schrobben. Ze had zich amper omgedraaid of hij zei tegen mij:

'Die is in maanden niet in bad geweest, dat mens.'

Hij zaagde een stuk van vijftien centimeter uit de buis. Het water liep eruit. Hij vroeg me naar binnen te gaan en ma om een oude onderbroek te vragen. Daar voelde ik niets voor maar ik had geen keus. Als ik weigerde, werd ik voor de krijgsraad gesleept. Ze gaf me een witte onderbroek en die bracht ik naar pa. Hij propte hem in het eind van de buis. Het was een klein gaatje dus de fijne katoenstof was precies wat hij nodig had. Toen het gat helemaal dichtzat, stuurde hij me naar buiten om het water weer aan te sluiten. Dat deed ik. Ik ging weer terug naar de garage. Pa lag als een sluipschutter in zijn loopgraaf en hield de onderbroek tegen terwijl het water zijn best deed hem eruit te drukken. Je kon het horen sissen. De buis begon te ratelen. Ik ging naast hem liggen en hielp hem de onderbroek vasthouden. Toen hij hem wegtrok, liep er een golf dikke drek uit de leiding, gevolgd door een harde straal water. Hij was extatisch.

'Da's 't slib, daar heb je 't, kom eruit, klootzak.'

Een halve liter stroperige droesem droop uit de pijp. Pa draaide de hoofdkraan dicht, kwam terug en stond als een overwinnaar boven het gat.

'Geen wonder dat we geen druk hadden.'

We namen een welverdiende theepauze. Pa bestudeerde de paarden. Hij had het gevoel dat dit een geluksdag was. We waren het mysterie van de waterdruk op het spoor en de bookmakers moesten nodig van hun geld ontdaan worden. Ze zouden zich deze zaterdag heugen. Hij koos zes winnaars uit. Hij schreef de weddenschappen op in zijn gebruikelijke bloemrijke stijl en maakte een kopie op de bovenkant van het sportkatern. Vijftien duo's à een shilling, twintig trio's à een shilling, vijftien koppels à een shilling, zes winnnend à een shilling en twee dubbel winnend à twee shilling om het af te leren. Totale inzet achtenvijftig shilling. Op twee shilling na drie pond. Ik stak het geld en het briefje in mijn zak en pakte de fiets. Ik trok het briefje weer te voorschijn en kuste het. Ik fietste naar het gokkantoor. Op het ritme van de trappers zong ik in mijn gedachten:

'Dit is mijn gitaar... dit is mijn gitaar... dit is mijn gitaar.'

Het nummer op het briefje was 946. Bij elkaar opgeteld was dat 19 en de S van Shero was de negentiende letter van het alfabet. Dat was een heel goed teken. Toen ik het aan pa gaf, schreef hij in zijn beste handschrift 'Toby Jug' op de achterkant. Dat was zijn geluksnaam.

Pa had een stuk witte plastic buis om de loden leiding weer

aan elkaar te lassen. Het probleem was dat de loden buis niet in de witte plastic buis paste. Hij pakte een van zijn koektrommels van de plank en diepte er een oude kerstkaars uit op. Een rode. Hij stak de kaars aan en hield het plastic een poosje boven de vlam om het zacht te maken. Hij bracht het hete plastic naar het lood en het schoof over de loden buis als een hand in een leren handschoen. Hij nam de kaars mee het gat in en deed hetzelfde aan de andere kant. Na het afkoelen van het plastic zat de verbinding muurvast. Hij trok eraan maar er was geen beweging in te krijgen. Dit was pa op zijn best. Beheerst, kalm en zonder een greintje drift.

'Misschien voor de zekerheid nog twee slangklemmetjes, wat dacht je?'

Slangklemmetjes waren pa's antwoord op alle problemen. Ze waren uitgevonden door de Grieken, de ontdekkers van elke belangrijke wet ter wereld. De eerste keer dat ik er een zag was toen hij een onwillige slang aan een kraan aansloot. De panacee voor al onze kwalen, zei hij. Ik moest het later opzoeken in het woordenboek. Oplossing betekende het. Ik keek in het gat en wat ik zag leek me oplossing genoeg. Ik haalde mijn schouders op.

'Lijkt me prima zo.'

We gingen naar de bijkeuken om de proef op de som te nemen. De eerste race was net gestart, dus we wachtten even. Door de sneeuw waren de paarden moeilijk te zien. Niet voor pa. Die wist instinctief waar zijn paarden waren. Ze finishten. Zijn paard was niet bij de winnaars. Hij vervloekte de trainer, de jockey en de BBC. Zijn paard eindigde als laatste, waaruit hij een soort tegendraadse voldoening leek te putten.

'Wat zei ik? Laatste! En 't zou me nog niks kunnen schelen ook, maar m'n eerste keus heeft gewonnen. Hou je bij je eerste keus. Als ik dat vergeet kun je er vergif op innemen dat ik er spijt van krijg.'

We liepen de bijkeuken in. Ma draaide de kraan open. Na

wat gesputter begon het water te stromen. Ma bekeek het een hele tijd vanuit elke hoek, van dichtbij en van veraf.

'Ik geloof dat 't 'n tikkeltje beter is, pa.'

Pa keek me aan. Een tikkeltje beter? Zevenentwintig putgaten en een week verlof voor een tikkeltje beter? Was ze gek geworden? Een tikkeltje beter? Hij droeg me op het gat in de garage dicht te gooien. Onder de achterplaats lag nog een leiding en daar concentreerde pa zich nu op. Hij pakte het houweel en begon het beton van de achterplaats kapot te slaan. Mevrouw Scally en mevrouw Hogan kwamen aan de achterdeur om te zeggen dat ze blij waren dat het water terug was, maar dat de druk was afgenomen. Pa's werktempo nam merkbaar toe. Een groot deel van het achterplaatsje vloog als betonnen vuurwerk door de lucht. De vrouwen bliezen haastig de aftocht. Ik had nog nooit zo snel een geul uitgegraven. Binnen de kortste keren zaagde pa met een ijzerzaag de tweede loden pijp van de dag door. Hij herhaalde de truc met de onderbroek en de waterleiding kotste opnieuw een halve liter drek uit. Nu had het water geen enkel excuus meer. Het kon drekloos van de straat naar het huis stromen. Hij weigerde de kraan zelf open te draaien. Dat zou volgens hem ongeluk kunnen brengen. Ma zat Gerard te voeden. Ik had voor vrijwilliger kunnen spelen maar vreesde dat dit te veel op een zelfmoordmissie leek. Ma legde Gerard met een fopspeen in de kinderwagen en kwam naar de bijkeuken. Ze draaide de kraan open en het straaltje was even dun als daarvoor. Ze wist dat ze zich beter van commentaar kon onthouden. Hij liep naar de keuken en ging met zijn hoofd in zijn handen aan tafel zitten. Hij was ontroostbaar. De televisie zond een race uit. Zijn paard zat in een fotofinish. Hij wist dat het tweede zou zijn.

'Zet dat rotding af.'

Ik aarzelde even. Ik wist zeker dat ik hem verkeerd verstaan had. Hij zette de paardenrennen nooit af. Meestal stonden televisie en radio tegelijk aan, elk op een andere race. Misschien had hij gevraagd of ik hem harder kon zetten. De uitslag kwam door. Hij had gelijk.

'Zet dat misselijke kloteding af.'

Nog voor het klikje van de knop was hij de keuken uit. Ik ging achter hem aan en hoorde hem tieren in de garage. Toen ik binnenkwam zag ik dat er water uit het gat omhoogsijpelde. Op de vloer van de garage stond een laag modderwater. Pa keek ernaar als een man wiens huis met de grond gelijk is gemaakt.

'Wat zei ik over slangklemmetjes? Nou, wat zei ik over slangklemmetjes?'

'Dat we die nodig hadden.'

'Jíj bent de Jonas. Ik dacht dat 't je moeder was, maar nou blijk jíj 't te zijn.'

Hij keek naar me alsof hij een afschuwelijk visioen van de hel had gehad.

'Ik ben geen Jonas.'

'Wat ben je dan als je geen Jonas bent?'

'Ik ben geen Jonas.'

'Hou je grote bek of ik sla al je tanden uit je mond.'

Hij daagde me uit hem te slaan. Ik was niet bang. Niet meer. Niet zoals toen ik een kind was en ik het bij het horen van zijn stem in mijn broek deed. Hij was geen reus meer voor me. Ik hoefde niet zover meer omhoog te kijken. Helemaal niet zover. Er klopte iets niet aan het idee van mijn vuist tegen zijn vlees. Hij zocht een zondebok, zoals altijd. Ik zou me niet laten koeioneren, deze keer niet.

'Ik ben geen Jonas. En geen Jantje ongeluk. En ma ook niet.'

Ik kon zien dat hij verbaasd was. Mijn hart bonkte als een razende maar ik was niet bang.

'Ik ben je vader en als ik zeg dat je 'n Jonas bent dan ben je 'n Jonas.'

Hij pakte de schop van de grond en duwde die in mijn handen.

'Graaf dat gat uit.'

Ik liet de schop vallen. Hij stuiterde een keer omhoog.

'Graaf 't zelf maar!'

Ik liep de garage uit en de keuken in. Hij riep me niet terug. Ik ging regelrecht naar mijn kamer en pakte mijn kartonnen gitaar. Als ik een echte gitaar had gehad die in mijn vingertoppen beet, had ik hem misschien kunnen vergeten. Ik wist dat hij het moeilijk had. Ik was vastbesloten niet toe te geven. Anders zou ik mijn hele leven een Jonas blijven. Uit de buurt blijven en me rustig houden. Dat was de enige oplossing. Hem laten uitrazen. Ik voelde me echt volwassen door het zo te bekijken. Daar stond tegenover dat ik mijn gitaar wel op mijn buik kon schrijven. Ik kon hem er niet meer om vragen, nooit meer. Ik kon ma natuurlijk vragen maar zij betaalde al voor mijn gitaarlessen. Ik speelde G7, C grote terts en F grote terts. Ik moest voortdurend aan hem denken, alleen in de garage. Als ik naar beneden ging, zou hij misschien zeggen dat het hem speet dat hij me voor Jonas had uitgemaakt. Op mijn kamer blijven zitten had geen enkel nut. Hij zou nooit naar boven komen om zijn excuses aan te bieden. Ik liep de trap af en de badkamer in. Ik plaste en waste mijn handen. Zuiver tijdrekken. Ik keek in de spiegel. Ik trok een schaapachtig gezicht. Ik wees.

'Jij hebt er spijt van, ik heb er geen spijt van.'

Het was niet overtuigend. Ik liep de trap weer op naar Ita's kamer. Haar raam keek uit op het achterplaatsje. Het deurtje naar de garage stond open. Ik zag de zolen en hakken van zijn schoenen in de oranje gloed van het naakte peertje. Hij knielde. Alsof hij bij een graf zat te bidden. Hij leunde voorover in het gat om een slangklemmetje aan te brengen. Ik durfde te wedden dat zijn knieën zeer deden.

'Ik heb er spijt van, jij hebt er geen spijt van.'

Ik rende de trap af voordat ik van gedachten kon veranderen. In de keuken pakte ik een pak kranten voor zijn knieën. Hij zat inderdaad de schroef van het slangklemmetje aan te draaien, precies zoals ik dacht. Een meter van hem vandaan stond Frankie met de schop in zijn hand.

'Ik heb deze voor je meegebracht.'

Ik gooide ze naast hem op de grond. Hij keek niet op.

'Heb je hulp nodig?'

Frankie keek me aan en grijnsde van oor tot oor.

'Ik ben voortaan z'n helper.'

'Toen ik je nodig had was je d'r niet, dus nou kun je oplazeren.'

Hier was geen antwoord op. Ik was sprakeloos. Ik had zijn schop aan zijn voeten gegooid, hij had hem doorgegeven. Nu had Frankie hem. Stevig in zijn knuisten. Hij zou hem niet meer loslaten, dat wist ik. Het zou me nooit meer lukken de schop uit zijn greep te ontfutselen. Nooit. Ik had mijn eigen graf gegraven. Mijn tijd als pa's speciale boodschapper was voorbij. Voorgoed voorbij.

7
1965

De tijd heelt alle wonden. Dat was een van ma's gevleugelde uitspraken. Ze zei het op begrafenissen en ze zei het als ze een kapotte knie schoonmaakte. Als ze er jodium opdeed, waar je huid paars van werd, kon je er zeker van zijn dat ze ermee voor de dag kwam. Een schrale troost als je van top tot teen onder de brandnetelblaren zat maar ze zei het toch. Dat was vroeger. Ik had me al jaren niet gesneden. Toen ik haar vertelde dat Frankie mijn plaats had ingepikt, was dat haar eerste reactie. De tijd heelt alle wonden. Ik voelde me net een kind van zes. Meestal had ik er de pest aan als kind behandeld te worden, maar nu vond ik het fijn. Door op te staan tegen pa was ik opgekomen voor ma. Ik zei niet wat er voorgevallen was maar het was net of ze het begreep. Zij had het meest te lijden onder zijn afwijzing. Ik herinnerde me een gelegenheid bij de renbaan in het Phoenix Park. Een zomerdag. Ma stuurde me erop uit met de waterketel. Naar een vrouw die heet water verkocht. Ik gaf haar zes pence. Toen ik terugkwam had ma een picknick op het gras uitgestald. Boterhammen met banaan en kokosschijfjes. Ze haalde een pakje thee en een zilveren lepel uit haar handtas. Ze zette thee in onze prachtige gehavende theepot en deed hem onder de muts om te trekken. Niemand mocht inschenken voordat de race afgelopen was en pa van de tribune kwam. Ik lag op het gras en luisterde naar de paardenhoeven en voelde de zon op mijn gezicht. Het gejuich steeg naar de hemel en daalde even snel weer neer. Pa kwam naar onze picknick. Zijn paard had verloren. Dat zag je altijd in één oogopslag. Ma schonk zijn thee in en gaf hem het kopje. Hij nam één slok.

'Dit lijkt wel piswater.'

Hij gooide het op de grond en liep weg. Ik rende hem achterna om hem van de tribune te halen. Er stonden duizenden mensen. Ik herkende hem aan zijn schoenen. Ik pakte zijn arm en trok mezelf omhoog. Vanaf de tribune kon ik ma zien. Ze was bezig de picknick op te ruimen. Ik had het gevoel dat heel ons gezin ter plekke uit elkaar viel. Ik smeekte hem terug te komen. Ik smeekte hem ma niet alleen naar huis te laten gaan. Ik trok aan zijn mouw. Hij duwde mijn hand weg.

'Je moeder is 'n Jonas. Ze heeft me nooit 'n dag geluk gebracht.'

Ma leefde van de ene afwijzing naar de andere en was eraan gewend. Voor mij was het de eerste keer in de woestijn. Ik wist niet wat ik moest verwachten. Ik kookte niet voor hem, dus hij kon me moeilijk met hongerstakingen bedreigen. Hij kon me doodzwijgen. Dat deed hij met ma ook. Soms tegelijk met de hongerstaking. Soms afzonderlijk. Dan praatte hij met haar via een van ons. 'Zeg tegen je moeder dat ze water opzet, ik moet me scheren.' Misschien zou hij ook zo met mij communiceren. Het was moeilijk voor te stellen. Ma kon hij niet vervangen maar mij wel. Hij zou Frankie trainen zoals hij mij getraind had. Met harde hand. Op je fiets naar de bookmaker, je te pletter trappen om er te zijn voordat de duizend meter sprint van start ging en meteen wachten tot er uitbetaald werd. Hij zou zware dijspieren krijgen. Net als ik. Het hardste schot in Sheriff Street. De penalty-koning. Mijn dagen als pa's boodschapper waren geteld. Op oude dag gestuurd. Zonder pensioen. Ik zou nooit meer de ladders uit de garage halen. Nooit meer het dak opklimmen met de gereedschapskist – tuien, coaxiale kabel, tang, vaseline, voeglood, lijnzaadolie, kruipolie. Vanaf heden was mijn leven een schone lei. Ik kon erop schrijven wat ik wilde. Ik stond op de drempel van de vrijheid en ik was bang.

Ik wist niet wat de toekomst zou brengen of welke rol ik erin zou spelen. Voorlopig dobberde ik stuurloos rond op zee.

Ik dacht aan ma. De tijd heelt alle wonden. Ze had gelijk. De gedachte alleen al beurde me op. Hoe voelde zij zich? Tussen de afwijzingen door had ze ons. Ze had Gerard voor als pa zijn liefde introk. Ze kon zichzelf verliezen in de luiers en het talkpoeder terwijl ze wachtte tot de tijd haar wonden genas en hij weer begon te praten. Ik zag haar de dagen tellen. Als de maat van een traag deuntje. Haar gezicht gegroefd door verdriet. Elke ademtocht een zucht. Soms dacht ik dat ze een wond had die nooit zou genezen. Diep in haar binnenste. Op zo'n moment probeerde ik pa stilzwijgend te dwingen zijn armen om haar heen te slaan en haar tegen zich aan te trekken, maar het enige wat hij deed was meer thee vragen. Dat was beter dan het zwijgen en ma koesterde zich erin. Soms leek ze gelukkig. Bijna. Ze lachte om zijn grapjes en begon niet over zijn promotie. Ze ontzag hem en bleef uit zijn buurt als hij de paarden bestudeerde. Ze deed alles om het gezin op de rails te houden. Ze gaf hem altijd gelijk. Als hij op de jockeys vloekte, vloekte zij mee. Klootzakken. Als hij tegen de regering tekeerging gooide ze olie op het vuur. Gore zakkenvullers. Soms begon zij als eerste. Als er een vulkanische uitbarsting dreigde, hield ze op. Ik zag hoe ze haar rol speelde. Hoe ze zijn stemmingen peilde. Altijd even voorzichtig. Zich kleiner houdend dan ze was. Ik zag haar dit alles doen omdat het niet veilig voor haar was iets anders te doen.

* * *

Ita wilde een zusje maar ma bracht opnieuw een jongetje mee uit het Rotunda-ziekenhuis. Met Paul erbij had ze zes broers en geen enkel zusje. Ze verdiende het iemand op haar kamer te krijgen. Wij sliepen op slaapzalen maar Ita was alleen. Omdat we alles deelden, stonden we dichter bij elkaar. We waren anders dan de andere gezinnen in onze straat. Nummer 44 veranderde iedereen. Het was net of er een nieuw gezin ontstond. Mahony werd een zoon voor pa en Mossie werd een vader voor mij. We waren planeten die om elkaar heen cirkelden. Ik cirkelde niet meer in pa's baan en Frankie had mijn plaats ingenomen. Shea cirkelde alleen, maar beïnvloedde iedereen om zich heen. Pa was de zon die aan het hoofd van de tafel zat en het zonnestelsel bestierde. Ma was de maan die de getijden beheerste en iedereen weer met elkaar verbond. Ita was Ita, breekbaar en alleen en ieders liefste zusje.

Mahony was ontslagen bij Sten Oil en werkte de hele dag voor pa. Zijn kantoor was de eetkamer, waar hij de dag doorbracht met het vastleggen van de race-uitslagen in een enorm boek. Pa had een nieuw systeem uitgewerkt. Hij gaf paarden punten voor snelheid, rekening houdend met hun handicap. Zo kreeg ieder paard een waarderingscijfer. De paarden met de hoogste cijfers waren de geheide winnaars. Althans zo geheid als menselijkerwijs mogelijk was. Dat wil zeggen, als het systeem werkte. Het was nog verre van volmaakt en de tijd zou uitsluitsel geven. Mahony tekende de uitslagen trouw iedere dag op. Hij deed zijn werk met dezelfde toewijding als de monniken die de eerste bijbels schreven. Als het werkte zoals hij en pa hoopten, zou het nuttiger en waardevoller zijn dan het Boek van Kells.

Kort nadat Mahony de eerste hand aan het grote boek legde maakte Noel Dargan een bekering door. Op een avond kwam hij van zijn werk en legde een bril voor Mahony op tafel. Een nieuwe bril. Dezelfde als de oude, alleen splinternieuw.

Wat had hem tot inkeer gebracht? Dit moest een wonder zijn. Toen Mahony in huis kwam, was zijn bril maar op één plaats kapot. Na enkele maanden was er niets meer van het oorspronkelijke montuur over. De hele bril bestond uit plakband, ook de glazen, die Noel Dargan op een avond tijdens het kaarten had gebroken. Mahony had het verkeerde temperament voor pokeren. Als hij en Noel Dargan aan het kaarten sloegen, werd het honderd procent zeker oorlog. Ze begonnen altijd beleefd. Complimenteus.

'Goed gespeeld.'

'Ik had de koning vastgehouden.'

'Heel slim.'

'Ik kreeg er drie bij voor 'n poker.'

'Je hebt geluk vanavond.'

'Geluk heeft er niks mee te maken, dit is kunnen.'

'Alsof jij wat kunt.'

'Kennelijk genoeg om de pot te winnen.'

'Jij weet geen flikker.'

'Kennelijk wel.'

'Je weet hoe 'n opdonder aanvoelt, verder geen ene reet.'

Zo ging het altijd. Als Noel Dargan begon te verliezen dreigde er op een gegeven moment altijd geweld. Mahony kreeg het warm. Dat betekende dat hij goede kaarten had. Als zijn hand begon te beven was het een uitstekende hand. Noel Dargan beschuldigde hem steevast van vals spelen.

'God is mijn getuige, ik heb niet vals gespeeld.'

'Ik gooide de vier weg en jij raapte 'm op.'

De bril was altijd het eerste slachtoffer. Dan kon Mahony niets meer zien en had Noel Dargan vrij spel. Zo ging het altijd, tot de bekering. Van de ene dag op de andere was hij beleefd tegen Mahony en meed hij de kaarten alsof ze besmettelijk waren. Hij begon vroeg naar bed te gaan. Bracht steeds minder tijd in The Ball Alley door. Als je zijn broer Liam moest geloven bad hij alleen nog maar. Zat hij uren op zijn knieën voor zijn bed. Hij was hard op weg heilig te worden.

Iedereen stond voor een raadsel. Volgens Mahony kwam het door het huis. Dat had iets magisch. We hadden er allemaal voor gekozen hier te wonen. Waren allemaal bezield door een geest. We waren twintigste-eeuwse apostelen. Mahony wilde een nieuwe godsdienst stichten. Ik moest de leider worden.

‘Ik?’

‘Ik wil dat jij m’n God bent. Ik wil u dienen, Allah Sheridan.’

Hij viel op zijn knieën en herhaalde dit verschillende keren. Daarna piepte hij als een rat in de val. Ik dacht dat hij een scheermesje had ingeslikt. Het bleek een hysterische lachaanval te zijn. Mahony had een uniek gevoel voor humor.

Pa vond het heerlijk in het boek te lezen. Hij kon het tot ’s avonds laat met Mahony zitten bestuderen. Ze controleerden het van alle kanten. Elke mogelijke leemte werd onderzocht. Elk probleem werd doorgespit. Mahony’s nieuwe bril was even goed als een microscoop. Pa kon zijn opwinding amper bedwingen. Voor het eerst had hij de hele dag hulp bij het opzetten van een winnend systeem. Het was wetenschappelijk. Logisch. Exact. Met behulp van zijn fulltime secretaris was pa hard op weg miljonair te worden. In ruil voor zijn diensten hoefde Mahony geen kostgeld te betalen. Aangezien ma over de kostgangers ging, werkte Mahony strikt genomen voor ma. Het geld kwam uit haar zak, niet uit die van pa. En aangezien het kostgeld onze scholing betaalde – en inmiddels kwamen er drie kinderen thuis met een bruine envelop die gevuld moest worden – hing onze toekomst af van het welslagen van pa’s systeem. Het was een ingewikkelde situatie. Daarom bad ik ’s avonds bij mijn avondgebed bij bijzondere intenties dat het zou werken.

Mossie was de rustigste kostganger en de beste. Hij was een steengoede pokeraar maar speelde nooit mee met Mahony en Noel Dargan. Een van de twee was prima, maar nooit allebei tegelijk. Daar deed hij nooit moeilijk over. Hij stond gewoon beleefd op van de tafel.

‘Neem me niet kwalijk, heren.’

Hij had de grootste handen die ik ooit gezien had. Hij zou Noel Dargan met één klap in tweeën kunnen breken. Ik kon me niet voorstellen dat hij ze ooit tegen iemand zou opheffen.

Ze waren even dik en zacht als die van een teddybeer. Ik voelde een keer aan zijn wang na het scheren. Hij pakte mijn hand en legde die op zijn huid. Warm en veilig. Hij wreef met mijn vingertoppen langs zijn kin. Het was net pas gemaaid gras. De stoppels kietelden maar ik trok mijn hand niet weg. Waarom zou ik?

'Wat denk je, ventje?'

Pa zocht voortdurend Mossies goedkeuring voor zijn systeem. Mossie was beleefd. Hij knikte en maakte bemoedigende geluiden maar ik kon zien dat hij niet overtuigd was. Mossie legde uitsluitend geld op tafel als hij inside information had. En zelfs dan nog verloor hij soms. Op het succes met Tullow Lady volgde een hele reeks verliezers. Pa verloor zo veel dat hij aan de kwaliteit van de informatie begon te twijfelen. De telefoontjes van Mossies zuster bleven komen, maar Mossie hield de informatie voor zich. Zo lag de situatie toen Mossie bericht kreeg over The Queen of Spades. Een zwarte merrie, ingeschreven voor het Race Festival in Killarney. Speciaal op deze wedstrijd getraind. Verlies was uitgesloten. Over verliezen werd niet eens gesproken. De race was al zo goed als gewonnen. De enige vraag was hoeveel voorsprong ze zou hebben. Dit kon Mossie niet voor zichzelf houden en hij lichtte pa in.

Hij stond erop mij mee te nemen. Ma zei dat ik te veel tot last zou zijn. Pa zei dat ik het niet verdiende. Johnny vond het oneerlijk. Shea kon het niet schelen. Ita zei dat het een vorm van marteling was. Frankie zei dat hij niet eens zou gaan als hij mocht. Ik zei dat het me een zorg zou zijn wat ze dachten – ik ging. Ten slotte gaf pa zijn verzet op en organiseerde een gratis treinkaartje voor me. Hij had recht op twee stuks per jaar. Ma hielp me inpakken en zag erop toe dat ik voldoende onderhemden en sokken had, hoewel we maar twee dagen weg zouden zijn. Pa ging naar de bank voor een lening. Ik hoorde ze er ruzie over maken. Ma had hem het kostgeld van die week al gegeven. Maar pa volgde enkel zijn eigen regels: bedel, leen of steel als je echte informatie hebt. Voordat we naar het station vertrokken, gaf pa me een bruine papieren zak. Ik vroeg waar die voor diende.

'Om de winst in te doen.'

* * *

Ik kon mijn ogen niet van de weilanden afhouden. Ze vlogen het raam voorbij en leken steeds groener te worden. Koeien en hooischuren en loodsen. Rivieren en heuvels. Golfbanen en voetbalvelden. Ierland was een prachtig land. Mijn grootvader had ervoor gevochten. In 1916 had hij een geweer gepakt en met zijn IRA-bataljon het Gerechtshof bezet. Dacht hij op dat moment aan de groene weilanden die voorbij ons raampje vlogen, vroeg ik me af. Mossie kwam terug uit de restauratiewagen. Hij had boterhammen en krentenbollen bij zich. Hij legde ze voor me neer en zei dat ik mocht kiezen. Hij trok een flesje rode limonade uit zijn zak en drukte er met zijn dikke duim de kroonkurk af. Daarna haalde hij vier piepkleine flesjes Paddy-whisky uit diverse zakken en zette ze in een rijtje voor zich neer. Kabouterflesjes, noemde hij ze. Hij schroefde de doppen eraf en dronk ze achter elkaar leeg. Daarna haalde hij zijn portefeuille uit zijn binnenzak. Hij nam er een nieuw bruin vijf-pondbiljet uit en schoof dat naar me toe. Ik dacht dat ik naar de restauratiewagen moest om meer whisky te halen. Wist hij niet dat ze mij niet zouden bedienen? Misschien zou hij een briefje schrijven. 'Gelieve drager dezes te voorzien van 4 (schrijve vier) kabouters, met dank.' Voor hem wilde ik dat best doen. Tot dusver was dit het beste reisje van mijn leven. Ik pakte het bankbiljet.

'Wat wil je hebben?'

Hij keek me aan en zei dat ik moest gaan zitten. Ik vond het een vreemd verzoek.

'Da's voor jou.'

Ik keek naar het bankbiljet. Ik had nog nooit zo veel geld gehad. In de verste verte niet.

'Je moet 't bewaren.'

Ik hield het in mijn hand. Een stukje bruin papier. Nieuw en licht en ondertekend door de president van de Ierse Bank.

'Je mag 't niet uitgeven, je moet 't bewaren!'

Ik had het al uitgegeven. Ik stond bij Walton en koos mijn eigen gitaar. Akoestisch met stalen snaren. De hals bezet met witte emaildiamanten. Mijn vingers vormden akkoorden met magisch gemak.

'Op 'n veilig plekje.'

Ik vouwde het dubbel en stak het in mijn rechterbroekzak. Om de drie minuten stak ik mijn hand in mijn zak om te controleren of het er nog was. Ik kon amper geloven dat ik in een trein op weg naar Killarney zat met vijf pond op zak en een flesje rode limonade voor mijn neus. Ik overtuigde mezelf ervan dat ik me afschuwelijk vergist had. Ik rende naar de wc, deed de deur op slot en trok het langzaam uit zijn bergplaats. Zo langzaam dat het bijna niet bewoog. Ik deed mijn ogen dicht, trok het uit mijn zak en hield het voor mijn gezicht. Ik deed mijn ogen open. Millimeter voor millimeter. Eindelijk aanschouwde ik het in al zijn bruine glorie. Ik liep terug naar mijn plaats en droomde de hele rit naar Killarney van gitaren.

Mossie boekte een kamer in hotel Ross en daarna maakten we een tochtje per rijtuig langs de meren. Ik had de pest aan het platteland. Ik was een doorgewinterde stadsjongen. Alles wat de buitenlui aan de stad haatten vond ik heerlijk. Het vuil en de smerigheid. De dampen en de smog. De teer en de olie. De grauwe muren en de woonkazernes. Ik racete op mijn fiets door het drekkige Dublin, dol van plezier. Nu begonnen mijn gevoelens over het platteland met elk klapje van de zweep van de koetsier meer overeenkomst te vertonen met die over de stad. Ik kwam tot inkeer, even onmiskenbaar als Noel Dargan in Dublin. We bezichtigden Muckross House, Ross Castle,

Kate Kearney's Cottage en de Gap of Dunloe. Het was zo mooi dat ik twintig hele minuten lang niet naar mijn bankbiljet tastte. Geen wonder dat ze Kerry het koninkrijk noemden. Geen wonder dat opa Sheridan en de IRA moesten vechten om het terug te krijgen.

Na de rondrit gingen we naar de renbaan. Ik had nog nooit zo veel heikneuters bij elkaar gezien. Rode gezichten, platte petten en gekleurde vesten. In Dublin had Mossie al een accent om te snijden. Hier was hij na twee minuten niet meer te volgen. Hij stelde me voor aan zijn zuster maar ik had geen notie van wat hij zei. Zij was nog dikker dan hij. Ik hoopte dat ze niet op The Queen of Spades ging rijden. De merrie zat in de laatste race op het programma. Een drie kilometer lange crosscountry, wat dat ook was. Mossie fluisterde samenzweerderig met zijn vrienden. Trots als een pauw stapte hij van groep naar groep, links en rechts informatie uitdelend.

'De merrie gaat de laatste race winnen.'

'Dacht je?'

'Ze is niet te verslaan.'

'Kan ze soms vliegen?'

'M'n zuster heeft nog nooit zo'n merrie gehad.'

'Is ze van je zuster?'

'Je kunt niet zeggen dat je niet gewaarschuwd bent.'

Ik zag de bult in Mossies broekzak van zijn rol bankbiljetten. Ik tastte naar het mijne. Het zat er nog. Ik liep naar de roulettetafel en volgde het witte balletje op zijn reis door de kleuren. Ik probeerde een patroon te vinden. Rood. Rood. Zwart. Rood. Zwart. Zwart. Nu moest rood weer komen. Inderdaad. Rood. Het rollen van het balletje. Eerst rechtsom. Dan linksom. Het was moeilijk te volgen. Ik draaide me om en liep verder.

Mossie schuimde het gokkantoor af met geld in zijn knuist. Pa's geld. Het geld van de kostgangers. Het geld van de bank. Zijn eigen geld. Hij wachtte tot de bookmakers de côte vaststelden. Frankie O'Donoghue haalde een krijtje uit zijn zak.

Hij schreef nummers naast de namen. Alle vijftien paarden kregen een côte. Toen hij klaar was, keek hij de menigte rond en riep:

'Ik geef vier tegen een voor het veld, acht tegen een de rest.'

The Queen of Spades stond op 8/1. Een goede côte. Mijn vijf pond zouden er veertig worden. Mossie liep de rij af. De meeste bookmakers volgden Frankie O'Donoghue's voorbeeld. Terry Rogers, een opzichtig uitgedoste figuur, likte aan zijn vingers en veegde het 8/1 uit. Hij schreef 10/1 naast The Queen of Spades. Mossie stapte gedecideerd op Terry Rogers af en gaf hem de rol bankbiljetten. De bookmaker viel bijna van zijn kistje in zijn haast de prijs uit te vegen. Onder grote opschudding probeerde Terry Rogers Mossies inzet te weigeren. Het nieuws ging als een lopend vuurtje rond. Er ontstond een stormloop op de bookmakers. Vrouwen en kinderen dreigden onder de voet te worden gelopen in het gedrang. Het was angstaanjagend. De bookmakers schreeuwden hun longen uit hun lijf, de beroepswedders maaiden als helikopters met hun armen, de gokkers vielen als stieren op de bookmakers aan om geld op de merrie te zetten. Er werd maar op één paard gewed. Haar côte daalde helemaal van 10/1 naar 2/1. Sommige bookmakers weigerden haar een côte te geven. Je kon gokken wat je wilde, maar niet op de merrie. Vlak voor de start kregen ze een nieuwe lawine geld te verwerken. Toen het lint omhoogging en de paarden vooruitsprongen, hoorde ik Frankie O'Donoghue schreeuwen:

'Ik geef zes tegen vier voor The Queen of Spades, twaalf tegen een de rest.'

Je kon haar niet missen, ze was gitzwart. De eerste anderhalve kilometer galoppeerde ze achteraan. Een kilometer voor de finish, in de bocht, zette ze de aanval in. Bij de paal voor de laatste zeshonderd meter begon de jockey de zweep te gebruiken. Bij de volgende paal was ze nog geen meter gevorderd. De armen van de jockey maalden als een windmolen. De noodsignalen leidden tot luid gekreun op de tribune. Terry Rogers gooide zijn hoed in de lucht en stiet een triomfkreet uit. Ik keek naar Mossie. Die leed vreselijk. Nog voor het eind van de race trok hij zijn kaartje uit zijn borstzak, scheurde het doormidden en smeet het op de grond. Ik zag de merrie tijdens de laatste tweehonderd meter terugzakken. Ze eindigde uiteindelijk op de voorlaatste plaats. Mossie had maar één commentaar.

'Iemand heeft 'r te grazen genomen. Een of andere klootzak heeft 'r te grazen genomen.'

De nederlaag van het paard veranderde Mossie. Hij keerde in zichzelf. Ik zag hoe hij zich lichamelijk afsloot, hoe hij ineenschrompelde alsof de zon niet langer voor hem scheen. Pa raasde tegen de wereld, Mossie raasde tegen zichzelf. Zwijgend liepen we terug naar het hotel. We gingen naar de eetzaal en bekeken het menu. Hij bestelde biefstuk voor mij en een groot glas whisky voor zichzelf. Ik had het menu al twintig keer gelezen toen de biefstuk kwam. Het leek wel een kleine koe. Ma zou er heel haar gezin mee gevoed hebben. Ik wou dat ze me zagen. Mijn tandvlees deed pijn van het kauwen. Halverwege zat ik al vol tot mijn strot. Ik zette door vanwege het geld. Ik wist dat ik deze lendebiefstuk nooit zou vergeten. Ruim een half pond rundvlees. De beste Ierse runderlappen. Jammer van het paard. The Queen of Spades. Een perfecte dag als ze gewonnen had.

'Ik heb geen geld voor 't hotel, ventje.'

Ik was dolblij dat hij iets zei. De eerste woorden in uren. Ik hield op met het menu lezen.

'Geeft niks, Mossie.'

Ik wist niet wat ik moest zeggen. Ik wist dat hij behoefte had aan troost. Hij had niet gegeten. Hij had al zijn geld verspeeld. Nu had hij behoefte aan praten.

'Heb je die vijf pond van mij nog?'

Wat dacht hij, dat ik ze op het paard vergokt had? Dat ik er roulette mee had gespeeld? Er lag een wanhopige uitdrukking op zijn gezicht.

'Je hebt 'r toch niks van uitgegeven, hè?'

Nu snapte ik het. Hij wilde het terug. Hij wilde de vijf pond terug. Het knisperende bruine paspoort naar mijn eerste gitaar.

'Ik ben blut, ventje.'

Ik kon zeggen dat ik het verloren had. Ik kon me oprichten en zeggen dat het mijn geld was. Ik heb het gewonnen. Het is van mij. Je blijft er af. Het staat op de bank. Ik kan er niet bij. Het is besproken. Ik heb het naar huis gestuurd. Ik wil het aan een liefdadige instelling geven. Ik heb nog maar één pond over. Betaal het hotel maar niet. We kunnen ervandoor gaan. Had je maar niet op dat paard moeten gokken. Niet met al je geld. Het groeit niet aan de bomen. Of op mijn rug. Ik ben God niet. We zijn niet in het Aardse Paradijs. Ik heb het niet meer.

Ik was vijftien jaar oud maar plotseling voelde ik me vijftig. Een vreselijk gevoel. Ik kon niet één van de volwassen woorden uit mijn mond krijgen. Mossie zat in de knoei en ik moest hem helpen. Ik was zijn enige toeverlaat. Waarom zou hij anders een beroep op mij doen?

'Je krijgt 't terug, ik wil 't alleen maar lenen.'

Dat gaf de doorslag. Ik trok het bankbiljet uit mijn zak en schoof het over de tafel naar Mossie. Hij pakte mijn gezicht tussen zijn handen en kuste mijn voorhoofd.

'Als ik 'n zoon had zou ik willen dat jij 't was.'

Ik ging naar bed met het fijne gevoel dat ik Mossie uit de diepste ellende verlost had. Midden in de nacht werd ik gewekt door een dof gebons op de muur. Het kwam uit Mossies kamer. Ik liep de gang op en keek door zijn sleutelgat. Hij zat rechtop en volledig gekleed op het bed. Hij bonkte met zijn achterhoofd tegen de muur.

'De moord met paarden. De moord met The Queen of Spades. De moord met Killarney. De moord met m'n zuster en d'r vent. De moord met Ierland en de Aga Khan. De moord met de Epsom Derby. De Franse Derby. De Ierse Derby. De moord met 't hele zootje. De moord met paardenrennen. En de moord met mezelf. Vooral met mezelf.'

Ik liep terug naar mijn kamer en luisterde naar het bonzen. Ik vroeg me af of pa thuis hetzelfde deed. Of ma. In gedachten nam ik het menu opnieuw door. Het gebonk nam af en ik viel in slaap en droomde van lendebiefstuk.

Op de terugweg leek het landschap veel minder mooi. Mossie was nog dronken van de vorige avond. Hij dronk uit een halfje whisky dat hij die morgen in Killarney gekocht had. Op de heenweg hadden we alleen maar aan kabouters en goud gedacht. Nu snoven we de vunzige lucht van de nederlaag in. Mossies ongeschoren gezicht paste precies bij onze stemming. Ik stond op om naar de wc te gaan.

'Ga je naar de bar?'

'Nee, naar de wc.'

Ik stond in het gangpad. Plotseling werd het donker. We reden door een tunnel. Een paar seconden later werd het weer licht.

'Wacht. Dan ga ik mee.'

Er waren twee toiletten. Een was bezet. Ik duwde de deur van het andere open en Mossie wrong zich achter me naar binnen. We moesten ons helemaal in de hoek drukken om de deur dicht te krijgen. Mossie deed het slot erop. Ik zette mijn handen tegen de muur en leunde boven de wc. Het wilde niet komen. Ik voelde Mossie achter me. Ik keek neer op mijn slappe penis en dwong hem te plassen. Ik keek naar het zilveren pedaal op de grond. Doorspoelen. Ik zette mijn voet erop. De wc spoelde door en de plas kwam. Wat een opluchting. Ik schudde de druppels eraf en maakte mijn gulp dicht. Toen ik me omdraaide zag ik Mossie in de wasbak plassen. Hij deed de kraan open en begon zijn handen te wassen. Hij pakte het kleine stukje zeep, vouwde zijn handen eromheen en liet het water door zijn vingers stromen. Een eindeloze straal plas met de kleur van whisky stroomde de wasbak in. Hij hield op.

'Schud 'm es voor me uit, ventje.'

Hij knikte naar zijn penis.

'Schud de druppels er es af.'

Ik had nog nooit andermans penis aangeraakt. Ik pakte hem vast. Ik schudde er een paar keer mee.

'Knijpen. Al die kwaaie druppels moeten eruit.'

Het ding was een stok geworden. Net als toen Mozes in *De Tien Geboden* bij de farao de slang in een staf veranderde. Ik wreef over de stok. Hij werd nog stijver.

'Harder. Harder. Alles moet eruit.'

Het was net of hij pijn had. Waarom wilde hij dat ik iets deed dat zeer deed? Ik liet los. Hij legde zijn ingezeepte handen om de mijne en hield ze vast. Ik wilde weg. Ik wilde in mijn eigen huis zijn, in bed. Mijn eigen kamer. Mijn eigen bed. Geen kostgangers. Geen broers. Geen zus. Alleen ma. Ma die op mijn voeteneinde zat terwijl ik sliep. Schone witte lakens onder mijn kin. Zachte kussens onder mijn hoofd. Geen gekreun. Geen geluid behalve het zingen van vogels. En mooie dromen. Ma's hand op mijn gezicht en mooie dromen. Ik kon hier niet blijven. Ik wist dat ik hier niet kon blijven. Ik greep naar het slot. Het zat vast. Ik sloeg erop met mijn vuist. Niets. Ik keek naar het bovenlicht. Mijn enige kans op ontsnapping. Ik zweefde ernaartoe en keek omlaag. Ik zag mezelf aan het slot trekken. Ik trok de verkeerde kant uit. Ik kroop door het bovenlicht en ging terug naar mijn plaats. Toen we van de wc terugkwamen, zat ik al. Mossie liep achter me. Mijn haar kleefde aan mijn voorhoofd. Ik baadde in het zweet. Ik had met mezelf te doen dat ik er zo verwilderd uitzag. De conducteur kwam de coupé in om de kaartjes te knippen. Hij bleef staan.

'Alles goed, jong?'

Ik zag mezelf Mossie aankijken. Ik zag mezelf de conducteur aankijken.

'Ik kon de wc niet open krijgen.'

'Verder alles goed?'

'Ja hoor.'

Natuurlijk was alles goed. In paniek raken omdat je de wc-deur niet open kon krijgen kon de beste overkomen. Het was voorbij. Achter de rug en voorbij. Voorgoed achter de rug en voorbij. Ik was op weg naar nummer 44. Platzak op weg naar huis. De sfeer zou beroerder zijn dan in het lijkenhuis. Er zou nog weken over de gebeurtenissen in Killarney nagekaart worden. Zo niet maanden. Zo niet eeuwig.

* * *

Ik kon pa niet aankijken. Hij had me aan Mossie overgedaan. Toen hij me inruilde voor Frankie had hij me op drift gezet. Me zonder instructies de wereld ingestuurd. Zijn hele leven had hij me briefjes laten rondbrengen. Toen het er echt op aankwam, toen ik zijn raad het hardst nodig had, liet hij me weerloos en alleen achter. Ik kon hem niet aankijken want ik haatte hem. Hij had me alleen maar hoeven inlichten, meer niet. Ik was de wereld ingetrokken en had uit alle hoeken van Dublin dingen voor hem gehaald, zonder mankeren, altijd volgens plan. Schoorstenen, gipsmortel, koperen buizen, kunstgebitten. Hij kon de parochianen van St.-Laurence O'Toole vertellen waar de verrassing-expres naartoe ging. Hij kende alle bestemmingen – Howth, Skerries, Mosney, Bray, Greystones en Arklow. Van de trein naar Killarney wist hij ook. Meer dan alleen de bestemming. Hij wist wat er onderweg gebeurde. Hij wist alles en er had niet één waarschuwing afgekund. Ik kon hem niet aankijken want het was te laat om te praten. Ik kon hem niet aankijken want ik zou nooit meer een woord tegen hem zeggen. Ik vermeed Mossie door vroeg naar bed te gaan. Daar zou Johnny me beschermen. Als hij bovenkwam, sliep ik meestal. Als ik nog wakker was, zei hij altijd:

'Truste, ventje.'

Er hing iets triests tussen ons. We klonken vals, net als het zingen in de kerk. Over Killarney, de trein of de vijf pond werd geen woord meer gerept. Alsof hij dacht dat alles weg zou gaan als hij het doodzweeg. Sommige dingen leken ook onwerkelijk. Niet het bankbiljet natuurlijk. Dat ik dat teruggegeven had was mijn grootste vergissing geweest. Toen ik hem dat overhandigde, verried ik mijn onschuld. Ik had moeten weigeren, dan was er misschien nooit iets gebeurd. Van nu af aan zou er ook niets meer gebeuren. Dat wist ik. Ik kende Mossie. Ik schaamde me dat ik het zover had laten komen. Mossie nam ik niets kwalijk. Pa was de schuldige. Hij was de boosdoener.

* * *

Catherine Griffin was bij het Marialegioen. Dat was één goede reden om lid te worden. Het legioen had iets met prostituees te maken. Dat was goede reden nummer twee. De derde reden was dat het een goede smoes was om het huis uit te komen. Sinds The Queen of Spades was de sfeer daar erger dan op 's maandagsmorgens in de hel. Reden nummer vier waren mijn dromen. Allemaal over slangen. Warme, slijmerige slangen die van het voeteneind van mijn bed omhoogkropen en recht in mijn achterste schoten. Om ze buiten te houden moest ik mijn billen tegen elkaar knijpen, zo hard als ik kon. Dat was zwaar werk. Als ik me ook maar even ontspande glipte zo'n rotbeest naar binnen en kroop mijn darmen in. Ze er weer uitkrijgen was een hels karwei. Soms wist ik zelf niet hoe ik het voor elkaar kreeg. Als ik door het lidmaatschap van het Marialegioen de Heilige Maagd aan mijn kant kreeg, zou ik dat niet weigeren. Als ik iets nodig had, klopte ik liever bij Maria aan dan bij Jezus. Net als bij pa en ma. Bij ma kon je altijd terecht. Bij pa moest je het juiste moment kiezen. Pa was een driftkop, net als Jezus. Die keer dat Jezus kwaad werd op Maria en zei dat hij zijn vaders zaken moest gaan behartigen – pa ten voeten uit. Alleen zou pa het mooier gezegd hebben. En dus wendde ik me in het uur van mijn nood met de slangen tot Maria.

Catherine was een jaar ouder dan ik en had al een vrouwenlichaam. Haar taille boog naar binnen en haar borst naar buiten. Haar haar was gitzwart en haar ogen waren donker, donkerbruin, waardoor ze net een indiaanse squaw leek, vooral als ze kwaad was. Ik wist dat ze lichamelijk volwassener was dan ik, maar gelukkig was ik tien centimeter langer. Dat gaf me iets meer zelfvertrouwen. Ze had een moedervlek onder haar kin met vier of vijf haren erop, dikker dan normaal haar. Dat was haar enige schoonheidsfoutje, en ik had geleerd mijn blik af te wenden zodra ik merkte dat ik ernaar keek.

Ik ging naar Griffin om mijn voornemen met Catherine te bespreken. Mevrouw Griffin sloofde zich vreselijk uit. Meneer Griffin moest zijn stoel uit. Een van de kinderen werd naar Sheriff Street gestuurd om koekjes te halen. De stiltes waren vreselijk. Ik deed mijn best om ze te vullen. Meneer Griffin vroeg me acht keer waar de verrassing-expres heen ging. Mevrouw Griffin antwoordde voor me dat ik dat niet wist. Ze vochten om de kleinste dingen. Ze waren het maar op één punt met elkaar eens. Dat pa het beste baantje in Dublin had – hij besliste waar de verrassing-expres 's zondags naartoe ging. Eindelijk kreeg ik de kans om Catherine naar het Marialegioen te vragen en of ik er ook bij mocht. Meneer en mevrouw Griffin lieten ons meteen alleen. Het was net de biecht. Eerwaarde Catherine, geef mij uw zegen want ik heb gezondigd, ik wil bij het legioen omdat ik op je geil. Het was gênant maar dat kon me niet schelen. Ik had een pact met Maria gesloten, ons aller moeder. Als ik Catherine kreeg zou ik haar dienen. Maria maakte het goed. Catherine zou van mij zijn, wat er ook gebeurde. Catherine legde uit wat het legioen als zijn taak beschouwde – Maria's werk in de wereld doen. Ze legde uit dat het op dezelfde manier georganiseerd was als het Romeinse leger. Een groep heette een presidium. Elk presidium leverde een veldslag. Een heleboel presidia bij elkaar vormden een curia. De curia voerde de oorlog. Alle curia's bij elkaar vormden het legioen en het legioen was onoverwinnelijk. Ik wilde er meteen bij. Ik wilde de eed afleggen en nog dezelfde dag bij een presidium horen. Ik wilde de wapenen opnemen voor Maria. Een schild. Een speer. Een zwaard. Ik raakte bezeten van vechtlust. Catherine moest me kalmeren. Rustig legde ze uit dat Maria werkt door het gebed. Ik sloeg meteen een kruis. Catherine dacht dat ik haar voor de gek hield en beschuldigde me van godslastering. Ik bezwoer haar dat ik onschuldig was maar ze stuurde me naar huis om te bidden.

Ik ging vroeg naar bed. In mijn slaap schopte ik zo wild om me heen dat Johnny een oplawaai in zijn rug kreeg. Ik spartelde alsof mijn benen van iemand anders waren.

Ma vroeg wat er aan de hand was. Ik zei dat ik belaagd werd door slangen. Dat ik ze weg wilde trappen en per ongeluk Johnny geraakt had. Pa zei dat iedereen dat soort dromen had en dat ik weer moest gaan slapen. Ma zag de slangen niet zitten. Slangen waren erger dan ratten, zei ze. Elke nacht over slangen dromen was niet gezond. Daar moest iets achter zitten. Bovendien brachten ze ongeluk. Ma vroeg me of er iets gebeurd was waarvan ik niets verteld had. Een kille schaduw kroop over mijn lichaam, van mijn hoofd tot mijn voeten. Ik kon het haar niet uitleggen. Ik kon opstijgen en wegzweven, dat wist ik, maar dat wilde ik niet.

'Ik kon de wc niet uit in de trein uit Killarney.'

'En wat deed je?'

'Op de deur bonzen. Een hele tijd. Niemand hoorde me en ik raakte in paniek.'

'Waar was Mossie?'

Ma keek me recht in de ogen. Ik wist zeker dat ze het wist. Net zoals ze altijd wist of je echt ziek was. Met liegen kwam je nergens bij ma. De toekomst van de kostgangers hing af van mijn antwoord. Hoe kon ik het huis afbreken? Het met de grond gelijkmaken? Als ik de waarheid vertelde, was het afgelopen met geld voor de bruine enveloppen voor school. Afgelopen met de late debatten met pa aan het hoofd van de tafel. Afgelopen met worstelen, flesjes op je hoofd, zingen, 'Frankie and Johnny', het grote raceboek. Ik had de macht aan dit alles een eind te maken of het in stand te houden. Ik kon me gedragen als een volwassene of als een kind.

'Waarom kwam Mossie je niet halen?'

'Ik ben geen kind meer, ma. Hij zat in de restauratie een borrel te drinken.'

Op dat moment wist ik dat ik mijn geheim nooit aan een levende ziel zou verklappen. Dat was mijn toegangsprijs tot de volwassen wereld en ik betaalde hem met plezier.

* * *

Mijn leven als legionair begon slecht. De presidiumbijeenkomsten vonden plaats in de sacristie van de kerk. Ik liep met Catherine mee maar werd op de drempel tegengehouden door een nors ogende vrouw in een groen gebreid vest die naar een deur aan de overkant van de gang wees.

'Daar is de jongensbijeenkomst.'

Het Marialegioen was opgericht in de Monto. De Monto was een beroemde rosse buurt die in heel Europa bekend was. Het legioen organiseerde een kruistocht van de katholieke kathedraal naar de bordelen. Elk portiek van elk huis van zonde werd met wijwater besprenkeld. In één avond was het gebeurd en sloot de Monto voorgoed zijn deuren. Het viel me vreselijk tegen dat ik me had aangesloten bij een leger dat Dublin van zijn bordelen verlost had.

Ik probeerde iets terug te krijgen voor mijn moeite. Ik bad Maria mij rustige dromen te geven en de slangen te verjagen. Op de avond voor een wedstrijd bad ik ook altijd, net als wanneer ik een strafschop moest nemen. Toen ik opkeek, zag ik het ordeteken van het legioen terugkijken. Elk leger heeft zijn ordeteken. Het onze was Maria de Moeder van God. Boven haar hoofd hing een adelaar en onder haar voeten lag een wereldbol. Tussen de wereld en haar blote voeten lag het gemangelde lijf van een stervende slang. Ze verpletterde hem. Haar greep was even straf als mijn sluitspieren. Maria glimlachte om haar overwinning. Ik wist precies wat ze voelde en ik wist precies wat de slang betekende. Ik wist waarom ik hiernaartoe geleid was. Ik moest me overgeven aan Maria om over de slangen te zegevieren. Ik had mijn roeping gevonden. Ik was ingelijfd in een geheim leger. Niet de IRA, maar een leger gebaseerd op gebed. Ik zou de voetsoldaat zijn van Maria, de verpletteraarster van slangen.

Ik werd een modellegionair. Het werk van ons presidium bestond grotendeels uit het bezorgen van de katholieke bladen – de *Universe*, *Catholic Standard* en *Catholic Herald*. De parochie was verdeeld in vier rondes. Binnen enkele weken kende ik alle huizen in alle vier de wijken. Ik praatte met mijn klanten om het werk van het legioen te verspreiden. Ik deed dat zo geestdriftig dat veel oudere mensen me fooien gaven. Ik werd tot penningmeester van het presidium gekozen, wat inhield dat ik over de financiën ging. Ik betaalde Veritas House, dat de kranten leverde, en op de presidiumbijeenkomsten gaf ik het financieel verslag.

's Avonds bad ik tot Maria. Ik zag haar voet op de slang en dacht aan stopverf. Of slijm. Zo ging het tot de nacht dat de slang hard werd. Ik werd wakker met mijn penis zo stijf als een stok. Mijn enige redding was Catherine. Als ik aan haar dacht werd hij ook hard, maar dan voelde ik me niet zo schuldig omdat zij een meisje was en niet de moeder van God. Ik wist niet goed wat er zou gebeuren als ik haar werkelijk kuste. Of haar borsten tegen mijn borst voelde. Of als mijn hand de zwarte kousen aanraakte die ze in bakkerij Kylemore droeg. Zou ik verlost worden als ik onder haar charmes bezweek?

Zou ik bij haar meer succes hebben dan bij Onze Lieve Vrouwe?

Ik was bij het legioen gegaan om dichter bij Catherine te zijn, maar de afstand was alleen maar gegroeid. Als ik op weg naar Veritas House voor de afrekening voorbij haar winkel kwam, stak ik altijd even mijn hoofd door de deur om haar te groeten. Na een vreselijke nacht met de slangen ging ik naar binnen. Mijn zak puilde uit van het geld en ik had de overgebleven kranten onder mijn arm. Ik was vast van plan haar mee uit te vragen. Ik liep regelrecht naar de toonbank en wachtte op mijn beurt. Ze kwam naar me toe en groette me. Ik haalde diep adem en deed mijn mond open. Er kwam niets uit. Ze vroeg me wat ik wilde.

'Een roomsoes.'

Ik stak mijn hand in mijn zak en haalde er sixpence uit. Ik nam de roomsoes aan en nam zo snel mogelijk de benen. Pas bij Veritas House realiseerde ik me dat ik van het krantengeld betaald had. Bij het afrekenen loog ik over het aantal kranten. Hij telde ze niet eens. Het leugentje had me een gratis gebakje opgeleverd. Het werd een vast onderdeel van mijn week. Op een middag stond ik in de winkel en had net een hap uit een vruchtenpunt genomen toen Catherine me over de talentenjacht vertelde. Ik verslikte me in het nieuws en Catherine moest vanachter de toonbank komen en met haar vuist op mijn rug slaan. Ik was nog nooit zo dicht bij haar geweest. Ik dronk drie glazen water om weg te spoelen wat er niet was.

Ik liep bakkerij Kylemore uit met een paddestoel in mijn hoofd die snel tot een plan uitgroeide. Ik liep naar Veritas House maar mijn voeten weigerden naar binnen te gaan. Ik keek naar de bijbels in het raam en voelde de bundel geld in mijn zak. Ik draaide me om en begon te rennen. Ik sloeg rechtsaf O'Connell Street in, rende die helemaal uit tot Parnell Square en holde de heuvel op en bij Walton naar binnen, waar ik vier pond en tien shilling op de toonbank legde en naar de gitaar met de witte emaildiamanten op de hals wees. De winkelbediende nam hem van de haak en stak hem me toe. Mijn eigendom. Het lang verwachte wonder. Mijn gitaar. Ik wilde zo snel mogelijk aan het oefenen. 'She'll Be Coming Round The Mountain', het enige liedje dat ik kon spelen. Ik moest het perfect in mijn vingers hebben voor de talentenjacht. Als ik won zou Catherine van mij zijn. Ze kon onmogelijk weigeren met me uit te gaan als ik me ontpopte als de meest begaafde legionair in Maria's leger.

Ik oefende tot mijn vingers bloedden. Ma kwam naar boven en vroeg me waar de gitaar vandaan kwam.

'Bij Walton gekocht.'

'Wie heeft 'm betaald?'

''t Marialegioen.'

'O. Da's mooi.'

Ma was honderd procent tevreden. Als ik geprobeerd had te liegen zou ik mezelf verraden hebben. Ik sprak de waarheid en ze knipperde niet eens met haar ogen. De gitaar was het eigendom van het Marialegioen. Na de talentenjacht zou ik hem verkopen en het geld teruggeven. Tenzij ik in de tussentijd een beter plan had bedacht.

Ik stond voor de spiegel.

'Ik ben Elvis Presley, jij bent Elvis Presley niet.'

Ik zag er goed uit. Ik streek hard langs de snaren. Het plectrum viel in het gat. Ik deed er een kwartier over om het eruit te vissen. Ik verspilde kostbare oefentijd. Ik ging op de rand van het bed zitten en oefende de akkoorden zonder naar mijn vingers te kijken. Ik begon ze al aardig onder de knie te krijgen. Het was allemaal een kwestie van ritme. Van coördinatie tussen linker- en rechterhand. Ik dacht aan Andy's advies. Luister naar je hartslag. De reden van mijn fanatisme was zijn zuster. Als ik de talentenjacht won en met haar trouwde, zou Andy mijn zwager worden. Dat leek me een volmaakte afloop.

Ai-ai jippie-jippie-jee
Singing ai-ai jippie-jippie-jee.

De woorden begonnen me tegen te staan. Wat betekenden ze? Ze deden aan de hoefslagen van een paard denken maar ze sloegen nergens op. 'She'll be coming round the mountain when she comes.' Nogal wiedes. Het was kinderachtig, maar ik kende van geen enkel ander liedje de akkoorden. Ik speelde het nog een keer. Omhoog en omlaag over de snaren. Ik hield het plectrum stevig vast. Halverwege het tweede couplet klopte Noel Dargan op de deur en kwam binnen. Hij was in zijn pyjama. Ik kon zijn schaamhaar door zijn gulp zien puilen. Ik wendde mijn blik af.

'Ga je dat liedje nog 'n keer spelen?'

'Nee.'

Hij krabde aan zijn hoofd en wreef in zijn ogen. Ik zag dat zijn haar in de war was. Ik had hem wakker gemaakt.

'Ik kan niet bidden als je dat speelt.'

'Ik ben klaar.'

Ik pakte de gitaar en ging naar beneden. Het huis baadde in rust. Liam Dargan en Mahony zaten te kaarten in de eetkamer. Mossie zat in de voorkamer naar oude 78-toerenplaten te luisteren. Shea, Ita, Johnny en Frankie keken tv in de keuken. Ze wilden allemaal mijn gitaar uitproberen. Frankie probeerde hem uit mijn handen te trekken. Ik duwde hem weg.

'Hij is van 't Marialegojoen, hij is niet eens van jou.'

Ik wist wat de kleine snotaap bedoelde. Ik keurde hem geen antwoord waardig en beperkte me ertoe zover mogelijk mijn tong uit te steken. Ik ging naar de garage, pakte de sleutel van kapelaan Ivers' auto van de spijker boven de deur en oefende op de passagiersstoel van de glanzende zwarte Volkswagen. Ik oefende tot ze zesendertig keer om de berg gekomen was.

Ik droomde van witte paarden. Die hielden de slangen van me af. Dat deden ze met beheerste trappen. Lichte schokken.

Ik werd wakker. Mijn benen spartelden, maar minder dan voorheen. Ik had Johnny niet wakker gemaakt. Shea sliep in Mahony's oude bed en Mahony sliep nu alleen in de voorkamer beneden. Mossie lag in het bed in de hoek, ronkend als altijd. Het was licht buiten. Ik besloot op te staan en in de garage te gaan oefenen. Ik schoot mijn kleren aan en pakte mijn gitaar. Ik liep de deur uit en de trap af. Halverwege hoorde ik Noel Dargans slaapkamerdeur opengaan. Ik bleef staan. Even later liep er een vrouw voor me langs, gevolgd door Noel Dargan. Toen de vrouw me zag, sloeg ze een hand voor haar mond.

'Jezus, Maria en Jozef.'

Het was mevrouw Power. Ze was getrouwd met Christy Power. De man met de gouden pik. Ze was bij Noel Dargan. De man met het tachtig centimeter lange litteken. Ze stonden bedremmeld op het tussenbordes voor onze badkamer. Ze gaf hem een por in zijn zij. Hij stak zijn hand in zijn zak en haalde er een halve kroon uit. Die gaf hij aan mij. Ik weigerde. Hij pakte mijn hand en duwde de munt erin. Ze liepen op hun tenen voor me de trap af. Geruisloos trok hij de voordeur open en liet haar gaan.

'Mondje dicht tegen iedereen.'

Ik liep verder naar de garage. Ik ging in de Volkswagen zitten. Ik kon wat ik zojuist gezien had niet uit mijn hoofd zetten. Noel Dargan had een vrouw uit de flats in ons huis. Een getrouwde vrouw. Haar kinderen speelden op de speelplaats. Haar man zong potpourri's in de Liverpool Bar. Soms nodigde hij pa uit om te zingen. Zijn vrouw sliep onder ons dak. Ze zat naast ma in de kerk. Ze ging te communie. Wat deed ze in Noel Dargans slaapkamer? Sinds zijn bekering ging hij vrijwel elke avond vroeg naar bed. In mijn gedachten zag ik hem voor zijn bed geknield de rozenkrans bidden. Mevrouw Power knielde tegenover hem en antwoordde. Het klopte niet. Hij bracht haar niet naar zijn kamer om hem te helpen bidden. Hij zou me geen halve kroon gegeven hebben als hij niet iets deed wat niet deugde. Ik zag ze op het bed liggen. Dat klopte meteen. Een afschuwelijk idee. Ik probeerde mijn gitaar te stemmen. Ik moest zo aan hen denken dat ik de noten niet hoorde. Plotseling dacht ik aan Liam Dargan. Wat deed die als zijn broer en mevrouw Power op het bed lagen? Draaide hij zich naar de muur? Kroop hij onder de dekens? Begluurde hij ze met een spiegeltje? Hij zou toch niet ook met haar mogen? Het was uitgesloten dat Noel Dargan mevrouw Power met zijn magere broertje deelde. Broers deelden dat soort dingen niet met elkaar. Ik deelde mijn gitaar met niemand. Die was van mij. Kon ik er verdorie maar op spelen. Iets anders dan 'She'll Be Coming Round The Mountain'. Het leek zo banaal na wat er gebeurd was. Ik hield op met oefenen en liep naar Mahony's kamer. Toen ik binnenkwam, lag hij al naar me te kijken. Ik vertelde hem wat ik zojuist gezien had. Hij hield de bril omhoog die Noel Dargan voor hem gekocht had.

'De prijs van mijn stilzwijgen.'

Ik liet hem de halve kroon zien.

'De prijs van het mijne.'

Mahony grinnikte. Hij zei dat Noel Dargan en mevrouw Power getrouwd waren. Niet voor de kerk, maar onder het zeerecht. Ze hadden de boot naar Liverpool genomen. Halverwege de Ierse Zee had de kapitein, een vriend van Noel Dargan uit zijn legertijd, ze geheel volgens de regels in de echt verbonden. Als gevolg daarvan mochten ze als man en vrouw samenleven. Het huwelijk moest in het geheim voltrokken worden omdat ma en pa zeker bezwaar gemaakt zouden hebben. Het zag ernaar uit dat hun geheime leven niet lang meer geheim zou blijven.

* * *

De talentenjacht vond plaats in een zaal achter in een groot huis met een Romeinse naam boven de deur – Regina Coeli. Presidia uit heel Dublin zaten aan twee lange tafels aan weerszijden van de zaal. Alles was Maria-blauw. Kopjes, schoteltjes, borden, tafelkleden en ballonnen. Voor in de zaal was een platform met podiumaspiraties. Het bevatte een gigantisch beeld van Onze Lieve Vrouwe met onder haar voeten de lelijkste slang die ik ooit gezien had. Voor het beeld stond een tafel met een wit tafelkleed. Op de voorkant stonden in blauwe letters de woorden Legio Mariae. Op de tafel stond een zilveren beker, geflankeerd door twee kleinere. Hij was kleiner dan de voetbalbeker maar blonk meer. Op het voetstuk van de beker zat een zilveren strookje. Ik zag er mijn naam nu al opstaan. Ik keek de zaal rond om te zien waar de concurrentie vandaan moest komen. Ik zag niets.

Catherine kwam de tafels langs met een theepot. Iedereen kende haar. Iedereen mocht haar. Vooral de jongens. Die hadden bijna allemaal een oogje op haar. Maar ze zouden haar niet krijgen. Zodra ik de zilveren beker gewonnen had, zou ze van mij zijn. Ik hield mijn kopje op voor meer thee.

'Broeder Savage wil je spreken, in het huis.'

Dat was de leider van ons presidium. Ondanks zijn naam was hij een vriendelijke, zachtaardige man die bloosde als er een vrouw in zijn buurt kwam. Zijn rechterwenkbrauw trilde als een razende. Dat gebeurde altijd als hij van streek was. Toen ik dichterbij kwam, zag ik dat hij de horlepiep danste.

'Ik heb een schrijven van Veritas House gekregen.'

Hij trok een brief uit zijn binnenzak. Hij las hem voor. Onze rekening stond al een hele tijd open en bovendien strookten de cijfers niet met mijn financieel verslag op de presidiumbijeenkomst. Hij wilde weten hoe het kwam dat we vijf pond achterstallig waren.

'Die ben ik vergeten in te leveren. Het geld ligt thuis.'

Zijn wenkbrauw koos bijna het luchtruim.

‘Geef het maar aan mij, dan zal ik het gaan brengen.’

‘Vertrouwt u me soms niet? Is dat het probleem?’

Hij haatte confrontaties. Broeder Savage kende maar één oplossing voor alle problemen ter wereld: bidden. Met bidden zou de rekening niet betaald worden. Dat wist hij en dat wist ik ook.

‘Ik was van plan je van de talentenjacht uit te sluiten als het waar was.’

Als broeder Savage de leiding over het Aardse Paradijs had gehad zouden Adam en Eva er met een waarschuwing van afgekomen zijn. Ik was bij het legioen gegaan in de hoop een prostituee te ontmoeten. Broeder Savage was lid geworden om dat te voorkomen. Ik had geleerd geheimen te hebben. Hij zou de waarheid nooit loskrijgen. Niemand zou me ervan weerhouden een gooi naar de beker te doen. Niemand van vlees en bloed.

Er waren drie voordrachten, twee Ierse dansers, een goochelaar die alles uit zijn handen liet vallen en een conferencier die al zijn grapjes door elkaar haalde. De zaal applaudisseerde toen ik op het podium verscheen. Ik ging op een stoel zitten en begon mijn gitaar te stemmen. De mensen begonnen te praten. Toen ik klaar was, speelde ik een C en de zaal werd stil. Ik hield de noot in mijn hoofd en begon te zingen. Alle akkoordwisselingen in het eerste couplet gingen foutloos. Zodra ik bij het refrein kwam, begonnen alle volwassenen in de zaal mee te klappen en te zingen. Iedereen klapte in een ander ritme. Wisten ze niet hoeveel moeite het me kostte om in de maat te blijven? Ik raakte in de war. Mijn rechterhand ging volkomen de mist in. Op de een of andere manier wist ik het refrein door te komen. Toen ik het tweede couplet wilde inzetten, zat broeder Savage achter in de zaal nog steeds te klappen en te zingen:

‘Ai-ai jippie-jippie-jee...’

Ik moest wachten tot hij klaar was, voordat ik verder kon. Het duurde even voordat het tweede couplet op gang kwam.

'She'll be riding six white horses when she comes…'

Zodra het refrein begon, barstte de zaal opnieuw los in uitbundig gezang en geklap. Ik kon mezelf niet eens meer horen. Ik zwoegde door tot het eind. Toen ik klaar was, stond ik op en maakte een buiging. Ze juichten en stampten. Ik was zo opgelucht dat ik vergat te kijken waar Catherine zat. De ceremoniemeester, broeder Rickard, vroeg de zaal of ze een toegift wilden van de jongeman met de gitaar. Ik kon wel door de grond gaan. Ik kende maar één liedje.

'Meer... meer...'

Ik vluchtte naar achteren en verstopte me. Ze riepen nog steeds om meer toen een groepje jongens in mouwloze T-shirts de zaal binnenkwam. Ze konden zo van een strand in Californië zijn weggelopen. Twee van hen hadden een elektrische gitaar bij zich, de derde droeg een microfoon en de vierde sjouwde een trommel en een standaard mee. Ze hadden allemaal dezelfde broeken met bijpassende schoenen. Dit was duidelijk een groep. Alles was op elkaar afgestemd. Hun huid was goudbruin. Armen, nek en gezicht de kleur van de zon. Het mooiste bruin dat ik ooit gezien had. Ze konden wel uit Hawaii komen. In werkelijkheid zaten ze in een presidium in Castleknock. Het was een playbackgroep die zich The Blue Tones of Mary noemde. Ze zagen er professioneel uit. Toen ze op het podium stapten, wisten ze meteen waar ze moesten gaan staan. De drummer zette de plaat op en de zanger greep met zwierige uithaal naar de microfoon. Vanaf de eerste seconde bewogen zijn lippen precies synchroon met de plaat.

It was a moonlit night in old Mexico. I walked alone between some old adobe haciendas, when suddenly, I heard the plaintive cry of a young Mexican maid.

De drummer sprong van zijn kruk, sloeg een hoofddoek om en jankte naar de hemel als een Mexicaanse deerne.

'La la la la…'

De andere drie staken theatraal hun handen naar hem uit. Hij jankte opnieuw.

La la la la la la la la...
La la la la la la la la...
La la la la la la la la...

Ze sprongen allemaal tegelijkertijd de lucht in en kwamen neer op de eerste maat van het liedje.

You'd better come home Speedy Gonzales
Away from Tannery Road
Stop all of your drinking,
With that floozy named Flo.

Het was perfect. Elke beweging, elk stapje, elke samenzang, elk krullen van de lippen, elke drumroffel, elke noot, elk akkoord, elk tikje, elk woord, elk fronsje, elke Mexicaanse grijns.

Hey Rosita, I have to go shopping down town for my mother.
She needs some tortillas and chilli peppers.

Ik wist dat ik mijn liedje nooit meer zou spelen. Mijn repertoire was tot nul gereduceerd. 'Speedy Gonzales'. Pat Boone. Dit was pas echte muziek. Rock-'n-roll. De zaal stond op zijn kop. Ik zag twee meisjes als tollen om elkaar heen wervelen. Ik zag een ander meisje tussen de benen van een jongen door glijden en er aan de andere kant uitkomen. The Blue Tones of Mary hadden iets ontketend en leken zelf in een roes gebracht te zijn door wat ze ontketend hadden. Het was net of de muziek steeds sneller en harder werd.

The Blue Tones of Mary gaven vier toegiften. De ene nog beter dan de andere. Ik was herboren in het legioengebouw.

Dat was veel belangrijker dan de beker winnen. Hij was ook veel kleiner dan de voetbalbeker. En eerlijk gezegd blonk hij minder ook. Ik had mezelf gewoon voor de gek gehouden.

De hele busrit naar huis vroeg Catherine of ze hem mocht zien. Ik haalde de beker uit mijn zak en gaf hem aan haar. Ze was vol lof voor mijn tweede plaats. Ik zei dat ze hem mocht houden. Daar wilde ze niet van horen. Ik zei dat hij me aan dode muziek deed denken. Ze vroeg om uitleg. Ik deed mijn best maar het lukte niet. Ze zei dat ik jaloers was.

'Ben je jaloers op hun bruine huid?'

Mijn brein was te verdwaasd om haar vraag te begrijpen.

'Ik ben niet jaloers op hun bruine huid.'

'Het is gewoon Tanfastic, uit een flesje, meer niet.'

Het was elf uur geweest toen we bij nummer 44 kwamen. Bij het hek bleef ik staan en zei welterusten.

'Breng je me niet naar huis?'

Er lag een smekende blik in haar ogen. Dat verbaasde me.

'Eerst even mijn gitaar naar binnen gooien.'

Ik belde aan en Mahony deed open.

'Heb je gewonnen?'

'Tweede.'

'Klootzakken. Weten zij veel.'

Ik bracht Catherine naar de flats. Beneden aan hun trap bleef ze staan. Ik voelde me opgelaten. Vooral mijn handen zaten me in de weg. Ze zei iets over de talentenjacht. Ik kon alleen maar aan mijn volgende stap denken. Het was alles of niets. Geen tijd om te oefenen. Ik leunde tegen de muur. Ik bracht mijn voet omhoog zodat mijn knie naar voren stak. Ik bedankte Catherine dat ze me bij het Marialegioen geïntroduceerd had. Ik wist meteen dat ik iets verkeerd had gezegd. Ik probeerde iets anders te bedenken. Het enige dat in me opkwam was bakkerij Kylemore.

'Je uniform, vind je dat mooi?'

''t Gaat.'

'En die zwarte kousen?'

'Wat is daarmee?'

'Of je die mooi vindt?'

'Gaat wel.'

'Zou je liever een andere kleur hebben?'

'Ik moet naar binnen.'

'Ja. Welterusten dan.'

'Wil je me geen nachtzoen geven?'

Het leek een hele tijd te duren voordat mijn lippen de hare gevonden hadden. Toen het eenmaal zover was, wist ik weer niet waar ik met mijn handen moest blijven. Ik legde ze op haar heupen. Dat was te ver uit elkaar voor mijn gevoel. Ik liet ze onder op haar rug glijden. Ik wist niet precies hoe lang ik mijn lippen op de hare moest houden. Ik keek naar haar. Ze zag er knap uit. In de bakkerij leek ze soms lelijk. Bleek en bezweet. Vanavond had ze make-up en parfum gebruikt. Ik was dol op make-up. Lippenstift en poeder en oogschaduw. Poederdonsjes tegen de huid. Net babyhaar. Onder de neus en langs de bovenlip.

Haar lippenstift was roze. Ik kon hem voelen op mijn lippen. Een tikje kleverig. Ik vond het heerlijk, dat tikje kleverigheid. Aaneen gekleefde lippen. Ik boog naar voren en zette mijn lippen weer op de hare. Ik probeerde ze uit elkaar te duwen. Ik liet mijn rechterhand omlaagglijden en trok haar naar me toe. Mijn penis werd stijf. Ze pakte mijn hand en legde die terug waar hij vandaan kwam. Ze trok zich los en zei welterusten. Ik trok mijn handen terug en ze rende weg, de trap op. Ik bleef haar nakijken tot ze uit het zicht was verdwenen. Ik wist niet zeker of mijn penis haar had afgeschrikt. Ik vond het opwindend. Zoals hij ging staan. In de houding, zoals een goede soldaat. Een soldaat in Catherine's leger. Gehoor gevend aan al haar bevelen. De hele weg terug naar huis likte ik aan haar lippenstift. Ik likte de lippenstift af en slikte hem grondig door. Haar smaak ging helemaal bij me naar binnen. Ik sleepte mezelf naar huis, gleed mijn bed in en viel in een betoverde slaap.

* * *

Mossie zat aan de keukentafel met zijn zware bruine overjas aan. Hij deed drie scheppen suiker in zijn thee en maakte een kolk met het lepeltje. Hij boog zich voorover en blies in de bruine vloeistof. Daarna tilde hij het kopje op, slurpte de thee naar binnen en slikte hem door. Hij maakte meer lawaai dan de wascombinatie.

Ma maakte boterhammen voor hem in de bijkeuken. Ze had gehuild. Mossie was haar lieveling en nu nam hij de boot naar Engeland. Plotseling en onverwacht. Ik vroeg me af of hij ging vanwege mij. Had hij spijt van het voorval in de trein? Was hij bang dat het opnieuw zou gebeuren? Sinds Killarney had hij zich niet meer aan me opgedrongen. Er was één klein incident geweest. Toen ik de trap opliep terwijl hij naar beneden kwam. Hij bleef staan om me te laten passeren. Mijn buik wreef langs de zijne. Ik voelde even zijn gewicht. Hij ademde in en duwde zich tegen me aan maar ik glipte voorbij. Ik vroeg me af wat er 's nachts door zijn hoofd ging als hij in de hoek lag met mij binnen handbereik. Moest hij zichzelf bedwingen? Wat zou er gebeuren als hij me alleen aantrof, zonder Johnny om me te beschermen? Of wilde hij juist dat alles weer werd zoals vóór de treinreis. Wat voor kosthuis zou hij in Engeland vinden? Zou er iemand zijn om mijn plaats in te nemen? Zou die iemand sterker zijn dan ik? Ik zou hem waarschijnlijk nooit ontmoeten maar ik wist hoe hij zich zou voelen. Bij de voordeur gaf ik Mossie een hand. Ik dacht aan de avond dat hij daar voor het eerst stond, samen met de andere verdoolde zielen. Hoe ze allemaal hadden mogen blijven omdat ma ze niet kon weigeren. Ik betreurde de rol die ik gespeeld had bij Mossies vertrek. Hij was nog steeds mijn favoriet. Als ik niet te jong was geweest om te weten wat ik moest doen had hij misschien nooit hoeven weggaan. Het was allemaal aan mijn stommiteit te wijten. Die had me opgezadeld met een geheim dat even zwaar en echt was als de koffer in Mossies hand. Ik zou nooit de kans krijgen hem neer te zetten.

Die avond vond ik een witte envelop met mijn naam erop onder mijn kussen. Er zat een kaart in. Toen ik de kaart openvouwde, fladderde er een knisperend nieuw bruin biljet van vijf pond op het bed. Op de kaart stond alleen maar:

'Het beste, ventje, van Mossie.'

8

1966

Toen ma de beker voor de tweede plaats onder in de klerenkast tussen de stinkende sokken vond, gaf ze me een draai om mijn oren. Ze was dol op trofeeën. Prijzen, medailles en vooral bekers. Al het zilverwerk dat het huis binnenkwam kreeg een plaatsje op het dressoir in de eetkamer. Boven het dressoir hing een bord met haakjes. Door pa persoonlijk uitgezaagd. Het was nogal kartelig uitgevallen omdat hij een botte zaag gebruikt had. Die had hij als kind in een timmermansdoos gekregen en altijd bewaard. Voor het fijnere timmerwerk. Het metaal was zacht en boog dubbel als je er hardhout mee zaagde. Ik had hem naar Zaagslijperij Shaw in Talbot Street gebracht, maar die weigerden er iets mee te doen. Shaw zelf adviseerde me het ding naar het Nationaal Museum in Kildare Street te brengen omdat het best uit het bronzen tijdperk kon stammen. Toen ik er weer mee thuiskwam, vroeg pa wie me geholpen had. Shaw, zei ik. Hij sloeg zijn ogen ten hemel.

'Die vent eet, pist en schijt en nog weet-ie amper dat-ie leeft.'

Vanaf die tijd was het altijd Strontslijperij Shaw.

Pa zaagde het bord er toch mee uit. Kartelig maar artistiek. Bovenaan schilderde hij in groene letters 'medailles 1ste 2de 3de en andere', waarna hij het geheel een vernisje gaf. Het bord droop van de medailles. Voetbal, schoolexamens, godsdienst, Iers dansen, sportdagen, boksen, jojokampioenschappen, voordragen en zwemmen. Er ontbrak er niet één. De prestaties van ma's kinderen, allemaal even hooglijk gewaardeerd en bewaard voor het nageslacht. Bekers waren veel schaarser dan medailles en kregen een plaats op het dressoir. Ita's zwembeker was de grootste, hoewel ze de kleinste deelneemster in Ierland was. Ma zette de legioenbeker ervoor. Als ze niet keek, schoof ik hem erachter. Telkens als ik de eetkamer binnenkwam stond hij er weer voor. Ik gaf mijn pogingen op en liet hem voortaan staan.

Shea begon me anders te bejegenen. Niet vanwege de beker. Hij had een mondharmonicamedaille op het bord hangen. Het had meer te maken met *Top of the Pops* dan met het Marialegioen. Op een avond wilde hij dat ik mee naar de slaapkamer ging. Hij gaf me de gitaar en vroeg me iets te spelen. Wat, vroeg ik.

'Het liedje waar je de beker mee gewonnen hebt.'

'Da's waardeloos.'

'Dat weet ik wel, maar speel 't toch maar.'

Ik speelde het C-akkoord. Perfect. Shea was diep onder de indruk. Dat wist ik omdat hij me geen aanwijzingen gaf. Ik speelde het eerste couplet en het refrein. Shea legde zijn hand op de snaren.

'Je zou andere liedjes kunnen spelen met dezelfde...'

'Akkoorden.'

'Akkoorden.'

Dat was waar, alleen kende ik geen enkel ander liedje. Ik kende 'Speedy Gonzales'. Ik wist dat het geplaybackt kon worden. Dat zei ik tegen Shea.

'Ach wat, Pat Boone. Die ouwe zak.'

Ik was geschokt door deze aanslag op Pat Boones goede naam. Shea was niet bij de talentenjacht in Regina Coeli House geweest. Ik zei dat hij uit zijn nek zwetste en dat hij terug moest komen als hij 'Speedy Gonzales' op de gitaar kon spelen. Hij zei dat Pat Boone uit een film met Marilyn Monroe was weggelopen omdat hij haar moest kussen en hij dat niet mocht omdat hij getrouwd was.

'De ouwe zak.'

'Toch is "Speedy Gonzales" een goed nummer.'

'Niet zo goed als dit. Luister.'

Shea schraapte zijn keel en zette zijn gezicht op agressief. Hij wees naar me en schreeuwde in mijn gezicht:

I'm gonna tell you how it's gonna be
You're gonna give your love to me.

Ik dacht dat hij ruzie zocht. Hij beukte op de snaren van mijn gitaar alsof hij ze wilde breken. Ik liet hem schielijk los. Hij nam hem over.

Love can last more than a day
Love a love not fade away.

Hij ramde vier keer op de snaren. Eén snaar brak en striemde zijn gezicht. Zo te zien recht in zijn oog. Hij greep ernaar met zijn hand.

'Ging-ie in je oog?'

'De moord met mijn oog. Wat vond je van de song?'

'Ik wist niet dat het 'n song was. Ik dacht dat je kwaad op me was.'

'Het is 'n song. Zelf geschreven.'

Ik was trotser op dat nummer dan ma op alle bekers en medailles. Mijn oudste broer had een song geschreven. Hij was pas achttien. Ik liet het hem nog twintig keer zingen en probeerde mijn drie akkoorden erop uit. Aan het eind van de avond waren we een duo. Een duo met ons eigen nummer. 'Not Fade Away'. Reken maar van niet.

* * *

Kapelaan Paul Cobb was even knap als een filmster en geurde naar Old Spice-aftershave. Alle meisjes van de Laurence O'Toole-parochie kwamen naar de kerk als hij 's zondags de mis opdroeg. We noemden hem kapelaan Paul in plaats van kapelaan Cobb, wat we niet oneerbiedig vonden omdat hij lang haar had en Brylcreem gebruikte. Zijn vader was een advocaat met een koperen plaat in de buurt van Fitzwilliam Square, COBB EN ZOON, op een antieke deur. Kapelaan Paul was zijn enige kind en zou niet in zijn vaders voetsporen treden, dus dat 'EN ZOON' was overbodig. Volgens Catherine Griffin was hij het evenbeeld van Gregory Peck. Mahony hield het meer op Gary Cooper, maar op wie hij ook leek, hij was de lieveling van onze kerk. Alle deftige bruiloften wilden kapelaan Paul en hij officieerde alsof híj de grote attractie was, wat in zekere zin ook klopte. De meeste vrouwen die hij in de echt verbond, zouden het liefst met hem getrouwd zijn. Hij koesterde zich schaamteloos in al die aandacht, maar op een afstandelijke manier. Zeker, hij was vereerd, maar hij stond erboven. Net als Jezus vond hij vrouwen onbelangrijk. Samen met zijn onbeschikbaarheid maakte hem dat onweerstaanbaar. Hij zette nooit voet in de flats en beperkte zich strikt tot de deftige huizen aan de overkant van Seville Place. Daar at hij 's zondags zijn middag- en avondeten. Soms zag ik hem in de kleine uurtjes van maandagmorgen de straat oversteken naar de pastorie, waar hij woonde maar weinig tijd doorbracht.

Tijdens het avondeten werd er gebeld. Perry Mason was op de tv. Het bellen hield een hele poos aan en ging over in kloppen.

'Da's 't klopje van 'n politieagent.'

Ma keek naar pa, die zijn ogen niet van de advocaat op de tv afnam. Ik deed open. Kapelaan Paul stond voor de deur. Hij was nog nooit bij ons binnen geweest. Hij wachtte tot ik de deur helemaal open had, voordat hij de gang in stapte en zijn baret afzette.

'Je moeder.'

Ik sprong de vier treden af en stormde de keuken in.

'Kapelaan Paul voor jou, ma.'

Pa reikte naar de volumeknop. Nog voor het geluid uit was, had ma al een spiegeltje gepakt om haar gezicht te poederen. Ze deed parfum op haar vingers en wreef het achter haar oren. In de gang smeekte ze hem een kop thee aan te nemen. Hij weigerde beleefd doch beslist. Hij kwam een beroep op ons doen. Een jongen uit een weeshuis. Zestien jaar maar erg jong voor zijn leeftijd. Op zoek naar een gezinssituatie. Een hechte basis. Een goed katholiek huisgezin. Een huis waar de jongen zich niet misplaatst zou voelen. Van liefdadigheid was geen sprake. Hij had werk gevonden en zou betalen voor kost en inwoning. Het was belangrijk dat hij betaalde. Hij wist dat er veel monden gevoed moesten worden. Niets was voor niets. We stonden met beide benen in de moderne wereld. Paus Paulus en het Vaticaans Concilie in Rome. Kapelaan Paul en de leken in Seville Place. Armen en benen die hand in hand samenwerkten.

Ita maakte Mossies bed op voor de nieuwe kostganger en pa zette het geluid weer aan. Hij had duidelijk bedenkingen. Het ergste was dat hij niet zei wat zijn bedenkingen waren. Was het omdat het een wees was, vroeg ma.

'Nee.'

Ma kon even vasthoudend zijn als Perry Mason. Ze bleef vragen en trekken maar pa weigerde de waarheid te onthullen. Ik verwachtte dat hij zich op zijn zwijgrecht zou beroepen. Ma gooide het over een andere boeg.

'Dit heeft niks met de wees te maken.'

Pa nam zijn laatste slokje thee. Duwde zijn kop en schotel van zich af. Pulkte tussen zijn tanden op zoek naar theeblaadjes die aan het zeefje ontsnapt waren. Ma legde hem het vuur na aan de schenen.

'Dit is vanwege kapelaan Paul.'

Pa. Zijne Majesteit de Baby. Ma legde de woorden in zijn mond alsof het de speen van een zuigfles was. Sabbel, sabbel, sabbel. Slik, slik, slik tot alles op was, dan op zijn rugje kloppen en aaien tot hij de lucht opboerde die zijn buikje pijn deed. Als alles eruit was, kon baby'tje weer lachen.

'Wat heeft kapelaan Paul jou gedaan?'

Pa speelde stommetje. Perry Mason gaf antwoord.

'Hij maakte u waanzinnig jaloers, is dat niet zo?'

De getuige begon te bezwijken.

'U werd verscheurd door het monster met de groene ogen. Is dat niet zo?'

'Ja... ja... ja...'

De publieke tribune zuchtte van verbazing en de getuige barstte in tranen uit. Pa niet. Pa zette doodkalm de tv uit. Ma ontruimde de rechtszaal. Halfslachtige protesten. Ik verdween naar de eetkamer en verhing de medailles. Ik hoorde elk woord dat in de keuken gesproken werd.

Het ging over Noel Dargan. Kort na onze ontmoeting op de trap was hij bij ons vertrokken en samen met mevrouw Power in de flats gaan wonen. Haar man, Christy de ceremoniemeester, sprak Noel Dargan hierop aan in The Ball Alley en er vielen woorden. De ruzie werd op straat voortgezet en eindigde voor de pastorie, waar Noel Dargan de ceremoniemeester voor dood op het granieten trapje achterliet. Op de terugweg van zijn avondbezoek aan de deftige huizen was kapelaan Paul gestruikeld over de ernstig toegetakelde echtgenoot. De dag daarop klampte kapelaan Paul pa aan toen die van zijn werk thuiskwam en vroeg hem of hij zich bewust was van het schandaal rondom zijn kostganger. Dat hij een overspelig leven leidde en een echtgenoot en vader zijn van God gegeven rechten onthield. De zondag daarop preekte kapelaan Paul over aanstootgevers. Pa voelde zich publiekelijk te kijk gezet. En nu kwam deze zelfde priester hem een gunst vragen omdat hij omhooggzat.

'Wij zijn niet verantwoordelijk voor Noel Dargan en wat hij doet.'

Ma klonk heel beslist. Zij had niets verkeerds gedaan. Pa had niets verkeerds gedaan. Laat anderen maar voor hun eigen zonden opdraaien. Zij zou opdraaien voor de hare. Dat was ma. Ze was veel sterker dan pa. Veel beter bestand tegen de wereld. Ze wist in één keer tot de kern van een probleem door te dringen, terwijl pa eromheen draaide als een kat om de hete brij. Ma was net Perry Mason, pa's favoriete programma.

'We hoeven de wees niet te nemen, pa.'

Ma meende het echt. Pa's geluk was belangrijker dan alle kostgangers bij elkaar. Ma was bereid te weigeren, al zou ze kapelaan Paul en de kerk daarmee nog zo teleurstellen. Pa hoefde alleen maar een knikje te geven, een woord te zeggen; hij hoefde niets te doen.

'Och, zijn 't niet allemaal wezen, de kostgangers?'

Hij begon terug te krabbelen. Hij durfde het niet tegen kapelaan Paul op te nemen. Zelfs niet via ma.

'De beslissing is aan jou, pa.'

In de stilte zette ik de bekers terug op hun plaats, wetend hoe die beslissing zou uitvallen.

Toen John Charles Gallagher op nummer 44 arriveerde, huilde hij drie dagen achter elkaar. Hij huilde zo hard dat hij niet kon eten. Ma drong niet aan. Ze zette gewoon zijn bord op zijn onderlegger en ruimde het zonder iets te zeggen weer op. Ze behandelde hem precies zoals pa of elke andere volwassen baby. Ze lijmde, ze maande, ze beloonde. Op de derde dag at John Charles zijn eerste hap. Als beloning legde ma een sigaret en een doosje lucifers op zijn dessertbordje. Hij deed alsof hij ze niet zag. Hij schepte vier lepels suiker in zijn thee en roerde uitbundig. Hij keek me aan en glimlachte. Ik zag de rookvlekken op zijn tanden. Ik liet mijn blik zakken en zag het bruin waar ik zo van hield op zijn vingertoppen. Ik glimlachte terug en vroeg hem hoeveel hij er per dag rookte.

'Ik rook niet.'

Hij raakte de sigaret aan. Pakte hem op en bekeek hem.

'Hoe doe je dat?'

Hij stak de sigaret in zijn mond en stak hem aan. Hij nam een trek en inhaleerde. Als een beroepsroker blies hij de rook weer uit.

'Lijkt 't wat?'

Hij stak me hem toe. Ik kon geen trekje van zijn sigaret nemen. Ik kende hem niet. Het was iets heel intiems, andermans sigaret in je mond nemen. Zijn lippen tegen jouw lippen. Zijn mond in de jouwe. Met ma's peukjes deed ik het wel. De zoete smaak van haar lippenstift vermengd met rook. John Charles Gallagher zoog het witte rolletje naar binnen. Bij elk trekje zag hij meer van de kamer. Twee dagen lang had hij naar de grond zitten staren. Nu vlogen zijn ogen vanachter het veilige scherm van sigarettenrook het hele vertrek rond. Ze bleven hangen bij de trofeeën.

'Behoorlijk intelligente familie jullie, hè?'

Ik kon niet zeggen dat de trofeeën niets met intelligentie te maken hadden. Dan zou hij denken dat hij stom was. Ik perste mijn lippen op elkaar.

'Wie heeft de meeste medailles gewonnen, jij of je grote broer?'

'Ik, denk ik.'

'Dan loop je zeker over van de hersens.'

'Nee hoor.'

'Je heb 't hoge voorhoofd. Kan niet missen.'

Hij drukte de sigaret uit en stond op. Hij wenkte me.

'Kom es mee, ik wil je iets laten zien.'

Ik volgde hem naar de slaapkamer. Binnen haalde hij zijn enige jasje uit de kast en stak zijn hand in een van de zakken. Hij trok er een zilveren doosje uit en wees op de gegraveerde initialen in de rechterbovenhoek. J.C.G.

'Weet je waar die voor staan?'

'Jouw voorletters, John Charles Gallagher.'

Hij grijnsde en schudde zijn hoofd.

'Jezus Christus is God.'

Hij wachtte op mijn reactie. Verbazing leek me het meest op zijn plaats.

'J.C.G. Goed zeg!'

'Kan ik niet wat van jouw hersens krijgen? Ik zal ze hard nodig hebben als ik priester wil worden.'

Hij had te veel sproeten om priester te worden. Zeker in Dublin. Hij zou zijn tanden moeten laten polijsten. Door een vakman. Misschien zou hij bij de broeders terecht kunnen. Die tilden niet zo zwaar aan misvormingen. Zijn gebrek aan hersenen zou ook geen bezwaar zijn.

Hij maakte de sigarettenkoker open en bood me een sigaret aan. Ik pakte er een uit en stak hem in mijn zak. Ik had om vuur moeten vragen maar ik wilde weg. Ik was blij dat hij niet meer huilde en zich thuis begon te voelen, maar ik wilde niet dat hij zich dingen in zijn hoofd haalde over vriendschap. Dat was het laatste waar ik zin in had.

* * *

Ik was razend op Shea en nog razender op mezelf. 'Not Fade Away' bleek helemaal niet van hem te zijn. Hij had het niet geschreven. Niet de tekst. Niet de muziek. Niets. Hij had het van de Rolling Stones gejat. Dat hoorde ik allemaal van Gerry Green. Die zat bij Shea in de klas. Hij wist alles van muziek. Elke groep, elk label, wie goed waren, wie slecht waren, wie het gingen maken en wie niet. Er was niets dat Gerry Green niet wist van popmuziek, soul, rhythm and blues, blues, gospel, rock, country, folk, traditionals en Indiase muziek. Muziek was zijn leven. Hij wist alles, ook dat 'Not Fade Away' een hit van de Rolling Stones was. En hoewel hij werkelijk alles wist, kon hij alleen maar rumbaballen spelen. Hij had een basgitaar waar hij niets mee kon maar die Shea mocht lenen. Ik zou de basgitaar het liefst op zijn kop kapotgeslagen hebben. Dag en nacht had ik 'Not Fade Away' lopen zingen. Elke keer dat ik het zong werd het beter. Ik was zo trots dat ik een broer had die een song geschreven had.

I'm gonna tell you how it's gonna be
You're gonna give your love to me.

Precies de woorden die ik tegen Catherine Griffin wilde zeggen maar niet over mijn lippen kon krijgen. Ik wist niet wat ik moest zeggen, ik wist niet wat ik moest doen. Ik wist niet waar ik met mijn handen, mijn tong, mijn lijf moest blijven. Als ik wist wat ik moest doen zou ze me al haar liefde betuigen. Dan was het afgelopen met al het gestuntel. Shea had een song geschreven, en nu weer niet, die mijn diepste pijn beschreef, de gedachten die door mijn hoofd raasden in de laatste momenten voor de slaap. Het idee dat hij hem gestolen had maakte me misselijk.

'Je hebt 't gejat, Shea!'

'Genieën jatten, playbackers lenen.'

Hij had altijd een antwoord klaar. Zijn slimheid interesseerde me geen lor. Dat hij me bedonderd had wel. Ik had hem voor een genie versleten. Ik verheugde me al op zijn volgende nummer. Het was allemaal tot as verkeerd.

'Je hebt 't gejat.'

'De Rolling Stones hebben 't van Buddy Holly gejat.'

Die handgranaat werd door Gerry Green in het gesprek gegooid. Shea keek me aan en haalde zijn schouders op.

'Snap je wat ik bedoel, iedereen jat.'

Buddy Holly was een Amerikaan. De Rolling Stones waren Engelsen. Wij waren Ieren. Ieren zonder naam. Ierland had geen groepen, alleen maar traditionele bands. Ik stelde voor onze groep The Robbers te noemen. Die naam viel als een scheet in een ruimtepak. Gerry Green had een idee voor een naam. Een briljant idee. Zo briljant dat hij erin bleef.

'Ik blijf d'r in. Ik blijf d'r verdomme in.'

Hij werd hysterisch. Shea ook. Dat gebeurde vaak als Gerry Green en hij bij elkaar waren. Ze werden op telepathische wijze hysterisch. Ik had nooit in hun kringen verkeerd. Ik hoorde er pas bij sinds ik gitaar speelde. Ik bestudeerde ze om te zien of het te leren was. Ze hoefden elkaar maar aan te kijken of de hysterie sloeg toe. De enige oplossing was waarschijnlijk gewoon mee te doen. Op bevel hysterisch worden viel niet mee. Als je erover nadacht, kon je het meteen vergeten. Ik maakte mijn hoofd leeg en waagde de sprong. Ik begon met hysterisch te worden tegen Gerry Green. Even trok er een blik van afschuw over zijn gezicht, maar toen zette hij regelrecht koers naar de planeet Hysteria. Shea volgde hem. Mijn hysterie voedde de hunne. Voor het eerst van mijn leven hoorde ik erbij, zag ik hoe het werkte. Het was fantastisch. Massahysterie. Toen we weer op aarde kwamen, kon Gerry Green nog steeds geen woord uitbrengen. Wij trouwens ook niet. We waren kapot. Ik pakte mijn gitaar en speelde het A-akkoord. Daar had ik de hele week op geoefend. A, E en D. Ik had al zes akkoorden op mijn repertoire. Gerry Green schudde met zijn rumbaballen. Shea speelde een noot op de bas. Zonder versterker was de elektrische bas moeilijk te horen. Hij deed het opnieuw. De verkeerde noot. Ik verschoof zijn vingers over de snaren tot het een A werd. We begonnen op volle kracht 'Not Fade Away' te spelen.

I'm gonna tell you how it's gonna be
You're gonna give your love to me.

Shea's stem was redelijk, zijn gitaarspel bezopen. We speelden allemaal in een ander ritme. Ma begon in een volmaakte vierkwartsmaat op de muur te kloppen. Ik tikte haar na met mijn voet. We begonnen opnieuw. Ma klopte opnieuw, twee keer zo snel. Tijd om te kappen. Shea zei dat een groep oprichten hetzelfde was als een godsdienst stichten. We moesten geloven dat we God waren om volgelingen te krijgen. We moesten ze iets geven om in te geloven. Dan zouden de fans ons komen aanbidden. Daar moesten we niet voor terugschrikken. Wij waren de goden van onze eigen godsdienst. We konden beginnen met andermans materiaal maar uiteindelijk zouden we zelf moeten gaan schrijven. Ik stelde voor eerst te leren spelen. Dat vond Shea lulkoek.

'Dat we niet kunnen spelen is 'n voordeel.'

'Hoe kan dat nou?'

'Denk maar na.'

Ik kwam er niet uit. Hoe konden nu we voor een publiek gaan staan als we niet konden spelen? Ik vroeg Gerry Green wat hij ervan vond.

''t Is zo briljant, ik blijf d'r gewoon in.'

Hij omarmde Shea en kuste hem. Ze waren bijna drie jaar ouder dan ik. Dat was heel wat als je vijftien was. Misschien zou ik ze begrijpen als ik ook achttien was. Zo lang wilde ik niet wachten. Ik stond met één voet in hun kring en dat beviel me uitstekend. Mijn gitaar had me binnengebracht, maar dat ik erop kon spelen was een nadeel. Voorlopig ging me dat boven de pet.

'Dat we niet kunnen spelen betekent dat we door niemand beïnvloed kunnen worden.'

Shea en Gerry staken elkaar aan, ze dreigden opnieuw gelanceerd te worden.

'Hou op, je bent gewoon té briljant.'

Daar gingen ze. Ik bleef liever op aarde. Ik pakte mijn gitaar en ging naar boven. John Charles Gallagher lag languit op mijn bed. Ik liep naar hem toe.

'Wat doe je daar?'

'Ik vul mijn hoofd.'

'Waarmee?'

'Hersens.'

'O.'

Ik had meteen spijt van mijn vraag. Ik voelde me een indringer.

'Ik kan je hersens in je kussen voelen. Nog even en ik ben zo goochem als wat.'

Ik liet John Charles Frankenstein achter op het bed en liep weer naar beneden. Ik voelde me een nomade in mijn eigen huis. Pa en Mahony zaten in de eetkamer met hun neus in het grote boek. In de keuken zaten Ita, Johnny en Frankie tv te kijken. Ma stond in de bijkeuken op de waterdruk te vloeken.

'Je gaat maar ergens anders herrie maken, hoor je wel?'

Ik ging naar de garage om rust te vinden. Zelfs de garage stond vol. Drie auto's. Pa had een Ford Anglia gekocht. Een klein rotautootje. Hij had de garage opgemeten voordat hij hem kocht om er zeker van te zijn dat hij paste. Hij kocht de smalste auto die hij kon vinden. Een auto met vleugels als een engel. Hij stond zo dicht tegen de andere dat het portier niet open kon. Om in te kunnen stappen moest je eerst de auto van kapelaan Ivers naar buiten rijden en pa's auto in de vrijgekomen ruimte duwen. De auto binnenzetten was een nachtmerrie. Eerst uitstappen en het portier dichtdoen, hem dan voorzichtig op zijn plek manoeuvreren. De garage was niet gebouwd voor drie auto's. Dat betekende dat er nog maar twee zitplaatsen waren, pa's toilet en de Volkswagen. Geen moeilijke keuze.

* * *

Andy Griffin werd vervroegd uit de tuchtschool ontslagen. Een week voor zijn zestiende verjaardag kwam hij met zijn bruine koffertje de grote poort uit. De wereld was kleiner dan bij zijn aankomst. Hij was in Artane opgegroeid. Hij was aangekomen, ondanks het vreselijke eten. Dat kwam door de roomtaarten die Catherine bij haar bezoekjes meebracht. Ze had me een paar keer gevraagd mee te gaan maar ik wilde nooit. Ik kon het idee zonder hem de poort weer uit te moeten niet verdragen. Op weg naar de vrijheid via Seville Place belde Andy bij ons aan en vroeg of ik thuis was. Ma herkende hem niet. Ze dacht dat hij een priesterstudent was. De messcherpe vouw in zijn broek. Zijn piekfijne overhemd. Zijn onberispelijke manieren. Hij strekte Artane tot eer. Jammer dat er niet meer naartoe gingen. Alles wat ma zei was waar. Andy was een nieuw mens. Vanbuiten. Hij was net een verzekeringsagent. Van zijn stem schrok ik nog het meest. Bedaard en met een zachte, zangerige bijklank, waardoor alles wat hij zei een zweem van respect kreeg. Van eerbied. Als ik niet zeker had geweten wat een rasechte Dubliner Andy was, zou ik heb voor een boer uit Carlow versleten hebben.

Andy was niet geïnteresseerd in Artane. Hij had er zich er zonder kleerscheuren doorheen geslagen. Dat was voldoende. Hij wilde weten wat ik morgen deed. Naar school gaan, zei ik, net als vandaag. We zaten op de muur langs de knaal tegenover het wrak. Ik vroeg hem of hij ooit van het hoogste punt gedoken was. De vraag ging dwars door hem heen, zonder antwoord. Ik vond het moeilijk het oude contact te herstellen. We hadden allebei zoveel meegemaakt in de tijd dat hij weg was.

'Je hebt me ingeruild terwijl ik in Artane zat.'

'Wat zei je?'

'Mij tegen Catherine.'

Ze was niet van mij. Dat was het tragische. Ik had haar naar huis gebracht en ze had me gevraagd haar te kussen. Het was een reuzenstap voorwaarts. De eerstvolgende keer dat ik haar naar huis bracht was na een legioenbijeenkomst. Ik was van plan haar borst aan te raken nu ik wist dat haar kont verboden terrein was. Toen we bij de flats kwamen, zag ik Billy Boy Brennan en Scissors Kane. Ze zaten op het dak van de schuurtjes cider te drinken. Toen ze me zagen begonnen ze te schreeuwen.

'Laat onze vrouwen met rust.'

Niet goed wetend wat te doen liet ik Catherine los. Ze smeten hun flessen kapot en sprongen op de grond. Ik zocht bescherming bij Catherine. Ik wist dat haar niets kon gebeuren. Zij hoorde bij hen. Ze eisten haar terug. Zonder mijn tussenkomst gingen mijn voeten er als een speer vandoor. De dolle honden bleven me achtervolgen, achter de kerk langs, de hoek van de pastorie om en over Seville Place tot aan de bel van nummer 44, die ik ingedrukt hield tot de deur openging en ik langs Mahony naar binnen tuimelde, terwijl hun kreten nog nagalmden in mijn oren...

'Laat onze vrouwen met rust.'

Ik wist niet waar ik aan toe was bij Catherine. Ik had nooit in het vagevuur gezeten, maar ik wist zeker dat het iets dergelijks moest zijn. Ik keek naar Andy en vroeg me af of hij wist dat ik een lafaard was. Dat ik de benen genomen had. Ik wilde het hem vertellen maar ik kon niet. Ik was te kwetsbaar. Heel anders dan voordat hij vertrok. Ik had meer tijd nodig.

'Ik ga 'n meisje zoeken.'

Hij klonk heel zakelijk. Hij ging een meisje zoeken. Net zoals hij vroeger geld ging zoeken. Hij zou een meisje vinden en haar in zijn zak steken. Als een vallende ster die hij opgevangen had. Ik geloofde hem. Honderden regenachtige dagen in sombere slaapzalen om zich hierop voor te bereiden.

'Op dit moment staat ze zich thuis op te maken. Ze kijkt in de spiegel en weet niet dat ik toe zal slaan. Komisch, hè.'

Andy ging op strooptocht in de Galway Arms.

* * *

Teresa Mannion omstrengelde Andy. Hij omstrengelde haar. Ze hadden pas drie dagen verkering en waren zo met elkaar verstrengeld dat ze amper vooruit konden komen. Haar borst schuurde tegen zijn lichaam en zijn hand lag stevig op haar billen. Ik liep naast Catherine en deed alsof ik niets zag. Ik pakte haar hand. Ik voelde me behoorlijk zielig naast die twee. Ik voelde me zo opgelaten dat ik Catherines hand losliet. Ik wist niet of ze wilde dat ik hem weer pakte. Ik werd verscheurd door besluiteloosheid maar lachte alsof ik het nog nooit zo gezellig had gehad. We gingen met ons vieren een dagje naar zee. Op de trap naar het station stelde Andy voor de verrassing-expres te nemen. Ze vroegen waar die heen ging en geloofden me niet toen ik zei dat ik dat niet wist.

Teresa Mannion had nog nooit van het Marialegioen gehoord. Het onderwerp kwam ter sprake toen Catherine het beeld van Onze Lieve Vrouwe aanwees dat vanaf de pier bij Dollymount over de baai uitkeek. Het was daar neergezet van het zuur verdiende geld van de Dublinse dokwerkers. In Dublin viel niet aan Onze Lieve Vrouwe te ontkomen. Ik realiseerde me hoeveel Catherine op haar leek. Teresa Mannion was meer Maria Magdalena, van wie in heel Dublin niet één beeld stond. Ze zat de hele reis op Andy's knie. Toen we de tunnel bij Killiney naderden, gaf Andy me een schopje en knikte naar zijn zuster. Even later werd het stikdonker. Toen het weer licht werd, zat Teresa Mannions gezicht tegen dat van Andy geplakt. Ik kon hun tongen horen zuigen. Ik keek uit het raam en vervloekte de baai die geacht werd mooier te zijn dan die van Napels. Toen ze uitgekust waren, stak Teresa Mannion haar vingers in haar mond, haalde er een groot stuk kauwgom uit en smeet het door het raampje aan de voeten van Killiney Bay. Tot blijdschap van de opgetogen passagiers kwam de verrassing-expres definitief tot stilstand in Bray.

Op de promenade kochten we roze suikerspinnen. Andy betaalde voor Teresa. Dankjewel zeggen was haar kennelijk te veel. Catherine stond erop voor zichzelf te betalen. Zij werkte en ik niet. De suikerspinnen van Andy en Teresa plakten aan elkaar en lieten niet meer los. Even later waren hun handen en hun gezicht bedekt met het kleffe spul. Ze schenen er niet mee te zitten. Ik wou dat Catherine meer op haar leek. We liepen naar het lunapark en gingen in de rij staan voor de spooktrein. De situatie met Catherine werd kritiek. Ik kon mijn avances niet langer uitstellen. Ik had haar verdomme al een keer gekust. Ik moest nodig het heft in handen nemen. Als ik nu niets deed, zou ik nooit weten hoe het zat. Ik moest de koe bij de hoorns vatten. Er was geen weg terug.

Toen het tweepersoonskarretje met een klap door de dubbele deuren het donker inreed, legde ik mijn arm om Catherines middel. Een lichtgevende rode hand daalde neer en streek door mijn haar. Ik raakte in paniek. Ik zag alleen maar donker. Zelfs geen bovenlicht. Ik zat klem. Net als in de trein uit Killarney. Ik kon mijn lichaam niet uit, ik kon nergens heen. Ik moest weg. Ik sprong het karretje uit en liep dezelfde weg terug die we gekomen waren. Ik zag licht, gevolgd door de vonken van wielen op ijzeren rails. Het karretje reed me bijna omver. Het kon me allemaal niets schelen. Ik zag een potloodstreepje licht en trok de deuren open. De meisjes in een gereedstaand karretje gilden toen ze me zagen. Ik rende de rij wachtenden voorbij en stak de weg over naar de promenade. Ik klom over de blauwe hekken, rende de met keien bezaaide heuvel af en kwam tot rust op een klein bed verdord zeewier dat er redelijk vriendelijk uitzag. Daar bleef ik zitten, het zeewier tot poeder vermorzelend tussen mijn vingers, tot de anderen me vonden. Het eerste dat ik hoorde was Andy's stem.

'Zo erg was het ook weer niet.'

Catherine stond voor me. Ik zag haar platte schoenen.

'Is alles goed met je?'

'Ik heb gewoon last van claustrofobie.'

Teresa stond naast Andy met haar handen op haar heupen.

'Is dat besmettelijk?'

Catherine zei scherp:

'Nee, dat is niet besmettelijk.'

Andy stak zijn hand uit om me overeind te helpen. Ik negeerde hem. Hij hurkte voor me neer.

'Zullen we Bray Head gaan beklimmen?'

'Gaan jij en Teresa maar. Ik heb geen zin.'

Catherine en ik zagen hen wegmarcheren als deelnemers aan een driebeenswedloop. We keken ze zwijgend na. Wat viel er ook te zeggen? We zagen ze de heuvel opklimmen en onder de kabelbaan door lopen tot ze zo klein werden als vogels. Helemaal boven was het Arendsnest. We bleven kijken tot ze opgingen in de rij mieren op weg naar de top met het betonnen kruis.

'Wat wil je gaan doen?'

'Ik heb ma beloofd bramen mee te brengen.'

Ik weet niet waarom ik dat zei. Het was een leugen. Dat wist Catherine ook. Ze zat er niet mee. We haalden een bruine papieren zak uit een winkel, lieten de zee achter ons en liepen naar de weilanden aan de rand van de stad. Daar hadden we een keer een vakantiehuisje gehuurd toen ik negen was. In gedachten maakte ik de reis opnieuw. Ik wist het nog precies. Bij het weiland klom ik als eerste over het hek. Ik draaide me om en stak Catherine mijn hand toe. Ze steunde erop terwijl ze op het hek balanceerde.

'Ik ga springen hoor.'

Haar ogen fonkelden als die van een kind. Dit was het fijnste moment van de dag tot nog toe. Ze haalde diep adem, liet mijn hand los en sprong. Ze kwam neer en rolde om en om door het gras, kleine gilletjes slakend. Ik voelde me eindelijk op mijn gemak. Openlucht, weilanden, vrijheid en de kreetjes van Catherine. Toen ze uitgerold was, keek ze met een uitroep van ontzetting naar haar enkels. Ik holde naar haar toe. Ze zat van haar kuiten tot haar schoenen onder de poep. Ze was in een koeienplak geland. Haar voeten zaten onder. Het zat op haar kousen en droop haar schoenen in. Ze trok haar jurk beschermend omhoog.

'Wat moet ik doen?'

Het was een afschuwelijke situatie maar ik was blij dat ik het niet was. Ik keek om me heen op zoek naar inspiratie. Ik pakte de bruine zak en begon die in kleine vierkantjes te scheuren. Ik legde de vierkantjes op het gras. Catherine vroeg wat ik deed. Dat wist ik niet, ik handelde op instinct. Ze vroeg het opnieuw. Ik haalde zwijgend mijn schouders op. Ik had geen zin pa en zijn kontveegtechniek ter sprake te brengen. Ik was de hele dag nog niet zo dicht bij haar geweest. Ik pakte een vierkantje en schraapte wat mest van haar been. Ik veegde het schoon in het gras en ging door tot het doorweekt raakte. Romantisch was anders. Vooral de stank. Verder was het wat mij betrof een verbetering op de spooktrein. Zo deed ik in elk geval iets voor Catherine. Iets anders dan weglopen.

'Waarom ben je uit de spooktrein gesprongen?'

'Wil je dat echt weten?'

'Ja, dat wil ik echt weten.'

Ik vertelde Catherine over mijn opsluiting in het toilet. Ik maakte er een heel verhaal van. Met allerlei verfraaiingen. Een heleboel smeuïge details. Ik genoot van het vertellen. Ik vergeleek het toilet met een doodkist. Een vondst die mezelf verbaasde. De doodkist gaf het verhaal een heel nieuwe dimensie. De angst om levend begraven te worden. Een morbide angst. Uitgeput rakende zuurstof. Gebons op het deksel. Ik rukte aan het slot tot mijn vingers bloedden. Ik liet haar mijn handen zien. Ik wilde dat ze ze vastpakte. Dat ze ze streelde tot er geen smetje meer op zat. Mijn arme handen. Haar arme benen. Ik wilde ze gladstrijken. Onmogelijk. Ik wilde naast haar liggen en in haar vouwen kruipen. Mijn mond naar de hare brengen en haar mijn lucht laten ademen. Alles vergeten: de dag, Andy en Teresa, suikerspinnen en keien, spooktreinen en zeewier en kauwgom en koeienmest. Ik kon de mest niet vergeten. Ik liet Catherine mijn handen zien en vertelde haar mijn verhaal tot de warme adem van een koe aankondigde dat het tijd was om naar huis te gaan.

De hele terugweg naar Dublin moest ik aan Mossie denken.

Ik wou dat hij gebleven was. Hij had een stukje van me meegenomen dat ik graag terug zou hebben. We hadden nog steeds een band. Alsof hij macht over me had. Ik zou dolgraag willen dat hij Catherine leerde kennen en haar zijn fiat gaf. Wat hij had gedaan was verkeerd, maar het gebeurde uit liefde. Ik wilde evenveel van Catherine houden als hij van mij. Ik wist niet wat me weerhield. Ik wou gewoon dat hij terugkwam en alles weer goedmaakte.

De volgende morgen werd ik wakker terwijl ik probeerde mezelf tegen mijn ballen te schoppen. De eerste keer dat ik dat deed. Ik had ook niet beter verdiend met mijn voorstel bramen te gaan plukken. De koeien in Bray lagen nog steeds in een stuip. De van de pot gerukte versierder uit Dublin met het meisje uit Sheriff Street. De ridder van de droeve figuur die haar hand vasthield om er zeker van te zijn dat ze in de wachtende koeienplak sprong. Nog mazzel dat het geen koeienpoep regende. Ik trapte naar mijn ballen en scoorde uiteindelijk met mijn linkerhiel, zodat mijn rechtertestikel mijn buik in schoot. Het moest hem daar goed bevallen zijn want hij bleef zitten. Ik voelde er de hele dag naar, maar hij kwam niet terug. Ik deed alsof me dat geen barst kon schelen, maar in werkelijkheid kneep ik hem dat ik hem voorgoed kwijt was.

Ik kon mijn hoofd niet bij de repetities houden. We speelden in de garage. Ik had Andy gevraagd bij de band te komen. Als drummer natuurlijk. Zijn tante Kathleen had hem een tomtom cadeau gedaan. Samen met twee sinaasappelkistjes vormde die het drumstel. Andy was het professioneelste lid van de band. Hij had in de Artane Boys Band kunnen spelen maar dat weigerde hij omdat hij het verdomde in het openbaar in korte broek te verschijnen.

Michael Maltese heette onze band. Drie dagen lang had ik geprobeerd de naam uit Gerry Green los te krijgen. Hij wist het wel maar hij wilde niets zeggen.

'Ik blijf d'r verdomme in.'

We besloten de auto van kapelaan Ivers uit de garage te duwen om plaats te maken voor het drumstel. Shea ging naar binnen om ma toestemming te vragen, aangezien zij hem nooit iets weigerde. Ik glipte pa's toilet in met het smoesje dat ik moest plassen. Ik wilde controleren of mijn bal weer omlaag was gekomen. Nee dus. Ik probeerde hem uit mijn buik te persen. Ik deed alsof het een slang was. Geen succes. Ik hoorde Shea weer binnenkomen.

'We mogen de auto niet verzetten.'

Hij was woest.

'De ouwe zegt dat hij buiten schade kan oplopen.'

Toen ik uit het toilet kwam, hoorde ik luide stemmen in de keuken. Ma voerde de boventoon. Shea ziedde van woede. Pa kwam de garage in. We wisten niet waar we moesten kijken. Hij pakte de sleutel van de Volkswagen en maakte de dubbele deuren open. Met een vaartje reed hij kapelaan Ivers' auto naar buiten, kwam weer terug en duwde de Anglia van zijn plaats. Hij sprong erin, reed naar buiten, zette kapelaan Ivers' auto weer binnen en sloot de dubbele deuren, alles alleen en zonder een woord te zeggen. Daarna ging hij weer naar binnen en schreeuwde tegen ma:

'Nou goed?'

Ze hadden de hele week al ruzie. Over geld. John Charles Gallagher had zijn eerste weekloon in een gokhal in de buurt van zijn werk vergokt. Ma had met hem te doen en gooide het op het feit dat hij een wees was. Wel waarschuwde ze hem dat dit de laatste keer moest zijn. Pa wilde de kleine teringlijer een doodschop te geven tot ma hem erop wees dat ze van Mahony al zeven maanden geen geld gezien had. Dat was een linkse directe. Dwars door pa's verdediging heen. Hij lag op de mat en dat zinde hem niets. Voor geen stuiver. Toen Shea binnenkwam, nam hij indirect wraak op ma door het op hem te verhalen. Dat was zijn vaste truc. Shea was buiten zichzelf. Vernederd ten overstaan van de band. We deden ons best om normaal te doen. Soms was dat het enige wat er bij pa opzat. Je gêne inslikken. Andy verbrak de stilte.

'Ik wou iets vragen. Hebben we een regel over mensen die willen komen luisteren?'

Shea was woedend en zei niets. Ik was de jongste. Gerry Green had de naam uit een tekenfilm op de televisie gehaald, dus hij was min of meer de leider. Hij haalde zijn schouders op. Zo'n vraag had niemand verwacht. We waren nog geen echte band. We hadden geen regels. We konden niet één nummer van begin tot eind spelen. Andy had ons voor het blok gezet.

'Zullen we stemmen?'

Ik had nog nooit in mijn leven gestemd. Niet over iets van belang. Ik wist wat democratie was. Op school hadden we de Franse Revolutie behandeld. De bestorming van de Bastille. Dat was belangrijk maar vaag. Dit was veel echter.

'Wie is voor?'

Andy stak zijn hand op.

'Ik ben tegen.'

'Ik ook.'

Shea en Gerry Green lieten hun arm langs hun zij hangen. De beslissing was aan mij. Ik kon de stemmen laten staken of er drie tegen één van maken. Andy was mijn beste vriend. Voor zijn vertrek naar Artane zou ik geen seconde geaarzeld hebben. Nu was het anders. Toen we samen opgroeiden, hadden we geen geheimen voor elkaar. Nu stonden onze geheimen tussen ons in. Andy was opgegroeid in Artane. Hij had geleerd zich staande te houden in een slaapzaal met honderdvijftig jongens. De Laurence O'Toole-school was de enige plek waar hij angst had gekend, maar in een gevangenis waar de broeders de sleutel omdraaiden had hij die angst overwonnen. Hij had al zijn kwetsbaarheid afgegooid. Hij had me nooit iets uitgelegd. Hij leefde uitsluitend in toekomst, terwijl ik voortdurend met minstens één voet in het verleden stond. Daar liet ik mijn licht in de donkere hoekjes schijnen, zoekend naar richtingaanwijzers naar mezelf. Soms had ik het gevoel dat ik vastzat, vooral als ik Andy op volle kracht vooruit zag stomen. Waar bleef ik met mijn academische vooruitgang als ik mezelf met hem vergeleek? Ik kon geen meisjes versieren. Andy deed dat op instinct. Op de terugweg uit Bray, toen ik even niet aan Mossie dacht, herinnerde ik hem aan de dag dat hij zijn broek had laten zakken en zijn kont aan de klas had laten zien. Hij keek me aan en glimlachte.

'Wanneer was dat?'

Dat wist hij heel goed. We wisten het allebei. Hij besloot ter plekke dat hij het vergeten was. Hij wilde geen slachtoffer meer zijn. Dat was uit zijn geschiedenis weggeschrapt.

Andy had nog steeds zijn hand omhoog. Ik had de mijne in mijn zak en omklemde mijn ene bal. Het was het toppunt van kinderachtigheid, jezelf om een meisje tegen je ballen te trappen. Ik benijdde hem, benijdde zijn volwassenheid, zijn handigheid met meisjes. Alles bij elkaar genomen kon ik niet voor hem stemmen.

'Ik ben tegen.'

Hij nam de beslissing zo sportief op dat ik het idee kreeg dat die hem goed uitkwam. Toch maakte dit hem een buitenstaander, onmiskenbaar.

Gerry Green was het brein van de groep. Hij leidde ons in tot de blues. De Rolling Stones en de Beatles hadden alles aan de blues te danken en voor ons zou hetzelfde gelden. De blues was simpel. Twaalf maten en elk nummer begon hetzelfde:

'Woke up this morning...'

'Woke up this morning' werd gevolgd door een litanie van ellende. De ellende had meestal betrekking op vrouwen. Ze was vertrokken. Stond op het punt te vertrekken. Had haar minnaar vermoord. Buiten geschopt. Was er met een ander vandoor gegaan. Hield niet meer van hem. Hij was naar de bajes verhuisd. Waar het op neerkwam was dat de man in de stront zat.

Woke up this morning
Only one ball in my sack.
Yes, I woke up this morning
With only one ball in my sack.

Ik zong het zacht voor mezelf. Een song van twee regels. Een derde regel kon ik niet bedenken. Gerry Green leerde ons een nummer van Leadbelly. Toffe naam vond ik dat. Zo wilde ik ook heten. We waren net bezig iets van de ex-gedetineerde in te studeren toen ma binnenkwam. Ze leed meer aan de blues dan meneer Leadbelly. Een gezicht om duizend schepen op de klippen te jagen. Andy kreeg de wind van voren.

'Zou je alsjeblieft tegen je vriendin kunnen zeggen dat ze niet aan mijn bel komt hangen. Ik ben geen dienstmeid.'

Andy schuimbekte van de verontschuldigingen. Hij rende door het kleine deurtje de straat op, waar Teresa stond te wachten. Haar stem droeg even ver als de torenklok.

'Wie is dat lijpe ouwe wijf?'

Toen Andy met veel moeite de vrede hersteld had, moest hij haar vertellen dat ze de repetities niet mocht bijwonen. De band had ertegen gestemd.

'Ik wil d'r helemaal niet bij zijn. Jullie kennen niet eens spelen.'

Andy kwam glimlachend naar binnen. Geen spoor van de blues. Hij wist hoe je een vrouw moest behandelen en zij kende haar plaats.

Michael Maltese vóór Andy was als een auto zonder motor. Andy was de gangmaker. De drijvende kracht van de band. Hij gaf met zijn stokken het ritme aan en wij deden ons best hem bij te houden. Na twintig pogingen begonnen we eraan te wennen. Begonnen we muziek te maken. We waren gedisciplineerd. Als een klas met een goede onderwijzer. Orde en chaos naast elkaar. Andy was de hefboom, de stoker, de drijver. Onwillekeurig dacht ik terug aan Denehy's klas. De alles overweldigende angst die hem ertoe bracht stommiteiten uit te kramen. Negeneneenhalf geboden. De plas pis. Hij was onherkenbaar veranderd. Altijd een glimlach. Ontspannen en vriendelijk. Geen spoortje angst. En toch leek de afstand tussen ons groter. Alsof we in de jaren zonder elkaar iets verloren hadden, een gezamenlijke onschuld die nooit meer terug zou komen.

De regel van geen buitenstaanders hield niet lang stand. Terwijl we de blues repeteerden, werd er op de dubbele deur geklopt. Shea riep door de deur.

'Wie is daar?'

'Ik hoorde jullie spelen. Ik ben op zoek naar talent.'

Een Engels accent. We schrokken allemaal. Ik fluisterde tegen Shea:

'Laat binnen.'

Shea keek naar Gerry Green.

'Zal ik 'm binnenlaten?'

'Ik blijf d'r in. Ik blijf d'r verdomme in.'

Shea draaide zich weer naar de deur.

'Bent u een talentenjager?'

'Ik kom uit Liverpool. Andy Epstein is de naam.'

'Andy Epstein? Bent u familie van Brian?'

'Da's mijn oudste broer.'

''t Is verdomme Brian Epsteins broer.'

Shea ging door het kleine deurtje naar buiten. Even later kwam hij terug met Andy Epstein in zijn kielzog. Haar, bril, huid, alles hetzelfde. Een dubbelganger van Brian Epstein, alleen was het Mahony onze kostganger. Hij lachte zo hard dat ik bang was dat hij over zijn nek zou gaan. Hij mocht blijven. Enkele minuten later kwamen John Charles Gallagher en Liam Dargan opdraven. De eerste stond erop zo vals als een kat mee te zingen, terwijl de tweede met een mes en vork al Andy's bewegingen nadeed. Ik moest ze tot de orde roepen. Ik meende dat ik daarmee paal en perk aan hun bezoekjes aan onze repetities gesteld had. Nee dus. Ze kwamen elke avond. Luisterden naar al onze moeizame inspanningen. Brachten hun avondeten mee en aten in de garage om toch vooral geen maat te missen. Ze begonnen ons zelfs van boterhammen en thee te voorzien. De garage werd een hol voor Michael Maltese en vrienden. Groupies. Aanbidders. Onze nieuwe godsdienst was al aardig op weg.

Pa was niet zo blij. Hij had niemand meer om mee te debatteren. Alleen ma, en die was intellectueel gesproken geen partij voor hem. Vond hij. Hij had Frankie nog, maar die was met zijn negen jaar nog te jong om tegen te schreeuwen. De garage had de keuken verdrongen. De academie van het denken was opzij gezet door de academie der muziek. Niets weerhield hem ervan onze repetities bij te wonen maar daar was hij te trots voor. Hij had Michael Maltese niet bedacht, dus waarom zou hij hem helpen? De muziek die we speelden was corrupt. Dat zei hij natuurlijk niet recht in ons gezicht, maar in een zwak gebaar van verzet kocht hij een blokfluit voor Frankie en raakte daar niet over uitgepraat.

Pa kocht een in leer gebonden exemplaar van de *Complete Werken van William Shakespeare* en begon erin te lezen. Hij begon in het midden. Toen ik op een avond de keuken inkwam om een plectrum te pakken zat hij aan tafel met het boek open op pagina 475. Hij las *Macbeth*. 'Geklop van binnen. Een Poortwachter komt op.' Hij zat dicht boven de kleine lettertjes gebogen en grinnikte zacht voor zich uit. Daarmee viel hij meteen door de mand, aangezien iedereen wist dat er in Shakespeare geen grapjes stonden. Althans geen grapjes die een normaal mens begreep. Misschien deed de Poortwachter hem aan Mahony denken en moest hij daarom lachen.

Een van de gevolgen van de overwinning van de garage op de keuken was dat pa en ma weer samen uitgingen. Naar de schouwburg bijvoorbeeld, meestal het Abbey Theatre, hoewel ma dol was op de variétévoorstellingen in het Royal Theatre. Ze was gek op de tenor Josef Locke, maar haar lieveling was de cabaretier Mickser Reid, die geiniger was dan Charlie Chaplin en kleiner dan Peter Pan. Ma probeerde voortdurend zijn grappen na te vertellen maar moest altijd zo lachen dat ze een hoestbui kreeg van het slijm op haar borst van het roken en ze de clou aan pa moest overlaten. Pa gaf de voorkeur aan stukken in het Abbey Theatre, die wat hij noemde uit het leven gegrepen waren. Hij vertelde wat er gebeurde door de rollen na te spelen, soms met iets te veel overtuigingskracht. Het gebeurde meer dan eens dat Frankie in tranen uitbarstte of Johnny niet naar bed wilde omdat hij bang was voor nachtmerries.

Alleen bewoners van nummer 44 mochten onze repetities bijwonen. Toen de band beter werd, kwamen teenagers aan de dubbele deuren luisteren. Teresa Manning was vaak van de partij, iets waaraan Andy een tegendraads soort plezier leek te beleven. Soms dansten ze. Soms maakten ze meer herrie dan wij en liep de zaak uit de klauwen. Soms joeg Mahony ze weg. Hij was onze manager geworden. Soms gooiden we het bijltje erbij neer en gingen ervandoor. Pa stond erop dat we ergens anders gingen spelen. Hij wist dat we nergens anders terecht konden.

'En de Oriel-zaal dan?'

De suggestie kwam van ma. Ze had het over de parochiezaal waar de oudjes kienden en hun kerstfeestje hielden. Wie niet bejaard was mocht niet binnen. In de onafhankelijkheidsoorlog had de IRA hem als wapenopslag gebruikt. Na de bevrijding, toen Ierland onder de Ieren verdeeld werd, kreeg de katholieke kerk de Oriel-zaal toebedeeld.

'Misschien werd 't tijd dat ze de jongelui 'n kans gaven.'

Ma nam het altijd op voor de jeugd, zoals ze het noemde. Ze kon heerlijk ketteren over ouwe chagrijnen. Ouwe chagrijnen waren de kroon op het werk van de duivel, zei ma altijd. Ik vond het prachtig gezegd. Zij met hun gekien. Monsters.

'Vraag kapelaan Paul om de sleutels en laat ze in de Orielzaal repeteren.'

Ma had een torpedo afgevuurd. Ik zag hem door de keuken

zoeven, recht op pa af. Hij zag hem te laat. Kon hem niet meer ontwijken.

'Waarom zou ik hem iets vragen?'

'Omdat het jouw zoons zijn, waarom anders?'

Ma had het opgenomen voor de jeugd en een stille, glorieuze explosie veroorzaakt. Voor haar kinderen. Voor de toekomst. Ze daagde pa uit voor ons op te komen. We wisten allemaal dat kapelaan Paul bij ons in het krijt stond. Het was tijd voor een wederdienst. Ik zag hoe Spaans benauwd pa het kreeg. Ma vroeg hem iets concreets te ondernemen. De daad bij het woord te voegen. Pa was een dappere prater. De dapperste van allemaal. Hier hoefde niet bij nagedacht te worden. Dit vereiste dat pa bij kapelaan Paul een cheque ging verzilveren en zijn gerechte beloning opeiste.

'Waarom kunnen jullie niet playbacken net als de Beatles?'

Niemand snapte waar dat nu weer op sloeg. Hij had geen zin om tegen kapelaan Paul op te boksen, dat was duidelijk. Maar wat zei hij over de Beatles? Waarom zouden die hun eigen nummers playbacken? Misschien was het er verkeerd uitgekomen en bedoelde hij dat wíj de Beatles moesten playbacken. Of niet? Ik vroeg hem op de man af wat hij bedoelde. Hij nam op zijn dooie gemak een slok uit zijn Guinness-flesje alvorens het verzamelde publiek toe te spreken.

'De Beatles spelen niet echt op hun instrumenten.'

Hij was serieus. Serieus gestoord. Spelen niet op hun instrumenten? Hielden ze wel vast maar speelden er niet op? Wie speelde er dan wel?

''t Wordt allemaal gedaan met bandrecorders. 't Is allemaal nep. De technici maken 't geluid. Zij staan alleen maar te doen alsof en tellen de pegulanten.'

Hij had net zo goed kunnen beweren dat hij de Zoon Gods was. De hele kamer kwam in opstand. Gerry Green was zo geschokt dat hij niet eens hysterisch kon worden. Hij had de Beatles in de Adelphi zien spelen.

'Dit is te maf. Ik blijf d'r in.'

De hele kamer schreeuwde tegen hem. Andy keek me aan en fluisterde tussen het kabaal door:

'Je pa ziet ze vliegen.'

John Charles Gallagher deed wat hij altijd deed en roeide samen met pa tegen de stroom in.

'Je vader zou best es gelijk kunnen hebben.'

De slijmbal, zielig gewoon. Mahony was echt nijdig, wat ongebruikelijk was. Zijn hele bestaan hing van pa af.

'Nou zit je fout. Nou zit je goed fout.'

Pa verwelkomde de schimpscheuten. De beledigingen. Hij was opgetogen. Hij had iedereen weer rondom de keukentafel met hem als het oog van de storm. Het kon hem geen zier schelen dat hij alleen stond. Waarschijnlijk geloofde hij zijn eigen onzin niet eens. Hoewel... Mijn ervaring als boodschappenjongen had me geleerd hoe ver hij in zijn waanzin kon gaan, dus het was niet geheel uitgesloten dat hij het meende. Waar het op aankwam was dat hij door de Beatles te kleineren óns kleineerde. Ze waren niet volmaakt, evenmin als wij. Door hun en ons falen aan de kaak te stellen probeerde hij het zijne te verdoezelen. Het had het lef niet om kapelaan Paul aan te pakken en hiermee had hij het gesprek handig over een andere boeg gegooid. Nu ging het over de Fab Four en dat we ons door hen hadden laten belazeren. Iedereen behalve hij. Wat een domme wereld. Twee miljard mensen beet. Maar pa niet. Wat was er toch misgegaan in zijn leven dat hij altijd gelijk moest hebben? Wij waren Jonassen en ongeluksvogels en rampen. Meestal namen we zijn negativiteit voor lief. Vanavond had ma hem een spiegel voorgehouden en kronkelde hij als een worm om uit het licht te ontsnappen. Ik werd bijna misselijk.

Ik liep naar de bijkeuken en waste mijn gezicht met koud water. De druk was hetzelfde als altijd – belabberd. Ik droogde me af en nam de theepot mee naar binnen. Ik bood iedereen thee aan. Pa schoof zijn kopje vijf centimeter mijn kant op.

Zijn vaste signaal. Het irriteerde me mateloos. Ik begon in te schenken.

'Waarom vertel je ons niet gewoon waar je bang voor bent? We zullen je heus niet veroordelen.'

Ik hield op met schenken en zette de theepot op tafel.

'Waar ben je bang voor dat je het niet voor ons op durft te nemen?'

Het eerste dat ik voelde was zijn vuist tegen mijn kin. Ik verdween uit beeld: op de grond. Met een half oog zag ik dat Shea tussen pa en mij in ging staan. Andy en Mahony hielpen me in de leunstoel bij de haard maar ik probeerde ze weg te duwen.

'Laat maar, ik heb 't verdiend.'

Ik zag Shea weer. Hij stond met gespreide armen alsof hij gekruisigd was. Als een kruisbeeld. Hij stond recht voor pa en schreeuwde:

'Kijk, zonder handen, zonder geweld.'

Verschillende mensen hielden pa tegen. Gerry Green en John Charles Gallagher.

'Als ik 'm te pakken krijg wurg ik 'm.'

'Wurg mij maar, kijk, zonder handen, zonder geweld. Je raakt hem niet aan, hoor je wel?'

Ma hield een ijsklontje tegen mijn lip. Tegen pa zei ze dat hij moest gaan zitten.

'En nou is dat gezeik afgelopen of ik pak m'n hoed en m'n jas.'

De sfeer sloeg meteen om. De spanning vervloog.

Iedereen in nummer 44 zat. Iedereen zat en dronk zwijgend zijn thee. Ik dacht dat ze dat expres deden omdat ze wisten dat ik een song wilde schrijven. Ik had een raar gevoel in mijn hoofd. Ik wilde pa een hand geven en hem om vergiffenis vragen. Ik begon te zingen in mijn hoofd. 'I Wanna Hold Your Hand'. Ik wendde me tot Shea om hem te vertellen wat er in mijn hoofd omging en hij mimeerde 'A Hard Day's Night'. Ik kon mijn ogen niet openhouden. Ik viel in slaap waar ik zat, totaal van de wereld.

* * *

Ik weet niet wanneer het gebeurde, toen ik de klap kreeg of toen ik op de grond smakte, maar de ochtend daarop zat mijn vermiste bal weer in zijn zak. Mijn hoofd deed vreselijk zeer maar door de testikel kon ik toch lachen. Ik had hem meer gemist dan ik voor mogelijk had gehouden. Ik was bang geweest dat hij in de ruimte was verdwenen en nooit meer zou terugkeren, in welk geval ik nooit kinderen had kunnen krijgen. Het was heerlijk om weer normaal te zijn.

Andy had zich bereid verklaard samen met mij naar kapelaan Paul te gaan. Ik droeg mijn beste pak. Bevel van ma. Ik keek naar Andy. Die had inmiddels twee vouwen in zijn broek. Toch zag hij er netjes uit. Na een hele poos deed kapelaan Paul in zijn hemdsmouwen open. Hij had een wit servet in zijn hand en veegde er op dezelfde manier zijn mond mee af als hij tijdens de mis de kelk afveegde. Ik dacht dat hij ons binnen zou laten maar hij bleef bij de deur staan.

'Ik zit aan tafel.'

Ik dacht aan de avond dat hij bij ons aan de deur stond. Was hij die vergeten? Zwijgend dwong ik hem daaraan terug te denken.

'Wat willen jullie?'

'We hebben een band. We zouden graag in de Oriel-zaal repeteren.'

Hij veegde met zijn servet over zijn overhemd. Ik probeerde zijn hoofd met gedachten te vullen. Positieve gedachten. Onze band was een wees. In mijn gedachten probeerde ik hem te dwingen ons onderdak te geven. Iedereen had recht op een dak boven zijn hoofd. Wij ook. Kapelaan Paul liep langs ons het granieten trapje op en keek de straat in alsof hij iemand verwachtte. Christus of de engel Gabriël. Hij draaide zich om en keek naar zijn voordeur. Ik zag zijn spiegelbeeld in de koperen plaat met PASTORIE. Er zat een duimafdruk op. Met zijn servet begon hij die weg te vegen.

'De Oriel-zaal is uitsluitend bedoeld voor parochieactiviteiten. Wist je dat niet?'

Ik wachtte tot hij klaar was. Ik wilde niet tegen zijn rug praten. Het vlekje was weg. Hij ging weer naar binnen.

'Ik hoor ook bij de parochie. U weet waar ik woon.'

'Je bent inderdaad een parochiaan, maar je band is geen parochieactiviteit. Het spijt me.'

De deur stond nog steeds open. Hij wilde hem niet dichtdoen. Niet zolang ik daar stond. Ik wachtte nog even. Lang genoeg om hem te beschamen. Ik keek hem aan en dacht aan Judas. Hij keek mij aan en dacht waarschijnlijk aan zijn eten. Ik kon het niet laten. Mijn gezicht deed te zeer om net te doen of er niets aan de hand was.

'John Charles heeft aardig z'n draai gevonden.'

'Prima. Dat is prima.'

Het nieuws scheen hem te verheugen. Op zondag zou hij achter het altaar staan en de christelijke boodschap verkondigen. De grote belofte van het eeuwig leven met God in zijn hemelse woning. Het enige wat telde waren de sleutels van de Oriel-zaal. Die had hij in zijn bezit en hij weigerde ze af te staan. Er viel niets meer te zeggen. Niets meer aan toe te voegen. Ik draaide me om en liep samen met Andy het granieten trapje af.

9
1967

Frankie begon de maan weer te zien. Net als de avond dat de antenne op het dak gezet werd. Toen kon hij nog niet goed praten. Tebebisie. Nog een baby. Nu was hij tien. Met zijn handen onder zijn opgezwollen gezicht probeerde hij naar de televisie te lachen.

'Wat is er op de tv, Frankie?'

'De maan.'

'Ik zie geen maan. Hoe kun jij hem dan wel zien?'

'Ik heb 'm wel es 'n miljoen keer gezien.'

We moesten lachen. Wij zagen *The Fugitive* kriskras door Amerika vluchten. Frankie zag de maan dansen. Ik vroeg hem wat de maan was.

'Waar ik vandaan kom.'

'Jawel, maar wat ís 't?'

'Thuis.'

Praten deed hem pijn. Zijn gezicht was nog steeds bont en blauw na zijn val voor ons huis. We waren aan het repeteren in de voorkamer (de slaapkamer van onze manager) en op een gegeven moment kwamen Frankie en zijn vriendjes de tuin in en begonnen voor het raam herrie te maken. Ik liep naar buiten en joeg ze weg. Ze wipten over het tuinhekje en sprongen op een kar die leeg uit de haven kwam. Frankie was net niet snel genoeg. Het lukte hem niet in één keer op de kar te springen. Hij kon alleen maar vasthouden en meehollen. Zijn vrienden probeerden hem aan zijn jas op te trekken. Toen ze hem van de grond tilden, viel hij naar achteren in plaats van naar voren.

Hij knalde met zijn hoofd op de grond en schoof enkele meters door. Helemaal verdwaasd sprong hij overeind en rende weer achter de kar aan. Toen voelde hij dat hij gewond was. Hij bleef staan en greep naar zijn hoofd. Ik rende naar hem toe. Zijn voorhoofd was lelijk geschaafd. Een paarse buil kwam opzetten. Ik bracht hem naar huis en ma taxeerde de schade. Ze zette hem in de leunstoel bij de haard en legde er ijs op. Tot mijn verbazing huilde hij amper. Ik voelde me meteen veel minder schuldig. Ik ging weer terug naar de voorkamer en onze band.

De dag daarop was zijn gezicht donkerblauw. Erger nog, het was verschrompeld. Zijn ogen hadden alle glans verloren. Frankie had de grootste ogen van ons allemaal. Dat was me nog nooit eerder opgevallen. Nu kon je er niet omheen. Hij zag er triest uit en ik kreeg opnieuw last van schuldgevoelens. Ik vroeg of hij zin had om in de knaal te gaan vissen. Of in de Liffey als hij dat liever had. Hij voelde niets voor vissen. Ik was blij dat ik het aangeboden had maar opgelucht dat hij weigerde. Waarom zou hij ook met mij mee willen? Ik maakte hem altijd uit voor snotaap en nu had hij ook nog zijn kneuzingen voor een deel aan mij te danken. In zijn ogen was met mij gaan vissen waarschijnlijk synoniem aan marteling. Hij haatte me, dat was zeker. Haatte me met dezelfde hartstocht als waarmee hij pa aanbad. Hij keek me aan vanuit zijn zwarte oogkassen. Praten deed pijn. Hij probeerde het wel maar kon zijn tong niet om de woorden gekruld krijgen. Hij mimeerde het. Ik had het kunnen weten. Het was de tijd van het jaar dat elke jongen in Dublin de bezitter van de kampioenkastanje wilde zijn.

Die woensdagmiddag verzuimde ik de gymnastiekles en nam samen met Frankie bus 24 naar het Phoenix Park. We zaten aan het raam. Hij trok de hele rit bekijks. Hij zag er vreselijk uit. Ik legde mijn arm om zijn schouders en hield hem vast. Ik kon me niet herinneren dat ooit eerder gedaan te hebben. De bus hotste en botste over de kinderkopjes van de kades van Noord. Ik beschermde hem zo goed als ik kon tegen de schokken. Dat deed me weer denken aan de kar. Ik vervloekte mezelf dat ik er niet op had gezeten om hem omhoog te trekken. Ik schaamde me. Zijn gezicht maakte mijn schaamte openbaar. Ik accepteerde de schaamte van harte. Die viel in het niets bij zijn donkere lijden. Ik trok hem extra dicht tegen me aan. Ik wilde iedereen laten weten dat hij mijn broertje was.

Dit soort gevoelens had hij al sinds zijn babytijd niet in me losgemaakt. Buiten de bus stormde het. Langs de rivier worstelden de voetgangers met gebogen hoofden tegen de wind. De mannen hielden hun pet vast en de vrouwen omklemden hun boodschappentassen. Alleen de dappersten waagden zich op Ha'penny Bridge. Ik zag sommige mensen achteruitgeblazen worden en anderen pas op de plaats maken. Een deukhoed vloog over de leuning en landde bijna op een meeuw die wel met zijn vleugels sloeg maar geen centimeter vooruitkwam. De hoed dreigde een zeemansgraf te krijgen, maar op het laatste moment blies een windvlaag hem over Merchant's Arch. Ik had de indruk dat hij richting Dublin Castle koerste toen hij uit het zicht verdween. Ik was blij dat we in de luwte van bus 24 zaten.

Bus 24 stopte recht voor de ingang van de Fifteen Acres. Afgezien van voetballers en kastanjerapers stapte daar nooit iemand uit. Er lagen tientallen voetbalvelden en hectares kastanjebomen, veel meer dan vijftien, dus de naam sloeg nergens op. Als je op zaterdagmiddag in de Fifteen Acres kwam, zou je denken dat iedere schooljongen in Dublin het bevel had gekregen achter een bal aan te hollen. Als het waaide, zoals vandaag, leek het meer blaasvoetbal. Toen ik Frankies hand pakte en hem door het hek leidde, greep de wind onze kleren en veranderde ons in menselijke zeilen. Eerst blies hij ons een paar stappen achteruit, toen sloeg hij om en duwde ons op hoge snelheid naar binnen. We werden begroet door een bord naast de weg – PAS OP VOOR GEVALLEN BOMEN. Wat viel daarvoor op te passen? Gevallen bomen waren precies wat we zochten. Met kastanjes behangen bomen die met hun neus op de grond lagen. Dronken bomen die op hun gat gevallen waren en hun hele hebben en houden hadden uitgekotst.

Het lawaai was ongelooflijk. Het was één grote aanslag op je oren. De natuur kon indrukwekkend zijn, dat was zeker. Elementaire krachten. Je kon geen woord verstaan. Ik klom over het hek naar een klein bos. Frankie was klein genoeg om tussen de stangen door te kruipen. Na een paar meter lopen begon het te regenen. Grote druppels die tussen de takken op de met bladeren bezaaide grond ploften. Frankie stiet een woeste strijdkreet uit. Hij had het eerder door dan ik. Het regende kastanjes. Hij stak zijn handen uit om de druppels op te vangen. Er viel er een voor mijn voeten. Het leek wel een tennisbal. Ik raapte hem op en brak de groene, stekelige huls open. Binnenin zat een dikke zachte witte voering, net een baarmoeder. De kastanje was een volmaakt gevormd wonder. Hard en glanzend en bedekt met een flinterdun laagje olie. Ik wreef ermee over mijn gezicht. Een zijdezacht gevoel.

Frankie was door het dolle heen. Hij had zijn zakken en zijn handen vol en vond voortdurend nog grotere kastanjes die hij nergens kon bergen. Buiten zichzelf rende hij van ontdekking naar ontdekking. Het was een bijbels tafereel. Regen na de droogte. Oogst na de hongersnood. Kastanjes uit de hemel. Alleen voor ons tweeën. Verder geen levende ziel in de hele omtrek. Frankie en ik alleen in de Fifteen Acres. Alleen in een zee van overvloed. *Wereld van waaihout in bladerbed aarde.* Dat was een dichtregel. Gerard Manley Hopkins. Gelezen op school. Poëzie van de ziel. Voor het eerst begreep ik de zin ervan. *Goudenwoud ontlommerend.* De bomen waren stervende, maar in Frankies ogen sprankelde voor het eerst sinds dagen weer licht. Dat woog zwaarder dan alle gedichten bij elkaar. Ik had hem hiernaartoe gebracht uit schuldgevoel. Uit medelijden. Maar het tafereel had niets meelijwekkends. Ik voelde mijn relatie met Frankie veranderen. Door het zien van zijn verrukking en het besef dat ik die mogelijk had gemaakt. Het vervulde me met blijdschap die helemaal nieuw voor me was. Ik begreep dat het mijn rol als oudere broer was hem te beschermen en dat ik al die tijd in gebreke was gebleven.

Thuis heerste grote opwinding toen we onze zakken uitlaadden. Niemand had ooit zo'n verzameling 'knoerten' bij elkaar gezien. De hele tafel lag vol. Een zee van kastanjes. Er kon niets meer bij maar er kwamen er steeds meer. Pa was het geestdriftigst van allemaal. Als kind had hij een kampioen gehad maar in deze hoop zou best eens een superkampioen kunnen schuilen. Eerst sorteerde hij ze op grootte. Daarna pakte hij ze een voor een op en rolde ze tussen zijn vingers. Als er ruimte tussen de huid en de kern zat, legde hij ze opzij. Dat was een fataal gebrek. Kastanjes met een platte kant werden eveneens afgekeurd. Die vormden een te groot doelwit voor de vijandelijke kastanje. De ideale kastanje, legde hij uit, was grof van huid. Hij moest er verweerd uitzien, een pokdalig smoelwerk hebben. Meer een zeepok dan een steen. Frankie plukte er een van tafel.

'Net als deze?'

Pa inspecteerde hem. We keken allemaal. Wachtend op zijn uitspraak.

'Niet gek. Niet gek. Maar niet zo goed als deze.'

Hij stak zijn hand in zijn zak en haalde er de lelijkste kastanje uit die ik ooit had gezien. Alsof hij een huidaandoening had. Hij liet hem over zijn handpalm rollen. Hij pakte Frankies exemplaar en legde het ernaast.

'Als je deze twee jongens in de ring zet veegt deze jongen de vloer aan met deze jongen... elke dag van de week.'

Frankie, Johnny en Gerard begonnen de kastanjes volgens pa's criteria te sorteren. Ze onderzochten ze een voor een. Goudzoekers op jacht naar klompjes zuiver goud. Om de paar minuten riep iemand rood van opwinding:

'Ik heb 'm. De superkampioen.'

Dan keek pa op.

'Jazeker, dat zou 'm best kunnen wezen.'

De spanning was om te snijden. Hij stak ons allemaal aan. Hij sleepte ons mee, een kind in een volwassen lichaam. Hij was in zijn element, volkomen ontspannen. Elke dag werkte en presteerde hij in de volwassen wereld. Daar genoot hij respect. Maar stiekem wilde hij bij de kinderen horen. Bij hen kon hij het meest zichzelf zijn. Bij hen hoefde hij zich niet anders voor te doen dan hij was.

Uiteindelijk waren de vechtkastanjes uitgeselecteerd. Zestien stuks konden de toets doorstaan. Het volgende stadium was ze klaarmaken voor de strijd. Hun wapenrusting harden. Pa knielde voor de open haard, stak zijn hand in de schoorsteen en voelde naar een rand. Ma kwam uit de bijkeuken en dreigde haar hoed en haar jas te pakken als hij zijn werkplunje niet aantrok. Het was geen serieus dreigement. Pa zei dat hij voorzichtig zou zijn. De woorden waren nog niet uit zijn mond of een stuk roet viel naar beneden en ontplofte op de boord van zijn witte overhemd. Het maakte een prachtig motiefje. Toen de zestien kastanjes opgeborgen waren, stond ma een schoon overhemd te strijken zodat hij op tijd bij de honden zou zijn. Terwijl ma streek, zeepte hij zijn gezicht in en kondigde een edict af. Niemand mocht de kastanjes van hun rustplaats verwijderen. Ze waren in het vagevuur gelegd en alleen pa kon ze uit hun lijden verlossen. Het was een edict waar al zijn onderdanen zich terstond en onvoorwaardelijk bij neerlegden.

* * *

Ma was de eerste die iets van Frankies evenwichtsstoornis merkte. Het was vrijdag rond etenstijd. Pa en Frankie werkten aan de Anglia; voor de honderdste keer de bougies uitdraaien en schoonmaken. John Charles Gallagher zat in de eetkamer boven zijn bord te huilen. Ma schoof naast hem en zette haar strenge stem op.

'Je moet me vertellen wat er is, John Charles.'

Ze gaf hem een zakdoek om het snot van zijn neus te vegen.

'Ik heb op 't werk verteld dat ik priester wil worden.'

'Je hoeft niemand jouw zaken aan de neus te hangen.'

De tranen stroomden over zijn wangen, zodat hij net een visje was.

'Is 't waar dat je als wees geen priester kan worden?'

'Zeiden ze dat?'

Hij was zo van streek dat ma het ook te kwaad kreeg. Ze nam hem in haar armen. Hij kroop tegen haar schouder.

'Stil maar.'

Je wist bij hem nooit of het echt was of niet. Ik had met hem te doen. Ik had het nog niet gedacht of hij hield op met huilen. Hij keek me aan en gaf me een brede grijns. Als een nar stak hij zijn duim in zijn mond en zijn neus in de lucht. Ma nam hem mee naar de keuken en liet hem bij ons aan tafel eten. Daarmee brak ze een van haar gouden regels. Daarna pakte ze, ongelooflijk maar waar, de madenmaker uit de kast en zette die op tafel. De madenmaker was een zilveren pureemachine die uitsluitend op eerste kerstdag van stal werd gehaald. De andere 364 dagen van het jaar stond hij keurig achter in de kast. Ma schudde de pan met aardappelen erin en draaide er vijf miljoen maden uit. Pa en Frankie kwamen met vette oliehanden uit de garage.

'Kom je maden eens opeten, Frankie.'

Frankie kon zijn ogen niet geloven. Hij nam niet eens de tijd om zijn handen te wassen. Hij pakte zijn vork en wilde die een duikvlucht naar de maden laten maken. Hij haalde het bord niet eens. Niemand wist precies wat er gebeurde. Het was net alsof iemand hem van zijn stoel duwde, alleen had niemand hem geduwd. Hij zakte gewoon opzij en viel op de grond. Ma raapte hem op en zette hem terug. Bij ons werd doorlopend van stoelen gevallen, gegleden, geduwd en getrokken. We hadden het allemaal veel te druk met maden in onze mond proppen om veel aandacht aan Frankie te schenken.

'Is 't je evenwicht, jongen?'

Het was de eerste keer dat ik ma dit woord hoorde gebruiken.

'Is er iets mis met je evenwicht?'

'Ik gleed uit.'

'Je ziet er helemaal niet goed uit, je bent zo bleek.'

Ik vond het heel raar, dat gepraat over evenwicht. Een leraar op school had ons pas gevraagd wat er met de soldaat die Sint-Petrus in de Hof van Gethsemane een oor had afgehakt gebeurd was. Niemand wist het. Hij viel om, deelde de leraar ons mee. Hij viel om omdat onze oren de zetel van ons evenwicht zijn. Aan Frankies oren mankeerde niets. In de daaropvolgende weken gebeurde het nog een paar keer. Ik wist zeker dat hij het expres deed. Zoals een aap in de dierentuin die een nieuw trucje geleerd heeft en het publiek ermee blijft vermaken. Typisch Frankie. Meteen na zo'n val sprong hij breed grijnzend overeind. Maar goed dat ma het niet zag. Dan zou hij ervan lusten. Op een avond tijdens een repetitie in de voorkamer vroeg ik of hij het voor de band wilde doen. Nu deed hij het heel anders. Hij deed alsof. Dat zag je meteen. Als het echt was, viel hij als een zak op de grond. Shea was kwaad. Op mij, niet op hem. Pas nu ik Frankie gevraagd had zijn valtruc te demonstreren drong het tot me door dat hij iets mankeerde. Wát precies was me niet duidelijk. Ik dacht dat Shea het wist. Shea wilde niets zeggen. Ik vroeg hem of het iets met zijn hoofd te maken had. Ik zag zijn gezicht niet maar ik hoorde de emotie in zijn stem.

'Ik denk van wel.'

Het werd zo erg met de televisie dat we op het laatst zonder beeld zaten en alleen nog geluid hadden. Hij stond er al zeven jaar. Pa meende dat er met een beetje mazzel nog zeker zeven jaar bij konden. Soms kreeg je even beeld als je een klap tegen de zijkant gaf. Op een avond zaten we naar *The Fugitive* te luisteren, wachtend op de onvermijdelijke arrestatie van David Kimball, toen Frankie door de achterdeur binnenkwam. Pa vroeg hem de televisie een klap te geven. Voordat hij hem kon aanraken sloeg hij tegen de grond. Hij sprong meteen overeind en ging aan tafel zitten.

'God, wat heb je?'

Ma kwam de bijkeuken uit.

'Dat geeft de doorslag, pa, ik ga naar dokter Wallis.'

Ita zette de televisie af. Niemand protesteerde. We hielpen allemaal de tafel afruimen. Frankie zat onaangedaan op zijn stoel, alsof hij het allemaal had zien aankomen. De praktijk van dokter Wallis was naast de deur, Seville Place 45. Hij kwam vlak achter ma binnen, met opgerolde mouwen en zijn zwarte tas in de hand. Hij zette de tas op tafel en haalde er een staaflampje uit. Hij scheen ermee in Frankies oog. Eerst het rechter. Toen het linker. Nog terwijl hij keek vroeg hij:

'Hebt u vervoer?'

Ja, antwoordde pa.

'Hij moet meteen naar het ziekenhuis.'

De garagedeuren waren nog nooit zo snel opengevlogen. Ze rolden nog toen pa de Volkswagen achteruit naar buiten zette. We hadden de Anglia net op straat geduwd toen ma met Frankie de deur uitkwam. Ze had een deken om hem heen geslagen. Enkele ogenblikken later waren ze op weg naar het Kinderziekenhuis in Temple Street. Thuis heerste stilte. Een afschuwelijke stilte waarin de allerergste dingen door ons hoofd spookten. Dingen waaraan we geen woorden durfden te geven. Met elke minuut wachten werd de stilte dieper. Zouden ze medicijnen hebben om Frankie ter plaatse beter te maken? Of zouden ze hem vasthouden voor onderzoek voordat hij genezen kon worden? Was het mogelijk dat ze geen antwoord hadden? Een mysterieuze ziekte waar niets aan te doen was? Ik probeerde er niet aan te denken dat ik hem uit de tuin had weggejaagd. Maar hoe ik me ook inspande, ik kon nergens anders aan denken.

John Charles Gallagher kwam zwaaiend met zijn geboorteakte de deur binnen. Hij had nu een document waarop stond wie hij was. Hij had een moeder en een vader en wist hoe ze heetten. De akte maakte hem ook drie jaar ouder dan hij gedacht had. Hij was in één klap drie jaar van zijn leven kwijt, die hij nooit meer terug zou krijgen. Dat was een zware klap, en op elk ander moment zouden we hevig met hem meegeleefd hebben. Maar het viel in het niets vergeleken bij Frankies situatie. De stemming in huis zette al snel een domper op zijn vreugde. Ik vond het jammer dat zijn verhaal in zwijgen gesmoord werd, want zolang hij praatte hoefde ik niet steeds in mijn gedachten naar Frankie te kijken terwijl hij op zijn hoofd van de kar viel.

Ma kwam als eerste binnen. Ze zette een tas met kleren op tafel. Ik zag Frankies trui bovenop liggen. Ze liep naar de bijkeuken en zette water op. Pa kwam binnen en hing zijn jas op, maar hij ging niet in zijn stoel zitten. Hij liep naar de haard en leunde tegen de schoorsteenmantel. Toen ma weer uit de bijkeuken kwam, ging ze op pa's stoel aan de tafel zitten. De kostgangers kwamen ook. Iedereen was er.

Het nieuws was dat er geen nieuws was. Zonder verder onderzoek kon men weinig zeggen. Ze zagen iets in zijn ogen. Net als dokter Wallis. Kon het zijn dat zijn ogen vensters waren met de gordijnen dicht, zodat ze niet in zijn hersenen konden kijken? Of scheen het licht wel naar binnen en zagen ze iets lelijks? We hadden er recht op dat te weten maar ze wilden niets loslaten. We konden alleen maar bidden. Bidden dat het iets geneeslijks was. We wilden alleen maar vragen stellen en antwoorden krijgen. Niet bidden. We wilden actie. We wilden dat Frankie beter werd. Het was ons recht, ons door God gegeven recht om te vechten en hem te genezen. John Charles Gallagher zei dat het in Gods handen lag. Hij moest overal God bij slepen. Het lag niet in Gods handen, het lag in onze handen. Er waren nog te veel onbeantwoorde vragen om nu al over God te beginnen.

Ma en pa gingen niet naar The Liverpool. We zaten in de keuken, elkaar voortdurend dezelfde vragen stellend en dezelfde antwoorden gevend. De bakstenen muren hoorden ons. Buren kwamen binnen. Allemaal met opbeurende woorden. Hij komt er heus wel bovenop, zeiden ze tegen ma. Misschien is het enkel een hersenschudding. Hoogstwaarschijnlijk een hersenschudding. Vrijwel zeker een hersenschudding. Zonder meer een hersenschudding. Gewoon een hersenschudding en daarmee basta. Ze hadden hem voor observatie in het ziekenhuis gehouden. Dat was een goede invalshoek. Om rond te spelen. Over en weer te kaatsen. Op en neer, heen en weer, in cirkels en rechte lijnen, altijd terug naar dezelfde onontkoombare conclusie. Hersenschudding. Iedereen had een verhaal over een ongeluk met Frankies hoofd. Die keer dat de garagedeur boven op hem viel en dat hij er zonder Johnnie niet meer geweest zou zijn. Die keer dat hij over zijn stuur vloog op weg naar de bookmaker en de man zelf de straat op rende toen hij Frankies hoofd op de grond hoorde smakken. Of die keer met de kar in Seville Place. Dat was een lelijke klap. Ik zei een schietgebedje. Ik bad voor hersenschudding. Ik bad tot de man met mededogen. Die nog steeds op zijn reet zat. Aan de rechterhand zijns Vaders. Ik pakte de tas met kleren en nam hem op schoot. Ze leken me eenzaam, zo alleen op tafel. Onaangeraakt. Onaanraakbaar. Ik hield de tas vast omdat ik mijn spijt wilde betuigen. Ik wist niet of ik die kans nog ooit zou krijgen.

Morgen zou een normale dag zijn, besloot pa. Het was na twaalven. Ik vond het de abnormaalste dag van mijn leven. We zouden allemaal naar school gaan. In het ziekenhuis zouden onderzoeken gedaan worden. 's Avonds zouden we Frankie gaan bezoeken om te zien hoe hij het maakte. Nee, we zouden naar het ziekenhuis gaan om te zeggen hoe fantastisch hij was.

We moesten hem opmonteren, wat er ook gebeurde. Dat betekende dat we onszelf moesten opmonteren. We moesten als gezin één vuist maken, een vuist voor Frankie. Frankie was de enige die telde. Frankie. Ik zag elke letter van zijn naam in vloeibaar goud. Dat langzaam stolde. Ik stond op en wenste het gezelschap welterusten. Ma vroeg wat ik met Frankies kleren van plan was.

'Ervoor zorgen tot je ze nodig hebt.'

Ik legde ze in de klerenkast naast mijn gitaar. Ik ging naar bed en lag wakker. Ik maakte me zorgen dat de kleren bang waren voor het donker. Ik wist dat dit onzin was. Ik wist ook dat ik ze daar niet kon laten. Ik haalde ze uit de kast en legde ze op de grond naast mijn bed. Nu begon ik te piekeren over de gitaar. Ik hoopte dat die zich niet buitengesloten voelde. Gitaren hadden gevoelens. Een persoonlijkheid. Dat wist elke gitarist. Ik haalde de gitaar uit de kast en zette hem op de leunstoel. Ik drapeerde de kleren er losjes omheen. Om de hals en de klankkast. Ik bleef ernaar kijken tot mijn ogen begonnen te prikken. Ik weet niet of ik wakker was of sliep toen ik Shea van zijn knieën hoorde komen en in bed hoorde kruipen. Ik draaide me om en keek hem aan.

Da's leuk gedaan.'

Ik was blij dat ik het gedaan had. Ze pasten goed bij elkaar.

'Ik denk niet dat hij ze ooit nog nodig zal hebben.'

Zijn stem trilde. Wat een schokkende uitspraak. Alsof Frankie in een gat in de grond zou verdwijnen. De gedachte had ons allemaal door het hoofd gespeeld maar niemand had haar durven uitspreken. Het was te pijnlijk om bij stil te staan.

'Het ligt in Gods handen.'

Ik hoorde het mezelf zeggen. Hoorde de woorden van mijn lippen komen. Het lag niet in Gods handen, dat wist ik. Ik zei het om Shea te troosten. Het lag nog steeds in onze eigen handen. Ik wist niet wat we precies moesten doen. Dat kwam wel als het zover was. Het in Gods handen leggen was de enige manier die ik kon bedenken om mijn pijnlijk overwerkte hersenen tot bedaren te brengen. Ik moest mijn hoofd rust geven. Shea was ook aan rust toe. Hij moest nodig gaan slapen. Ik probeerde hem in slaap te wensen. Ik vroeg me af waaraan hij dacht. Dacht hij hetzelfde als ik? Het was een opluchting even niet aan Frankie te hoeven denken. Ik dacht opnieuw aan Shea. Ik dacht aan hem met zijn ogen open. Ik dacht aan hem met zijn ogen dicht. Ik speelde open en dicht met zijn ogen tot ik in slaap viel.

Frankie zat op het bed van een ander jongetje een legpuzzel te maken. Alan heette hij. Het waren grote stukken. Alan was zes. Ze kenden elkaar één dag. Ze waren de dikste maatjes. Frankie deed de kleintjes voor hoe het speelgoed werkte. Hij was de oudste in de zaal. Hij commandeerde ze, net als Shea mij commandeerde en ik Johnnie. Hij deed Alan de legpuzzel voor. Het middelste stuk ontbrak. Hij vroeg Alan waar het was. Alan schudde zijn hoofd. Frankie vroeg hem zijn handen te laten zien. Alan stak een vuist vooruit. Frankie peuterde hem open en vond het ontbrekende stuk. Hij maakte de puzzel af en ging een plaatje kleuren met Vanessa in de roze pyjama, die acht was.

Frankie maakte geen zieke indruk. Hij had het te druk om ziek te zijn. Als oudste patiënt in de zaal had hij zich vol animo op de organisatie gestort. Het was een briljante inval van de staf. Doordat hij geen tijd had om ziek te zijn was hij al aan de beterende hand. Glimlachend zaten we aan Frankies lege bed. We keken gebiologeerd toe hoe hij als een stoomtrein bed na bed afwerkte. Er was zo veel veranderd in die ene dag. Wat voor medicijnen hadden ze hem gegeven? Ik pakte zijn status van de haak aan het voeteneind. Er stonden slordig geschreven getallen op. Zijn temperatuur, nam ik aan. Nog meer getallen. Bloeddruk. Die waren onleesbaar. Onderaan stond iets onduidelijks. Drie woorden. 'Voor' was het middelste. Het eerste zag eruit als 'klaarmaken'. Ik wist het niet zeker. Het laatste woord begon met een O. Klaarmaken voor O. Ik kon het Frankie niet vragen, want die had geen tijd. Ik was blij dat ik de kans niet kreeg.

Op de gang wachtten we op ma en pa. Die praatten met de hoofdzuster op haar kantoor. Iets verderop lag nog een zaal. Het was er doodstil. Hij leek in bruin licht gedompeld. Ik liep naar de deur. Er stond maar één bed. Er lag een roerloos kind in, je kon het amper zien ademen. Dit was de zaal voor echt zieke kinderen. Geen twijfel mogelijk.

Die eerste dag in het ziekenhuis gaf ons veel hoop. De volgende dag ook nog. Als Frankie ziek was, merkte je daar in ieder geval niets van. En als iemand echt ziek was dan merkte je dat. Dat kon niet anders. Ma en pa waren er erger aan toe dan Frankie. Ze sliepen al dagen niet. Ze gingen zonder ons naar het ziekenhuis. Naar de specialist voor de uitslag van de röntgenfoto's. Ze waren vol stil optimisme. Vooral pa. Hersenschudding. De toevallen waren misschien een tijdelijke afwijking geweest. Een geestelijke kramp. Een kleine storing die zichzelf verholpen had. Dat gebeurde aan de lopende band, zei pa. Een collega op het station kende een boer in Roscommon die een kind had dat plotseling begon te vallen. Nader onderzoek bracht aan het licht wat hij had. Hij moest een bril hebben. We lachten toen pa dit verhaal vertelde. Lachten harder dan nodig was. Ik zag dat ma helemaal niet lachte. Ma was altijd op het ergste voorbereid. Deze keer had ze het mis. Elke positieve gedachte kon de situatie verbeteren. Negatieve gedachten deden alleen maar kwaad.

Pa gaf me geld voor de wedstrijd in Tolka Park. Genoeg voor de overdekte tribune. Mij en Johnny. Zitplaatsen en bouillon in de rust. Ik vond het een raar idee. Ik wist dat het ziekenhuis geen kinderen toeliet maar ik zou de uitslag liever thuis afgewacht hebben. Pa wilde niet dat iemand thuis zat te kniezen. Het zou allemaal goed aflopen. Hij wilde dat we ons vermaakten. Dat alles bij het oude bleef. Alles zoals Frankie het gewild zou hebben.

Drumcondra speelde tegen Dundalk. Wat een ironie. Pa's club tegen ma's club. Halve finale van de provinciale beker. 'De Drums' tegen 'de stad'. Het kon me geen barst schelen wie er won. Ik was gek op voetballen, maar nu zag ik het nut niet in van tweeëntwintig mannen die op een veldje achter een bal aan joegen en probeerden hem in een net te schoppen. Als ze er even over nadachten, zouden ze zich allemaal aankleden en naar hun gezin terugkeren. Het enige interessante was de nummer 9 van Dundalk. Jimmy Hasty. Die had maar één arm. Ondanks zijn gebrek was er niets mis met zijn evenwichtsgevoel. Een gevaarlijke aanvaller. De thuissupporters hadden medelijden met hem. Telkens als hij de bal kreeg, begonnen ze te klappen. Nog voor de rust had hij binnen een tijd van drie minuten twee doelpunten voor Dundalk gescoord. De Drumcondra-supporters konden het niet verkroppen dat een eenarmige middenvoor hun club een achterstand van twee doelpunten had bezorgd. Hun medelijden sloeg om in vijandigheid.

'Pak de klootzak, hij heeft maar één arm.'

Drums kreeg een hoekschop. De bal vloog langs de doelmond en schampte langs Hasty's stompje.

'Hands.'

De kreet ging het hele stadion rond.

'Hands, scheidsrechter.'

Tot mijn verbijstering wees de scheidsrechter naar de stip. De spelers van Dundalk verdrongen zich om hem heen. Ze gingen hem lynchen. Voor het eerst in de geschiedenis van het Ierse voetbal had een speler met een stomp in plaats van een arm een strafschop wegens hands gekregen. De rest van Dundalk kwam er ook bij. Trainer, verzorger, invallers, iedereen rende het veld op en begon met de scheidsrechter te bekvechten. Ten slotte liep een man in een net pak het veld op en overlegde met de scheidsrechter. De voorzitter van Dundee. Hij luisterde met gebogen hoofd terwijl God in zijn zwarte pak hem de wet voorschreef. In het Kinderziekenhuis hield de God met de röntgenfoto's Frankies lot tegen de lichtbak. Het publiek in Tolka Park was zich totaal onbewust van wat er zich op nog geen kilometer afstand afspeelde. Hun vrolijkheid leek zo misplaatst. Waarom deed ik hieraan mee? Ik was hier met Johnny naartoe gestuurd om de schijn van normaliteit op te houden. Hier was niets normaals aan. Dit was een circus. Ik was erop uitgestuurd om naar de clowns te kijken terwijl ma en pa bij God op audiëntie waren. Ik was hier met een smoesje naartoe gelokt. Een afleidingsmanoeuvre om me uit de buurt te houden als het nieuws kwam. Op dat moment wist ik dat het nieuws slecht zou zijn. Ik keek naar Johnny en vroeg me af of hij het ook wist. Ik wist dat we niet op de tribune van Tolka Park zouden zitten als het nieuws goed was. Ik stond op en tikte Johnny op zijn schouder. Hij ging gewillig mee, alsof hij het ook wist. Buiten het stadion in Richmond Road hoorden we het gejoel dat beduidde dat Drums de strafschop gemist had. Het kon me geen barst schelen.

Het nieuws was niet goed. Dat zag ik aan pa's haar. Dat was wit geworden. Niemand zei er iets van maar iedereen zag het. Eerst was het grijs en nu was het wit. Het nieuws was niet goed. De woorden gingen als een uitgekauwd cliché de kring rond. Even onophoudelijk als ma's boterhammen. Ma zorgde, zoals altijd. Ze ging er helemaal in op. Alsof het van levensbelang was dat iedereen een boterham had. Het nieuws was niet goed. Zelfs ma kon het niet verhelen. Het nieuws was niet goed.

Het nieuws was rampzalig. Frankie had een gezwel als een golfbal in zijn hersenen. Een tumor, zeiden de artsen. Het was een gezwel. Een ouderwets gezwel. In zijn hoofd. Niemand, artsen of leken, voorzag dat het iets anders zou doen dan gewoon doorgroeien. Het nieuws was niet goed. Het nieuws was rampzalig. Het gezwel zat er al een poos. Onder zijn schedel, stilletjes aangroeiend. Al maanden lang, misschien zelfs jaren. Al vóór het ongeluk met de kar. Al vretend tot leven komend.

Het nieuws was rampzalig maar ik was blij dat het gezwel er al een poos zat. Ik haatte mezelf dat ik dit dacht. Haatte mezelf maar kon mijn blijdschap niet onderdrukken. Veroordeeld en weer vrijgesproken. Onder de galg gestaan en ontsnapt. Pa niet. Pa kon niet ontsnappen. Voor het eerst sinds jaren had ik weer met hem te doen. Pa moest de knoop doorhakken. De röntgenfoto's hadden gesproken en hij moest beslissen wat er gedaan moest worden. Hij had zijn hele leven gegokt. Niemand had er zo veel oog voor als hij. Gokken was zijn lust en zijn leven. Op iets als dit had hij nog nooit gegokt. Of zijn zoontje zou leven of sterven. Ons broertje, Frankie. Het was wetenschap versus godsdienst. Kop of munt. Wie zou het op de worp van een munt willen laten aankomen? Niemand. Toch moest iemand het doen. Uiteindelijk zou pa die iemand zijn. Wat een ondraaglijke last. Zijn haar was er al wit van geworden. Hij kende de mogelijkheden. De schaar versus het relikwie. Openmaken en wegsnijden. Of dicht laten en er met een relikwie overheen wrijven. Ma zou hem helpen tot een besluit te komen. Ze zouden het samen doen. Een gezamenlijke beslissing. Maar uiteindelijk zou pa de knoop doorhakken. Pa zou hem doorhakken want pa was pa.

Pa koos voor de wetenschap. Hij riep iedereen bij elkaar en lichtte ons in. We waren dolblij met zijn beslissing. Dit was het tijdperk van de wetenschap. Een tijdperk van wonderen. De geneeskunde was de wegbereider. De grensverlegger. In Zuid-Afrika had een man het hart van een ander gekregen. Hij at en ademde en leefde. De kloof tussen wetenschap en wonderen werd smaller. Het was Frankies beste kans. We mochten hem zijn beste kans niet ontzeggen. De chirurgen zouden hun werk doen.

'Dat betekent alleen maar dat we nog harder moeten bidden.'

Ma had gelijk. God kon ook helpen. God moest niet denken dat hij eraf was. Zijn hulp was ook nodig. Alle hulp was welkom. We knielden op de grond voor de rozenkrans. Ma droeg hem op tot intentie van Frankie. Terwijl we de mantra van weesgegroeten afwerkten, dacht ik aan de chirurg die in Frankies hersenen sneed. Gods zachte hand die hem leidde. Een hersen-odyssee. Een zee van bloed. Roestvrijstalen scharen, drijvend in een bloemkoolrif. Steeds dieper wegduikend in de zwarte rode zee. Een verrassend licht. Nee, niet daar, hier. Knip, knip. Twee kerven. Perfecte incisie. Een drijvende bloem. Eerste waarneming van het ruimteschip parasiet. Vermomd als gouden bal. Kwaadaardig rotding. Heeft zichzelf met kabel aan moederschip verankerd. Al maanden op sleeptouw. Kabel inmiddels zo dik als een boomstam. Heeft aantal functies van moederschip overgenomen. Een flankaanval heeft geen zin. Niet doortastend genoeg om de parasiet uit te schakelen. Onze enige kans is de kern aan te vallen. De boomstam doorsnijden en verwijderen. Groot alarm. Pas op voor hersenslagaders. Parasiet heeft ze als eigen kabels vermomd. Frontale aanval op parasiet op handen. Alle posten paraat. Zuurstof. Bloed. EHBO-team. Licht. Twee. Klaar voor de aanval. Een. We gaan erop af. Wees gegroet Maria en God op je dikke reet we hebben je nodig. Hak hak, knip knip. Parasiet biedt heftig weerstand. Alsnog flankaanval inzetten. Attaqueer buitenwand en verwijder alle brokstukken. De vrucht van uw schoot, meer bloed pompen. Parasiet heeft dubbele functies. Parasiet is eveneens kameleon. Nog nooit zoiets gezien. Zorg dat de kabels aan het onbekende schip vastzitten. Dit is de grootste parasiet die we ooit... Gezegend zijt gij ik verlies contact met de Maagd Maria. Waar is de moeder Gods, ik zie niets meer, geef me licht. Nu en in het uur, kap, kap, kap, kap, kap. Ik zie niet waar ik snij, bid voor me, bid dat ik de juiste kabels doorhak verdoold in de ruimte, nu en in het uur van onze hier komt de parasiet, nog één knip, ik heb hem in mijn hand, dichtnaaien die handel, nu en in het uur van onze dood, amen.

Frankie zag er zielig uit met al die sporen over zijn kaalgeschoren hoofd. Hij lag in de zaal voor echt zieke kinderen. Wij zaten en stonden in een halve cirkel om zijn bed. We deden allemaal lief tegen elkaar. Johnny bood me zijn stoel aan omdat ik al een poosje stond. Ik weigerde. Pa zei dat ik al een hele tijd stond en moest gaan zitten. Johnny kwam overeind en ik nam zijn stoel. Toen ik ging zitten gaf hij een kneepje in mijn schouder. Ik had nog nooit zo'n tederheid van hem gevoeld. Ik legde mijn hand op de zijne. Het was een vreemd maar machtig gevoel.

Ita stelde voor een tientje van de rozenkrans te bidden. Dat leek me onnodig. God had zijn werk gedaan. Of niet gedaan. We wachtten tot Frankie zijn ogen open zou doen en iets zou zeggen. We wachtten op zijn testament. Tot die tijd leken alle woorden overbodig. Niemand zei iets. Niemand hoefde iets te zeggen. Toch zaten we even later allemaal op onze knieën. Ita droeg het op tot intentie van de dokters en zusters. Halverwege ging de deur open en kwam Alan, Frankies vriendje, de zaal in. Hij had een legpuzzel in zijn hand.

'Wanneer komt Frankie weer spelen?'

We probeerden verder te bidden. Hij liet zich niet afschepen.

'Wat mankeert Frankie?'

Ita kon zich niet meer inhouden. Ze schoot in een lach die vochtig was van de tranen. Nu gingen we allemaal voor de bijl. De rozenkrans leidde wel vaker tot vrolijkheid. Thuis had een scheet of een boer vaak hetzelfde effect. Hier, in het ziekenhuis, was er geen houden meer aan. Zoiets had ik nog nooit meegemaakt.

De volgende dag deed Frankie zijn ogen open en praatte tegen ons. Hij lag erg stil, omdat zijn hoofd zeer deed. Zijn hoofd leek op de garage na pa's opgravingen. Maar hij kende ons wel. Ik probeerde me voor te stellen hoe hij zich voelde. Ze hadden gaten in zijn schedel geboord. Dat moest vreselijk pijn doen. Gezichten die zijn blikveld binnendreven. Deed het pijn het ene van het andere te onderscheiden? Deed het pijn je lippen te bewegen en de namen uit te spreken? Zijn geheugen was ongeschonden. Deed het pijn als hij het gebruikte?

Die avond deed niemand een poging de schijn van normaliteit op te houden. Nummer 44 was een tranendal. Operatie parasiet was mislukt. De chirurg had zijn best gedaan maar was er niet in geslaagd alles weg te nemen. Op het laatst kon hij weinig anders doen dan hem weer dichtnaaien. De wetenschap had ons bedrogen. Nu was het een wonder of niets. Alles was nu aan God. Pa huilde niet, hij jankte. Telkens als oom Paddy hem whisky wilde geven, wierp hij zijn hoofd in zijn nek en stiet een nieuwe jammerkreet uit. Zodra die weggestorven was, begon elders weer iemand anders te huilen. Ma was gek van verdriet. Ze had zich drooggehuild. Ze hing in de armen van tante Anne en mevrouw Hogan en elke ademtocht was een zucht. En na elke zucht, Moeder van God. Moeder van God. Heilige Moeder Gods bid voor ons. In een andere hoek bad tante Becky met een groepje vrouwen onophoudelijk de rozenkrans. Iemand had een echte relikwie van Matt Talbot beloofd. Een stukje van de doodkist van de heilige om mee over Frankies arme hoofdje te strijken. Er waren meer wonderen mee verricht. Een vrouw in Dolphin's Barn. Kanker. In de bijkeuken maakten tante Lilly en tante Sally een nieuw bord boterhammen waar niemand trek in had.

Oom John, pa's jongste broer, schudde voortdurend mijn hand. Arme Frankie. Je arme broertje. Minstens honderd keer. Hij liet me pas los toen hij in tranen uitbarstte en zijn zakdoek moest pakken. Oom John had een flesje Guinness voor me gevonden. Het was de eerste keer dat ik openlijk alcohol dronk, in het bijzijn van mijn ouders. Niet dat ze het zagen. Helemaal niet. Niemand had belangstelling. Het huis zat vol mensen maar het was de eenzaamste plek ter wereld. Ik pakte een whiskyglas. Nam een slok. Alsof ik een stomp tegen mijn borst kreeg. Ik spoelde het weg met een slok Guinness. Een paar minuten later trok er een warme gloed door mijn lichaam. Voor het eerst leek het verdriet draaglijk. Ik dronk meer whisky om de duisternis nog verder te verdrijven. Dat lukte uitstekend. Ik dankte God voor whisky. Levenswater. Er was maar één klein probleem. De kamer begon te draaien en weigerde stil te staan. Of was het mijn hoofd dat tolde? Ik wist het niet zeker. Ik probeerde mijn hand uit die van oom John te trekken. Arme Frankie. Arme ik. Zag hij niet dat het arme ik was? Ik trok me los en liep steunend tegen de muur naar de deur. Ik wankelde de trap op en kroop met kleren en al in bed, waar alles zo hard draaide dat ik me uit alle macht moest vastklemmen om niet van de wereld af te vallen.

De volgende dag was Frankie nog steeds bij bewustzijn. Hij zag er beter uit dan ik me voelde. Zo ziek als een hond. Mijn mond was uitgedroogd en ik kon geen hap of slok door mijn keel krijgen. Ik zwoer dat ik nooit meer een druppel whisky zou aanraken. Om elf uur arriveerde mevrouw Scally met het stukje van Matt Talbots doodkist. Zij en ma streken ermee over Frankies hoofd en baden voor zijn zaligverklaring. Later pakte ik de relikwie en kuste haar. Het hielp geen zier. Ik liep de gang op naar Shea en samen keken we uit het raam naar het voorbijrijdende verkeer. Wreed hoe het dagelijks leven verderging. Mensen gingen naar hun werk. Straatventers prezen hun waren aan. Kinderen klommen op de hekken van de St.-George-kerk. Het plein heette St. George's Pocket, de leukste plaatsnaam in Dublin. De broekzak van St.-George. Vandaag was het totaal onbelangrijk. Zeven meter hiervandaan vloeide het leven langzaam weg uit onze Frankie. Elke minuut namen zijn levensgeesten af. Spoedig zou het elke seconde zijn. We gingen om de beurt met hem praten. We namen afscheid van hem zonder dat met zoveel woorden toe te geven.

Johnny kwam de kamer uit en ik ging naar binnen. Ik wist dat ik niet emotioneel mocht worden. Hoe kon ik ook. Hij was mijn kleine broertje. Ik moest me goed houden. Ik wilde niet dat hij wist dat hij op sterven lag. Ik moest vooral geen afscheid nemen. Dat was heel belangrijk. Ik zou het luchtig houden.

''t Lijkt wel of je gevochten hebt.'

Hij glimlachte. Ik kon niet geloven dat hij nog genoeg energie had om te lachen. Zijn mond ging open maar ik kon hem niet verstaan. Ik boog me over hem heen. Zijn lippen raakten mijn oor aan.

'Jij bent Elvis Presley... Ik ben Elvis Presley niet...'

Ik liet me voorover op zijn bed vallen en huilde, huilde, huilde tot ik niet meer wist waar de tranen vandaan kwamen. Ik wilde niet dat hij doodging. Ik wilde hem niet kwijt. Ik zag in dat ik mezelf voor de gek had gehouden omdat ik dit moment van me af had gezet en helemaal niet op zijn dood had gerekend. Ik wilde dat hij bleef. Ik wilde niet dat hij naar de hemel ging. Ongeacht hoe fijn het daar was. Ik wilde dat hij bleef en samen met mij opgroeide en alles deed wat ik deed. Ik wilde niet dat hij terugging naar de maan. Hij woonde op nummer 44. Daar hoorde hij thuis. Daar moest hij blijven. De lieve kleine snotaap. Ik wilde niet dat hij me verliet.

Hij overleed de volgende dag, vroeg in de middag. Hij overleed in de zaal voor echt zieke kinderen. We waren er allemaal bij. Ma, pa, Shea, Ita, Johnny, Gerard, Paul en ik. We waren allemaal bij Frankie toen zijn lichten doofden. Het was vredig. Heel vredig. We namen hem mee naar de St.-Laurence O'Toole-kerk in zijn kleine bruine doodkist. Voor de school in Seville Place hadden de jongens van zijn klas de erewacht betrokken. Allemaal gekleed in het groen en wit van O'Toole. Daarna droegen we zijn kist naar de kerk. Voor de voordeur van nummer 44 bleven we een minuut staan.

De kerk zat bomvol. Ik dacht aan alle keren dat ik voor de zielen in het vagevuur gebeden had. Allerzielen. Keken die nu vanuit de hemel op me neer? Ik hield ze niet verantwoordelijk. Ik hield die dikke luie klootzak van een God verantwoordelijk. Die zonder een vinger uit te steken op zijn reet was blijven zitten. Die ma's hart gebroken had en pa's haar wit had gemaakt. Die ons zijn rug toekeerde en ons buitensloot. Dat zou ik niet vergeten, want ik zou Frankie nooit vergeten. Dat nam ik mezelf heilig voor, op mijn knieën in de kerkbank.

'Ik zal je nooit vergeten, Frankie. Ik zal elke dag van mijn leven aan je denken.'

De mensen die hem gekend hadden zaten, met ons in de kerk. Ze schuifelden voorbij om ons te condoleren. Schoolvrienden, buren, onderwijzers, neven, nichten, ooms, tantes, dokters, verpleegsters, dokwerkers, melkboeren, kolenboeren, machinisten, loketbedienden, inspecteurs, busconducteurs, winkeliers, bookmakers, gokkers, kostgangers uit heden en verleden, bankbedienden, politici, oude IRA-mannen, de vrouwenafdeling van Fianna Fáil, nonnen, fraters en een heleboel parochianen. Andy, Catherine en Teresa waren er ook. Catherine omhelsde me en gaf me een kaart voor missen voor Frankie. Dat was het enige leuke moment van de dag. Die avond dronk ik meer whisky en voelde zijn ontzagwekkende kracht. De volgende morgen gingen we naar het kerkhof in Glasnevin en legden Frankie te rusten bij opa Sheridan.

James. Dublinse Brigade oude IRA. Gestorven op de leeftijd van 72 jaar. Daaronder zou komen staan te *Francis. Gestorven op de leeftijd van 10 jaar. Rust in vrede.* Terwijl de kist werd neergelaten en de gebeden opklonken, herhaalde ik mijn belofte:

'Ik zal elke dag van mijn leven aan je denken, Frankie.'

10

Het was niet nodig elke dag aan Frankie te denken, het was onmogelijk hem te vergeten. Hij was er nog op zo veel manieren. De leunstoel bij de open haard. Het oude groene fort waarvoor ik die kerstavond in een noodvaart naar de winkel was gefietst. Zijn schooltas die op de plank boven de keukendeur gezet was. Een paar oude rubberlaarzen die hij droeg als hij pa in de garage hielp. Ze waren ooit van mij geweest. Nu stonden in een hoekje naast de achterdeur en niemand zette ze weg.

Hoewel hij er nog steeds was, werd zijn naam zelden genoemd. Iedereen had zijn eigen herinnering en droeg die zwijgend met zich mee. 'Ik zal hun namen aan mijn eigen hart vertellen op lange winteravonden.' Woorden die Padraig Pearse geschreven had en in de mond van zijn moeder had gelegd. Voor nummer 44 was het hardop uitspreken van zijn naam te pijnlijk. Het was gemakkelijker in stilte te treuren. Hij keek op ons neer vanaf zijn foto boven de open haard en wij beantwoordden zwijgend zijn blik. Dat maakte het gemakkelijker. Op een dag keek ik een miljoen keer naar zijn foto. Dat was mijn manier. Mijn manier om me aan mijn belofte te houden.

Gerard kreeg de gewoonte duimend voor de achterdeur te gaan zitten. Als ik uit school kwam, vond ik hem steevast op zijn post. De wachter aan de poort. Hij stak altijd zijn benen omhoog om me tegen te houden. Dan kocht ik hem om met een snoepje. Op een dag vroeg ik hem waarom hij daar de hele dag zat. Hij schopte zijn schoenen uit en weigerde antwoord te geven. Ik haalde een penny uit mijn zak en hield die voor zijn neus. Hij probeerde hem te pakken maar ik kneep mijn hand dicht. Ik zei dat hij hem kon krijgen als hij zei waarom hij daar elke dag zat.

'Ik wacht op Frankie.'

Ik legde uit dat Frankie in de hemel was, maar Gerard wilde gewoon weten wanneer hij thuiskwam. Ik vond het heerlijk dat hij het begrip eeuwigheid niet kon vatten. Heerlijk dat hij net deed alsof Frankie nog leefde en bij ons woonde. Maar het fijnst vond ik dat hij zijn naam zei. Frankie. Het deed me goed het geluid te horen dat eens zo vertrouwd was geweest. Een geluid dat nu zo'n trieste uitwerking op ma en pa had. We hadden allemaal geleerd het niet in hun bijzijn te gebruiken. Paul was nog te jong om er zelfs weet van te hebben, maar Gerard flapte het er in zijn onschuld soms uit.

'Waar is Frankie?'

Op zo'n moment kon je het ondraaglijke verdriet op ma's en pa's gezicht zien en voelen. Het was verkeerd hun dit aan te doen en we deden ons best het te voorkomen. Niemand wees Gerard terecht. Uiteindelijk hield hij ermee op, maar hij bleef waken bij de achterdeur, zuigend op zijn duim en wachtend op iemand die nooit meer zou komen.

Pa ging naar bed in de overtuiging dat hij een hersentumor had. Het bonkte zo erg in zijn hoofd dat de gordijnen dicht moesten, overdag zowel als 's nachts. Dokter Wallis schreef de krachtigste pijnstillers voor, maar ze konden de druk in zijn hoofd niet verlichten. Het enige waar hij baat hij had, was in bed liggen met de gordijnen dicht en een koud washandje op zijn voorhoofd. Dan slopen we als geesten door het huis. Pa was ervan overtuigd dat het erfelijk was. Een genetisch defect. Hij had het aan Frankie doorgegeven en nu was het zijn beurt om onder het mes te gaan.

'Het zit in je hoofd, pa.'

Ma was aan het eind van haar Latijn. De dubbelzinnigheid van haar opmerking kon haar niet schelen.

'Allemaal in je hoofd, pa.'

Ma vocht verder. Zij mocht niet bezwijken. Als ma instortte zouden we er allemaal onderdoor gaan. Ik wist niet welke reserves ze aansprak om het vol te houden. We sprongen allemaal bij om haar te helpen. Ik begon de bedden op te maken. In het hele huis. Johnny stofzuigde. Ita kookte in het weekend en Shea deed niets omdat hij van school was en op de bank werkte. Ma hield de zaak draaiende en gaf overal zin aan. Het kaartjeskantoor in Amiens Street kon zonder pa. De hondenrenbaan en de verrassing-expres eveneens, maar nummer 44 zonder ma was ondenkbaar. Er waren te veel kleinigheden, zoveel details die alleen ma in haar hoofd had. Hoe zouden we er ooit aan denken de corned beef 's avonds in de week te zetten als ma ons er niet aan herinnerde? Om nog maar te zwijgen van de kapucijners en de gelatine voor de sherrytrifle. Hoe zouden we weten hoeveel de kruidenier moest krijgen of hoeveel de slager te goed had voor de kerstkalkoen? Om nog maar te zwijgen van de kolenboer, de melkman, de loterijman, de verzekeringsagent, de voddenman, het inzamelingsfonds voor de restauratie van de kerk, de paascollecte, de ramenwasser en de nationale collecte van Fianna Fáil. Ma bezat al die kennis en kon er zonder nadenken naar handelen. Diep in haar binnenste, in de stilte die we allemaal in onszelf gecreëerd hadden, rouwde ze op haar eigen manier om Frankie. Een paar keer zag ik haar boven de aardappelen op de kachel staan huilen toen ik de bijkeuken binnenkwam. Een andere keer liep ze snikkend over de North Strand omdat ze de bus naar Dundalk voorbij had zien rijden.

Op een dag kwam ze de slaapkamer in terwijl ik Gerards laken rechttrok. Vroeger was dit Frankies bed geweest. Ik werkte gewoon door, maar haar ogen in mijn rug gaven me een raar gevoel. Ik schudde de kussens op en streek tot slot de sprei glad. Toen ik me omdraaide, schonk ze me een scheef glimlachje.

'Jij was z'n lieveling, dat weet je toch.'

Dat wist ik dus niet. Ita en hij waren heel dik. En van de jongens keek hij het meest op tegen Shea. Ma's woorden verbaasden me en maakten me blij. Net een zonnestraaltje dat door een donker wolkendek prikte. Haar te zien glimlachen, al was het maar half, dat was het grootste plezier. Toen ze weer weg was, ging ik op het bed liggen met het gevoel dat ik zweefde. Dit werd snel een gewoonte. Soms maar een paar seconden. Soms een paar minuten. Ik hoorde het geschreeuw op straat of luisterde naar de geluiden van het huis. Ik kon afstemmen op wat ik wilde. Karren, wegwerkers, vee op weg naar de haven, het geluid van de stofzuiger. Gang, trap en overloop. Johnny achter de slang die het vuil opzoog. Mijn werk gedaan. Ik stemde af op de wereld en ik stemde af op Frankie, die niet meer van deze wereld was. Het was volmaakt verdrietig omdat het niet té verdrietig was. Op een vrijdagmiddag kwam de stofzuiger vlak voor mijn slaapkamerdeur sputterend tot stilstand. Ik hoorde ma's stem en ma's voetstappen. Op de overloop bleef ze staan.

'Jij was z'n lieveling, dat weet je toch.'

Ze zei het op precies dezelfde toon als tegen mij. Ik was geschokt. Ik had nooit gedacht dat ma zou liegen. Ik zag haar voor me, dat aarzelende glimlachje terwijl ze tegen hem loog. Twee lievelingen kon niet. Het moest een van ons beiden zijn. Of geen van ons beiden. Waarschijnlijk geen van ons beiden. Ita lag veel meer voor de hand. Of Shea. Ze had ons allebei iets voorgelogen. Ik was blij voor Johnny. Dit zou een echte opsteker voor hem zijn. Het gaf me een vreemd gevoel tegenover ma. Ik was altijd blij als ze zijn naam noemde of het over hem had. Dat verbrak de stilte. Liet zuurstof binnen. En ongeacht waarom ze het deed, het beurde ons in ieder geval op.

* * *

Pa had in twintig jaar amper een dag ziekteverlof genomen. Nu zat hij vrijwel dagelijks thuis. Hij sliep de hele ochtend om zijn hoofdpijn kwijt te raken en stond op voor zijn ontbijt tegen de tijd dat wij uit school kwamen. Hij slikte zijn pillen – twee voor zijn hoofd en twee voor zijn bloeddruk – en spoelde ze weg met dunne pap met veel melk. Voor Frankies dood at hij zijn pap altijd met zijn neus in het sportkatern. Dat was allemaal verleden tijd. Hij slurpte zonder plan of overtuiging en het sportkatern vermeed hij als de pest. Waarschijnlijk omdat het een te schrijnende herinnering was aan zijn enige echt belangrijke gokje en hoe het de mist inging. Ook het grote racemanuscript werd naar een stoffige la verwezen, zodat Mahony zijn enige rol in dit leven ontnomen werd. Hij ging naar het busstation, waar pa de chef kende, ene Lenihan, en wist een luizenbaantje als kruier in de wacht te slepen. Hij sjouwde nooit met bagage. Hij stond in het depot en deelde kaartjes uit. En voor de rest zat hij de hele dag op zijn reet duimen te draaien, zoals hij zelf zei.

's Middags deed pa karweitjes die hij al jaren uitstelde. Bijvoorbeeld de wanden van zijn wc witten. Totaal onbelangrijk maar een volmaakte indicatie voor zijn geestesgesteldheid. Ik maakte altijd emmers vol witkalk als we in het voorjaar de achterkant van het huis deden. Frankie had die kunst eveneens geleerd. Nu was hij weer op zichzelf aangewezen. Aan tafel vroeg hij me hoeveel scheppen kalk per emmer het ook weer was. Hij was zijn eigen recept vergeten. De pap liep over zijn dubbele kin naar zijn hals. Hij had een stoppelbaard en had zijn pyjamajasje nog aan. Hij had weggelopen kunnen zijn uit een centrum voor daklozen.

'Was het tweeënhalve schep?'

'Vijf voor een volle emmer.'

'Natuurlijk, natuurlijk.'

Hij was het niet eens echt vergeten. Het was net of hij op halve kracht werkte. Alsof de helft van hem vertrokken was. Ik overwoog aan te bieden de kalk voor hem te mengen. Ik wilde niet dat hij zich nog onbekwamer voelde dan hij al leek. Een emmer witkalk mengen stelde niets voor. Dat kon hij met zijn ogen dicht en zijn handen op zijn rug. Als Frankie nog leefde, zou het zijn werk geweest zijn. Ik hield mijn kaken op elkaar en de gedachte vóór me. De pap op zijn kin was opgedroogd tot een witte ader, waardoor hij sterk aan een psychiatrische patiënt deed denken. Voor het eerst realiseerde ik me dat hij sterfelijk was. Op een dag zou pa doodgaan. Boven op Frankie het familiegraf ingaan. Ik hoopte dat het nog even zou duren. Een tweede sterfgeval zou ons gezin op dit moment niet kunnen verwerken.

* * *

Andy vroeg of ik zin had om naar de bioscoop te gaan. We waren nog steeds officieel in de rouw. Er waren geen vaste regels over hoe lang een gezin in de rouw moest zijn, maar wij zaten er nog middenin. Het was net of je in een capsule leefde. Geen radio of televisie. Geen muziek en geen zingen. Het huis had zich onttrokken aan de tijd. Pa's hoofdpijn en het halfdonker van de eeuwig gesloten gordijnen gaven je het gevoel dat er nooit geen eind aan zou komen. Andy wilde naar *Helga*. Toen ik dat hoorde, kon ik onmogelijk weigeren. Ik wist precies waarom ik thuis moest blijven maar ook dat ik toch zou gaan. Ik smokkelde de schaar mee naar boven en knipte het garen door waarmee het zwarte rechthoekje op de mouw van mijn jack genaaid zat. Ik stak het lapje stof in mijn zak, viel op mijn knieën en vroeg God al bij voorbaat om vergiffenis. Op de trap kwam ik ma tegen, die wilde weten waar ik zo haastig naartoe moest. Naar een bijeenkomst van het Marialegioen, zei ik. Ik voelde me een echte wezel toen ik de voordeur uitglipte, nog nablozend van de leugen. Andy stond op de hoek te wachten en samen liepen we richting centrum, speurend naar eventuele bekenden die me zouden kunnen verraden.

Er stond een tweehonderd meter lange rij voor het Ierse Filmcentrum bij O'Connell Bridge. Dat verbaasde me niets. *Helga* was de eerste film in Ierland met close-ups van een vrouwelijke gleuf, vrouwelijke tieten en een vrouwelijke kont. Er hadden ingezonden brieven in de krant gestaan en nu werd er betoogd met borden die de gewijdheid van het vrouwelijk lichaam verkondigden. Het ongeluk wilde dat ik een van de betogers herkende, Speedy Gonzales, de drummer van de Blue Tones of Mary, die me in de talentenjacht verslagen hadden. Toen ik hem zag, verdween mijn hoofd automatisch als een slak in de kraag van mijn jack. Speedy Gonzales en zijn makkers zetten de hymne 'Ave Regina Coeli' in. Uit gewoonte zong ik het refrein mee tot een por in mijn ribben van Andy mijn gezang abrupt beëindigde.

Het was een kleine bioscoop en we hadden mazzel dat we er nog in konden. De voorste rijen waren natuurlijk het eerst bezet en wij zaten vrijwel achterin. Helemaal achteraan, tegen de van condens druipende muur, stond een rijtje Rode-Kruismannen. Die had ik nog nooit in een bioscoop gezien. Ze zaten net zo in spanning als wij. En als Helga en Max, toen die in de film aan ons werden voorgesteld en van de dokter te horen kregen dat er een baby op komst was. Max gaf Helga een kneepje in haar hand en ze keken ons aan met een stralende Zweedse glimlach. Helga was geen actrice. De dokter legde uit dat dit helemaal echt was, een echte baby, en dat we, als we dapper genoeg waren om onze ogen open te houden, getuige zouden zijn van een echte geboorte. Dit werd gevolgd door een groot aantal nauwkeurige onderzoeken waarbij Helga's benen in steunen werd gelegd die haar kwetsbaar en onbehaaglijk maakten. Helga's buik werd met de minuut dikker, zodat ze op het laatst amper zonder hulp kon lopen. Het lachen was hun vergaan en Max begon zich zichtbaar zorgen te maken over de omvang van zijn vrouw.

Helga was een demarcatielijn. Het leven vóór Helga was gesluierd in onwetendheid. Nu stond het bol van nieuwe begrippen en nieuwe ideeën, met levenscycli en drachttijden, met prenataal en postnataal, met uterus, cervix en placenta, woorden die klonken als planeten aan de uiterste rand van het zonnestelsel, woorden die als bommen op de hersenen insloegen, maar die niets voorstelden vergeleken met Helga's eigen ervaring op het witte doek. Het verschijnen van het hoofdje in de opening van Helga's vagina maakte diepere indruk op me dan de verandering van brood en wijn in het lichaam en bloed van Christus; het was het ingrijpendste opvoedkundige moment van mijn leven, en dat gold voor iedere persoon in die bioscoop, want toen het hoofdje verscheen en probeerde zich een weg naar de wereld te banen, werd duidelijk dat de vaginale opening daar niet groot genoeg voor was. De dokter vroeg om een schaar, en toen hij in Helga's geslachtsdelen begon te knippen gingen zes mannen van hun stokje. De Rode-Kruismannen kwamen in actie en gaven de slachtoffers eerste hulp. Helga hijgde, perste en zweette haar baby ter wereld ten overstaan van een bioscoop die in een veldhospitaal was veranderd. Toen de film afgelopen was en de lichten aanfloepten, dromden de mensen om de slachtoffers heen om zich te vergapen. Andy had vreemd genoeg haast en trok me aan mijn mouw mee naar buiten. Hij opende zijn hand en liet me een halve kroon zien die hij op de grond gevonden had. Hij was uit de zak van een van Helga's slachtoffers gerold.

Bedachtzaam liepen we naar huis. Vroeger deden we niets liever dan naar de bioscoop gaan. Andy hield niet van sport, dus we gingen nooit naar voetbal- of bokswedstrijden. Het waren altijd films. Films, films, films. Al sinds de tijd dat we acht waren en ik mijn zakgeld met hem deelde om samen naar de zaterdagmiddagvoorstelling te kunnen gaan.

Stagecoach, *Rio Bravo*, *The Alamo*. Op weg naar huis verscholen we ons in elk portiek en schoten met pijl en boog en geweer, vechtend over wie de cowboy en wie de indiaan was en over de grond rollend omdat we het nooit eens konden worden. Nu waren die portieken in duisternis gehuld, omdat we naar een volwassen film waren geweest waarvoor we toen nog te jong waren. Nu waren we oud genoeg om naar een café te gaan, en gewapend met Andy's halve kroon zochten we er een op.

De smaak van de hop in Guinness in je keelgat was een heerlijke ontdekking. Het smaakte als vloeibare nectar – het voedsel der goden. Kijken naar het opklarende bier en wachten tot het zwart het schuim veroverd had gaf me hetzelfde fijne gevoel van verwachting als vroeger de geluksbabbelaars uit Matties winkel, een gevoel dat ik al jaren niet gehad had. Alleen miste zo'n babbelaar het vermogen van Guinness om je in één klap naar een andere wereld te voeren. We tikten onze glazen tegen elkaar, namen allebei een enorme slok, likten precies tegelijk onze schuimsnor af en wachtten tot het zwarte drankje zijn magische werk deed.

'Wat vond je van Max?'

Volgens mij moest Max hetzelfde gevoeld hebben als de toeschouwers – schuld over wat hij Helga had aangedaan. Schuld dat een vrouw zo'n pijn moest lijden om leven voort te brengen. Schuld dat wij alleen maar zwijgend konden zitten toekijken. Voordat ik kon antwoorden ging Andy verder.

'Over 'n paar maanden sta ik er hetzelfde voor, wat dacht je?'

Hij vond zichzelf heel wat. De Ringo Starr van Sheriff Street, de drummachine van Michael Maltese, voorbestemd tot roem.

'Je snapt er niks van. Ik word vader.'

Ik geloofde hem meteen. Het verklaarde zijn stemming. Het verklaarde Helga, de wereld, bevruchting, alles. Ik was nog maagd en Andy werd vader. Het was wreed zoals alleen de waarheid wreed kan zijn.

Toen ik die avond thuiskwam, stond de televisie aan ten teken dat we officieel uit de rouw waren. Je zag alleen maar sneeuw. Het geluid stond af en de muziek die je hoorde kwam uit de radio. Pa zat aan tafel met zijn behangersschaar en een oud telefoonboek. Hij knipte keurige vierkantjes voor zijn toilet. Ma sorteerde een hoop oude kleren in afleggertjes voor Paul en Gerard, en afdankertjes waar de voddenman blij mee zou zijn. Ik voelde dat er heibel was geweest, want ma had het lange gezicht dat ze altijd trok als ze kwaad op hem was. Ze zeiden geen woord, dus ik besloot het ijs te breken.

'Waarom staat de televisie aan?'

'Ik zou het niet weten.'

'Eén nieuwe buis en hij is weer als nieuw.'

''t Is pure elektriciteitsverspilling om dat ding aan te hebben.'

'Ik wil niet dat jullie daar ruzie over gaan maken.'

Soms kon me dat niet schelen, maar vanavond was ik liefdevol gestemd, echt waar. Ik hoopte dat ze het merkten.

'Heb je gedronken?'

'Ik? Ik drink niet.'

'Ik hoor 't aan je manier van praten.'

Ma keek niet op van de tafel maar haar stem klonk scherp. Liegen of niet liegen. Op school waren we aan Hamlet begonnen. Beter blo jan dan do jan. Hamlet had gelijk. Ik wenste beiden adieu. Ze waren niet onder de indruk.

De volgende dag had pa een gewichtig uitziende buis op tafel liggen, samen met een complete levensloop van de televisie. Die begon met de gebruikelijke aanhef. 'Gelieve drager dezes te voorzien van 1 (zegge een) kathodebuis.' Het briefje was voor mij bestemd maar ik deed of ik het niet zag. Ik had mijn buik vol van het bezorgen van rare missives van de koning. Aangezien hij zijn dagtaak tijdelijk had neergelegd, kon hij hem volgens mij best zelf gaan halen. Toen ik tussen de middag thuiskwam, lag het briefje er nog steeds, met de buis erop. Toen ma mijn eten op tafel zette, wees ze me erop alsof ik er iets mee te maken had.

'Laat 'm maar uit zijn nest komen, dan kan hij 't zelf doen.'

'Je vader ligt niet in bed, hij is in de garage.'

Ik ging naar de garage om het hem zelf te vertellen. Hij had de Anglia opgekrikt en er een voorwiel afgehaald. Het lag op de grond en hij knielde ernaast. Hij had een breekijzer tussen de velg en de band gestoken en sjorde eraan alsof zijn leven ervan afhing. Ik vroeg hem wat hij deed.

'Een band plakken.'

Binnen loopafstand van ons huis waren wel tien plaatsen waar je een band kon laten plakken. Plaatsen met het juiste gereedschap. Hij was net een grotbewoner die probeerde vuur te maken terwijl het hele bos rondom hem in de fik stond.

'Waarom breng je 'm niet naar de garage? Zal ik het even doen?'

'Ik kan 't zelf wel.'

'Straks breek je je rug nog, zonder het juiste gereedschap.'

'O ja? En wat mag 't juiste gereedschap dan wel zijn? Waar moesten de Grieken zich mee behelpen? En de Romeinen? Dacht je dat die de Acropolis of het Colosseum gebouwd hebben door naar de garage te gaan?'

Heel even klonk de oude agressie weer door, de bokser die met geheven vuisten de ring betreedt. Alleen had hij geen tegenstander, want pa vocht tegen zichzelf. Hij zou de rest van de dag in zijn hoofd doorbrengen, waar hij het wiel, het breekijzer en het rubber zou uitvinden; waar hij antieke steden in Griekenland en Rome zou bouwen; waar hij uiteindelijk de krik, de kruissleutel en de auto zelf zou bedenken. Ik had het hart niet om iets negatiefs over de buis te zeggen. Ik zei dat ik na school naar de stad zou gaan om te zien of Clifford er een had.

Clifford had een elektrisch reparatiebedrijfje in een zijstraatje van Talbot Street. Hij droeg altijd een lange bruine jas met een borstzak vol schroevendraaiers en spanningzoekers. Het was net of hij altijd aan dezelfde kapotte radio zat te prutsen, en als ik binnenkwam stak hij altijd een preek af over de magie van de radio en de transistorontvanger. Clifford kende naam, rang en serienummer van de buis, de fabriek in Birmingham waar hij gemaakt was en de technicus die hem ontworpen had. Volgens hem was er in heel Dublin niet één meer te krijgen. We konden beter een andere televisie kopen. Zonder de buis was de oude toch alleen maar een lege doos. Op de Acropolis zou het nieuws met ontzetting en ongeloof ontvangen worden.

Er heerste grote opwinding op nummer 44. John Charles Gallagher schonk kopjes, glazen, schoteltjes en alles wat hij kon vinden vol champagne. Hij was op bezoek geweest bij zijn moeder, die hij door middel van zijn geboorteakte had opgespoord. Ze woonde in een ruige buurt in Zuid maar ze had John Charles al uitgenodigd om bij haar in te trekken. Mahony bracht een dronk uit op moeder en zoon.

'Op moeder en zoon.'

Pa hield zich afzijdig van de feestelijkheden. Hij bleef in de garage om het wiel opnieuw uit te vinden. Hij duwde de binnenband in een bak water om het lek te zoeken. Hij had er vijf uur over gedaan om de band van de velg te krijgen. Ik zag de luchtbelletjes opstijgen. Hij glimlachte flauwtjes. Hij haalde de binnenband uit het water, droogde hem af met een handdoek en markeerde de plek met krijt. Ik vertelde hem over de buis toen het lek onder controle leek te zijn.

'Ergens in Dublin moet zo'n buis te vinden zijn.'

De heilige graal. De staf van St.-Patrick. Het verloren akkoord. De hof van Eden. De ark van Noach. De kathodebuis. Allemaal onderdeel van dezelfde speurtocht. Schatgraverij voor geestelijk gestoorden. Kaarten en instructies op Seville Place 44. Te bekomen op persoonlijke aanvraag bij de hoeder der garage.

'Clifford kan doodvallen. Zo gauw ik dit wiel er weer onder heb gaan we een ritje door de stad maken.'

Ik dreigde te verdrinken in de golf van misselijkheid die me overspoelde. Ik speelde in een rockband. Ik dronk Guinness en had de smaak van whisky te pakken. Mijn vrienden maakten meisjes zwanger. Ik kon niet nog meer jeugd verspillen met het afstropen van de stad naar televisiebuizen. Echt niet. Ik had mijn bijdrage aan de ontwikkeling van de televisie geleverd. Ik had de antenne richting Engeland gedraaid en ons huis televisiebeelden gegeven. De jaren zestig waren bijna voorbij en nu was het mijn beurt om iets uit dat decennium te halen. Mijn beurt om egoïstisch te zijn. Ik had alles gegeven wat ik bezat.

Iedereen was opgelucht dat de rouwperiode om Frankies dood erop zat. Ma liet ons naar de hitparade op radio Luxemburg luisteren en alle gesprekken gingen over de televisie die er misschien zou komen nu de nieuwe buis niet te krijgen bleek. Bovendien waren we blij dat John Charles Gallagher zijn moeder gevonden had. Het zou een volmaakt avondmaal geweest zijn als pa niet nog steeds in de garage zat, bezig met zijn lekke band. Zijn kopje stond klaar, maar ma had er genoeg van hem te roepen en begon zonder hem in te schenken. Volgens de keukenklok liep het tegen middernacht. Ik ging naar de garage om een laatste poging te doen hem naar binnen te halen. Hij had het wiel teruggezet en nu pompte hij met een voetpomp de band op. Ik bood mijn hulp aan maar daar wilde hij niet van horen. Ik kon hem zijn moment van triomf niet ontnemen. De band zag er hard en sterk uit en het pompen ging steeds trager vanwege de toenemende druk. Hij gaf de pomp een laatste, langzame, tevreden trap en trok het slangetje van het ventiel. Meteen hoorden we het sissen van ontsnappende lucht. Vol ongeloof wendde hij zich af. Het was een venijnig geluid. Ik zag de band inzakken onder het gewicht van de auto. Pa zonk neer op de garagevloer. Hij sloeg zijn handen voor zijn gezicht en begon te huilen. Het wiel dat hij met zo veel liefde hersteld had, keerde zich tegen hem.

'Help me, zoon.'

'Geeft niks, pa, ik laat het wel maken.'

'Vertel me wat ik fout heb gedaan. Alsjeblieft.'

'Het komt allemaal goed, dat beloof ik.'

Ik sloeg mijn armen om hem heen en trok hem tegen me aan. Hij stribbelde niet tegen. Ik kon hem voelen snikken. Ik voelde me verrassend op mijn gemak met zijn grote lijf tegen het mijne. Ik keek naar zijn witte haar en zijn kalende kruin. Hij zag er kwetsbaar uit, als een baby, en ik voelde me net een vader die hem vasthield, hem streelde, zijn tranen en zijn mislukkingen absorbeerde, zijn zonden vergaf, zijn gekwetste trots herstelde, hem met nieuwe geestkracht bezielde. Dit was volkomen nieuw, dit gevoel van continuïteit tussen ons. Deze band die me via hem verbond met zijn vader, mijn grootvader, en alle grootvaders die ik nooit gekend had en die op dat moment meer deel van me uitmaakten dan ze ooit hadden gedaan. Terwijl het gewicht van de auto de band leegdrukte en pa zijn ogen uithuilde, voelde ik me gesterkt en op een geheel nieuwe manier met het verleden verbonden.

De volgende morgen bracht ik het wiel naar garage Stafford bij de Five Lamps om de band te laten plakken. Tussen de middag haalde ik het op weg van school weer op en bracht het naar de garage. Pa was bezig zijn toilet te ontstoppen. De ontstopper was van eigen makelij en bestond uit een afgebroken stoelpoot waaraan hij een stuk oude autoband gespijkerd had. Hij spoelde door, zette de hendel volgens de schriftelijke instructies weer omhoog en bewerkte de closetpot met zijn ontstopper. Ik zette het wiel terug en draaide de vier moeren handvast. Daarna liet ik de auto zakken en pakte de kruissleutel om ze aan te draaien. Pa kwam het toilet uit.

'Niet te strak!'

'Ik weet heus wel hoe ik een wiel moet verwisselen.'

Ik had onmiddellijk spijt van mijn toon. Ik klonk precies zoals hij op de renbaan als zijn paard verloren had. Ik was kwaad op mezelf. Ik wilde de intimiteit die we de vorige dag hadden opgebouwd niet verliezen. Het was een broze staat van genade, die door het minste of geringste in gevaar kon worden gebracht.

'Ik heb hier een goeie leermeester voor gehad.'

'Waarvoor?'

Glimlachend wees ik naar het wiel. Hij glimlachte terug ten teken dat hij het compliment had herkend.

De volgende zaterdag gingen we op zoek naar de verloren buis. De verwarming van de Anglia mocht niet aan. Hij had de knop met plakband vastgezet. Zijn raampje moest per se wijd openstaan om de voorruit schoon te houden. Het was ijskoud in de auto. We reden maximaal veertig kilometer per uur, want dat was volgens hem de zuinigste snelheid. Dat was af te leiden uit de relativiteitstheorie van Einstein, beweerde hij. Wie was ik om hem tegen te spreken? De bescheiden snelheid stelde ons in staat links en rechts naar afgedankte televisietoestellen te speuren, hoewel ik er op al mijn tochten door de stad nog nooit een had zien liggen. Hij leefde in fabeltjesland. Ik zette de radio aan om iets te doen te hebben, maar hij draaide onmiddellijk de knop weer om, want radio's zogen je accu leeg. Ik vroeg hem of hij ooit gehoord had van het systeem van dynamo en ventilatorriem waarmee de accu voortdurend werd bijgeladen.

'En als je ventilatorriem loszit? Of de koolborsteltjes in je dynamo zijn versleten? Dan kun je het schudden met je radio. Schúdden.'

Bij pa kon je nooit lang neutraal blijven. Al had je nog zo gezworen je kalmte te bewaren, hij wist je altijd op de kast te krijgen. Van één kant betekende de speurtocht naar de buis dat hij beter werd. In ieder geval lag hij niet met barstende hoofdpijn in bed of in de garage om zijn kapotte band te huilen. Daar was ik blij om, maar toch zou ik hem met plezier gewurgd hebben.

Hij reed rechtstreeks naar de vuilnisstortplaats in Finglas. Een afschuwelijke plek met een vreselijke, allesoverheersende stank. Pa was voorbereid. Hij gaf me een zakdoek om voor mijn gezicht te binden, zodat we eruitzagen als cowboys die een overval op de postkoets beraamden.

Het was een woestenij. Overal lagen de wrakstukken van andere levens. Matrassen met grote bruine urinevlekken en aan alle kanten scheuren waaruit grijze bosjes schaamhaar puilden. En over alles heen de walgelijke deken van de stank van opgebruikte levens. We gingen met onze ruggen tegen elkaar staan en liepen ieder een andere kant uit op zoek naar afgedankte televisietoestellen. Over een uur zouden we elkaar opnieuw treffen. Na een kwartier had ik alle moed verloren. Gehavende oude radio's bij de vleet maar geen televisie te bekennen. Ook een heleboel wascombinaties, waar ik niet van opkeek (ik vraag me af waarom niet). Een rat liep vlak voor mijn voeten en ik maakte een luchtsprong. Dat was belachelijk, want ik wist heel goed dat het hier krioelde van de ratten. Ik zag een televisietoestel dat veel van het onze weghad. Toen ik het omdraaide, bleken alle ingewanden er uitgehaald te zijn. Toch droeg ik het terug naar de auto en wachtte op pa.

Hij kwam terug met onderdelen voor elk apparaat in huis behalve de televisie. Een nieuwe slang voor de wascombinatie (een tegenvaller voor ma), een reservewiel voor de kleinste fiets (inmiddels van Gerard), een zaagje voor zijn ijzerzaag (Shaw kon de tering krijgen), plus een toiletpapierhouder, een splinternieuwe kwast, een doos betonspijkers en een puimsteen. De buis ontbrak, maar hij was in de wolken met mijn vondst, die volgens hem een goed voorteken was. Iemand was ons voor geweest, dat was alles, een kwestie van pech, volgende keer beter. Mijn vondst toonde duidelijk de raadzaamheid van een nieuw bezoek aan, en de volgende keer zouden we vroeg in de week gaan om de beroepsschuimers te vlug af te zijn en de klerelijers een koekje van eigen deeg te geven.

* * *

Officieel was het een feestje ter viering van de nieuwe Beatles-lp. Onofficieel was het een bokkenfuif voor Andy, die de volgende dag zou trouwen. Ik was samen met Andy naar de pastorie geweest om het te regelen. Kapelaan Paul stond ons te woord, maar toen hij begreep dat het een flatbruiloft was, werden we overgeheveld naar kapelaan Bingham. Kapelaan Bingham begreep meteen dat het een moetje was en zette de huwelijksmis op halfzeven 's morgens om de bruid niet in verlegenheid te brengen. Andy en ik zouden rechtstreeks van het feest naar de kerk gaan.

Terwijl we vol ongeduld op Gerry Green wachtten, hoorden we Teresa's stem bij de voordeur.

'Is Andy Griffin hier?'

Andy dook achter de sofa.

'Ik ben er niet!'

Ik deed open. Ze zag er gevaarlijk uit met haar gezwollen buik, haar te kleine overjas en het suikerbrood op haar hoofd dat haar evenwichtsstoornissen moest hebben gegeven.

'Zijn er vrouwen in huis?'

Teresa stak haar hoofd naar binnen en probeerde de voorkamer in te kijken.

'De bruidegom mag de bruid de avond voor de bruiloft niet zien. Dat brengt ongeluk.'

Dat had ik gelezen in een boek dat ik een keer onder pa's hoofdkussen gevonden had.

'Heb je de ring?'

'Ja.'

'Zeg maar tegen hem dat ik hem morgen wel zie. En zorg dat je op tijd bent.'

'Ik sleep hem wel mee.'

Ik keek haar na toen ze de straat uitliep. Ze leek zo vreselijk eenzaam. Ik herinnerde me het uitstapje naar Bray, toen Andy en zij net een Siamese tweeling waren.

Toen Gerry Green eindelijk aanbelde, rende iedereen de

gang in. Hij stak de lp omhoog zodat we hem allemaal konden zien. *Sgt. Pepper's Lonely Hearts Club Band.* John, Paul, George en Ringo in felgekleurde uniformen met enorme schouderstukken. Het was de indrukwekkendste lp-hoes die ik ooit gezien had, straatlengten beter dan de rest.

'Hoe is-ie, Gerry?'

'Ik blijf d'r in. Ik blijf d'r verdomme in.'

Gerry Green wilde niet binnenkomen. Hij rende het trapje af, klemde zich vast aan het hek en weigerde de lp naar binnen te brengen.

'Dwing me niet ernaar te luisteren. Ik word hartstikke knettergek.'

Shea sloeg zijn arm om Gerry heen en fluisterde iets in zijn oor. Hij liet het hek los en kwam weer terug. We weken uiteen als de wateren van de Rode Zee om hem door te laten. We volgden hem en keken toe terwijl de plaat plechtig op de draaitafel gelegd werd. Gerry Green zat in een hoek met zijn handen over zijn oren.

'Ik kan d'r niet naar luisteren. Ik kan d'r verdomme niet naar luisteren.'

De naald daalde neer in de groef en schoof naar het eerste nummer. Dat begon met heftig gitaarwerk en gezang dat klonk alsof het altijd al bestaan had. Hadden we die woorden in een eerder leven gehoord, voordat we geboren waren?

We zaten op de grond met de opengevouwen hoes en volgden de tekst. Deze keer had Gerry Green het bij het rechte eind. Dit was geen plaat. Dit was een ervaring uit een andere wereld.

Het eerste nummer vloeide over in het tweede. Net als bij een symfonie. Een rivier van muziek waarin alles samenhing met wat ervoor en erna kwam. Dit was beter dan een symfonie. Dit sloeg Mozart, Beethoven en Brahms met stukken. En Händel met zijn *Messiah* ook. Ringo Starr redde zich met wat hulp van zijn vrienden. Hij werd high met wat hulp van zijn vrienden. Wie waren die vrienden? De andere Beatles? Het refrein keerde voortdurend terug.

Het was een simpel woord, 'high', maar in deze context kreeg het een geheel nieuwe betekenis. Shea kwam met de theorie dat het nummer over drugs ging. Een hommage aan de marihuana. Gerry Green pakte Shea's gezicht tussen beide handen en kuste hem vol op zijn voorhoofd. Ondertussen hief John Lennon een nieuw nummer aan, begeleid door een instrument, een klavecimbel of citer, waarvan de rillingen je over de rug liepen.

We lieten ons in veelkleurige fantasieën achterovervallen, terwijl Lennon olieverfschilderijen maakte met zijn stem. We waren high. We vlogen door de lucht met Lucy of stonden op de grond een gat voor Mr. Kite te repareren, terwijl zijn dochter met bezwaard hart van huis wegliep. Hoe zou ze zich voelen als ze vierenzestig was, met hem of zonder hem? Zou hij houden van Rita de lieftallige parkeerwachtster, zou ze hem 's morgens vroeg toekraaien, good morning, good morning? *Sgt. Pepper*, een dag in het leven, ik zal je nooit vergeten, evenmin als ik Frankie ooit zal vergeten. Ik zal nooit vergeten waar ik je leerde kennen en voor het eerst hoorde. We draaiden hem keer op keer en hij werd steeds beter. Gerry Green haalde een brokje turf uit zijn zak en legde het op de hoes van de lp, boven op de grote trom. Mahony was zeer geïnteresseerd.

'Wat is dat?'

'Ik blijf d'r in, ik blijf d'r verdomme in.'

Ik vond het duidelijk een stukje turf.

'Is 't turf?'

Shea glimlachte.

'Dit is wat de plaat mogelijk heeft gemaakt.'

Mahony sloeg zijn hand voor zijn mond om niet te lachen.

'Is 't marihuana?'

'Ik blijf d'r in, ik blijf d'r verdomme in.'

Marihuana. Ik kende het woord alleen maar van horen zeggen, ik had het nog nooit geschreven gezien. Mahony pakte het tussen duim en wijsvinger en rook eraan. Hij stond op, stak het in zijn zak en liep naar de deur.

'Tot kijk dan.'

Hij barstte uit in zijn maniakale lach, kwam weer terug en gooide de marihuana naar Gerry Green. Die begon meteen de tabak uit een sigaret te halen. Hij verkruimelde de marihuana, mengde hem door de tabak en deed het mengsel weer terug in het holle pijpje. Hij stak hem aan, nam een paar lange trekken, inhaleerde diep en gaf hem aan Shea. De sigaret ging van hand tot hand. Ik voelde het meteen. Ik keek naar Andy en wist wat hij dacht. Ik kon de hersenen in zijn hoofd horen malen. Gerry Green zette *Sgt. Pepper* weer op en ik kon George Harrisons plectrum op de snaren van zijn gitaar horen tokkelen. Ik had het amper gedacht of Andy zei het.

'Je kunt 't plectrum horen, luister maar.'

Ik zei dat ik wist dat hij dat ging zeggen. We schoten allebei in de lach en konden niet meer ophouden. De anderen lachten om andere dingen en ik wist precies waarom ze lachten. Ik kon naar believen in het hoofd van de anderen kijken. Ik keek naar Shea die naar Gerry Green keek die naar Mahony keek. Ik wist wat Shea ging zeggen. Ik was hem voor.

'Dat is onze Brian Epstein.'

Mahony las mijn gedachten zoals ik die van Shea las.

'Ik ben jullie Brian Epstein niet, ik ben jullie John Lennon.'

Shea en Gerry Green rolden schaterend over de grond. Er werd op de deur geklopt en pa stak zijn hoofd naar binnen om welterusten te zeggen en te vragen of de muziek wat zachter kon. Hij was blij dat we ons vermaakten. Ik was blij dat hij blij was en hij was oprecht blij, dat zag je meteen. Er was opnieuw muziek in huis, ook al speelden ze niet op hun eigen instrumenten. Ik wilde dat hij binnenkwam en deze geniale lp beluisterde. Hij was natuurlijk getikt, maar hij had een oor voor goede muziek, als hij zichzelf toestond te luisteren. Hij bleef een hele poos in de deuropening staan. Dat wist ik omdat ik al een eeuwigheid naar hem keek en hij zich niet verroerd had. Ik stak mijn hand omhoog, niet op die manier, niet in woede – als vredesgebaar. Ik wenkte hem.

'Kom binnen, pa, dit is *Sgt. Pepper's Lonely Hearts Club Band*.'

'Klinkt goed.'

'Het zijn de Beatles en ze spelen op hun eigen instrumenten.'

George Harrison was goed. Niet zo goed als pa. Als persoon. Pa was een goed mens. Hij had de wereld zeven kinderen geschonken. Zes inmiddels. Het kind dat dood was dreigde hem naar de ondergang te slepen. Hij zag het niet. Dat zijn eigen leven langzaam wegebde.

Ik keek naar hem in de omlijsting van de deuropening. Hij maakte een broze indruk. Misschien moest hij sterven opdat wij konden leven. Misschien was dat het enige wat bestond – voortplanting en dood. Je leeft voort in je kinderen maar zelf ga je dood. Je geeft ze je kracht maar ook je zwakten. Zoals Frankies genetische defect. Doorgegeven door pa. Dat wist hij, en hij wilde er ook door gedood worden. Wilde sterven door hetzelfde zwaard. Als schuldgevoelens genoeg waren zou hij morgen niet eens halen. Hij zou naar George Harrison moeten luisteren. Hij zou met hem moeten praten. Dat was het met deze lp, je kon ermee praten.

'Welterusten allemaal.'

'Welterusten pa. Welterusten, welterusten.'

Gerry Green vroeg Shea midden in de kamer een stapel te maken van al zijn platen. Dat was allemaal nepmuziek die voor zijn eigen bestwil vernietigd moest worden. Het waren geen echte platen, want *Sgt. Pepper* was de enige echte lp. Alle andere waren bedriegers en moesten eraan geloven. Na enige discussie en een hoofdelijke stemming werd besloten dat we één plaat zouden uitkiezen om in naam van alle andere terecht te stellen.

De beslissing was unaniem – Mario Lanza met 'The Student Prince'. We dromden achter Gerry Green de trap af naar de bijkeuken, waar hij een flinke pan uit de kast haalde. Hij legde Mario Lanza erin, stak het gas aan en smolt hem om tot een vloeistof. Daarna gingen we naar de achterplaats en goten zijn stoffelijke resten zwijgend in het zinkputje. Het was een prachtige begrafenis. We gingen terug naar de voorkamer, draaiden de Beatles en lieten een nieuwe marihuanasigaret rondgaan. Tegen vijf uur begon de stemming te dalen. Johnny lag languit op de sofa te ronken. Shea hing tot mijn grote verbazing uitgeteld in de leunstoel met zijn mond wijdopen als een dode vis.

Nog anderhalf uur te gaan tot de bruiloft. Ik stelde Andy voor naar boven te gaan en op het bed te gaan liggen. Niet onder de dekens. We konden het ons niet veroorloven in slaap te vallen en te laat in de kerk te zijn. We schopten onze schoenen uit en gingen naast elkaar liggen. Schouder aan schouder. De laatste keer dat we samen in deze kamer waren was op de dag dat ik Sudocrem op zijn zere bips had gesmeerd. Vandaag was ik zijn getuige. Morgen zou hij vader worden. Niet letterlijk maar binnenkort. Voortplanting. Dat was de zin van ons bestaan. Dat gevoel was me de hele avond bijgebleven. Andy zou het vaderschap eerder ervaren dan ik, hij maakte alles eerder mee dan ik, dat lag in zijn aard, hij was een natuurmens. Ik kon moeilijk relaties aanknopen omdat ik geen initiatief kon nemen. Bij Catherine verstijfde ik omdat ik niet wilde dat ze zich onder druk gezet, te na gekomen, misbruikt, slachtoffer voelde. Alles wat ik bij Mossie in de trein had gevoeld. Ik zou Andy graag omhelsd hebben. Ik pakte zijn hand en kneep erin. Ik was bang dat zijn huwelijk alles zou veranderen.

'Zorg dat je Teresa niet tussen ons in laat komen.'

Hij gaf me een kneepje terug.

'Ik hou niet van haar.'

Dat wist ik allang, maar het verbaasde me dat uit zijn mond te horen.

'Waarom trouw je dan?'

'Voor de baby.'

Daar had je het weer. Plicht, eer en voortplanting. Die telden zwaarder dan liefde. Daarom trouwde Andy. Mijn oogleden werden zwaar van het denken. Ik besloot ze wat rust te gunnen en deed ze dicht. Ik hoorde een stem in mijn oor.

'Ga mijn bed uit.'

Het was Johnny. Hij stond naast het bed en porde Andy in zijn ribben. Hoe laat was het? Ik had geen idee.

'Hoe laat is 't, Johnny?'

'Weet ik niet, ik wil naar bed.'

Ik schudde Andy wakker en rende de trap af naar de keuken. Volgens pa's meesterwerk was het twintig voor zeven. Ik rende naar boven en kwam Andy tegen op de trap.

'We zijn te laat... we zijn te laat.'

Andy had de voordeur al open maar ik was mijn schoenen vergeten. Ik rende naar de slaapkamer om ze te halen en probeerde ze aan te trekken terwijl ik de trap afstommelde. Ik struikelde en knalde met mijn hoofd op de overloop, waar de ring uit mijn zak viel en onder de waterdorpel rolde. Ik deed de deur dicht om hem te pakken maar daardoor kwam hij nog meer klem te zitten. Toen ik hem eindelijk te pakken had, was hij zo krom dat ik bang was dat hij zou breken.

Teresa en Catherine stonden bij de zij-ingang van de kerk te wachten. Ze hoefden ons niet te vertellen dat we net schooiers leken. Verfomfaaide kleren en piekhaar. Teresa moest op haar lip bijten om niet in tranen uit te barsten. En ik moest toegeven dat ze beeldschoon was en kennelijk de halve nacht in de weer was geweest om zich op te maken en elk haartje van haar suikerbroodkapsel op zijn plaats te kammen. Catherine zag eruit als een plaatje en toen we de kerk binnengingen, kwam het absurde idee in me op dat het verkeerde paar ging trouwen. Kapelaan Bingham heette ons hartelijk welkom met een onmiskenbare wijnkegel. Het was een eenvoudige ceremonie aan een zijaltaar met weinig publiek, maar dat mocht de pret niet drukken. Kapelaan Bingham gaf ons het gevoel dat we groot en belangrijk waren. Het dreigde alleen even spaak te lopen toen ik Andy de ring gaf en Teresa hem niet aan haar vinger kon krijgen tot ik hem terugnam en weer rechtboog. De mis duurde maar twintig minuten en om vijf over zeven stonden we weer buiten, ons afvragend wat we zouden gaan doen. Op dat moment verscheen kapelaan Bingham met een fototoestel en nam een paar kiekjes. Daarna gingen we in de Del Rio ontbijten, alleen moest Catherine eerder weg omdat ze de bakkerij moest openen. Andy betaalde het ontbijt en ik nam afscheid. Hij en Teresa gingen naar het station. Op huwelijksreis naar Bray. Een dagtochtje. Andy liep de straat uit met zijn handen in zijn zakken en Teresa waggelde naast hem, dikke buik vooruit. Voortplanting. De stuwende kracht van het universum. Ik ging naar huis om met Sgt. Pepper te praten en te horen wat hij erover te zeggen had.

* * *

Het was doodstil in huis. Pa sliep in de leunstoel met een nat washandje op zijn voorhoofd. Naast hem op de schoorsteenmantel stonden zijn pillen en een glas water. De televisie stond aan met het geluid af. Het beeld was afschuwelijk. Je kreeg hem niet aan zijn verstand gebracht dat het toestel zijn beste tijd gehad had. Ik sloop naar boven. Ma deed een dutje met Paul en Gerard links en rechts naast zich. Paul zoog op een fopspeen en Gerard had zijn duim in zijn mond. In de asbak op het nachtkastje lag een lange peuk met de lippenstift die ma's handelsmerk was. Ik nam hem mee naar mijn kamer. Hij smaakte echt naar ma. Ik viel in een diepe slaap en droomde dat Andy en Teresa plakkerig van de suikerspinnen over de promenade in Bray liepen.

II

1968

Het eerste teken van pa's herstel was dat hij besloot zijn haar te verven. Ita kocht het flesje Clairol bij de drogist omdat hij het zelf niet wilde gaan halen. Het doosje beloofde gitzwart haar en had plaatjes van voor en na de behandeling op de voorkant en achterkant. Zwart en wit. Hij was voortijdig wit geworden en nu wilde hij daar iets aan doen. IJdelheid was niet de reden. Hij probeerde geen filmster te worden of de klok terug te draaien. Hij wilde gewoon zijn haar terug zoals het was voordat de natuur alles op zijn kop zette.

Ita waste zijn haar aan de keukentafel. Ze liet hem op een stoel zitten met zijn hoofd achterover boven een plastic bak, precies als in een dameskapsalon. Ze had het flesje en het zakje uit het doosje gehaald en klaargezet. Pa deelde instructies uit.

'Overal de helft van.'

'Zo staat het er niet op.'

'Ik ben geen Italiaan, ik ben een Ier. Ik wil 't niet te donker.'

'Waarschuwing. Gebruik volledige inhoud.'

''t Halve flesje, 't halve zakje, de halve tijd. Ik weet waar ik 't over heb.'

'Dan moet je het zelf weten.'

Ita gaf hem een enorm schuimhoofd en wikkelde er een oude handdoek omheen. Hij at zijn middageten met zijn hoofd in een tulband. Het werd laat, dus Johnny en ik duwden de auto uit de garage, zodat pa er alleen maar in hoefde te springen om naar de honden te rijden. Ma ruimde de tafel af en Ita vulde een nieuwe bak met warm water om de verf uit pa's haar te wassen. Toen zijn hoofd en het H_2O met elkaar in aanraking kwamen, vond een chemische reactie plaats. Het schuim werd blauw en zijn hoofd leek een rode gloed te krijgen, maar dat was moeilijk te zeggen, want Ita's gezicht werd eerst groen, daarna grijs en vervolgens wit. Toen pa met zijn hoofd uit de bak kwam, zag hij aan Ita's gezicht dat er iets mis was. Ze deed een stapje achteruit en pa ging rechtop zitten, zodat het gekleurde water langs zijn blote rug liep. We wisten niet of we moesten lachen of huilen, naar hem toe moesten gaan of uit zijn buurt moesten blijven. Ma kwam de bijkeuken uit.

'Godschristenezielen.'

Pa stond op en keek in de spiegel. Zijn haar was onbeschrijflijk, het wisselde voortdurend van kleur: van blauw naar rood naar paars en weer naar blauw. Uiteindelijk werden we het erover eens dat het paars was. Ita droogde het met de föhn, terwijl ma naar Sheriff Street ging om hulp te halen. Ik belde de assistent-beheerder van Shelbourne Park om pa ziek te melden.

'Heeft hij het weer aan zijn hoofd?'

Mevrouw Hogan huilde bij het zien van pa's paarse haar. Haar tranen maakten iedereen aan het lachen. Pa genoot. Hij keek voortdurend in de spiegel en duwde koket zijn haar omhoog. Mevrouw Hogan zei dat hij zo van het toneel weggelopen kon zijn.

'U zou in de musical in de Gaiety moeten spelen, meneer Sheridan.'

'Als wat? Een van Assepoes d'r lelijke zusters?'

Hij liep naar de achterdeur, pakte ma's jas en sjaal en kwam weer binnen.

'Ik doe m'n jas aan en m'n hoed op, jullie zitten me allemaal tot híer.'

Het was een perfecte imitatie van ma. Elke stembuiging. De zucht en het martelaarsgezicht. Toen hij zijn hand in de mouw van de veel te kleine jas stak en hem aantrok, kreeg ik pijn in mijn borst van het lachen. Ik kon mijn ogen niet geloven toen hij het sjaaltje om zijn nek knoopte en door de achterdeur naar buiten liep. Als een echt oud wijfie stak hij zijn neus in de lucht en waggelde de straat in.

'Ik ga me bezuipen in de Ball Alley. Zorg dat 't huis schoon is als ik terugkom.'

Ma kwam de hoek om met de vrouw van de kapsalon en zag pa uitgedost met haar hoed en haar sjaaltje op zich afkomen. Ze kon haar ogen niet geloven.

'Ben je gek geworden?'

Toen Florrie van de kapsalon pa onder handen had genomen zag hij eruit als een Italiaan. Iedereen zei dat hij jaren jonger was geworden en als twee druppels water op Dean Martin leek. Hij wuifde de complimenten weg, maar stiekem gloeide hij van trots. 'Little Old Wine Drinker Me' werd zijn lijflied. Hij zong het, floot het en neuriede het alsof hij voor een volle zaal stond. Hij begon met dubbele tong te praten, alsof hij doorlopend onder invloed was. Hij haalde een paar oude liedjes van stal en deed zijn Deano-imitatie met 'Mack The Knife' en 'Buona Sera, Signorina', maar zijn grootste favoriet, 'Frankie and Johnny', kon hij nog niet over zijn lippen krijgen. Ma was helemaal weg van de Latijnse pa, en ze begonnen 's avonds weer naar de Liverpool Bar te gaan. Dat leidde tot het bekende nachtelijke geharrewar, maar de oude arrogantie was verdwenen. Hij was bedachtzamer, nadenkender gestemd. Hij leek meer doener dan denker, meer realist dan filosoof, meer practicus dan theoreticus. Hij biechtte op dat hij in de voorkamer had gezeten en heel *Sgt. Pepper* had afgedraaid. Allebei de kanten. Hij vond dat de Beatles een visie hadden en daar heel goed uitdrukking aan wisten te geven. Ik vroeg hem wat zijn favoriete nummer was. 'Fixing A Hole', zei hij zonder de geringste aarzeling.

Ik wilde dat hij het zong alsof hij dronken was, maar het was genoeg dat hij ernaar geluisterd had. Dat was zijn manier van vergeving vragen voor zijn bewering dat ze niet op hun eigen instrumenten speelden. De vraag die hij stelde en onbeantwoord liet, was waar de volgende Beatles vandaan zouden komen. Uit Leeds of Glasgow, Manchester of Cardiff? Of Dublin misschien? Was dit als een uitdaging aan het adres van Michael Maltese bedoeld? Hij had ons verboden in de garage te repeteren. Ik kon deze kans niet voorbij laten gaan.

'Wie weet hoe ver we het zouden schoppen als we een oefenruimte hadden.'

* * *

We zaten bij de platenspeler de akkoorden voor 'A Little Help From My Friends' op te schrijven toen pa zijn hoofd naar binnen stak en me naar buiten riep. In de gang zei hij dat ik mijn beste pak aan moest trekken.

'Waar gaan we naartoe?'

Hij zei dat hij een zaal gevonden had waar we konden repeteren en dat hij me die wilde laten zien. Het was de eerste keer van mijn leven dat hij me niet alleen met een briefje op pad stuurde. We staken Seville Place over, beklommen het granieten trapje rechts van de straat (hij liep een halve meter voor me uit) en klopten aan bij de pastorie. Toen de huishoudster opendeed, zei pa heel gedecideerd dat hij kapelaan Paul wilde spreken. Kapelaan Paul kwam en begroette pa. Ze praatten over koetjes en kalfjes.

'Dit is mijn zoon, kapelaan. Hij heeft een band en ze willen graag in de Oriel-zaal repeteren.'

Kapelaan Paul was er zichtbaar verlegen mee en vroeg ons binnen. Hij bood ons een kop thee aan. Pas op voor Grieken met geschenken. Ik hoorde het pa denken. Hij weigerde.

'Ik had uw zoon al uitgelegd dat de Oriel alleen maar voor parochieactiviteiten bedoeld is.'

'Mijn zoon is 'n parochiaan.'

'Jawel, maar...'

'U bent 'n priester.'

Er viel een pijnlijke stilte. Pa nodigde hem uit die te vullen.

'Inderdaad, ik ben een priester.'

'Het is een parochiezaal, geen priesterzaal. Over 'n jaar of twee, drie bent u hier weer weg, klopt dat?'

'Ik zal met de pastoor moeten overleggen.'

'Ik wacht wel even.'

Het kwam allemaal door dat haar. Hij zag eruit als mijn oudere broer. Hij had zijn haar geverfd en was iemand anders geworden. Ik wist niet precies wie, maar daar wilde ik zo snel mogelijk achter komen. Kapelaan Paul kwam terug en vroeg of hij pa alleen kon spreken. Ik wachtte buiten op het trapje en keek neer op de parochie om me heen. Keek erop neer vanaf de plek waarop kapelaan Paul er elke dag van het jaar op neerkeek. Je zou er duizelig van worden, van zo hoog wonen. De deur ging open en pa kwam naar buiten met de sleutels in zijn hand. Hij had een grijns op zijn gezicht alsof hij op de winnaar van de Grand National, de Epsom Derby en de Cheltenham Gold Cup gewed had, allemaal op één en dezelfde dag. Thuis zochten we onze instrumenten bij elkaar en bereidden ons voor op de verhuizing naar de Oriel-zaal. Ma was in de wolken. Ze liep achter pa aan en maaide met haar vuisten door de lucht als een bokser in de gymzaal.

'Burgerrechten, dat zijn 't, 't begin van onze burgerrechten.'

In het kielzog van pa staken we Seville Place over om de Oriel-zaal te bestormen. We hoefden geen deuren in te trappen of muren te beklimmen want we hadden de sleutels. We gingen naar binnen omdat hij van ons was. Pa had hem voor ons opgeëist. Midden in de grote zaal stelden we onze instrumenten op. Pa adviseerde ons flink te oefenen, aangezien we over drie weken voor de bejaardenvereniging zouden spelen.

Tot op dat moment was Michael Maltese een band zonder identiteit geweest. Nu hadden we ons eerste optreden binnen op kracht van een repertoire van maar zes nummers, waaronder niet één dat geschikt was voor een publiek van ouden van dagen. We hadden maar één versterker voor twee gitaren en Andy's drumstel bestond uit een snare- en een bass-drum, zonder grote tomtom en zonder bekkens. Bovendien hadden we geen geluidsinstallatie voor Gerry Greens zang of rumbaballen. Onze enige hoop op redding lag bij Ita. Zij was een paar keer uit geweest met ene Pat Stynes, wiens vader bedrijfsleider was van een muziekwinkel in het centrum. De toekomst van Michael Maltese stond of viel met het succes van onze pogingen Pat Stynes te bewegen met Ita te trouwen en de band zijn hele verdere leven van gratis apparatuur te voorzien. Of eerst met de apparatuur over de brug te komen en pas daarna met Ita te trouwen.

Shea en Gerry meldden zich ziek en ik spijbelde van school om te kunnen repeteren. Andy, die niet werkte en niet naar school ging, had minder tijd omdat Teresa hem in de buurt wilde hebben nu de baby zich aankondigde. Sterker nog, ze dreigde een stokje voor onze repetities te steken als Andy geen huis voor hen vond. Zij zat nog steeds bij haar moeder en Andy woonde nog steeds in de flat. Andy meende dat Teresa de rest van haar leven gelukkig zou zijn als hij een gemeenteflatje voor haar vond. Alleen moest een echtpaar om voor een gemeentewoning in aanmerking te komen minstens twee kinderen hebben. De beste oplossing op korte termijn was ergens iets kraken, en ik bood aan Andy te helpen zoeken.

Shea en Gerry Green kregen opdracht Pat Synes te benaderen. Hun plan was naar de winkel te gaan, een plectrum te kopen en een gesprek met hem aan te knopen. Dan zouden ze het gesprek op rockbands en groupies en vrije liefde en Ita brengen. Normaal gesproken zou ik iedereen die haar met een vinger aanraakte vermoord hebben – ze was zo klein en breekbaar – maar deze situatie vroeg om offers alom, ook van Ita.

Andy kreeg een tip over een benedenwoning in een van de

oude huurkazernes. We stonden voor Sean McDermott Street 2A en keken naar de mensen die het gebouw in en uit liepen. Het schemerde. Overal in de straat gingen lichten aan. De benedenverdieping van 2A bleef donker. Onze informatie leek correct. Het appartement stond leeg en was klaar om gekraakt te worden. Daardoor zouden we een ander gezin tekortdoen, maar Andy was niet verantwoordelijk voor de woningnood.

We liepen de hal in, die donker en somber was. Aan het plafond hing een fitting zonder lamp. Andy klopte op de voordeur van de benedenwoning.

'Iemand thuis?'

Geen antwoord. We wisten dat hij leeg stond. Om absoluut zeker te zijn balde Andy zijn vuist en gaf een harde bons op de deur. Ik deed het nog eens dunnetjes over. We legden ons oor tegen de deur en luisterden. Andy gaf er een onderzoekend duwtje tegenaan. Hij deed een stap achteruit en ramde hem met zijn schouder. De deur bood geen enkele tegenstand. Hij vloog open alsof we op de thee waren gevraagd. Andy knipte het licht aan en ik zette het raam open. De stank was verstikkend. Toen ik me omdraaide en de kamer rondkeek, zag ik de figuur op het bed. Ik sprong bijna uit mijn vel. De oude man was dood en begon al te rotten. Hij had een glas whisky in de hand. Het was een walgelijk gezicht maar ik kon er mijn ogen niet van afhouden. Ik liep naar Andy of hij liep naar mij, dat weet ik niet meer. We stonden naast elkaar, net als bij een begrafenis. Het valt niet mee de dood alleen in het gezicht te kijken.

'Arme sloeber.'

'Wat een manier om aan je eind te komen.'

Ik vond dat we moesten bidden voor zijn zielenrust. We hadden hem gevonden en konden hem moeilijk zo achterlaten. Wie weet was hij in de hemel een heilige, net als Matt Talbot. Staande in die stinkende kamer leek het me uitgesloten dat de oude man op het bed ergens vandaan op ons neerkeek. De hemel leek gewoon geen logische verklaring voor wat we hier zagen en roken. Het was wreed en smerig en we dienden te maken dat we wegkwamen.

We gooiden een munt op en ik verloor. Ik belde de alarmcentrale, gaf door wat we gezien hadden en hing op. We hadden een repetitie in de Oriel-zaal maar Andy stelde voor terug te gaan om het lijk naar de ambulance gedragen te zien worden. Hij leek vastbesloten terug te keren naar 'de plaats van de misdaad'. Ik lachte bij het idee, maar Andy deed heel serieus. Toen ik ook serieus werd, lachte Andy me uit. Heel even leek het weer zoals vroeger, toen we dwaas en zorgeloos waren, vóór voortplanting en wachtlijsten, toen we op de betonnen speelplaats van Sheriff Street woonden en speelden. Ik vroeg me af of de oude man vermoord was. Er waren geen sporen van inbraak. Geen sporen van een worsteling. Althans niet voordat wij kwamen. Ik had het raam opengezet. Andy had het licht aangedaan. Het wemelde van onze vingerafdrukken. Als er een onderzoek kwam, zouden wij best van moord verdacht kunnen worden. Ik besloot zover mogelijk uit de buurt van Sean MacDermott Street te blijven en de Oriel-zaal leek me een goed begin.

* * *

Het nieuws van Pat Stynes was uitstekend want Gerry Green bleef erin.

'Alles voor niks.'

Shea glimlachte en bewoog zijn oren op en neer, een trucje dat hij deed als hij vermetel gestemd was.

'Hij is helemaal verkikkerd op Ita.'

Het was allemaal hoogst mysterieus. Iedereen was er stil van, behalve Mahony. Die wilde dat we begonnen te repeteren om een idee van de akoestiek te krijgen. Hij werd straal genegeerd.

Buiten werd drie keer hard getoeterd. Gerry Green schoot als de spreekwoordelijke pijl uit de boog de Oriel-zaal uit. Even later rolde de grootste luidspreker die ik ooit gezien had naar binnen. Hij stond op wieltjes en drukte meteen een heel eigen stempel op de zaal. De man die hem duwde kwam erachter vandaan en stelde zichzelf voor als Pat Stynes. Hij zag Mahony en vroeg hem de luidspreker op het podium te zetten. Shea en Gerry Green volgden met meer apparatuur – nog zo'n enorme luidspreker, een versterker, twee microfoons, twee standaards en honderden meters kabel. Pat Stynes nam de leiding en wij draafden als willige slaven. We sloten alles aan en begonnen aan ons eerste nummer. Ik speelde twee maten van drie akkoorden bij wijze van intro en Gerry Green stapte naar de microfoon en deed zijn Mick Jagger-imitatie. Zijn stem weerkaatste van de vier muren, het plafond, de vloer. Het resultaat had niets menselijks meer.

Pat Stynes schreeuwde dat we moesten ophouden. Hij was niet onder de indruk. Zes pogingen later was hij nog steeds aan het bijstellen en intussen was Ita er ook. Ze kwam nooit naar onze repetities. Hij ging naast haar zitten, sloeg zijn arm om haar schouder en liet ons eindelijk uitspelen. Gerry Green trok een pruilmondje en krijste in de microfoon. De tekst van het liedje kwam glashelder door.

Pat Stynes, Ita en Mahony keken naar hem op. Twee stralende gezichten en één triest gezicht. Twee in het licht en een in de schaduw. Mahony was de juiste persoon geweest toen we iemand nodig hadden om ons te vertellen hoe goed we waren. In ons hart wisten we dat we niets voorstelden. We repeteerden op zijn slaapkamer en hielden hem tot laat in de nacht wakker. Een goed arrangement voor iemand die aan slapeloosheid leed. Binnen een dag was de hele situatie veranderd. Binnen een uur. We waren een echte rock-'n-rollband die echte rock-'n-roll voortbracht in onze eigen oefenruimte. We konden niet meer terug naar sjofele slaapkamertjes. Halverwege ons programma stond Mahony op en vertrok. Hij glipte zonder een woord te zeggen naar buiten, waardoor zijn vertrek nog meer opviel. Hij kwam die nacht niet thuis. Shea en ik zeiden niets, want hij had de sleutels van de Oriel-zaal meegenomen. Daar stak niets sinisters achter. Hij was er met de sleutels vandoor gegaan omdat hij zich gekwetst voelde. Ma en pa maakten zich ongerust toen hij niet voor het eten kwam opdagen. Hij hoorde helemaal bij het gezin. Hij was pa door dik en dun trouw gebleven en voor pa was trouw de hoogste deugd.

* * *

De volgende morgen gingen Shea en ik naar het busstation. Mahony zat achter de balie van het bagagedepot. Hij zag er normaal uit op de abnormale manier die normaal voor hem was. Hij droeg zijn pet achterstevoren, wat goed bij zijn babyface paste, maar je niet direct het idee gaf dat je bagage bij hem in de beste handen was. Toen hij ons zag, zette hij schielijk zijn bril af en begon hem aan zijn overhemd schoon te maken. Dat deed hij om ons te laten zien dat hij doormidden gebroken was en met plakband weer aan elkaar geplakt. Shea zei dat we hem wilden spreken. Mahony sprong over de balie, liep de hoofdingang uit en stak de straat over naar café Keating. Shea en ik volgden op een afstandje. In het café bestelde hij drie Guinness. Het was tien uur 's morgens. Ik vroeg of het voor mij een sinas mocht zijn. Daar wilde hij niet van horen. Toen de barman de glazen neerzette, bestelde hij er ook nog drie whisky's bij. Shea en ik weigerden pertinent. Mahony vroeg de barman de drankjes op te schrijven.

'Als jullie het gaan maken sleep ik je met je ballen voor 't gerecht.'

Het was moeilijk hierop te drinken, ook al had hij betaald. Ik zette het glas aan mijn lippen en likte aan het schuim. Mahony keek me aan.

‘Ik maak ’n geintje, doodbidder.’

Mahony had gelijk. Ik was veel te serieus aangelegd. Als iedereen om me heen de wereld uitlachte, leek mijn gezicht van beton. Mahony was een goed voorbeeld. Hij voelde zich afgewezen, maar nam er een biertje op en kon erom lachen. Andy had geen dak boven zijn hoofd en zat daar geen moment mee. Hij stond op het punt vader te worden, maar weigerde zich te laten verlammen door nutteloze zorgen over hoe hij zich daar doorheen zou slaan. Ik moest het leven wat luchtiger nemen. Ik keek naar Shea, die glimlachte en zich geen moment door Mahony’s negativiteit liet beïnvloeden. Martelde hij zichzelf dagelijks met herinneringen aan Frankie? Ik benijdde Shea. Ik moest gemakkelijker worden, net als hij. Ik bracht de pint naar mijn lippen en dronk. In plaats van een slok te nemen bleef ik doorgieten. Ik dronk tot voorbij de menselijke grens, want ik wilde geen mens zijn. Ik zag de bodem van het glas in zicht komen. Ik dronk tot het glas leeg was en zette het met een klap op het tafeltje.

‘En geef me nou die whisky maar.’

Ik dronk gelijk op met Mahony terwijl Shea uitlegde dat Pat Stynes onze technische manager was. Hij, Mahony, was onze echte manager, tenzij hij ontslag wilde nemen. Of geen optredens wist te organiseren, behalve dan dat voor de bejaardenvereniging, dat pa geregeld had. Mahony besloot aan te blijven en ons niet voor de rechter te slepen. We bezegelden de afspraak met een handdruk buiten het busstation. Zodra ik zijn hand losliet, voelde ik dat er iets mis was met de straat. Die begon te hellen toen ik wilde oversteken. Shea pakte me vast en sloeg een arm om mijn schouder.

‘Je bent dronken!’

Ik probeerde iets te zeggen maar de woorden weigerden te komen. Mijn hersenen werkten prima, het lag aan mijn mond, mijn mond was het probleem, waarom deed die niet wat ik wilde? We waren vergeten Mahony de sleutels van de Oriel te vragen. Stamelend probeerde ik hem dat aan het verstand te brengen. Shea scheen me te begrijpen.

Hij zette me in een portiek en vertrok – om de sleutels te halen, ik weet het niet, ik viel in slaap. Ik weet niet meer hoe ik thuisgekomen ben. Geen flauw idee. Hoe ik nummer 44 binnenkwam, wie me de trap opdroeg en naar bed bracht. Ik weet alleen nog dat ik wakker werd. Onder de dekens. Onderhemd, onderbroek en sokken. Meer niet. Ja, toch, een martelende dorst. Mijn speeksel was op en mijn tong kleefde aan mijn verhemelte. Lippen als sintels uit de haard. Niemand die me een glas water kwam brengen. Ik kon niet schreeuwen en het ontbrak me aan de wilskracht om op te staan. Buiten was het donker maar ik had niet het gevoel dat het nacht was. Mijn botten waren jong maar ze voelden oud. Ik was te jong om altijd volgens de regels te leven. Ik wilde wild zijn. Het interesseerde me geen barst dat ik daar oud van werd. Ik wilde niet voortdurend dezelfde ik zijn.

* * *

De bejaardenfuif was redelijk geslaagd in die zin dat niemand een hartstilstand kreeg. Toen ik na de twee maten lange intro van 'Everybody Needs Somebody' de zaal inkeek, zag ik alle toehoorders hun handen voor hun oren slaan. Twee of drie mensen grepen naar hun borst en zakten opzij. Toen we het geluid zachter zetten, gingen ze weer recht zitten en klapten beleefd omdat ze blij waren dat ze nog leefden. We werkten ons repertoire van zes nummers af en toen we klaar waren, schreeuwden ze om meezingers.

'Speel "Ramona" eens, jongens. Jullie kennen "Ramona" toch wel!'

We stonden als verlamd op het podium van de Oriel-zaal terwijl honderd bejaarden ons de namen van hun favoriete nummers toeschreeuwden. Puttend uit een donker hoekje van mijn hersenen, een huisje van verdriet waar ik bittere herinneringen bewaarde, zette ik 'She'll Be Coming Round The Mountain' in. Andy viel al snel in op zijn drums en Shea speelde de baspartij, maar Gerry Green was volkomen verloren.

'Ik blijf d'r in, ik blijf d'r verdomme in.'

Tegen het eind van het eerste couplet zong iedereen mee. Na afloop stonden ze klappend, zingend en dansend in de gangpaden.

Pa was in de zevende hemel. Onder donderend applaus beklom hij het podium. Hij had niet zozeer een nieuw begin gemaakt, hij had een nieuw leven gekregen. Een openbaar leven. Het was net alsof de jaren van debatteren aan de keukentafel van nummer 44 een voorbereiding op deze stap in de gemeenschap waren geweest. Op het podium van de Oriel-zaal leek hij met zijn zwarte manen en zijn witte huid net een Romeinse senator.

Hij complimenteerde de oudjes met hun zang en dans. Hij beloofde dat ze binnenkort de kans zouden krijgen een paar moderne danspassen te leren. Hij kondigde aan dat hij van plan was met ingang van komende zondag een wekelijkse soos voor de teenagers van de parochie te organiseren en vroeg om vrijwilligers van de bejaardenvereniging voor het bemannen van de garderobe, de limonadebar en de toiletten. De opbrengst van de soos zou gebruikt worden om een toneelvereniging op te richten – het Sint-Laurence O'Toole Muziek en Drama Genootschap – dat in de komende weken zijn eerste audities zou houden. Hij herinnerde het publiek eraan dat de Oriel de zaal was waar de jonge Sean O'Casey zijn eerste stukken had opgevoerd, waarop mevrouw Murphy uit Abercorn Road opstond en pa toeschreeuwde:

'Ik heb die ouwe onverlaat aangeklaagd dat-ie me in 'n stuk had gezet en hij moest twintig pond dokken.'

De helft van de bejaarden applaudisseerde, de andere helft schreeuwde dat ze haar mond moest houden en moest gaan zitten. Ik kende mevrouw Murphy van mijn krantenwijk voor het Marialegioen. Het verbaasde me niets dat Sean O'Casey haar in een toneelstuk had gezet. Als ze haar deur opendeed, kwam je niet meer van haar af. Ze had overal een mening over, in de eerste plaats over de regering, en ik kon me voorstellen dat de andere personages van het stuk waarin ze voorkwam er geen speld tussen konden krijgen.

De soos op zondag in de Oriel trok het gevaarlijkste volk uit Dublin aan. Sheriff Street, de Buildings, Summerhill, Ballybough en East Wall eisten hem allemaal voor zichzelf op. Dat had tot een burgeroorlog moeten leiden, en soms had het daar ook alles van weg, maar de aanwezigheid van zoveel bejaarden leek de potentiële gewelddadigheid in de kiem te smoren. Kerels die met messen rondliepen en daar in andere danszalen rustig gebruik van maakten, leken geremd te worden door een gelegenheid waar de uitsmijters met wandelstokken liepen.

De andere reden was pa. Hij leerde iedereen die naar de soos kwam met naam en toenaam kennen. Git Walsh, Joe-Joe Lennon, Billy Boy Brennan, Scissors Kane, Ocky Nolan, Hard Head Hogan, Cattler Caulfield, Mousey Mitchell en Mickabird Langan. Pa gebruikte nooit hun bijnaam. Voor hem waren ze Christopher, Joseph, William, Seamus, Noel, John, Kevin, Anthony en Michael. Als er ruzie uitbrak, riep pa de hulp van de zware jongens in om er een eind aan te maken. Ook moedigde hij gehandicapte teenagers aan naar de soos te komen, en het streelde de trots van de zware jongens die personen speciale bescherming te geven. Toen Skinny Gildea, die een normaal lichaam maar een piepklein hoofdje had, verliefd werd op Tina Hurson, een lilliputter, durfde niemand ze uit te jouwen als ze dansten, want dat hadden de zware jongens verboden. Elke zondag werd er een klein pakje Major uitgeloofd als prijs voor de beste jivers in de zaal, en de Oriel had nog nooit zo'n gejuich gehoord als toen pa Skinny en Tina het pakje van tien uitreikte. Dit soort kleinigheden onderscheidden de Oriel van de andere Dublinse danszalen.

Ik had mijn twijfels over het Muziek en Drama Genootschap. We lazen Shakespeare op school en leerden monologen vanbuiten om in proefwerken aan te halen. Maar het was niet mijn idee van een welbestede dinsdagavond, zeker niet zolang we alle nummers van *Sgt. Pepper* nog niet onder de knie hadden. Het Sint-Laurence O'Toole Muziek en Drama Genootschap. De naam kon niet tippen aan Sgt. Pepper's Lonely Heart's Club Band maar ik was benieuwd hoeveel mensen naar de auditie zouden komen. Net als Mr. Kite stelde pa iedereen een heerlijk avondje in het vooruitzicht.

Er zaten twintig mensen in de Oriel-zaal. Tot mijn verbazing was Catherine Griffin er ook. Ik ging op flinke afstand van haar zitten en zwaaide naar haar. Ik wist dat ze niet bij me zou komen en dat was ook zo. Ik had mijn kansen bij haar allang verkeken. Dat had haar overhaaste vertrek na Andy's trouwen pijnlijk duidelijk gemaakt.

Pa heette iedereen welkom en stak een speech af over de parochie en haar grote literaire verleden. James Joyce, Sean O'Casey en Brendan Behan hadden allemaal binnen een straal van twee kilometer gewoond. Hij deelde drie exemplaren uit van een stuk met de naam *Shadow of a Gunman* en we gingen in groepjes staan om het te lezen. Het eerste wat ik zag was pa's handschrift. 'Dit boek is het eigendom van het Sint-Laurence O'Toole Muziek en Drama Genootschap. Gelieve terug te bezorgen aan secretaris, met dank.' Hij ging de lijst van personages af en deelde de rollen uit. Ik las Tommy Owens. Catherine las Minnie Powell. Pa las Seumas Shields. Mahony las Maguire. Big Ben Lalor las Donal Davoren. Een van de bejaarden, mevrouw Cremin, las mevrouw Grigson. Ze stond erop iedereen voor het lezen begon een slok uit haar fles Sandeman-sherry aan te bieden. Iedereen weigerde maar pa kon er niet onderuit, want pa was in haar ogen een mensenredder. Ze gaf toe dat dit alleen maar haar bescheiden mening was, maar haar mening telde even zwaar als die van andere mensen, of was er toevallig iemand in de zaal die daar anders over dacht? Mevrouw Cremin hield ons tien minuten op terwijl ze op antwoord wachtte. Toen konden we eindelijk beginnen.

Toen Donald Davoren de beginregels van het stuk las, werd ik overrompeld door de werkelijkheid ervan. Die nam bezit van mijn hart en mijn hersenen op een manier die volstrekt nieuw voor me was. Alles ademde het echte Dublin. De woorden, de dialoog, de situatie, de personages. Er was helemaal niets gekunstelds aan. Dit was een gemeenschap van mensen die het slachtoffer waren van omstandigheden en met elkaar praatten, en de gebeurtenissen in het stuk ontwikkelden zich op de natuurlijkste en meest logische manier die ik ooit had ervaren.

Mijn personage was een zwetser. Een windbuil. Hij wilde sterven voor Ierland maar zat de hele dag in de kroeg. Voor Catherine's personage was ik een prul, wat heel begrijpelijk was. Zij had het voorzien op de strijder, Davoren. Die was tevens dichter, maar de grootste attractie voor Minnie was zijn associatie met vuurwapens. Hij was de vleeswording van haar fantasie van de dynamische held.

Het stuk was veertig jaar oud, maar nog steeds een getrouwe afspiegeling van het leven. Pa's rol was die van een straatventer van snuisterijen die zijn hele wereld in zijn koffer droeg. Hij had ook een buitentoilet. Ik zag hem voor me. Voor het huurkamertje dat hij met Davoren deelde, lees de keuken van nummer 44. 's Avonds filosofeerde Shields over de zin van het leven in de veiligheid van zijn bed. Vanaf die plaats stuurde hij er anderen op uit om karweitjes op te knappen waar hij zelf niets voor voelde. Pa hoefde niet te acteren. Bij die eerste lezing vatte hij meteen elke nuance van zijn rol.

In het stuk kwam ik pa niet tegen, maar mevrouw Madigan des te meer. Ze was de vleesgeworden mevrouw Murphy uit

Abercorn Road. Als ze het kamertje binnenkomt, neemt ze het meteen over en houdt pas op met praten als ze twintig minuten later vertrekt. Geen wonder dat mevrouw Murphy de auteur een proces aandeed en won.

Het stuk eindigt tragisch. Minnie wordt doodgeschoten omdat ze haar vertrouwen stelt in de rebel, die een charlatan blijkt te zijn. Hij stuurt haar de dood in omdat hij de waarheid over zichzelf niet onder ogen kan zien. Hij is dichter, maar hij is hol vanbinnen omdat hij geen ziel heeft. Hij is alleen maar een façade – met als gruwelijk resultaat dat de jonge idealiste Minnie voor hem sterft en hij verder leeft.

Het stuk deed me voortdurend aan de man in Sean MacDermott Street 2A denken. Die was arm en alleen gestorven in een straat die naar een rebel was vernoemd. Sean MacDermott was een van de leiders van het Paasoproer van 1916. Overal in de stad werden de rebellen van het verleden gehuldigd. Overal in de stad heerste armoede. Mensen in huurkazernes die de namen van helden uit het verleden droegen. Pearse, Connolly, Markiewicz, Plunkett en MacDermott. Allemaal geëerd met sloppen met hun naam.

Toen we het stuk gelezen hadden, vertelde pa wanneer we de eerste opvoering in de Oriel-zaal zouden geven. Er zouden drie avondvoorstellingen komen en de opbrengst zou gebruikt worden voor het oprichten van een zwemclub voor jongens en meisjes. Mevrouw Cremin, die stomdronken was van de sherry, wilde weten hoe ze kaartjes kon krijgen. Nu meteen. Pa zei dat hij blanco kaartjes had en bij een winkel in Capel Street een stempel besteld had. Hij verwachtte dat hij over een week binnen zou zijn. Daar scheen ze genoegen mee te nemen, want ze deed er het zwijgen toe. In de stilte die volgde kondigde pa aan dat Shea het stuk zou regisseren. Daarna gaf hij iedereen een schrift en een pen om onze individuele rollen uit de boekjes over te schrijven. Mevrouw Cremin was vergeten welke rol ze speelde en werd weerspannig. Ik ging alleen in een hoekje zitten. In mijn beste handschrift schreef ik de eerste regel.

Tommy: 'k Heb niks gezien... eerlijk... ik dacht dat je leerde typen... dat je bij meneer Davoren op les zat. Verder he'k niks gezien... 'k zweer 't je!

Ik hield op met schrijven en dacht na over wat er op het podium gebeurde als ik de kamer binnenkwam. Davoren en Minnie stonden op het punt elkaar te kussen. Ik keek naar Big Ben Lalor en Catherine. Ze zaten dicht bij elkaar, net als in het stuk. Schrijvend en giechelend. Misschien giechelden ze in het stuk ook. Ik riep Shea.

'Wat gebeurt er als ik de kamer binnenkom? Denk je dat ze giechelen?'

'Da's van geen belang.'

Hij leek niet geïnteresseerd. Misschien wist hij het ook niet.

'Het enige wat telt is wat er in je hoofd omgaat.'

'Hoe bedoel je?'

'Wat verwacht je te zien?'

'Davoren de rebel.'

'En wat zie je in werkelijkheid?'

'Davoren en Minnie. In elkaars armen.'

'Hoe voel je je dan? Gelukkig? Teleurgesteld? Daar moet je over nadenken.'

Ik dacht na tot mijn hoofd overliep. Een paar uur geleden bestond deze persoon alleen maar op papier, maar nu leek hij even echt als ikzelf. Levend in een wereld die even tastbaar was als de mijne. In het stuk liepen de mensen het huurkamertje in en uit op dezelfde manier als waarop zoveel andere mensen ons leven in de keuken van nummer 44 waren binnengekomen. Kostgangers en buren. Mahony en Minnie. Tommy Owens en John Charles Gallagher. Mensen op zoek naar vaderfiguren en helden. Terwijl ik de tekst van Tommy Owens overschreef, realiseerde ik me dat hij een even lange voorgeschiedenis had als ieder levend mens. Die bracht hij mee naar het podium. Dat was de diepere zin van Shea's aanwijzing. Een geschiedenis die niet echt had plaatsgevonden maar daarom niet minder reëel was. De genialiteit van de schrijver was dat hij alles binnen het tijdsbestek van het stuk had geperst. Het was net tien jaar nummer 44, samengebald in minder dan twee uur.

De repetities werden een obsessie voor me. Ik vond het vreselijk als ze ophielden en kon niet wachten tot ze weer begonnen. Ik was geïnteresseerd in elk aspect van het stuk, niet alleen mijn eigen scènes. Ik was even geobsedeerd met het tweede bedrijf, waarin ik niet voorkwam. Het was fascinerend te zien hoe Shea met pa werkte. Hij stimuleerde hem zichzelf te zijn, creëerde een personage dat gebaseerd was op kennis van pa zelf. Wat me het meest verbaasde was dat pa zichzelf niet één keer herkende in de aanwijzingen.

Het hele gezelschap was geschokt toen Shea vertelde dat het geweer van het stuk een penis was en dat alle personages behalve Minnie daar bang voor waren. Dit was de diepere idee van het stuk en belangrijker dan de eigenlijke dialogen.

O'Casey was een protestant, een buitenstaander, maar hij had een open oog voor de schuldgevoelens en hypocrisie waaronder de katholieken gebukt gingen. Zijn vader overleed toen hij klein was en hij was grootgebracht door zijn moeder. De vrouwen waren de sterke personen. Sterker dan de mannen. Minnie was de sterkste, Davoren de zwakste. Minnie was de enige die de stijve penis vast durfde te grijpen. De mannen waren impotent. Haar viriliteit drukte hen met hun neus op hun eigen onmacht. De mannen waren bang iets te ondernemen, bang om verantwoordelijkheid te dragen, en de Ierse samenleving was nog steeds een weerspiegeling van dat onvermogen.

Mevrouw Cremin nam een slok sherry en vroeg aan Shea wat voor drugs hij ingenomen had. Veel acteurs maakten zich zorgen. Waarom moesten we er zonodig seks bijslepen? Waarom kon hij het niet gewoon laten spelen zoals het geschreven stond? In de tekst werd niet over penissen gesproken. Catherine was een van de mopperaars. Dat verbaasde me niets, want ik wist hoe vroom ze was. Catherine zei dat ze weigerde dingen te doen die tegen haar geweten of de leer van de Kerk indruisten. Ik zag Shea op zijn lip bijten. Pa vond het een interessante invalshoek en als de productie ermee geholpen was, des te beter. Big Ben Lalor zei dat hij niet impotent was en geen impotente man kon spelen. Hij moest Minnie kussen, oké, maar niemand die een hand of wat dan ook op zijn penis ging leggen. Er werd gefloten en iedereen keek naar Shea.

'De kus is belangrijk maar Minnie heeft het heft in handen. Ze heeft het heft in handen omdat alle vrouwen het heft in handen hebben. Ze staat je tóe haar te kussen. Snap je?'

Big Ben Lalor, Catherine en ik klommen op het podium. We begonnen op het moment dat ik vertrok. Ik zei mijn regel, liep de deur uit en liet ze samen achter. Catherine liep naar Big Ben Lalor. Shea schreeuwde tegen haar:

'Hij moet naar jou komen. Jij bent de baas.'

Ik stond in het nauwe gangetje naast het podium en keek naar hen. Catherine met haar grote bruine ogen en haar open gezicht. Ze keek neer op Shea toen hij zei dat ze haar kracht moest voeden. Niet weggeven.

'Heb je ooit een jongen aan een touwtje gehad en hem laten dansen?'

Ze keek Shea aan alsof ze niet wist waar hij het over had. In werkelijkheid wist ze het verdomd goed.

Ze genoot ervan Shea tot uitleg te dwingen, gezichten te zien trekken, radeloos aan zijn hoofd te zien krabben. Ze speelde de onnozele hals. Ik herinnerde me de avond dat ze me vroeg of ik haar een nachtzoen wilde geven. Toen had ze de touwtjes ook in handen, net als nu. Shea tot uitleg dwingen was daar ook een aspect van. Toen ze uitgepraat waren, speelde Catherine de rol tot in de perfectie. Een en al onschuld en licht aan de buitenkant, maar sluw en heerszuchtig vanbinnen. Catherine deed alsof ze wegliep. Big Ben Lalor liep achter haar aan en legde een hand op haar schouder.

'Minnie, de kus die ik niet gekregen heb.'

'Welke kus?'

Ze zei het met neergeslagen ogen. Daarna hief ze langzaam haar hoofd en keek hem uitdagend aan. In de stilte meende ik Big Ben Lalors hartslag te horen. Het was mijn eigen hart. Big Ben Lalor lachte zenuwachtig. Toen zei hij zijn tekst.

'We werden gestoord, dat weet je toch, kleine schelm, kom, eentje maar.'

'Vlug dan.'

Maar het was allesbehalve vlug. Het was een lange, innige kus, omdat Catherine dat ervan maakte. Ze trok zich los om haar overwicht opnieuw te doen gelden en liep zwijgend de kamer uit, een hijgende, opgewonden Davoren achterlatend. Toen ze de deur opendeed, wendde ik mijn blik af. De toeschouwers applaudisseerden. We stonden naast elkaar in het halfdonker van de coulissen. We zeiden geen woord. Zij gaf de dichter het gevoel een man te zijn. Ze gaf hem het gevoel een rebel te zijn en zij zou hem veroveren. We speelden de scène na mijn vertrek opnieuw. Toen er weer gekust moest worden stormde Catherine's vriend Billy Boy Brennan de zaal binnen. In het donker struikelde hij over een stoel en terwijl hij overeind krabbelde, beval hij Catherine van het podium te komen. Ze probeerde hem te kalmeren, maar dat was enkel olie op het vuur.

'Dit is 'n zootje halvegaren, kom op, wegwezen.'

Catherine liep kwaad met hem de zaal uit. Er heerste grote verslagenheid onder de rest van de spelers. Nog maar een week te gaan tot de première en nu waren we onze Minnie Powell kwijt. Ik stelde Ita voor als invalster.

'Die is 'n beetje aan de kleine kant.'

Big Ben Lalor was bijna een meter negentig. Ita was een meter vijfenzestig. Het zou geen gezicht zijn. Mevrouw Cremin opperde haar dochter Isolde als mogelijkheid. Die was vijfendertig. Dat leek ons een goede mogelijkheid, tot we hoorden dat ze in Duitsland woonde. We waren net bezig een lijst van mogelijke vervangsters op te stellen toen Catherine terugkwam met Billy Boy op sleeptouw.

'Billy Boy wil iets zeggen, meneer Sheridan.'

'M'n excuses dat ik jullie repetitie gestoord heb en jullie 'n zootje halvegaren heb genoemd.'

Catherine bracht hem naar een stoel en klom weer op het podium om de repetitie voort te zetten. Ze was niet van plan Billy Boy Brennan met haar toneelcarrière te laten sollen.

Shadow of a Gunman speelde drie avonden voor een volle Oriel-zaal, gevolgd door een speciale zaterdagmatinee voor de kinderen die zich hadden opgegeven voor de zwemclub. Die waren een uitstekend publiek, want ze schreeuwden tegen de spelers en gaven de personages in het stuk goede raad. Toen Big Ben Lalor in het tweede bedrijf de bommen ontdekte, rende Dazzler Brennan, een jonger broertje van Billy Boy, naar het podium en bood aan ze in de flats te verbergen. Toen het gordijn die zaterdagavond viel, begon het feest. Vrijwilligers stapelden de stoelen op en Pat Stynes sleepte zijn apparatuur aan. Mevrouw Cremin zette de tafels met drank gereed en mensen van de bejaardenvereniging stalden de boterhammen en appeltaarten uit. Kapelaan Bingham ging van groep tot groep om kiekjes te maken. Gerry Green en Mahony zaten in een hoekje de slappe lach te hebben – waarschijnlijk een marihuanasigaret gerookt. Billy Boy Brennan had zich verstrengeld met Catherine en samen praatten ze met Big Ben Lalor. Shea onderhield zich met een witharige man van de *Evening Press* die een toneelrubriek schreef en indertijd een boezemvriend van O'Casey was geweest. Hij was helemaal uit Drumcondra gekomen om het stuk te zien. Pa zat aan een tafeltje bij de ingang, telde geld en kaartjes en werkte een kasboek bij. Hij was precies zijn rol in het stuk, Seamus Shields, die elke dag begon met de inventaris van zijn koopwaar op te maken. Hij en Shields hadden ongetwijfeld veel gemeen, maar ze waren ook anders. Shields had nooit een hele gemeenschap bij elkaar kunnen brengen zoals pa had gedaan. Ik vroeg me af hoe lang hij de liefde voor het theater in zijn hart gekoesterd had. Hoeveel kaartjes voor de verrassing-expres had hij verkocht terwijl hij zich in gedachten op het podium zag staan? Hoe vaak had hij achter het loket gezeten en de uren die hij aan de Great Northern Railway kwijt was vervloekt? Waarom moest hij Frankie verliezen voordat hij besefte dat zijn dromen misschien nooit werkelijkheid zouden worden? Hij was altijd zo kwaad geweest. Moest Frankie sterven om hem van zijn woede af te helpen?

Ik zag hem zijn hand in zijn zak steken en zijn flesje hoofdpijntabletten pakken. Hij haalde er twee uit en deed ze in zijn mond. Hij slikte verwoed maar kon ze niet wegkrijgen. Ik liep naar hem toe en zette mijn flesje sinas op zijn tafeltje. Ik vroeg hem of hij iets nodig had. Hij schudde van nee, pakte het flesje en nam een grote slok. Dat was pa ten voeten uit. Ik liep weg en hij riep me terug.

'Momentje, zoon.'

Hij deed het geld in het kistje en draaide het op slot. Hij drukte het me samen met het kasboek in de hand en vroeg of ik ze naar huis kon brengen. Ik wist dat ik kon weigeren. Dat ik kon zeggen, sorry pa, ik ben bezig. Ik moet mijn gitaar stemmen. Aan het naar huis brengen van het geldkistje waren geen principes verbonden. We maakten nog maar zelden ruzie over principes. Ik vond het niet erg om voor boodschappenjongen te spelen, zolang hij maar wist dat ik kon weigeren.

Op weg naar huis dacht ik aan *Sgt. Pepper's Lonely Hearts Club Band*. Ik had jaren geprobeerd hem naar de Beatles te laten luisteren en uiteindelijk had hij het gedaan. Als hij mij gevraagd had *Shadow of a Gunman* te lezen zou ik dat zeker geweigerd hebben. Zonder die georganiseerde lezing in de Oriel-zaal zou ik er nooit mee in aanraking gekomen zijn. Nu was ik er verliefd op, het was mijn allesverterende hartstocht en het leek diepzinniger en relevanter dan *Sgt. Pepper.* Het bevatte meer emotionele waarheden.

Toen ik de keuken binnenkwam, zat ma aan de tafel te huilen. Ik zag roet op haar handen en over haar wang liepen twee zwarte strepen. Ik vroeg wat er aan de hand was.

'Gewoon even huilen.'

Ma woonde al vijfentwintig jaar in Dublin, maar als ze van streek of opgewonden was, praatte zo Dundalks als maar mogelijk was. Dat vond ik prachtig, zolang ze maar niet huilde. Ze vroeg me hoe het stuk gegaan was en ik bracht verslag uit. Ik legde geldkistje en kasboek op de plank boven de deur. Terwijl ik op de stoel stond vroeg ze me een papieren zak te pakken. Ik gaf haar de zak en ze wees naar de open haard.

'Zou je die kastanjes bij elkaar willen zoeken en aan een of ander jongetje geven, zoon?'

Op de rand in de haard lag een tiental zwarte ballen die ooit kastanjes geweest waren. Ze waren uitgedroogd en bros en van al hun bruine pracht beroofd. Ik pakte er een en kneep erin. Hij viel uit elkaar in mijn hand. Ik deed het stof in de zak, pakte de andere kastanjes en gooide die erbij.

'Die hebben het gehad, ma.'

'Weet je 't zeker, zoon?'

'Absoluut. Ze zijn niks meer waard.'

'Dan kun je ze waarschijnlijk beter weggooien.'

De tranen stroomden onbelemmerd over ma's wangen. Al die maanden dat pa hoofdpijn had was ze sterk gebleven. Was zij de krachtpatser geweest. Zij had ons allemaal beter gemaakt. Nu was het haar beurt om te rouwen.

12

1969

Ma weigerde lid van het Sint-Laurence O'Toole Muziek en Drama Genootschap te worden. We zochten mensen voor onze tweede productie, *Juno and the Paycock* van Sean O'Casey, een voor de hand liggende keuze na het succes van *Shadow of a Gunman.* We hadden een Juno nodig en ma's hartstocht maakte haar de ideale kandidate. Pa speelde de Paycock, dus met ma tegenover hem zouden de vonken er gegarandeerd afspringen. Ma was de beste actrice in huis, dat wist iedereen. Ze had ook de juiste leeftijd. Hoe je het ook bekeek, de rol was ma op het lijf geschreven. Toen pa het haar op een avond aan tafel vroeg, gaf ze geen antwoord. Dat deed ze altijd als ze aandacht zocht. Het was een goed teken. Pa herhaalde zijn vraag en ma zette haar deftige stem op.

'Ik had je wel gehoord hoor.'

Shea bemoeide zich ermee en smeekte haar het te doen. Ze kon hem nooit iets weigeren.

'We hebben je nodig, ma.'

'Ik heb mijn handen hier al vol genoeg.'

Shea legde uit dat het net was als haar leven van alledag. Hij speelde Johnny, haar zoon. Pa was haar man, Jackie Boyle, die de Paycock werd genoemd. De Pauw. Ze hoefde alleen maar de woorden te leren en die op te zeggen. Acteren hoefde niet eens. Als ze last had van plankenkoorts, wat we allemaal betwijfelden, zou ze daar snel overheen zijn.

'Je kunt je oudste zoon niet weigeren, ma.'

Ma keek naar het pasteitje op haar bord terwijl Shea haar

onder druk zette. In het stuk wordt Johnny door de IRA terechtgesteld wegens verraad. Ik dacht aan de scène waarin ze dat ontdekt en in haar verdriet tegen God schreeuwt:

'Waar was je toen ze mijn liefste zoon vol kogels schoten?'

Kon ma die scène spelen zonder gek te worden, vroeg ik me af. Zou ze in staat zijn onderscheid te maken tussen de tragedie in het stuk en de tragedie in ons eigen gezin? Het was bijna twee jaar geleden dat we Frankie begraven hadden. Ma had het huis draaiende gehouden om ons de kans te geven zijn dood te verwerken. Inmiddels hadden we allemaal de draad van ons leven weer opgepakt, behalve ma. Ma leek meer aangeslagen dan toen hij stierf. Ze had haar vaste bezigheden in huis en die stelden haar in staat elke dag een beetje te sterven. Elke dag bracht haar een stapje dichter bij haar hereniging met hem in de hemel. Ze leefde doorlopend met één voet in het hiernamaals. Ze wist het goed te verbergen. Als ik haar niet toevallig betrapt had met de verbrande kastanjes zou ik het nooit geweten hebben. We praatten er nooit over maar op de een of andere manier bracht het ons dichter bij elkaar. De open haard werd onze manier om aan hem te denken zonder zijn naam te hoeven uitspreken. Toen Paul zijn brief aan de Kerstman schreef, trok hij ma uit de bijkeuken om hem in de schoorsteen te stoppen. Toen ze bij de haard op de grond knielde, kwam er een vreemde uitdrukking op haar gezicht. Paul schreeuwde in haar oor.

'Zit-ie in de schoorsteen, ma? Kan-ie ons horen?'

Ze hield de brief in haar hand en staarde in de haard. Ze maakte geen aanstalten er iets mee te doen. Paul trok aan haar mouw maar ze reageerde niet. Ik liep erheen, pakte de brief uit haar hand, stak mijn hand in de schoorsteen en zette de brief op de rand waar de kastanjes hadden gelegen. Vanaf die tijd lette ik altijd scherp op tekenen van kwetsbaarheid bij haar. Vaak bestudeerde ik haar gezicht. Ze was kwaad toen ze me daarop betrapte. Als ik haar aankeek of iets deed, zocht ze er altijd iets achter. Ik kon aan tafel geen boterham smeren of ze dacht dat ik iets in mijn schild voerde. We waren dichter tot elkaar gekomen maar nu wilde ze meer afstand. Ze wilde alleen zijn, en ik wist dat ze daar in de drukte van nummer 44 de kans niet voor kreeg. Ook weigerde ze zich de rol van Juno te laten opdringen. Uiteindelijk keek ze Shea aan en zei geëmotioneerd:

'Ik kom niet uit Dublin, laten we 't daar maar op houden.'

Op dat moment was ze weer een kind in een hooiveld buiten Dundalk, opkijkend naar haar vader die haar naar een tante in Belfast stuurde omdat hij zijn gezin zonder haar moeder, die bij haar geboorte gestorven was, niet meer aankon.

Catherine Griffin was twintig jaar te jong maar zette een authentieke Juno neer, gebaseerd op haar moeder. Ik was vijfentwintig jaar te jong voor Joxer Daly en schoor het haar boven mijn voorhoofd weg om kaler te lijken. Ma kreeg een toeval en vroeg pa waar dat toneelgedoe niet allemaal toe leidde. Toen ik zei dat ik 'mijn kunst serieus nam', haalde ze uit en gaf me voor het eerst sinds mijn kindertijd een klap. Alle spelers behalve Shea vonden dat ik te ver was gegaan, wat me ervan overtuigde dat ik de juiste beslissing had genomen. Ik wist dat ze bang waren voor uiterlijkheden – wat de mensen op school, thuis, op de soos in de Oriel, in de kerk zouden denken – maar wat ze niet konden begrijpen was dat uiterlijkheden me koud lieten zolang het om het stuk ging. Het stuk was de hoofdzaak en geen enkel offer was te veel om het publiek erin te laten geloven. Hoe kon ik de natuur een spiegel voorhouden als ik meer de zoon van de Paycock leek dan zijn makker? Ik moest mezelf veranderen, mezelf de juiste lichamelijke kenmerken aanmeten om me helemaal in mijn rol te kunnen inleven. Ik moest van buiten naar binnen werken. Joxer werd beschreven als een schouderophaler met een permanente grijns. Schouderophalers waren er te over in de flats. Permanente grijnzers waren moeilijker te vinden. De enige die ik kende was Ostler Doyle, een vaste klant van de Railway Bar. Die grijnsde vierentwintig uur per dag. Ik imiteerde hem en kreeg kramp in mijn gezicht. De hele dag glimlachen viel niet mee. Ma vroeg me waar ik zo'n plezier in had. Dat weigerde ik te zeggen.

'Ik zal je leren lachen.'

Ik zei dat ik daar geen enkel bezwaar tegen had.

'Als je niet uitkijkt veeg ik 'm zó van je gezicht.'

Ze wendde zich tot pa om steun.

'Waar moet 't naar toe met dat toneelgedoe, pa?'

Pa zei tegen mij, zijn makker in de misdaad:

'Oké, Joxer, zo kan ie wel weer.'

Ik ging naar de bijkeuken om mijn snor te controleren. Die liet ik staan om ouder te lijken. Ik pakte de zwarte schoenpoets en wreef die in de haartjes. Het maakte een enorm verschil. Ik grijnsde tegen mijn spiegelbeeld. Een Joxer-grijns. Met de grijns op mijn gezicht liep ik terug naar de tafel. Shea zat met één hand te eten. Zijn andere arm zat onder zijn hemd achter zijn rug, uit het zicht. Hij at altijd in zijn rol. Hij pakte zijn mes en probeerde zijn vlees door te snijden. Een hopeloze onderneming. Hij stak er zijn vork in, bracht het naar zijn mond en scheurde er als een leeuw een stuk af. Ma keek naar hem maar hield haar mond. Toen ze mij zag, keerde ze zich meteen weer tegen pa.

'Moet je hem daar zien grijnzen.'

We gaven zeven voorstellingen van *Juno and the Paycock* in de Oriel-zaal en trokken er toen mee het land in naar de amateurtoneelwedstrijden. Onze eerste opvoering was in de heuvels in Roundwood, Wicklow, het hoogst gelegen dorp van Ierland. Het moet aan de ijle lucht gelegen hebben, want we acteerden met zo'n energie dat het wel leek alsof we een extra personage hadden. De adrenalineroes sleepte iedereen mee. De opvoering culmineerde in de scène waarin Johnny een spook in zijn slaapkamer ziet. Shea was altijd al goed geweest in hysterische aanvallen, maar in Roundwood maakte hij het zo bont dat verschillende mensen van schrik de zaal uitrenden. Hij leek volledig doorgeslagen, volkomen epileptisch.

Sommige spelers waren razend op Shea, maar ze draaiden bij toen hij aan het eind van de week de Roundwoodbeker voor de beste bijrol kreeg. We trokken verder naar Carnew en Wexford, waar ik een medaille won voor mijn vertolking van Joxer.

* * *

Andy en Teresa woonden in Sean McDermott Street 2A met hun zoon Matthew en een tweede op komst. Het was een vreemde gewaarwording een kleine kopie van Andy vanuit de kinderwagen naar me te zien glimlachen. Het was heel iets anders dan ik verwacht had.

Andy leek verlamd door zijn situatie. Hun kamer leek net zo'n gevangenis als destijds de school. Broeder Denehy had voorspeld dat hij in een eenkamerflatje zou eindigen. Ik was kwaad dat Andy zijn voorspelling vervuld had. De werkelijkheid was nog beroerder omdat hij geen officiële huurder was. Hij was een kraker zonder rechten. Hij tapte elektriciteit af via een illegale kabel aan de hallamp die door een gat in de muur naar de kamer liep. Zijn enige hoop op redding was in aanmerking komen voor een appartement in een van de nieuwe torenflats in Ballymun.

Voorlopig bleef het nummer 2A en slagroomgebak. Matthew, Andy en Teresa leefden op slagroomtaarten van bakkerij Kylemore. De slagroomtaarten kwamen van Catherine en het tweepersoonsbed, de wieg en de dekens kwamen van de St.-Vincent de Paul. Ik vroeg me af of ze als aanmoediging tot voortplanting bedoeld waren. Ik besloot mijn maagdelijkheid bij een prostituee te verliezen. Dat was de perfecte oplossing voor het voortplantingsprobleem. Seks zonder verantwoordelijkheid.

Andy begon zijn eigen nummers te componeren. Hij schreef

ze met grote blokletters in een schoolschrift. Ze bestonden stuk voor stuk uit vierregelige coupletten met tussen elke regel, in een andere kleur inkt, de akkoorden die hij erbij vond passen. Hij roffelde op de stoelleuning om het tempo aan te geven, ik speelde de akkoorden en Andy zong.

Negentig procent bestond uit liefdesliedjes. I will give to you/if you will give to me/a heart to make you true/a love to set you free. Je kon je amper concentreren omdat Matthew voortdurend om slagroomgebak krijste en Teresa steeds vroeg wanneer we voor geld gingen spelen. Andy had nergens last van. Die glimlachte en begon aan het volgende nummer alsof het 't beste was dat hij ooit geschreven had. Van de ongeveer honderd nummers die hij me liet horen kwamen er misschien twee in aanmerking voor het repertoire van Michael Maltese. Andy wilde dat we ze zo snel mogelijk instudeerden en begonnen te spelen. In werkelijkheid had het toneel de band verdrongen, maar ondanks mijn pogingen hem er ook bij te halen kon hij zichzelf alleen maar op een podium zien als hij achter een drumstel zat.

* * *

De eerste breuk in het Sint-Laurence O'Toole Muziek en Drama Genootschap kwam na de laatste voorstelling van *Juno and the Paycock.* Big Ben Lalor vond dat we even gas terug moesten nemen, de balans moesten opmaken, de tijd moesten nemen om de beschikbare hulpbronnen, mensen zowel als materieel, op een rijtje te zetten voor de productie van *The Plough and the Stars*, het laatste deel van O'Casey's trilogie. Zijn voorstel werd gesteund door Sheila Loughman. Die had Mary Boyle gespeeld in *Juno.* Big Ben Lalor had de rol van Charles Bentham vertolkt. In het stuk hadden ze verkering en in werkelijkheid hadden ze elkaar ook gevonden. Uiteraard waren ze erop gebrand in *The Plough and the Stars* de geliefden Jack en

Nora Clitheroe te spelen, en voordat de nieuwe repetities begonnen wilden ze er een poosje tussenuit.

Shea en ik voelden niets voor een afkoelingsperiode. We waren net goed op dreef, waarom zouden we al die energie weer laten vervliegen? Iedereen was zo moe dat we weinig bijval kregen, maar tot mijn verbazing koos pa onze kant. Zoals altijd de voorzichtigheid zelve meende hij dat we het beide partijen naar de zin konden maken. Zijn voorstel was de volgende productie, wat die ook mocht worden, onder een andere naam te presenteren en de naam Sint-Laurence O'Toole Muziek en Drama Genootschap voor het eerstvolgende grote project te bewaren. Hij stelde voor uit de kas van het Genootschap een stempel voor de nieuwe productie te kopen. De andere partij had liever dat die uit onafhankelijke financiële bronnen bekostigd werd. Drie uur lang werd er heftig gediscussieerd over de stempel. Op het eind dreven de tegenstanders hun zin door en viel de vergadering in ruzie uiteen.

Het SLOT-gezelschap werd opgericht voor de productie van *Waiting for Godot* van Samuel Beckett. Dat was een avant-gardistisch stuk en een ambitieus project voor een amateurvereniging. Ik vond het een fantastische titel. Hij deed me denken aan Gerard bij onze achterdeur, wachtend op Frankie. Het speelde zich ergens af op een landweg, maar deed verrassend sterk denken aan de vuilnisbelt in Donabate. De twee zwervers, Vladimir en Estragon, waren twee schuimers die iets zochten wat ze nooit zouden vinden. Wie weet speurden ze zelfs naar een kathodebuis. Als *Shadow of a Gunman* en *Juno and the Paycock* op een unieke manier over Seville Place en omgeving gingen, dan was *Waiting for Godot* het equivalent daarvan voor ons gezin. We zouden Frankie nooit terugkrijgen maar we moesten verder. *Waiting for Godot* was een twee uur durend bluesnummer van ondraaglijk verdriet. Het zwolg in zijn eigen ellende en kwam er lachend weer uit te voorschijn. Net als Leadbelly en Howlin' Wolf en Sonny Boy Williamson.

De aarde was een tranendal en denk maar niet dat het beter zou worden. Je kon alleen maar wachten en de tijd doden. En ondertussen gebeurt er niets, komt er niemand, vertrekt er niemand, vreselijk. Maar in het stuk gebeurden wel dingen, onnatuurlijke dingen, bijvoorbeeld de boom die in één nacht bladeren krijgt. Die 's morgens opeens in volle bladertooi staat. En Pozzo, de dresseur in het eerste deel, wordt de slaaf in het tweede, allemaal binnen één dag. Lucky, de slaaf van het eerste deel, wordt de ogen en oren van zijn blinde meester Pozzo in het tweede. Pa was de geëigende keuze voor de bombastische Pozzo en met Johnny als de onfortuinlijke Lucky werd hun angstwekkende relatie extra verrijkt met een vader-zoondimensie. Ik speelde Vladimir, de denkende zwerver, en Shea voerde de regie, dus met Tim Rogers als de enige niet-Sheridan werd de productie een catharsis voor de recente geschiedenis van ons gezin. Elke avond stapte pa in het tweede bedrijf Frankies graf in Glasnevin in om als Pozzo tegen me uit te varen over mijn onophoudelijk gevraag naar de oorzaak van zijn blindheid.

Heb je me nog niet genoeg geplaagd met je vervloekte tijd? Vreselijk! Wanneer! Wanneer! Gewoon op een dag, is dat niet genoeg, op een dag zoals alle andere dagen, op een dag werd hij stom, op een dag werd ik blind, op een dag worden we doof, op een dag zijn we geboren, op een dag zullen we sterven, dezelfde dag, dezelfde seconde, is dat niet genoeg? Ze baren schrijlings boven een graf, even schijnt het licht, dan is het weer nacht. Vooruit.

Dit was pa die de blues zong in het vers gedolven graf van zijn overleden zoontje, mijn broer. Op dat moment in het stuk besef ik als Vladimir dat er redding is. De mogelijkheid van verlossing is daar, hoe vluchtig ook, en ik wend me tot Estragon voor bevestiging. Maar Estragon verjaagt het moment met zijn twijfels. Ik word opnieuw in de onzekerheid gestort. Ik sta moederziel alleen in de wereld. Als Vladimir en als mezelf. Net zo alleen als na Frankie, toen ik besefte dat niemand mijn tranen voor me kon vergieten. Samuel Beckett had me iets gegeven wat de last verlichtte en de pijn verzachtte. Het was een geweldige opluchting, voor mij, voor pa, voor Shea en voor Johnny, een opluchting die ontsproot uit oprecht mededogen voor de beproeving van het menszijn.

* * *

In augustus explodeerde het noorden van Ierland en kwam ma weer tot leven. Hele straten stonden in brand. Ma's straten – Cromac en Bombay en Leeson and Falls en Ormeau en Antrim. Haar mensen woonden er, al vijftig jaar aan hun lot overgelaten. Tweederangsburgers was nog een te mooi woord voor ze, hun status was nul. Nu gingen hun huizen in vlammen op en werden hun bezittingen tot as verteerd. Waar was de IRA, wilde ma weten. Iemand zei dat de afkorting 'I Ran Away' betekende: ik ging ervandoor.

'Waar is die verrekte IRA?'

Waar is het Ierse leger? Onze troepen zouden de grens over moeten trekken om onze vrienden en verwanten te verdedigen. Zou Ierland dan helemaal geen vinger uitsteken? Alles was beter dan niets. En de Ierse regering, wat was die van plan?

'We zullen niet lijdzaam toezien!'

De man op de televisie met het kale hoofd en de grote pijp maakte een uilachtige, verbijsterde indruk. Niemand geloofde hem, ma al helemaal niet.

'Aan die vent heb je helemaal niks.'

Alle antennes richtten zich op Belfast. Hele avonden zaten we aan de beeldbuis gekluisterd. We waren het middelpunt van de wereld. De natie hield haar adem in.

'We onderbreken dit programma voor een extra nieuwsbericht.'

Belfast stond in vuur en vlam, Derry ook. Ma vervloekte de man die het Londonderry noemde. Noord-Ierland verviel in chaos. Die kleurde de hemel rood en regende neer op de zwartgeblakerde mensen.

'De protestantse klootzakken branden hun huizen plat.'

Britse troepen verschenen in de straten. Katholieke vrouwen verwelkomden hen met omhelzingen en kopjes thee. Barricaden werden opgeworpen om katholiek van protestant te scheiden. De Falls van de Shankill. In Derry ranselde de politie een ongewapende man dood. Samuel Deveney. De mensen van de Bogside hadden hun bekomst en riepen een 'Vrij Derry' uit.

'We zullen niet lijdzaam toezien.'

Nieuws uit het noorden werd onze vaste avondprogramma. We keken ernaar ter leniging van onze schuldgevoelens. Een groep dokwerkers wilde zich gewapend met hurleystokken met de zaak gaan bemoeien en eindigde in een dronken roes in een berm in het graafschap Cavan. We hoorden berichten over soortgelijke uitstapjes en al die tijd woedden de branden door. We vonden nieuwe woorden om de gebeurtenissen te verklaren – pogrom en onverdraagzaamheid en B-specials. Aan de grens keken de Ierse troepen lijdzaam toe hoe mensen die te bang waren om naar huis te gaan in provisorische tenten sliepen. Op een vrijdagavond begin september vonden we bij onze terugkeer van een opvoering van *Waiting for Godot* een briefje van ma op de keukentafel. Het was de nieuwe inkwartieringsregeling. Vanwege de komst van vluchtelingen uit Belfast zouden Shea en ik tot nader order op een bank in de keuken slapen.

Wie waren die woestelingen die onze kamer toegewezen hadden gekregen? Ik had nog nooit een vluchteling in levenden lijve gezien. We hadden het noorden op onze tv op een burgeroorlog zien afstevenen, en nu marcheerde die naar het zuiden en viel ons huis binnen. We waren onderdeel van de geschiedenis en moesten onze kamer opgeven voor de oorlogsinspanning. Aan de Tweede Wereldoorlog waren we ontsnapt, maar nu leek het wel oorlog op nummer 44. Het was algemeen militair hoofdkwartier en ma voerde het opperbevel. Ik verdacht de mannen in onze kamer er sterk van leden van het lang verloren gewaande Ierse Republikeinse Leger te zijn.

Ik sloop de trap op, langs de badkamer. Iemand zat in bad. Ik liep door naar onze kamer en bleef bij de deur staan. Ik besloot niet te kloppen. Als het echt IRA-mensen waren, kon ik ze misschien op hun bezigheden betrappen. Aan de andere kant kon ik in moeilijkheden komen als het echt IRA-mensen waren en ik zomaar binnenstapte. Dit was mijn huis, ik had het volste recht mijn eigen slaapkamer binnen te gaan en mijn pyjama te pakken. Zacht maar zelfverzekerd duwde ik de deur open en keek naar mijn bed. Er stond een naakte vrouw voor, bezig een nachtjapon over haar hoofd te trekken. Ze was klein maar had een dikke kont. Ik bleef verstijfd in de deuropening staan en staarde naar haar rug.

'Lekker in bad geweest, schat?'

Ze draaide zich om en slaakte een gil. Ik deed een stap achteruit en trok de deur dicht. Opnieuw een gil. Ik hoorde iemand plonzend uit bad komen en het slot van de deur draaien. Ik besloot net te doen of mijn neus bloedde en nonchalant de trap af te dalen. Ik had niets verkeerds gedaan, niets met voorbedachten rade. De badkamerdeur vloog open, een meisje van vijftien of zestien in een omgeslagen handdoek keek me verschrikt aan, sloeg de deur dicht en zette het eveneens op een gillen. Pa kwam de trap oprennen en ik legde uit wat er gebeurd was. Hij probeerde ze te kalmeren.

'Jullie hoeven nergens bang voor te zijn, hoor.'

'Wie bent u?'

'Ik ben Pozzo.'

'Pozzo? Wie is Pozzo?'

Ik had het lef niet om op pa's uitleg te wachten. Ik rende de keuken in en pakte Shea's arm. Ik wist niet of ik moest lachen of huilen. Shea vroeg steeds wat er gebeurd was.

'Ik blijf d'r in. Ik blijf d'r verdomme in.'

Tegen de tijd dat ik voldoende gekalmeerd was om uitleg te geven, kwam ma de achterdeur binnen. Ik vertelde haar over mijn afschuwelijke ervaring maar ze veegde het hele voorval van tafel. Ze was een wilde hond aan het hoofd van haar roedel. Ze had een spoor geroken en zich erin vastgebeten. Ze was een teef, een echte teef, en zou zich door niets van haar doel laten afhouden. Dat doel was burgerrechten voor onze vluchtelingen. Ze was naar Amiens Street gestapt en een bijeenkomst van de politieke vrouwen van Fianna Fáil binnengevallen om gerechtigheid te eisen voor mevrouw McErlean en haar dochter Anne. Kleine Anne. Platgebrand omdat haar vader protestant was. Dat kleine vrouwtje McErlean, dat weerloze vrouwtje McErlean, slachtoffer van een gemengd huwelijk, door haar protestantse buren van huis en haard verdreven. Ma bracht hun Ierse paspoorten mee naar de Fianna Fáil-bijeenkomst en vroeg wat ze bedoelden toen ze zeiden dat ze niet lijdzaam zouden toezien. Iemand in de vergadering zei dat ze meer actuele informatie nodig hadden. Ma gaf ze actualiteiten. Ze nam ze mee naar Falls Road, Springfield, Whiterock en Grosvenor. Ze nam ze mee naar Andersonstown, Ballymurphy, Turf Lodge en Tiger Bay. Ma vroeg ze waarmee de katholieken zich moesten verdedigen? Met stokken? Er werd over vuurwapens gesproken. Afweercomités werden gevormd in elke straat, voor zover ze nog overeind stonden. Was iemand in Fianna Fáil bereid de comités te geven wat ze nodig hadden om zich te verdedigen?

Mevrouw McErlean en kleine Anne waren veel alledaagser dan de lui op de televisie. Ze hadden zo weinig te vertellen dat ze vrijwel stommetje speelden. Het was moeilijk je voor te stellen dat ze iets gedaan hadden om dat platbranden te verdienen. Als ze hun protestantse buren getergd hadden, moest dat met gebarentaal gebeurd zijn. Je moest de woorden er uittrekken. Kleine Anne was mevrouw McErleans enige kind van Tommy McErlean, een kleine protestantse schoorsteenveger. Hij had nooit onderscheid gemaakt tussen katholieke en protestantse schoorstenen (schoorstenen waren strikt niet-sektarisch), totdat Belfast in augustus in vlammen opging en fanatieke loyalisten zijn keel doorsneden en zijn huis in brand staken. Wonder boven wonder had hij de aanslag overleefd en nu was hij herstellende in het Royal Victoria-ziekenhuis. Ma slaagde erin dit alles uit mevrouw McErlean los te krijgen.

'En ze gaven je vijf minuten om in te pakken voordat ze 't huis in brand staken?'

'Inderdaad, mevrouw Sheridan, vijf minuten.'

Tommy McErleans lot maakte overduidelijk hoezeer Belfast door primitieve wederzijdse haatgevoelens verscheurd werd. Het speet me heel erg maar ik wilde mijn bed terug. Zolang hij in het ziekenhuis lag, redeneerde ik, was er een goede kans dat moeder en dochter weer terug wilden om bij hem te zijn. Kleine Anne zou vast heimwee krijgen. Het was normaal voor een meisje van zestien dat ze haar vriendinnen miste. Net zo normaal als dat iemand van achttien zijn bed miste. Als zij haar vriendinnen net zo erg miste als ik mijn bed moest haar hart op breken staan.

Ma vond werk voor mevrouw McErlean als schoonmaakster. Voor kleine Anne vond ze werk in de keuken van een hotel in Talbot Street. Ze waren in de wolken. Kleine Tommy leek een miljoen kilometer van hun gedachten verwijderd. Aan het eind van de maand kregen we er twee vluchtelingen bij. Een tweede moeder en dochter, die bij de McErleans introkken. Gelukkig konden ze niet met elkaar opschieten. Het was een hele opluchting dat katholieken ook een hekel aan katholieken konden hebben, en binnen een week waren ze weer vertrokken. Er werd gefluisterd dat mevrouw McErlean en kleine Anne een appartement zochten omdat kleine Tommy naar Dublin wilde komen om een nieuw leven voor zichzelf en zijn gezin op te bouwen. Ik bad voor het kleine mannetje, een heleboel kleine gebedjes dat hij zou blijven waar hij zat. Het was de eerste keer in mijn leven dat ik oprecht voor een protestant gebeden had.

* * *

Het eind van de jaren zestig sloop naderbij. Ik had mijn eindexamen gedaan en stond ingeschreven bij Trinity College. Ik had Trinity genomen omdat dat op loopafstand van nummer 44 lag. Ze hadden een goed toneelgezelschap met een welbekend theatertje, Players geheten. Shea nam ontslag bij de bank en ging aan University College Dublin studeren. Hij zou het toneelgezelschap daar gaan bekijken. Als het geen van beide iets was, zouden we bij SLOT blijven. We hadden de stempel nog. In een zijstraatje van Lincoln Place was een Kunstcentrum dat bij Trinity hoorde. Niemand wist wie erover ging en niemand wilde er iets mee te maken hebben. Het was een toffe, hippe plek, puur San Francisco. Ik wist hoe belangrijk het was om sleutels te hebben, dus ik legde er beslag op en daarna was het Kunstcentrum van ons. We begonnen te improviseren en leerden iemand kennen die bekend was met de Stanislavskymethode en ons één gratis les gaf. Daarna zagen we hem nooit meer. Hij was zo doodserieus dat hij volgens mij zelfmoord gepleegd had. We improviseerden over het noorden, over nummer 44. Ik lag op een tafel en wees naar de anderen...

'Ik ben Elvis Presley, jij bent Elvis Presley niet!'

Ze lachten zich te pletter. Shea gaf ons ieder een naam, een definitie. Ik was Ter. Gerry Green was Loos en Shea was Karak. Als je ze in de juiste volgorde legde, kreeg je Karakterloos. Toen Gerry Green dit doorkreeg, bleef hij er vier dagen in, het was gewoon té briljant. Andy bracht ook een enkel bezoekje, maar hij hield zich afzijdig. De voortdurende herhaling leek hem te vervelen. Het kon niet vervelender geweest zijn dan naar de vier muren van Sean MacDermott Street 2A staren. Andy stond onder druk en scheen het vermogen om zich daar zoals vroeger met een lach van af te maken verloren te zijn. En dan het geld. Andy's belangstelling voor geld was uitgegroeid tot een obsessie. Alles werd gereduceerd tot ponden, shillings en pence. Hij wilde weten hoeveel collegegeld we betaalden en wie het kreeg. Wie haalde de buit binnen? Ik legde uit dat ik op een gemeentebeurs studeerde en nooit geld zag, dat mijn studiekosten rechtstreeks aan de universiteit werden overgemaakt. Aan wie werden ze overgemaakt? De thesaurier, dacht ik.

'En hoeveel brengt de thesaurier thuis in z'n loonzakje?'

Soms kon je met hem lachen, soms dramde hij zo lang door dat het vervelend werd. Als we zeiden dat hij op moest houden, ging hij keihard door, en ik kreeg de indruk dat hij steeds rancuneuzer werd. Hij stelde geen vragen om antwoord te krijgen, maar om ons de verschillen tussen hem en ons onder de neus te wrijven.

Na het ontdekken van het fenomeen improvisatie waren we niet meer te stuiten, en we konden overal repeteren. Op straat, in de kroeg, in de bus, in de winkel – iemand hoefde maar een idee te krijgen en we konden aan de gang. De band werd verwaarloosd. Het was makkelijker Karak, Ter en Loos te spelen dan al onze spullen naar de Oriel te slepen en klaar te zetten om te repeteren. We waren een nieuwe reis begonnen en Andy vermoedde dat hij niet van de partij zou zijn. Hij trok zich terug, concentreerde zich op zijn liedjes en begon gitaar te leren spelen. Ik hielp hem door hem mijn gitaar te lenen en binnen de kortste keren had hij de belangrijkste akkoorden onder de knie. Het gevolg was dat de kwaliteit van zijn liedjes met sprongen vooruitging.

* * *

Ma en pa besloten een oudejaarsfeestje te geven. Een nieuw decennium zou aanbreken. Het oude was voorbij. De jaren zestig maakten plaats voor de jaren zeventig. We zouden nooit meer negentienzoveelenzestig zeggen. Het zou wel wennen zijn. Nog een dag en de jaren zestig waren verleden tijd. Het was moeilijk om je voor te stellen. Je had de stormachtige jaren twintig en de hongerige jaren dertig. Hoe zouden de mensen de jaren zestig karakteriseren? Hoe zou men ze beschrijven? Waar zou men het eerst aan denken, *Sgt. Pepper's Lonely Hearts Club Band* of Belfast in brand? Iedereen had het over de tolerante jaren zestig en ik leefde nog steeds in hoop. De tijd in decennia indelen was een willekeurige ingreep. Een handigheidje voor historici, meer niet. Voor mij zouden de jaren zestig altijd synoniem zijn met het aflopen van twee kinderlevens – het mijne in het toilet van de trein uit Killarney en dat van Frankie in een zaal in het kinderziekenhuis in Temple Street. Ze zouden geen van beide hun weg naar de geschiedenisboeken vinden. Op 31 december om twaalf uur 's nachts zou de wereld treuren om het voorbijgaan van de jaren zestig, maar het was niet echt; echt verdriet verwerkte je alleen, niet in het openbaar, en niemand kon het voor je doen.

Nummer 44 was hard aan een feestje toe. Het was drie jaar geleden dat we het oude jaar uitgewuifd en het nieuwe ingeluid hadden. De eerste mensen kwamen om zeven uur en in het hele huis hing een heerlijk opgewonden sfeertje. Ita en Pat Stynes stonden aan de voordeur en ontvingen de gasten. Johnny was verantwoordelijk voor het verzamelen en wassen van de glazen en Gerard spoorde de mensen aan boterhammen te eten, want 'er zijn er miljoenen'. Shea was benoemd tot beheerder van de platenspeler, maar Gerry Green had besloten twee uur achter elkaar Jim Morisson en The Doors te draaien.

Alle ooms en tantes waren aanwezig, plus de oudste twee kinderen van elk gezin. Buren en vrienden uit de hele parochie waren eveneens gekomen, evenals kostgangers uit verleden en heden. Mahony had zijn kruierspet achterstevoren opgezet en bood de dames aan hun handtas te dragen. Er was een aantal collega's van pa van het kaartjeskantoor in Amiens Street en uit

Shelbourne Park. Ma ging met mevrouw McErlean en de kleine Anne in haar kielzog alle groepjes af om uit te leggen hoe de problemen in het noorden het beste opgelost konden worden. Pa zette met Big Ben Lalor en Sheila Loughman een boom op over de invloed van het variététheater op de toneelstukken van Sean O'Casey, terwijl ik hun jassen aanpakte en naar de trap liep. Toen ik mijn voet op de eerste trede zette, gingen onverwacht alle lichten uit. Donker, geschreeuw en stilte. Televisie, platenspeler, gesprekken, alles viel stil. Ma riep Ita toe de kaarsen in de beker die ze op haar tiende voor Iers dansen gewonnen had, te pakken. Pa liep door de voordeur naar buiten en achterom naar de garage, waar hij diverse lampen en honderden lege batterijen had liggen, opgespaard voor eventualiteiten als deze. De kaarsen gaven amper licht en we wachtten ongeduldig op pa's terugkomst. Toen hoorde ik de lach. De lach die honderd lachjes voortbracht, bleke imitatielachjes, lachjes die eer betuigden aan de ene ware universele lach van oom Paddy.

'Waar is de stoppenkast?'

Pa kwam op tijd terug met een verroeste fietslamp om Paddy naar de bron van alle kwaad te leiden. Big Ben Lalor nam oom Paddy op zijn schouders en pa gaf hem de lamp. In het donker leek hij net een Indiase radja op een olifant. Hij stuurde zijn lastdier naar de nis boven de kapstok en onderzocht de stroomloze stoppenkast.

''t Feest zal afgelast moeten worden.'

Een luid gekreun ging op, maar oom Paddy's zelfgenoegzame lachje maakte daar snel een eind aan. Onder luid gejuich sprongen lichten, televisie en Jim Morisson allemaal tegelijk weer aan. Big Ben Lalor weigerde oom Paddy neer te zetten en iedereen in huis dromde om hem heen om te vragen hoe hij het probleem had opgelost.

''n Kapotte schakelaar... 't was 'n kapotte schakelaar.'

Catherine Griffin arriveerde met Billy Boy Brennan. Hij had zes flessen Guinness bij zich maar weigerde zijn jas af te geven.

Catherine torste een enorme taart en wilde haar jas wel kwijt. Men zei dat ze gingen trouwen. Daar had het ook veel van weg. De taart verried alles. Het liep tegen tienen en nog steeds geen spoor van Andy. Ik besloot naar hem toe te gaan voor het geval er iets gebeurd was. Andy deed open en zei dat hij niet kon. Ik smeekte hem te komen. Hij kon Teresa en Matthew op oudejaarsavond niet alleen laten. Ik zei dat iedereen welkom was, dat iedereen was uitgenodigd. De baby sliep, hij kon niet komen. Ik zei dat hij de enige was die ontbrak. Het antwoord bleef nee. Ik stond op de drempel en knarsetandde tot ik kramp in mijn kaken kreeg.

'Geef me dan de gitaar maar.'

'Die heb ik niet.'

Ik keek hem aan en wist dat hij de waarheid sprak.

'Waar is-ie dan?'

'Ik heb 'm aan iemand geleend.'

Iemand? Heeft hij geen naam? Heb je hem aan iemand geleend die geen naam heeft? Ik wist dat hij loog. Mijn beste vriend loog tegen me. Dit kon ik niet toelaten. De gitaar was al erg genoeg, maar dat Andy me iets voorloog vond ik veel erger.

'Serieus, wat heb je met mijn gitaar gedaan.'

'Dat zei ik toch.'

'Nee, de waarheid, lieg alsjeblieft niet tegen me.'

Ik keek naar de drempel om het hem gemakkelijker te maken.

'Ik heb 'm naar de lommerd gebracht.'

Ik knikte en nam zijn mededeling zwijgend in me op. Ik zei niets. Er viel eigenlijk ook niets meer te zeggen.

'Ik heb 'm beleend voor de kerstcadeautjes, sorry.'

Ik zei dat het niets gaf, dat we hem na de kerst wel zouden inlossen. Maar het gaf wel degelijk iets. Ik had zin om iemand te vermoorden. Degene die er verantwoordelijk voor was dat hij zo diep gezonken was. Ik was niet kwaad op Andy. Ik vond het alleen vreselijk zijn levensgeest zo te zien wegebben. Hij was altijd een knokker geweest. Hij had gevochten tegen zijn vader, tegen de school, tegen Artane. Nu legde hij het hoofd in de schoot en ik zou de mensen die hem dwongen zich over te geven met plezier vermoord hebben. Maar diep in mijn hart wist ik dat ík die persoon was. Dat stak nog het meest. Voor het eerst in mijn leven voelde ik me zijn onderdrukker. Ik wist dat ik mijn leven in dienst van het toneel ging stellen en dat ik hem daarmee verwierp. Daarom moest hij mij op zijn beurt eveneens verwerpen, en de gitaar naar de lommerd brengen was zijn manier om dat te doen.

Toen ik tussen de woonkazernes van Dublin door terug naar huis liep, kwam het me voor dat een heleboel dingen zichzelf opgelost hadden. Het pad dat voor me lag leek plotseling simpel en duidelijk. Op nummer 44 was het te druk, zelfs voor mij. Ma had behoefte aan haar vluchtelingen en ik was blij dat ze ze had. Ik zou thuis weggaan en mijn eigen slagveld zoeken. Ik zag mezelf in Belfast. Ik kende de straten, hoewel ik er nooit gelopen had. Het leek me de enige plek om op dit moment te zijn.

Ik ging door de achterdeur naar binnen en iedereen zat aan de beeldbuis gekluisterd. Ze keken naar sneeuw. Ik keek naar hun geboeide gezichten en de zwarte en witte strepen die hen biologeerden.

'Waar kijken jullie naar?'

'Naar de maan.'

Ik keek opnieuw. Als ik mijn ogen bijna dichtkneep, kon ik de schim van een man zien die een ladder afdaalde. Neil Armstrong.

'Een klein stapje voor de mens, een reuzenschrede voor de mensheid.'

Het waren de hoogtepunten van het nieuws van het afgelopen jaar, maar in dit huis was het geen nieuws. Wij hadden dit al tien jaar op onze televisie.

'Wat is er op de tv?'

'De maan.'

Misschien zat Frankie daar nu wel. Misschien had hij dit gezien met zijn beschadigde hersenen, zijn huis op de maan. De maan symboliseerde liefde en verbeelding omdat die allebei 's avonds naar buiten traden. Tien jaar geleden was onze antenne op het dak gezet en die had ons met de kosmische verbeelding verbonden. Misschien kon hij ons nu zien en stuurde hij deze beelden via de astronauten terug om te laten weten dat hij het goed maakte. Misschien zou Frankie aan het eind van elk decennium iets doen om ons te vertellen hoe het met hem ging.

We dromden allemaal naar de voorkamer voor het aftellen tot middernacht. Tien, negen, acht... Pa wilde dat iedereen elkaar een arm gaf... vijf, vier, drie... oom Paddy schreeuwde 'kapotte schakelaar' en de hele kamer gierde het uit... niemand hoorde twee of een maar het omhelzen en kussen brak los en misthoorns loeiden en kerkklokken beierden en deurkloppers klepten en claxons toeterden en de gemeenschap van Seville Place trok dansend de straat op om het nieuwe decennium in te luiden. Toen het jaar een halfuur oud was, waren we weer binnen en begon het zingen. Pa werd met algemene stemmen aangewezen om de spits af te bijten. Hij keek naar ma en ik vroeg me af of hij het zou doen.

''t Is jouw lied, pa.'

Hij had het al lang, heel lang niet gezongen. Hij schraapte zijn keel en een fractie van een seconde dacht ik dat hij 'Frankie' zei. En misschien zei hij dat ook, maar toen de woorden uit zijn mond kwamen, was het een van zijn speciale Dean Martin-nummers, 'Little Old Wine Drinker Me'.

Hij zong het vol vuur. Toen het applaus weggestorven was, deed hij nobel een beroep op mij om een Beatles-nummer op de gitaar te spelen. Het was het begin van een zangavond die de hele nacht en tot diep in de nieuwe dag doorging.

* * *

Uiteindelijk gaf ma de hoop op de televisie nog ooit gerepareerd te zien, ze ging naar de winkel van McHugh en huurde het nieuwste model. Iedereen was in de wolken, Gerard en Paul kenden alleen maar storingen. Ze wisten niet dat er beeld zonder sneeuw bestond. Het was fijn voor ma dat ze Perry Mason weer kon zien, hoewel hij een stuk ouder was dan de laatste keer dat ze hem gezien had. Pa was diep gekwetst en verbrak de communicatie met zijn gezin. Ik zag een paar keer zijn gezicht als we lachten om iets komisch op de tv. Dan was het alsof er spijkers door zijn handen geslagen werden.

'God beware me voor joffers. Joffers met ideeën.'

Ma stelde voor de oude televisie aan Garrity de voddenman mee te geven.

'Blijf met je tengels van die televisie als je leven je lief is.'

Het was een vreemde regeling, de oude televisie bleef op de speciaal ervoor gemaakte plank staan en de nieuwe nam de halve tafel in beslag en verpestte onze ogen onder het eten. Pa weigerde pertinent ze om te wisselen, want voor hem was dit een strikt tijdelijke situatie en zou het huurtoestel spoedig naar meneer McHugh geretourneerd worden. In de tussentijd zat pa afgewend van de tv, omdat die naar zijn zeggen 'de hoofdpijn aanwakkerde'.

Op de eerste dinsdag van het nieuwe jaar begonnen we met onze strooptocht langs de vuilnisbelten. We kwamen nooit met lege handen thuis, maar ook nooit met wat we zochten. Ik vroeg me wel eens af of dit eeuwig zou doorgaan. Hoe lang zou ik dit nog volhouden?

Op een landweg naar Donabate zag pa bij een boerderij een closetpot in de wei staan, moederziel alleen in de leegte. In zijn dooie eentje op een met gras begroeid heuveltje. Ondanks de afstand en de reglementaire snelheid van veertig kilometer per uur zag pa meteen dat het een perfecte kopie van zijn gebarsten exemplaar thuis was. Hij droeg me op de locatie exact te noteren, opdat we hem op de terugweg mee konden nemen. Ik zei dat hij me soms pisnijdig maakte. Hij zag er de humor niet van in. Ik legde het uit, maar toen was het niet echt leuk meer, alleen nog maar ietwat vulgair.

Donabate was de gezondste vuilnisbelt in Dublin omdat hij zo dicht bij de zee lag. Het ozon en het rottende afval vochten doorlopend om voorrang. Een strijd tussen goed en kwaad. Soms wou ik dat het ozon oprotte en de stank gewoon zijn gang liet gaan.

We verlieten de landweg, sloegen een pad in en reden bijna twee eksters dood. Pa was opgetogen, want dat was een goed voorteken. Een paar seconden later begon de motor te sputteren en sloeg af. Hij schakelde terug naar de tweede versnelling en liet de koppeling opkomen, maar er gebeurde niets. De Anglia reed uit en mijn eerste gedachte was dat we zonder benzine zaten. Maar nee, volgens de meter zat de tank nog voor een kwart vol. De tweede optie was vuil in de carburateur. Pa stapte uit, ondervroeg de gebruikelijke verdachten – accu, bougies en puntjes – en verklaarde vervolgens met groot gezag dat het de gaskabel was.

'De veer is doormidden gebroken.'

Hij liep naar achteren en pakte zijn blik met onderdelen. Hij wroette erin en diepte een veer op die ooit aan de wascombinatie gezeten had. Hij trok hem uit.

'Goed genoeg om ons uit de penarie te helpen.'

Terwijl we ons op de situatie bezonnen, reed een auto vol vuilnisbeltschuimers uit Ringsend ons breed grijnzend voorbij. Pa had er maar één woord voor.

'Onderkruipers.'

Een vrachtwagen passeerde. De chauffeur stopte en bood ons een lift aan. Hij nam ons helemaal mee tot de plek waar hij zijn lading neerstortte. We knoopten onze maskers voor en deden een paar stapjes terug. Een grote stofwolk steeg omhoog toen hij zijn bak leegkiepte. Ik wendde me af, want het stof waaide mijn richting uit. Toen het ergste voorbij leek, draaide ik me weer om en zag pa boven op de hoop staan en in het afval graaien alsof hij er een menselijke stem uit had horen opstijgen. Hij raapte een stuk keukenzeil op en hief het boven zijn hoofd alsof hij het weg wilde gooien. Hij verstijfde en liet het achter zich op de grond vallen. Hij bukte zich en trok een televisietoestel uit het afval dat een kopie was van het onze. Het glas was gebarsten en de aan/uitknop ontbrak. Pa legde het op zijn voorkant, trok een schroevendraaier uit zijn zak en stortte zich op de schroeven die de achterplaat vasthielden. Binnenin zag alles er perfect uit, met een complete set buizen. Pa zakte op zijn knieën en streelde de tv liefdevol.

'Die gaat mee.'

We droegen het toestel als een doodkist tussen ons in naar de auto. Ik trok mijn portier open en kantelde de stoel naar voren. Pa leunde naar binnen, legde het ondersteboven op de achterbank en gooide er een Schots geruite rode deken overheen.

Hij begon onder de motorkap te rommelen en demonteerde de kapotte veer. Het inzetten van de veer van de wasmachine was een heidens karwei. Hij paste niet goed en was stugger. Ik rekte de veer uit terwijl pa de schroefjes op hun plaats probeerde te zetten. We zaten elkaar in de weg.

'Hij zit, zoon, nog heel even vasthouden.'

Onze vingers plakten bijna aan elkaar van het vet en de olie. Mijn handen waren inmiddels even groot als de zijne. Mijn duimen waren forser geworden en het gitaarspelen had mijn vingers gerekt. Nu ik zo dicht bij hem stond, moest ik aan mijn jeugd denken.

''n Pietsie naar links.'

Eindelijk kreeg hij het schroefje erin. Hij stak de sleutel in het contact en startte. Het was net een vliegtuig. De motor maakte zeker tien keer zoveel toeren als normaal. Het geraas deed elke vogelsoort die de mensheid bekend was in alle richtingen opstuiven. Pa liet zich niet intimideren. Hij trok op en we reden al tachtig voordat hij het gaspedaal aanraakte. In de vierde versnelling steeg onze snelheid tot boven de honderd en ik begon bang te worden dat we nooit meer tot stilstand zouden komen. Ik kroop bij de televisie op de achterbank om hem vast te houden en pa zette de radio aan in een poging het oorverdovende geraas te overstemmen. We naderden de boerderij en ik maakte hem attent op de oriëntatiepunten.

'Laat die verrekte closetpot maar zitten, daar hebben we schijt aan.'

Op de grote weg naar de stad haalden we andere auto's in, die we allemaal ver achter ons lieten. Bij opdoemende stoplichten zette pa zijn hand op de claxon en hield hem erop. Wonder boven wonder arriveerden we zonder ongelukken op de North Strand. Nu rees de vraag hoe we de scherpe bocht naar Seville Place door zouden komen. Heel slim zette pa de motor af en trok de handrem aan. We zeilden zonder kleerscheuren de hoek om, lieten de auto onder de spoorbrug door uitrijden en kwamen precies voor nummer 44 tot stilstand. We droegen de televisie naar binnen en haalden er de vereiste buis uit. Uiterst zorgvuldig monteerde pa hem in het oude toestel. Hij draaide de knop om en even later prijkte het testbeeld van de BBC in al zijn ongerepte schoonheid op ons scherm. We hadden nog nooit zo'n scherp beeld gehad. Geen sneeuw. Geen storing. Geen maanlandschappen. Alleen maar een perfect beeld.

Hij ging naar boven en in bad. Ik zat op de trap en luisterde naar zijn geplons. Hij begon te zingen. Geen Dean Martinimitatie. Gewoon pa die zong, met pa's stem. Het lied dat hij al zo vreselijk lang niet gezongen had.

Frankie and Johnny were lovers,
Oh, Lordy, how did they love,
Swore to be true to each other,
Just as true as the stars above,
He was her man, but he done her wrong.

Hij had gevonden wat hij zocht. Hij had de kapotte buis vervangen. Maar het was meer. Veel meer. De buis was het genetische defect dat Frankies dood was geworden.

Hij trok zijn beste pak aan en liep naar de bijkeuken, waar hij zich met beheerste, doordachte bewegingen schoor. Hij kwam de keuken in en zei tegen ma dat hij de rest van de middag naar kantoor ging. Ze liep naar de kast en haalde er zijn hoofdpijntabletten uit. Hij wuifde haar weg.

'Voor 't geval dat, pa.'

'Ik heb ze niet nodig.'

Hij liep fluitend de achterdeur uit en ma keek me aan.

'Wat heeft-ie nou weer?'

'Hij is beter, ma, dat is alles, hij is beter.'

FLAMINGO POCKETS

Rennie Airth – *Het zwarte water*
Mitch Albom – *Mijn dinsdagen met Morrie*
Martin van Amerongen – *Zijn bliksem zijn donder*
Karen Armstrong – *Door de nauwe poort*
Karen Armstrong – *Een geschiedenis van God*
Murray Bail – *Eucalyptus*
Michael Chabon – *De geheimen van Pittsburgh*
Michael Chabon – *Wonderboys*
J.M. Coetzee – *Jongensjaren*
J.M. Coetzee – *De meester van Petersburg*
Dante Alighieri – *De hel*
Dante Alighieri – *De louteringsberg*
Don DeLillo – *Onderwereld*
Don DeLillo – *Witte ruis*
Stephen Dobyns – *Kind in het water*
Bret Easton Ellis – *American Psycho*
Bret Easton Ellis – *Minder dan niks / Less than Zero*
Euripides – *Ifigeneia in Aulis & Bakchanten*
Amanda Filipacchi – *Mannelijk naakt*
Leslie Forbes – *Bombay ijs*
Jan Foudraine – *Bunkerbouwers*
Jan Geurtz – *De opluchting. In één dag van het roken af*

Joseph Heller – *Catch 22*
Kristien Hemmerechts – *Een zuil van zout*
A.M. Homes – *Het einde van Alice*
Yvonne Keuls – *Jan Rap en z'n maat*
Yvonne Keuls – *Meneer en mevrouw zijn gek*
Yvonne Keuls – *De moeder van David S.*
Yvonne Keuls – *Het verrotte leven van Floortje Bloem*
Milan Kundera – *Het boek van de lach en de vergetelheid*
Milan Kundera – *Het leven is elders*
Milan Kundera – *De ondraaglijke lichtheid van het bestaan*
Hanif Kureishi – *De boeddha van de buitenwijk*
Hanif Kureishi – *Intimiteit*
Elisabeth Lockhorn – *Geletterde vrouwen*
Bryan Magee – *Bekentenissen van een filosoof*
Fik Meijer – *De Oudheid van opzij*
Anne Michaels – *Verborgen verleden*
Robin Norwood – *Als hij maar gelukkig is*
Robin Norwood – *Waarom ik. Waarom dit. Waarom nu*
Ovidius – *Minnekunst*
Arturo Pérez-Reverte – *Het paneel van Vlaanderen*
João Ubaldo Ribeiro – *Brazilië, Brazilië*
Catherine Salles – *Straatmadeliefjes en schandknapen*
Marian Salzman & Ira Matathia – *Trends voor de toekomst*
Sappho van Lesbos – *Eros ontwortelt mijn hart*
Bernhard Schlink – *De voorlezer*
John Burnham Schwarz – *Reservation Road*
Peter Sheridan – *Dankzij Dublin*
Dava Sobel – *Lengtegraad*
Susan Sontag – *De vulkaanminnaar*
Cri Stellweg – *Een graf van letters*
I.F. Stone – *Het proces Socrates*
Donna Tartt – *De verborgen geschiedenis*
Sue Townsend – *Het geheime dagboek van Adriaan Mole 13 3/4 jaar*

Sue Townsend – *De groeipijnen van Adriaan Mole*
Sue Townsend – *De bekentenissen van Adriaan Albert Mole*
Hans-Ulrich Treichel – *De verlorene*
Anne Tyler – *Het Heimweerestaurant*
Anne Tyler – *Tijd van leven*
Anne Tyler – *De toevallige toerist*
Piet Vroon – *Tranen van de krokodil*
Piet Vroon, Anton van Amerongen, Hans de Vries – *Psychologie van de reuk*
Adeline Yen Mah – *Vallende bladeren*
Frank Zappa & Peter Occhiogrosso – *Het echte Frank Zappa boek*